상처

The Story of the Wounded Souls

상처

이어리 장편소설

좋은땅

차례

매향리 사람들	6
새로운 시작	81
가족을 찾아서	135
남은 자들의 고통	191
새로운 삶과 '비창' 이야기	269
희망과 고통의 이중주	346
떠나야만 하는 자	394

매향리 사람들

할머니집 앞마당에 있는 오래된 벚나무에 꽃이 활짝 핀 4월의 어느 날이다. 할머니 말씀으로는 할아버지와 결혼한 해에 온 마을에 핀 매화꽃보다는 벚꽃이 좋다고 하여 할아버지가 할머니를 위하여 어린 벚나무를 심었다고 하니 족히 40여 년은 된 벚나무이기에 그 꽃의 화려함도 있지만 오래된 나무에서 뿜어 나오는 기품 또한 대단하여 어느 해부터 마을 사람들은 청주에서 시집온 할머니를 청주댁이라 부르지 않고 벚꽃할매라 부르기 시작했다고 한다. 벚나무가 크는 동안 할머니와 할아버지는 세 아들을 두었고 지금은 세 아들 모두 장성하여 가정을 이루어 도회지에 나가 살고 있던 중에 할아버지도 몇 년 전에 돌아가셔서 지금은 할머니 혼자서 살고 있지만 벚꽃이 활짝 핀 오늘 같은 날 할아버지와 할머니 그리고 어린 세 아들이 한 가정을 이루고 화목하게 살고 있는 것을 상상해 보면 어릴 때부터 고아로 살아온 준서로서는 그 꿈 같은 분위기가 부럽지 않을 수 없었다.

고아로 자라 특별히 연고가 없는 준서가 이 마을로 흘러 들어온 것은 약 한달 전이다. 연고는 없으나 아는 이가 없는 것은 아니다. 딱히 안다고는 할 수 없으나 준서는 상대방을 알고 상대방은 준서를 알지 못하니 안다고도 할 수 없고 모른다고 할 수도 없다. 작년 말부터 나라에서 삼청교육대라는 것을 만들어 행동거지가 불량한 자를 정신교육한다는 목적으로 사정없이 잡아가니 준서는 일단 피할 수밖에 없었다. 준서는 딱히 범죄자는 아니나 고아로 자라 먹고살 길이 막막하여 청양 읍에서 장이 열리는 날이면 장터를 청소하거나 질서를 유지하는 일로 약간의 푼돈을 벌어 생계를 유지했지만 가끔 장터에서 분쟁이 생기면 폭력을 행사해야만 해결되는 일도 있어 일부의 장터 사람들과 읍내 사람들에게는 좋지 않은 인상으로 기억될 수 있어 일단 이 마을로 피신했다.

사실 장터에서 가끔 폭력으로 분쟁을 해결했다고는 하나 장터가 파장할 때가 되면 으레 술에 취해 고성을 지르거나 괜스레 다른 사람들에게 시비를 붙는 경우가 있으니 이를 해결하기 위해서는 약간의 위압과 폭력을 필요로 한다. 오히려 장터에서 장사를 하는 사람들이나 필요한 물건을 구매하기 위해 장터를 찾는 사람들에게는 질서를 유지하는 것이기에 고맙게 생각할 수도 있어 장터 일만으로는 굳이 몸을 피할 필요까지는 없었다. 하지만 어느 시대 세상 어디에나 도박이 존재하듯이 청양읍에도 상설 노름판은 아니더라도 가끔 노름을 하는 곳은 있었으니 준서는 가끔 이곳에서 발생하는 문제에도 개입해 해결사 노릇도 하고 있고 그 과정에서 누군가는 준서를 좋지 않은 시선으로 볼 수 있어 읍내를 당분간 피할 수밖에 없었다.

몇 달 전 노름판에서는 예산읍내 은행에 근무하는 자가 돈을 많이 잃었고 가지고 있는 돈을 모두 잃은 것에 더해서 살고 있는 집까지 날렸으니 혹시 그자가 이사 가는 날 순순히 짐을 빼지 않으면 해결하라는 말을 듣고 먼 발치에서 순조롭게 이사가 되는 지 지켜본 일이 있었다. 이사 가는 당일에도 그자는 술에 취해 있었고 부인은 계속 울며 딸과 함께 짐을 나르는 것을 지켜보고 있으니 당시는 준서 자신도 '내가 이렇게 한 가정을 망가뜨리는 일에 일조를 해도 되나' 하는 자괴감이 있었다. 어린 나이에 고아가 되어 먹고살기 위해서는 또래의 다른 아이들처럼 정상적인 생활을 하지는 못했지만 그리고 장터에서 가끔은 폭력을 행사하고는 했지만 그렇게 나쁜 일을 한다고 생각하지는 않았다. 또한 노름판에서 돈을 잃고 행패를 부리는 자가 있는 것은 다반사고 그런 일을 해결하는 것이 그리 옳다고 생각하지는 않았지만 그날 울고 있는 모녀를 보니 꽤 불편한 마음이 들었던 것도 사실이다. 그들이 이사간 곳이 여기 매향리라 하여 딱히 머물 곳도 없었고 은행원 가족의 일이 궁금하기도 하여 준서는 매향리로 피신했는데 마침 벚꽃할매 집의 뒷방이 비었다고 하여 그곳에 머물고 있었다.

  피신한 그날 매향리에 오기는 했지만 굳이 이곳에 머물 생각이 있었던 것은 아니나 벚꽃할매가 운영하는 매향상회에 들른 것이 인연이 되었다. 음료수나 한 잔 마실 겸 그리고 이사한 그 집이 마음에 걸려 귀동냥이나 할 겸 매향상회를 들렸다가 장성한 아들들이 나가 빈 방도 있고 할머니 혼자 살기도 적적 하다고 하기에 싼 값에 벚꽃할매 집에 머물게 되었다. 준서는 마냥 방 안에서 뒹굴거리기만 할 수도 없고 마침 농번기도 되어서 동네 농사일을 돕고 일당을 받기도 했는데 오늘은 벚꽃할매가 몸이 좋지 않다 하여 가게를 지키게 되었다. 가게라 해야 두세 평 되는 넓이에 파는 것이라 해야 소주나 막걸리와 담배 그리고 과자 부스러기가 거의 전부이니 굳이 가게를 꼭 열 필요는 없으나 혹시 찾는 이가 있을 수 있어 소일거리로 운영하는 것이었다.

특별히 가게를 찾는 이도 없고 빈 가게에 혼자 있기도 너무 심심하여 해만 지면 가게문을 닫으려고 하고 있는데 교복을 입은 여학생이 들어왔다. 이사 당일 먼발치에서 보아 분명하지는 않지만 아마 그녀는 노름빚에 몰려 이사를 한 그 집의 딸처럼 보인다. 준서를 본 그 여학생은 순간 당황했으나 이내 익숙한 듯이 말했다.

"소주 한 병에 담배 한 갑 주세요."

교복을 입은 여학생의 당당한 주문에 오히려 준서가 당황해서 말했다.

"학생 아닌가요?"

"학생입니다."

"학생에게는 술과 담배를 팔 수 없는데."

"아빠 심부름이에요."

"그걸 내가 어떻게 알아요?"

"할머니에게 물어보세요."

준서는 너무도 당당하게 요구하는 이 학생의 말이 거짓말은 아닐 것이라고 생각했지만 그렇다고 해서 그냥 술과 담배를 팔 수는 없었다.

"학생 이름이 어떻게 돼요? 할머니에게 물어보려고요."

"현주요. 안현주."

그렇게 준서와 현주의 운명적인 첫만남은 시작되었다.

미성년자인 어린 딸에게 소주와 담배 심부름을 시킨 현주 아버지는 지금은 막 나가는 이성이 조금도 남아있지 않은 그런 사람이지만 지금부터 1년 전까지만 해도 그 반대의 아주 모범생으로 대부분의 인생을 살아온 사람이었다. 현주의 할아버지는 읍내에서 쌀 장사를 하다 돌아가셨지만 원래는 현주 외할아버지의 농지를 빌려서 농사를 지었었다. 현주 할아버지는 현주 아버지가 어릴 적부터 공부에 관심이 있고 제법 공부도 잘했기에 자식을 공부시키기 위해서는 땅을 빌려 농사를 짓는 것으로는 부족하다고 판단하여 읍내로 이사하여 쌀 장사를 시작했다. 배운 것이 부족하다고는 해도 성품이 온순하고 다른 사람들과의 관계도 원만해서 농사를 짓는 것보다는 쌀 장사로 비교적 재미를 보았고 많이 배우지 못한 그가 그토록 원했던 자식의 대학공부를 시킬 수도 있는 그런 형편까지 되었고 그의 아들인 현주 아버지도 부모님의 기대를 저버리지 않고 예산 인근 대도시의 대학에 진학했다.

현주 할아버지의 인성을 닮아서 그런지 현주 아버지 역시 온순한 성격에 성실하여 대학을 졸업할 때는 입사하기 어렵다는 은행에 무난히 입사할 수 있었고 이는 현주 할아버지에게는 온 동네에 자랑할 만한 큰 사건이었다. 은행이라고 해야 예산 읍내에 두 곳뿐인데 예산 읍내에서 은행을 다닌다고 하면 군청에 다니는 공무원에 뒤지지 않는 엘리트 중의 엘리트였고 이것이 현주 할아버지에게는 자신의 못 배운 한을 싹 씻겨 주었고 자신이 살던 고향 동네 뿐만 아니라 읍내에서도 누구 아버지란 명칭으로 불리며 존경 섞인 대우까지 받으니 이때가 그의 인생의 전성기가 아닐까 싶다. 그러나 잘 나갈 때 조심하라 했던

가 아니면 본래 인생 여정은 누구에게나 좋을 때와 나쁠 때가 있어 그렇게 될 일이 그렇게 된 것인지는 몰라도 현주 아버지에게는 가장 행복해야 할 결혼은 결과론적으로는 불행의 씨앗을 뿌린 것이 되었다.

현주 아버지는 은행에 입사한 후 혼인 적령기에 있는 여자들로부터 많은 관심을 받았다. 성격이 온순했기에 여자들에게 매너 있는 남성으로 통했고 성실했기에 은행의 윗분들도 유능한 직원으로 인정하여 대리 승진도 다른 입사 동기들과 비교하여 늦지 않았으며 무엇보다도 읍내에서 양복입고 근무하는 몇 안 되는 젊은이이다 보니 읍내에서 딸을 둔 잘나간다는 여러 집에서 혼담이 들어왔으나 정작 본인은 마다하니 현주 할아버지는 우쭐하기도 했지만 답답하기도 했다. 혼담이 들어오는 여러 집 중에 본인이 마음을 크게 두는 혼처가 있었으니 그곳은 자기에게 논을 빌려줘서 농사를 짓게 한 바로 그 집이었다. 비교적 넓은 논과 밭을 소유한 그 집은 아들 하나와 그 밑으로 딸 하나를 두었는데 그 딸이 현주 아버지와 나이가 맞았다. 현주 할아버지가 사실 지주의 딸에 마음을 둔 가장 큰 이유는 그 집의 재산에 관심을 둔 것이 아니고 자신의 젊은 시절에 서러움을 느끼게 한 집의 딸을 자신의 며느리로 들인다는 데 있다. 현주 외할아버지가 현주 할아버지에게 크게 서러움을 준 적은 없지만 땅을 빌려야 하는 그 사실 하나만으로도 현주 할아버지가 서러움을 느끼기에는 충분함이 있었다.

현주 할아버지의 마음과는 다르게 현주 아버지는 마음에 두고 있는 여성이 있었다. 그녀는 같은 은행에 근무하는 여직원으로 그 여직원은 정상적으로 시험을 치르고 입사한 현주 아버지와는 다르게 계약직으로 입사한 여직원이었다. 그 여직원의 아버지는 읍내에서 농약상을 하고 있었고 대도시와 비교할 수는 없지만 읍내에서는 나름 재력을 가진 자로 거래은행에 부탁하여 자신의 딸을 계약직으로 입사하게 하여 근무하게 되었다. 공부에 관심이 없어 아버지의 뒷배로 계약직으로 입사하긴 했지만 쾌활한 성격에 미모도 있고 나름 똑똑하고 윗사람에게도 고분고분하여 이 직원 역시 다른 남성들로부터 관심을 받았고 현주 아버지에게는 특히 더 잘하니 아침에 출근하면 커피를 주고 같이 점심을 먹으로 나가면 남모르게 맛있는 반찬을 현주 아버지 앞에 놓고 늘 챙기니 현주 아버지도 내심 그 여직원에게 관심을 가지고 있었다.

사내 연애는 쉽지 않았다. 더욱이 누가 누구인지 빤히 아는 읍내이다 보니 더욱 둘 간의 연애는 쉽지 않았다. 기껏해야 일요일에 다른 사람들의 눈을 피해 읍내를 벗어나 데이트하는 것이 고작이니 연애 진도가 빨리 나갈 수는 없었다. 여러 혼담을 피하니 현주 할아버지의 답답함은 커져만 가고 어느 날 현주 할아버지가 현주 아버지에게 말했다.

"네가 여러 혼담을 피하는 이유가 뭐냐?"

"결혼할 사람은 제가 알아서 정하겠습니다."

"그럼 네가 작정하고 만나는 처자가 있어?"

현주 아버지가 대답을 하지 않자 현주 할아버지는 목소리를 높여 재차 물었다.

"만나는 처자가 있느냐고?"

"같이 근무하는 농약상 딸입니다."

"뭐! 절대 안 돼!"

현주 아버지는 결혼 초에는 나름 행복한 가정생활을 이루는 듯했다. 그러나 처음부터 애정이 없는 결혼을 한지라 결혼 후 얼마 지나지 않아 가정을 겉돌기 시작했으며 현주가 고등학교에 진학할 즈음 은행내에서 하는 업무가 바뀌면서 그의 일탈은 더욱 심해졌다. 과장으로 승진한 현주 아버지가 새로 맡은 업무는 대출 업무였는데 이 경우는 은행에서 대출을 받으려는 고객과의 관계가 완전히 갑으로 변하여 하루라도 손님의 접대를 받지 않고는 퇴근하지 않는 것이 일상이 되었다. 저녁과 술 접대만으로 끝나면 그나마 다행이었다. 조건이 되지 않으면서 대출을 받으려는 고객은 어떻게 하든 현주 아버지의 승인이 필요했으니 고객들은 은밀히 뒷돈을 주기도 했으며 뒷돈을 주기 불편함을 느끼는 고객들은 저녁 자리 후 화투를 치자고 권하여 일부러 돈을 잃어 주기도 했다. 현주 아버지의 입장에서는 가뜩이나 집에 일찍 들어가기 싫은데 고객들이 밥을 사고 술도 사고 돈도 잃어 주니 더욱더 가정을 소홀히 하게 되었고 급기야는 도박에도 손을 대기 시작했다. 고객들이 일부러 돈을 잃어 줄 때는 그게 본인의 실력이라 착각했으나 노름판에서 그 누가 돈을 일부러 잃어 주겠는가? 애정이 없는 결혼에서 출발하여 회사의 권한을 마치 본인이 가진 듯한 권력으로 착각하더니 결국 그의 운명은 노름으로 자신의 인생을 그리고 가정의 행복을 철저히 파괴하는 쪽으로 서서히 진행됐다.

은행에서 해고당한 아빠로 인하여 현주의 인생은 180도 변했다. 아빠가 은행원으로 근무했을 때는 경제적인 어려움이 전혀 없어 학교는 물론 동네에서도 모두가 현주에게 호의적이었다. 학교에서는 공부도 잘하는 모범생이었고 다른 학생들은 거의 신지 못하는 나이키 운동화를 신고 학교에 갔을 때는 같은 반 학생들에게는 부러움의 대상이었고 다른 반 학생들에게 현주는 말도 쉽게 붙이지 못하는 그런 학생이었다. 부유한 집에 공부도 잘하고 얼굴까지 예쁘니 그렇지 못한 학생들에게는 다른 세상에 사는 학생과 다를 바 없었다. 동네에서도 마찬가지였다. 누구인지는 몰라도 어른께 인사를 하면 '어 누구 딸이구나. 넌 어쩜 얼굴도 예쁘고 인사성도 그렇게 밝니. 공부도 잘 한다며.' 거의 이런 반응을 보이니 우쭐해지지 않을 수 없었다. 그런 주위의 시선은 점차 바뀌더니 이제는 현주를 바라보는 학생들은 물론이고 동네 어른들도 측은한 듯 바라보고 일부는 '쯧쯧'거리면서 혀까지 차니 세상의 인심이란 이런 것인가? 정작 자신은 아무것도 바뀐 것이 없는데 아빠의 추락은 아빠에 대한 원망을 넘어 가끔은 증오의 감정을 느끼게도 했다.

오늘도 하교길에 술과 담배를 사 오라는 아빠의 말을 듣고 원망하는 마음이 스멀스멀 가슴속에서 피어났다.

'도대체 왜 나에게 사 오라는 거야. 걸어서 오 분도 걸리지 않는 거리에 있는 매향상회에 가면 될 것을. 그것도 교복을 입은 나에게 술과 담배를 사 오라고 하는 심보는 도대체 무엇이야.'

술과 담배를 사 오라는 것은 그래도 좀 낫다. 문제는 수면제를 사 오라는 엄마의 부탁이다. 현주가 사는 매향리에는 약국이 없기 때문에 읍내에 있는 약국에서 수면제를 사야 하는데 한두 번의 일이 아니기 때문이다. 아빠가 술을 마시는 날은 그날의 저녁은 늘 예측할 수 없는 일이 벌어졌다. 술에 취한 아빠의 술주정을 견디지 못해 엄마는 아빠가 마시는 술에 수면제를 넣기까지 했으니 여고생이 약국에 가서 수면제를 사는 것은 쉽지 않은 일이었다. 다행인 것이 있다면 학교에서 제일 친한 친구 수정이네 집이 약국을 한다는 것이다. 매향리로 이사 오기 전 읍내에서 살 때에는 수정이도 현주 집에 자주 놀러 왔으며 현주도 수정이네 집에 자주 놀러 간 관계로 수정이 아빠를 잘 알고 있었다. 오늘도 수정이 아빠가 운영하는 약국에 가서 수면제를 부탁했다. 수정이 아빠는 수면제를 내주며 말했다.

"스트레스가 심한 모양이구나. 되도록이면 수면제를 먹지 않고 자려고 노력해 봐. 많이 주지는 못한다."

오늘 아빠는 술에 취하면 어떤 행동을 할까? 매향리로 이사 온 후 술에 취하면 엄마를 비난하는 잠꼬대를 심하게 하여 듣기에도 불편하고 잠을 이루기도 어려웠는데 최근에는 잠꼬대가 아닌 엄마를 직접 비난하는 말을 많이 하며 그것도 늦은 밤까지 고래고래 소리를 지르는 것이었다. 이를 견디지 못한 엄마가 아빠가 마시는 술에 수면제를 타기 시작했으니 그렇지 않으면 밤새 소리를 질러서 현주 엄마나 현주는 창피함과 고통을 견딜 수가 없었다. 버스에서 내린 후 마을 입구에 있는 매향상회 앞에 도착한 순간 당황하지 않을 수 없었다. 거기에는 늘 계시던 벚꽃할매가 아닌 모르는 어떤 청년이 가게를 지키고 있기 때문이었다. 모르는 사람이 교복을 입은 여고생에게 술과 담배를 팔 리가 없었지만 그렇다고 다른 어느 곳에서도 살 방도가 없기에 오히려 당당하게 말했다.

"소주 한 병에 담배 한 갑 주세요."

이차 저차 술과 담배를 사기는 했지만 부끄러워서 견딜 수가 없었다. 여고생인 현주가 교복 입고 술과 담배를 사는 것은 아빠의 심부름인 것을 확인하여 사기는 했으나 가게에 있던 그 청년은 자신의 집을 어떻게 볼까 생각하니 더욱더 부끄러움을 느낄 수밖에 없었다.

현주는 이 상황을 받아들일 수 없었다. 처음부터 아빠가 가정에 소홀했던 것은 아니었다. 은행일로 술을 드시고 늦게 귀가하기는 했지만 술주정을 하지는 않았다. 오히려 늦게 귀가하는 날이면 다른 친구들은 소풍때도 먹기 어려운 전기구이 통닭을 사 오기도 했으며 겨울이면 호떡이나 군고구마도 사 왔다. 그러나 아빠가 노름에 손을 댄 시점부터는 귀가가 늦는다는 표현으로는 다 할 수 없이 새벽에 들어오거나 새벽에 들어와서도 엄마에게 땅 문서를 내놓으라고 했고 좀처럼 하지 않았던 욕설까지 했다.

'아 불쌍한 우리 아빠! 그리고 더 불쌍한 우리 엄마!'

부모님이 아무리 불쌍하더라도 현주의 마음은 단 하나 고향을 뜨는 것이었다. 나 혼자만이라도 공부를 핑계로 대학을 갈 때에는 이 매향리를 그리고 예산 읍내를 뜨자는 마음 하나가 유일한 현주의 도피처가 되었다. 아빠의 술주정이 있는 다음날이면 엄마도 말씀해 주셨다.

"너라도 공부 열심히 해서 꼭 이곳을 벗어나라. 돈이라면 충분치 않아도 걱정할 것이 없다. 외할아버지가 주신 땅을 팔면 해결되니."

외할아버지는 꽤 많은 땅을 보유했던 지주였다. 엄마의 오빠인 외삼촌을 공부시키려 노력했으나 외삼촌은 공부에는 관심이 없고 외할아버지가 보유한 땅에만 관심이 있었다. 시골의 논과 밭은 그 땅에 땀을 흘리는 자에게만 보상하지 그렇지 않은 경우에는 오히려 독으로 작용하니 외삼촌은 외할아버지의 땅을 사업한다는 명목으로 야금야금 팔아 엄마가 결혼할 무렵에는 그리 많지 않은 땅만 남아 있을 뿐이었다. 여자는 공부를 많이 하면 안 된다는 외할아버지의 신조로 엄마는 고등학교만 졸업하고 대학에는 진학하지 못하게 했으니 외할아버지의 뒤늦은 후회는 아무 소용이 없었다고 한다. 그리하여 엄마가 결혼할 때는 있는 돈으로 아빠 명의로 집을 사 주었으며 남은 땅의 일부를 엄마에게 주었으니 사실 그 땅이 문제가 되었다. 아빠는 노름으로 집까지 날리며 급기야는 은행돈에도 손을 대 해고가 되었으니 아빠는 술만 취하면 엄마에게 그 땅을 팔아 해결해 주었으면 아무 문제가 없었을 것을 땅을 팔아 아빠를 도와주지 않은 엄마가 모든 불행의 근원이라며 술주정을 하곤 했었다. 하지만 엄마는 알고 있었다. 비록 대학에는 가지 않아 공부를 많이 하지는 않았지만 바로 위 오빠를 보고 느낀 것은 돈으로 해결될 일이 있고 돈으로도 해결되지 않는 일이 있다는 것을.

"학교 끝나고 집에 올 때 수정이네 약국에서 수면제 좀 사 와."
현주 엄마는 등교하려 가방을 들고 집을 나서는 현주에게 말했다.
"그것 좀 안 하면 안 돼?"

"나도 그러고 싶지 않아. 하지만 너도 잘 알고 있잖아."

"수면제 구하는 것이 얼마나 어려운지 엄마도 잘 알고 있잖아요. 수면제를 구할 때마다 수정이 아빠에게 거짓말하는 것도 한두 번이지. 아마 이제는 수정이 아빠도 눈치채고 있는 것 같아."

"……."

도대체 어디부터 잘못된 것인지 현주 엄마는 알 수가 없었다. 현주 엄마는 그저 아버지께서 하라는 대로 했을 뿐이다. 여고시절 공부를 딱히 잘하는 것은 아니었지만 그렇다고 대학을 진학할 생각이 없었던 것은 아니었다. 어쩌면 공부를 잘하려고 해도 잘할 수가 없는 분위기였다. 현주 외할아버지는 현주 엄마에게 늘 말씀하셨다.

'여자가 공부를 많이 하면 안 된다. 그저 조신히 있다가 시집이나 잘 가면 돼.'

그런 말을 늘 듣고 자란 현주 엄마가 대학을 가기 위해 또는 취업을 하기 위해 영어나 수학을 파고들 이유는 전혀 없었다. 그러나 현주 엄마가 공부에 전혀 관심이 없는 것은 아니었다. 영어나 수학은 공부하기에도 쉽지 않았지만 국어만은 달랐다. 국영수 중 국어 성적이 제일 좋았고 책읽기에도 흥미가 있어 막연히 '나중에는 글을 써야지' 하는 마음도 있었다.

고등학교를 졸업하고도 마찬가지였다. 살림을 배우려 해도 배울 기회가 없었다. 많은 땅을 보유한 관계로 일하는 사람들의 새참이나 식사를 준비할 때에는 집에는 일하는 아주머니가 늘 있었으니 무엇이라도 해 보려 하면 부엌에서 일하시는 아주머니들은

'아가씨가 왜 손에 물을 대려고 하나. 그냥 쉬어요.'

그러니 농번기에 현주 엄마가 할 수 있는 일은 점심이나 새참을 내갈 때 고작 물주전자를 들고 따라가기만 할 뿐 공주가 따로 없었다. 그러니 현주 엄마는 자연스레 세상일이 어떻게 돌아가는지에 대해서는 전혀 모르고 그저 막연히 미래 언젠가는 글을 쓰고 싶다는 생각에 책만 읽을 뿐이었다. 사실 책을 읽는 것은 세상을 이해하는 데 큰 도움이 된다. 하지만 현주 엄마처럼 늘 공주 대접을 받으며 세상과 차단된 채 생활한 자는 책을 읽는 다 해도 세상을 이해하거나 간접적으로 경험하는 데 큰 도움이 되지 않으니 그저 세상물정 모르는 순진한 아가씨일 뿐이었다.

결혼 문제만 해도 그렇다. 현주 엄마가 딱히 사귀는 사람이 있던 것은 아니었지만 현주 외할아버지의 권유로 현주 아빠와 선을 한 번 보았을 뿐인데 집에서 결혼하라는 성화로 결혼을 했을 뿐이다. 현주 엄마로서는 현주 아빠의 외모나 자상함 등 그런 것은 마음에 들었으나 현주 아빠의 직업은 마음에 좀 걸렸다. 부모님께서는 은행원은 돈도 많이 벌고 특별히 문제가 없으면 해고될 일도 없으니 사위가 될 자의 직업을 오히려 좋아했다. 단지 그들의 마음에 걸리는 것이 있다면 사위가 될 자의 아버지가 과거 자신들의 땅을 빌려 농사를 지었기에 조금은 기울어진 결혼이라는 생각이 들기도 했지만 그래도 그 문제는 사위가 읍내에서 양복 입고 일하는 몇 안 되는 자니 수용할 수 있었던 것이다. 정작 현주 엄마가 현주 아빠의 은행원이라는 직업이 마음에 들지 않은 이유는 그녀가 읽었던 소설책에서 은행원은 늘 세상을 너무 잘 알아 계산에 빠르고 진실하지 못한 인성의 소유자로 그려져 그것이 마음에 걸렸다. 그러나 현주 엄마가 그렇게 생각했던 은행원인 현주 아빠는 오히려 세상을 제대로 이해하지 못했고 은행이라는 조직이 현주 아빠가 세상의 끝을 접할 수 있는 기회를 제공해 주지 않아 자신과 가정을 파멸의 길로 이끌었으니 아이러니가 아닐 수 없다.

 결혼 후 처음 몇 년간은 행복하지 않았던 것은 아니다. 현주 아빠의 성격 자체가 포악하거나 자기 부인을 깔보거나 하는 것은 아니었고 오히려 다정한 축에 속했다. 현주 아빠가 변한 것은 현주 엄마가 현주를 낳고 아들을 원하는 현주 할아버지와 현주 아빠의 기대가 잘 충족되지 않은 시점부터인지 아니면 현주 아빠가 은행에서 승진하고 새로운 업무인 대출업무를 맡기 시작한 후부터인지 잘은 알 수 없지만 일단 귀가시간이 점점 늦어지기 시작했다. 아들을 낳지 못하는 자기 때문에 그런지 아니면 승진 후 새로이 시작한 업무 때문에 바빠서 그런지 현주 아빠의 퇴근은 점점 늦어져 언젠가부터는 자정이 다 되어서야 집에 들어왔다. 처음에는 새로운 업무가 바빠서 그런 것인가 했다. 그러나 나중에 이 사람 저 사람을 통해서 알게 된 것은 현주 아빠가 노름을 한다는 것이었다. 시골 읍내라 해야 빤해서 소문이 나는 것은 시간문제로 처음에 현주 엄마가 현주 아빠를 추궁했을 때는 업무가 많기도 했지만 대출을 받으려고 하는 자들이 매일 밥이며 술을 사는 관계로 또 지역사회다 보니 그들의 청을 마냥 무시할 수도 없어 저녁시간을 함께 한다는 것이었다.

 거짓은 처음에는 그럴 듯하여 듣는 이로 하여금 거짓을 믿을 수 있게 하지만 그 진실을 가장한 거짓의 끝은 언제나 종착역이 있으니 그것은 시간의 문제였다. 현주 아빠는 현주 엄마에게 통장관리를 맡겨 매월 얼마 정도의 용돈을 받아서 쓰곤 했는데 새로운 업무인 대출 업무를 맡고 나서는 꼬박꼬박 받아 가던 용돈을 요구하지 않는 경우도 있었다. 남편이 용돈을 요구하지 않아 처음에는 좋기만 했지 그것을 딱히 이상하게 생각하지 않은 현주 엄마였다. 그런데 어느 순간부터는 과거에 받아 가던 용돈의 액수를 두 배로 달라고 하는 것이었다. 받아 가던 용돈의 두 배를 주더라도 생활에 크게 지장을 주는 것은 아니었기 때문에 탐탁하지는 않았으나 이때부터 뭔가 이상하다는 생각을 하게 되었다. 그러더니 어느 순간부터는 월급통장에 월급이 입금되지 않기 시작했다. 처음 몇 달은 현주 아빠의 변명으로 넘어갔으며 그간의 통장 잔액이 있기 때문에 어렵지 않았으나 몇 달이 지나도 월급이 통장에 입금되지 않아 알아보니 현주 아빠가 월급이 입금되는 통장을 바꾸었던 것이다. 한번 수렁에 빠진 현주 아빠는 그 이후 그 수렁에서 벗어나지 못했다.

"현주야 오늘 우리 집에 가서 저녁 같이 먹을래?"
금요일 오후다. 아직 학교 수업이 다 끝나지는 않았지만 수정이는 현주에게 오늘 저녁 집에 같이 가자고 한다. 시골 고등학교는 수업이 끝나고 야간 자습을 하지 않는다. 대학을 가려는 적극적인 의지를 가진 학생이 별로 없기 때문이다. 그러나 고향을 떠나기 위해서는 대도시에 있는 대학을 진학하는 것이 유일한 희망인 현주는 수업이 다 끝나면 읍내에 있는 학교 옆의 공공도서관에서 혼자 공부를 하고 집으로 가는 마지막 버스를 타곤 했다. 공공도서관이라고 해서 많은 책이 있는 것도 아니고 공부하려는 학생도 적어 도서관의 기능도 부족하고 공부하기에 좋은 분위기도 아니지만 아빠가 있는 집에서는 공부하기가 어려워 현주로서는 별 방도가 없었다. 현주가 수정이의 제안에 쉽게 대답하지 않은 이유는 수정이가 현주의 공부를 방해해서가 아니다.

"그래. 대신 도서관에서 좀 있다가 저녁시간에 맞추어 가자."

수정이는 현주에게 학교에서 가장 친한 친구이기에 집에 가서 같이 놀자는 둥 또는 저녁을 먹자는 둥 하기는 했지만 오늘 수정이가 현주에게 집에 같이 가서 저녁을 먹자는 이유는 분명하다. 아마 수정이 엄마가 집에 오는 날일 것이다. 수정이 엄마는 자식교육이 인생의 최우선이다. 오죽하면 수정이와 수정이 남동생을 데리고 인근 대도시로 나가 따로 살려고 했을까? 이를 견딜 수 없는 수정이는 엄마와는 살 수 없다고 하여 수정이 엄마는 수정이 동생만을 데리고 살고 수정이는 아빠와 함께 예산에 살고 있는 것이었다. 수정이 엄마가 집에 오는 날이면 수정이는 늘 듣는 엄마의 잔소리를 들어야 하니 친구와 함께 있는 것을 핑계로 엄마의 잔소리를 피하려 하는 것이다. 현주는 아빠로 인하여 가정이 망가져 아빠와 함께 사는 것을 원하지 않았지만 그리고 엄마를 그런 아빠와 함께 두고 본인 혼자만 대도시 소재의 대학을 진학하여 집을 떠나려 하는 것이 엄마에게 미안한 마음이 들기도 하지만 수정이네 집도 이해할 수 없었다. 가족 사이의 갈등이 커서 따로 사는 것도 아니고 단순히 아이들의 교육만을 이유로 따로 살고 있다니.

"어 현주도 같이 왔구나."

"네 안녕하셨어요?"

"수정아 너는 요즘 현주하고 같이 공부하고 있냐?"

예상이 틀리지 않았다. 한 달이면 한 번이나 두 번 정도 만나는 딸에게 처음 하는 말이 공부에 대한 말이니 현주는 수정이가 이해가 되기도 했다.

"현주는 요즘도 공부 열심히 하고 있지? 그리고 아빠는 좀 어떠셔?"

숨이 딱 막힌다. 현주는 아빠라는 말만 들어도 숨을 제대로 쉴 수 없을 것 같다. 수정이네 집과 현주네 집은 그들이 어릴 때부터 왕래를 했기 때문에 수정이 엄마는 현주 아빠의 망가진 과정을 너무 잘 알고 있었다. 수정이 엄마뿐만 아니라 예산에 사는 웬만한 사람들은 아빠에 대해 잘 알고 있다. 존경까지는 아니지만 모든 이의 부러움을 받았던 현주 가족의 처지는 많은 이의 입에서 오르내리기에 충분한 소재이기 때문이다.

수정이와 현주는 같이 저녁을 먹고 수정이의 방으로 들어갔다. 수정 엄마의 잔소리를 듣기 싫은 수정이나 현주 아빠에 대한 수정 엄마의 관심을 피하기 위한 현주나 목적을 달라도 빨리 저녁을 먹고 그 자리를 피하려는 것은 같은 뜻이기에.

"생활비를 더 주어야 한다고."

"아니 지금 주는 생활비도 적지 않은데 왜 생활비를 더 달라고 해?"

수정이 아빠와 수정이 엄마는 딸 친구가 집에 와 있건 아니건 오늘도 말다툼을 한다.

"나라에서 학원과 과외를 금지시켰다고."

"그럼 하던 과외를 받지 않으니 생활비가 오히려 덜 들어갈 것 아니야?"

"몰래 하려고 하니 그렇지. 그럼 수정이 동생 공부를 망칠 거야? 몰래 하려고 하니 돈을 더 주어야 된다고."

모든 가정은 행복하지 말라고 있는 것일까? 현주가 보기에 아무 문제가 없을 것 같은 수정이네 집도 늘 다툰다.

어른들이 말하는 것을 귀동냥으로 들었다. 전두환이라는 자가 힘으로 나라를 삼켰다고. 그리고 그 힘으로 독재를 하고 있다고. 학원이나 과외는 생각지도 못하는 현주 입장에서는 문제가 될 것이 없으나 나라에서는 어느 순간 학원과 과외를 금지시켰다. 이를 핑계로 집에서 억지로 공부를 시키는 학생들은 공부에서 해방되었다고 좋아했으나 수정 엄마는 그럼에도 불구하고 수정이 동생을 몰래 과외를 받게 하고 있던 것이다. 몰래 하려고 하니 과외를 업으로 삼던 과외 선생들은 위험 감수에 대한 대가로 더 많은 과외비를 요구했고 이를 이유로 수정 엄마는 수정 아빠에게 훨씬 많은 생활비를 요구하는 것이었다. 의사가 적은 시골에서 약사는 나름 중하지 않은 병에 대해서는 처방도 하고 약도 파니 수입이 적지 않았지만 두 집 살림을 하려고 하니 지출이 적지 않았고 수정이 동생 과외비에 수정 엄마도 씀씀이가 적지 않아 돈이 충분치 않은 상태에서 생활비를 올려 달라고 하니 수정 아빠도 쉽게 동의하지 못하여 분쟁이 되었다. 과연 돈이 풍족한 집이 있을까?

모내기도 거의 끝나고 다른 밭작물의 파종도 마친 상태로 준서가 품을 팔 수 있는 일은 당분간은 없다. 농사를 배워 업으로 농사를 지으려고 이 마을로 온 것은 아니다. 연고가 있는 곳이 없었고 이 나라 어디에도 반겨 주는 이가 없으니 딱히 갈 곳이 없었고 자금도 여유가 있는 것은 더욱 아니니 일단 몸을 피신하기에는 시골이 좋다고 판단하여 이 마을로 온 것이다. 이 마을로 온 희미하지만 유일한 이유는 준서가 한 일과 조금은 관계가 있는 현주 가족이 이곳으로 이사를 했다는 것이며 이사하는 날 본 그 가족의 모습이 잊히지 않아 단순한 호기심으로 들러 본 것에 불과했다. 버스에서 내려 현주 가족의 근황을 알아볼 겸 음료수나 한잔할 겸하여 매향상회에 들른 것이 이 마을에 임시로 정착하게 된 계기가 된 것이다. 그러니 언제까지나 농사일로 품을 팔며 이 마을에 있을 수는 없었다. 미래를 구상하며 계획대로 인생을 산 준서는 아니었으나 그렇다고 시골에서 농사를 지으며 살 생각은 없었다.
  "할머니 며칠 다녀올게요."
  "어디를? 떠나려고?"
  애초에 벚꽃할매 집 뒷방에 세를 들어 살 때 기간을 정하여 일 년 단위의 계약을 한 것도 아니고 할머니도 월세를 받을 목적이 아니라 혼자 사는 것이 적적하여 흔쾌히 뒷방을 사용하라고는 하였으니 준서가 나갈 채비를 하자 매우 섭섭한 마음이 드는 모양이다. 세를 사는 동안 말썽을 피우지도 않았으며 감기가 걸린 며칠은 할머니 대신 매향상회를 보았고 청년이 부족한 마을에서 농번기에 힘을 보탰으니 이 마을에서 계속 살 것이라고는 예상하지 않고 언젠가는 떠날 것으로는 생각했으나 막상 준서의 나갈 채비에 할머니의 아쉬운 마음은 어쩔 수 없었다.

"아니요. 바람 좀 쐬고 오려고요."

"차비는 있어?"

"그간 품삯 받은 것 그대로 있어요."

벚꽃할매는 한두 달 같이 산 준서에게 정이 들었는지 집 떠나는 아들에게 하듯 차비를 걱정한다.

준서가 집을 나와 버스를 타고 예산 터미널에 도착했으나 딱히 행선지를 정하여 나온 것은 아니기에 터미널 한쪽 벽에 붙여진 행선지별 시간표를 보았다. 서울은 너무 멀고 차비도 비싸며 버스 출발시간도 많지 않아 그 버스를 타기에는 너무 많은 시간을 기다려야 한다. 이웃 공주로 가는 버스는 빈번하나 예산과 별 다른 동네가 아닐 것 같아 내키지 않고 대전이 적절해 보였다. 대전은 대도시이기도 하고 준서를 알아볼 누가 있지도 않을 것이며 버스 종착역인 유성이 온천 관광지이며 술집이 많다고 하는 말을 들은 적이 있으니 혹시 준서가 할 일을 찾을지도 모른다. 버스표를 산 후 버스를 기다리고 있는데 살짝 마음이 설렌다. 태어나서 단 한 번도 여행이나 휴가를 가 본 적이 없고 오늘 가는 대전이 여행을 목적으로 가는 것은 아니나 어릴 적 고아원에서 소풍 가는 전날의 느낌이 살짝 나는 이유를 준서는 알 것 같았다.

준서는 고아원에서 중학교를 졸업하자마자 가출했다. 어느 것도 보호받지 못하는 가출후의 생활이 두렵기도 하지만 무엇보다도 고아원 안의 생활도 보호받지 못했기에 가출을 한다고 해도 특별히 어려울 것 같지 않아 가출을 했는데 가출 이후 얼마간은 어려울 수밖에 없었다. 아무 연고도 없는 고아를 따뜻하게 맞아 주는 이는 아무도 없었으며 일단 잠자리와 먹는 것이 문제가 되었다. 그러니 노숙부터 시작하여 처지가 비슷한 애들과 어울려 생활했으니 준서가 정착한 곳은 청양의 뒷골목이었다. 그중 삼식이는 준서에게 각별했다. 나이도 같고 일찍이 고아원 밖의 생활을 경험한 삼식이는 준서하고 비교하여 굶어 죽지 않고 살아남는 법을 알고 있었고 나름 나이 많은 형들로부터 약간의 일을 받아 생활하고 있었다. 자연스레 삼식이와 같이 살게 되었으니 그것은 장이 서는 날이면 장터를 청소하고 나이 많다는 그 형들로부터 심부름하는 일도 받아 생활하고 있었고 아마도 같은 처지인 준서를 각별히 생각했던 모양이다. 현주 가족이 이사간 곳이 예산의 매향리라는 것을 알려 준 것도 삼식이니 그는 지금 무엇을 하고 있을까?

　버스가 유성에 도착한 것은 점심시간을 조금 넘어선 시간이었다. 일단 점심을 해결하려고 터미널 뒤쪽의 골목으로 향했는데 준서는 아주 이상한 광경을 목격했다. 경찰로 보이는 준서 또래의 젊은이들이 골목에 열을 지어 쭈그려 앉아 도시락을 먹고 있는데 아니 왜 경찰이 골목에서 쭈그려 앉아서 밥을 먹고 있지? 이상한 것은 그것만이 아니었다. 복장 또한 매우 이상했다. 일반적인 경찰복을 입고 있는 것이 아니고 무엇인가 외부의 충격에서 몸을 보호하려는 듯한 부풀어진 옷을 입고 있었으며 모자도 이상했다. 생긴 모양은 마치 오토바이 헬멧과 같은데 얼굴 앞쪽은 검은 철망으로 보호대를 하고 있었다. 고아원을 가출하고 몇 년 정상적인 생활을 하지는 않았지만 나름 세상이 돌아가는 이치는 알고 있다고 생각했는데 전혀 예상하지도 못한 경찰들의 모습은 준서로서는 큰 충격이었다. 터미널 뒤쪽에 자리한 백반집에서 식사를 주문한 준서는 주인에게 물었다.

"사장님 저쪽에 쭈그려 앉아 도시락을 먹고 있는 경찰들은 뭐 하는 거예요?"

백반집 사장님은 한심한 듯 준서를 흘겨보더니

"대학생들 데모 막느라고 그러지."

'데모를 막다니'

준서가 이제까지 살아왔던 청양에서는 경찰이 누구를 막느라 애쓰는 것을 본 일이 없다. 경찰은 그저 누군가를 원하면 잡아가면 될 일이었다. 그러기에 준서도 그것을 피해 매향리에 임시로 피해 있는데 대전에서는 경찰이 경찰 마음대로 잡아가지 못하고 그냥 막는다는 것에 준서는 놀라지 않을 수 없었다. 백반집 사장님께 더 이상 질문하면 바보가 될 것 같아 해장국 한 그릇을 비우고 자리를 떴다. 정말 이상한 일이다. 대학생들은 자기들을 잡아가지 못하게 경찰에게 돈을 준 것일까? 준서의 경험으로는 그렇다. 경찰에게 잡혀갈 일을 하고도 잡혀가지 않는 경우는 경찰에게 돈을 주는 것 이외에는 다른 방법이 없다. 그럼 저렇게 많은 경찰들이 모두 돈을 받고 대학생들을 잡아가지는 못하고 막고 있기만 한 걸까? 누구에게 물어보려고 해도 아는 이가 없으니 준서는 답답하기 그지없었다. 시골에 사는 사람과는 달리 대도시에는 전혀 다른 종류의 사람들이 살고 있는 것일까?

준서는 삼청교육대에 끌려가지 않기 위하여 일시적으로 매향리에 피신해 있기는 하지만 언제까지 그렇게 지낼 수는 없었다. 대전에 온 것은 매향리 생활의 지루함을 피하기 위함은 물론 혹시 대전에서 일자리를 구할지도 모른다는 기대감이 있었다. 버스 터미널이 있는 유성은 온천으로 유명한 관광지이기도 하고 유흥업소도 많아 특별히 공부를 한 것이 없는 준서로서는 일을 얻어 지낼 만한 곳으로 생각했는데 도착한 첫날부터 당황스럽지 않을 수 없었다. 경찰이 데모하는 대학생들을 잡아가지 않고 막기만 하다니 도저히 이해할 수가 없었다. 청양에서 준서에게 일을 주는 형들은 삼청교육대에 끌려간다는 생각을 전혀 하고 있지 않았다. 그 이유는 그 형들은 아마도 삼청교육대에 끌려가지 않기 위하여 경찰에게 충분한 돈을 주었을 것이라고 생각했다. 그래서 경찰에게 끌려가지 않기 위하여 줄 충분한 돈이 없는 삼식이나 준서는 피할 수밖에 없었다. 그런데 대전은 청양과는 완전히 다른 세상인 모양이다.

부딪치는 것 이외에는 방법이 없었다. 고아원 시절에도 그렇고 고아원에서 도망친 후에도 그렇다. 누구 하나 준서에게 세상을 알려 준 이는 없었다. 그저 부딪치며 배웠다. 아무도 보호해 주는 이 없는 세상에서 준서는 맞으며 배웠고 도망 다니며 배웠다. 그런 그에게 조금이라도 조언을 해준이는 삼식이밖에 없었다. 삼식이 역시 부딪치며 세상을 배웠을 것이다. 청양과는 다른 대전이라는 도시에서 왜 대학생들은 데모를 하며 그런 그들을 경찰들은 잡아가지 않고 그저 막고 있기만 한 것인지 부딪치며 배울 수밖에 없다. 다행스럽게 느끼는 것이 있다면 경찰들은 삼청교육대에 끌고 갈 사람들에 대해서는 관심이 없는 것처럼 보였다. 그들은 단지 데모하는 학생들에게만 관심이 있는 것으로 보였다. 준서가 해장국을 먹은 그 식당 근처에 대학교가 있다고 하여 조심스럽게 그쪽으로 발길을 돌렸다. 이상한 것이 있다면 대학 쪽으로 가면 갈수록 길을 지나는 사람도 현저히 줄고 식당이나 가게가 아예 문을 닫은 경우도 있다는 것이다.

충격적이다. 뒷골목을 돌고 돌아 대학교 정문 앞 근처의 대로변으로 나온 순간 준서가 마주한 상황은 너무 충격적이기에 입을 닫을 수가 없었다. 떼를 지어 있는 많은 수의 대학생들이 그 큰 도로를 점령하고 경찰들과 마주하고 있었다. 단순히 마주만 하고 있는 것이 아니었다. 돌을 던지고 불붙은 병을 던지기도 하는데 경찰들은 그저 방패로 그것들을 막고 있기만 할 뿐이다. 이런 일이 어떻게 가능하단 말인가? 준서에게 경찰은 무조건 피하거나 도망가야 할 대상일 뿐인데 대학생들은 그 큰 길을 통째로 막고 무언가 큰 소리를 외치며 돌과 불붙은 병을 던지고 있으니 상상조차 할 수 없는 일이 눈앞에서 펼쳐지고 있는 것이었다. 때론 경찰들도 몽둥이를 들고 학생들이 있는 쪽으로 돌진하기도 했으나 학생들은 경찰들이 돌진할 때는 일시적으로 뒤로 후퇴하긴 했으나 다시 경찰들이 있는 쪽으로 밀고 들어오기도 했다. 심한 경우는 학생들 쪽으로 쳐들어간 경찰을 몇몇의 학생이 잡아 두들겨 패기까지 한다. 경찰을 패기도 하다니! 청양에서는 있을 수도 있었던 적도 없는 일을 목격했다.

심장의 두근거림을 누를 길이 없었다. 심장의 박동소리가 몸 밖으로 튀어나오는 것 같고 사고가 정지되는 것 같은 충격이다. 고아원을 탈출하여 노숙을 하면서 세상을 직접 부딪치며 살아남는 법도 익혔고 나름 세상을 알고 있다고 생각했는데 오늘 준서가 본 장면은 '도대체 왜?'라는 말을 준서 자신에게 물어보아도 도저히 알 수가 없었다. 일단 현장을 빠져나올 수밖에 없었다. 도저히 그 자리에 계속 있을 수가 없었다. 누구에게 왜 그러는지 물어볼 수도 없었다. 준서가 이제까지 알고 있는 세상은 몰라도 모른다고 하지 않고 눈치로 스스로 알아가야 했다. 만약 모른다고 물어보면 왜 그렇다고 차근히 알려준 사람이 하나도 없었다. 오히려 물어보는 준서를 업신여기기만 할 뿐 측은한 눈길을 보내기만 해도 다행인 것을 준서는 몸으로 알고 있었다. 고아원 탈출 전 중학교에 다닐 때도 그랬다. 한 번은 공부를 해 보려고 수업시간에 모르는 수학문제에 대해 선생님께 물어본 적이 있다. 그때 선생님의 답변은 간단했다.

"수업시간에 조용히 하기나 해!"

학창시절 준서는 별 문제를 일으키지 않았다. 그러나 선생님 입장에서는 다수의 문제를 만드는 고아들 중의 하나로 준서를 대한 것이다. 자신을 무시하는 선생님의 태도에 대한 수치심과 분노가 일었지만 당시 준서가 대항할 수 있는 것은 아무것도 없었다. '앞으로는 절대 물어보지 않을 것이다'라는 결심을 했을 뿐이다.

놀란 가슴을 진정시키려 준서는 근처의 다방으로 향했다. 시설만 조금 더 좋을 뿐 대전의 다방은 예산의 다방과 비교하여 별 차이가 없었다. 한가지 크게 다른 것이 있다면 다방에서 일하는 여종업원의 나이

대다. 청양의 다방에서 일하는 여종업원은 준서보다는 꽤 나이가 많은데 여기 대전의 종업원은 준서와 비교하여 그리 많지 않은 것으로 보였다.

"못 보던 삼촌이네."

"네 여기 살지 않아요. 그런데 밖이 왜 그렇게 소란스럽죠?"

"학생들이 데모하느라 그러지. 그런데 저렇게 데모한다고 나라를 이길 수 있나?"

"혹시 이길지도 모르지요."

대학생들이 왜 데모하는지도 모르면서 준서는 마치 자기도 데모하는 이유를 아는 것처럼 말했다.

"독재정권 물러가라고 아무리 외쳐야 싹 다 잡아가면 끝이야."

"잡아가기는커녕 두들겨 맞기도 하던데요. 그리고 여기는 삼청교육대로는 안 끌고 가나요?"

"센 놈들은 당연히 안 끌려가고 그저 센 놈들이 똘마니 몇 명 바친 것으로 끝이야. 그저 건달도 힘없으면 당하는 세상이지."

청양의 다방에서 일하는 종업원은 준서가 생각하는 것과 별 다를 바가 없었다. 정상적인 교육을 받지 않았는지 또는 못 받았는지는 몰라도 생각의 수준도 준서와 비슷하고 아는 것도 준서와 다르지 않다. 오히려 준서보다 세상을 이해하는 것이 부족하여 억울한 일을 당하기도 한다. 그런데 여기 대전의 다방에서 일하는 종업원은 대학생들이 왜 데모를 하는지도 알고 더욱더 놀라운 것은 삼청교육대에 끌려가는 이들도 센 놈들은 끌려가지 않고 힘 없는 똘마니들만 끌려간다고 하니 시골에 사는 사람과 대도시에 사는 사람의 차이가 이렇게 크단 말인가? 준서는 같이 일하는 삼식이가 몸을 피하라고 해서 매향리로 피신했을 뿐이다. 이것저것 따질 것 없이 피했다. 그런데 삼청교육대로 끌려가는 자들은 건달 중에서도 힘없는 똘마니만 끌려간다고 하니 놀라지 않을 수 없었다. 자신이 뭐 그리 큰 잘못을 했단 말인가? 그저 장터에서 소란 피우는 것을 정리했을 뿐이고 가끔은 노름판에서 깽판 치는 자들을 제압했을 뿐인데 더 큰 잘못을 하는 형들은 잡혀가지 않는다고? 그럼 준서에게 일을 주는 그 형들은 모두 무사하단 말인가? 과연 이 종업원이 말하는 힘이란 것은 무엇일까? 여관방에서 이런 저런 생각으로 소주 한 병을 마셨으나 잠을 쉽게 이룰 수는 없었다.

현주 아버지는 점심이 다 되어서 일어났다. 일어나긴 했으나 어제 마신 술로 인해 온 몸은 물먹은 솜처럼 무거웠으며 머리는 깨질 것처럼 아팠다. 술이 깬 아침이면 늘 다시는 술을 마시지 않을 것이라고 스스로 약속했지만 저녁때만 되면 다시 술을 마신다. 이제 가족들도 자신을 포기한 듯하다. 그래도 은행을 다닐 때는 출근시간에 맞추어 아내가 깨워 주기도 했으며 일어나면 해장국이 준비되어 있었는데 이곳 매향리로 이사 온 후부터는 자신이 언제 일어나는지에 대해 아무도 관심을 갖지 않는다. 어차피 시간을 맞추어 갈 직장이 있는 것은 아니지만 가족들이 자신을 대하는 태도는 완전히 변했다.

"물 좀 줘."

현주 엄마는 대답도 없이 물 한 잔을 준다.

"해장국은 없어?"

현주 엄마가 소리쳤다.

"끓여 먹어!"

'말도 예쁘게 하는 아주 온순한 여자였는데'라고 생각했지만 현재의 자신을 보면 가족들의 자신에 대한 태도의 변화를 스스로 이해할 수 있었다.

대출업무를 맡은 것은 현주 아버지에게는 큰 기회이기도 했지만 사실 큰 위험이기도 했다는 것을 이제는 알았다. 은행을 입사하여 대출업무가 아닌 것을 할 때에는 아무런 문제가 없었다. 그저 은행에서 배운 대로 매뉴얼에 따라 일했고 모르는 일이 있으면 선임자에게 물어보면 될 일이었다. 가끔 예금을 유치하라는 목표가 주어지기도 했지만 그것은 그리 어려운 일이 아니었다. 예산에서 사업을 하는 이들에게 자신은 은행에서 일한다는 이유로 꽤 알려져 있었고 그들에게 부탁을 좀 하면 목표를 쉽게 이룰 수 있었다. 정 급하면 딸의 친구 아빠이자 약사인 수정이 아빠에게 부탁하면 쉽게 해결되었다. 그러나 대출업무를 맡고 난 이후에는 사정이 좀 달라졌다. 그전에는 저녁때 식사를 하자는 청이 거의 없었는데 업무가 바뀌고 난 후에는 저녁을 같이 하자는 청이 많이 들어왔다. 처음에는 늦은 귀가로 인해 현주 엄마에게 미안한 마음이 들어 일주일이면 두어 번 약속했던 저녁식사가 한두 회 늘더니 매일 저녁식사를 하기에 이르렀다.

그날은 고객들이 예산 외곽의 식당에서 식사를 하자 하여 같이 갔고 백숙을 시키고 기다리던 중 한 고객이 말했다.

"식사 나오기 전에 고스톱 한 번 치시죠?"

어차피 백숙이 완성되어 나오려면 시간이 걸릴 것이다 생각하고 응한 것이 그의 파멸의 시작이었다. 평소에 그는 화투를 즐겨 하지 않았다. 그러나 그날은 좀 달랐다. 패가 잘 들어오기도 했지만 치기만 하면 돈을 땄다. 삼 점에 오백 원 오 점에 천 원 하는 크지 않은 판돈이었지만 식사가 나올 때에는 이미 오만 원이나 땄다. 식사가 끝나고 그냥 집에 가려고 했으나 미안한 마음이 들었다. 식사비도 자신이 계산하지 않았는데 돈도 땄으니 좀 더 화투를 치자는 그들의 청을 거절할 수 없어 계속하게 되었는데 그날따라 화투가 너무 잘 돼서 십만 원 정도나 되는 판돈을 모두 따게 되었다. 은행원 월급이 적지는 않지만 그래도 하룻밤에 십만 원 정도의 돈은 적은 돈이 아니었다. 인생이 그렇다. 악마가 언제 몸에 좋은 쓴 약으로 유혹하던가 언제나 달콤한 사탕으로 유혹하지.

그렇게 시작한 화투는 현주 아버지 스스로 화투에 큰 재능이 있는 것으로 착각하기에 충분했다. 어느 순간부터는 은행업무가 끝나면 으레 근처의 식당으로 향했고 그 식당에서의 주 업무는 식사가 아니라 화투가 되었다. 그리고 처음에는 돈을 이틀 따면 하루는 잃고 그랬기에 왜 이리 늦게 귀가하냐고 하는 현주 엄마에게 미안한 마음이 들기도 했지만 아무 문제가 없었다. 그러다가 점차 돈을 잃는 회수가 늘더니 이제는 집에 주는 월급에도 손을 대게 되었다. 처음 몇 달은 현주 엄마에게 이런저런 핑계를 대며 피해 갔지만 이제는 그렇게 말로 해결할 수 없는 상황이 되고 말았다. 사실 거기에서 현주 아버지가 냉정하게 판단하여 화투를 중단했다면 그리 큰 문제는 아니었다. 그러나 그의 몸과 마음은 이미 화투판에 가 있었고 단순한 화투판이 아닌 노름판까지 가게 되니 주위 사람 아무도 그를 말리지 않았다. 사실 말리는 것은커녕 부추기는 사람뿐이었다. 현주 엄마는 그가 노름판 출입하는 것을 모르고 있었고 가깝게 지내는 수정 아빠도 현주 아버지가 노름에 미쳐 있는 것을 모르고 있었으니 말릴 수가 없었다. 그의 주위에는 같이 노름을 하는 사람뿐이었으니 결국 자기가 늘 만나는 사람이 자신의 미래를 결정한다는 것을 이제야 아는지 모르겠다.

현주 엄마와 아주 사이가 좋지 않게 된 시점도 이쯤에서 시작된다. 결혼할 때 처가에서 집을 사 주기도 했지만 매년 오는 재산세 고지서를 보면 현주 엄마 명의의 땅도 있었다. 아마 돈도 일부 받고 시집을 왔으려니 생각하여 도박자금이 부족할 때면 돈을 요구했으나 현주 엄마는 가진 돈이 없다며 거절했다. 하는 수 없이 사는 집을 담보로 잡히고 모든 돈을 탕진했으니 현주 엄마와는 관계는 그것으로 회복할 수 없는 관계까지 이르렀다. 나중에는 현주 엄마가 도와주었으면 잃었던 것을 모두 찾을 수 있었을 텐데 하며 자신의 잘못된 행동은 반성치 않고 오히려 망가진 원인을 자신을 끝까지 도와주지 않은 현주 엄마 탓으로 돌리니 일이 잘못되었을 때 그 원인을 자신의 부족함으로 인정하는 자가 어디 그리 많던가? 배우지 못한 것을 한으로 여겨 자식의 공부에 전부를 걸은 현주 할아버지의 기대를 뒤로 하고 그리고 그 기대에 부응하여 성실한 삶을 살았던 현주 아버지는 도박의 덫에 걸려 일순간 모든 것을 잃었다.

"현주야 오늘 수업 끝나고 같이 놀 수 있어?"

수정이의 말을 들은 현주는 이상한 마음이 들지 않을 수 없었다. 어릴 적부터 친한 수정이가 같이 놀자고 한 것은 전혀 이상하지 않지만 오늘은 금요일도 아니다. 수정이는 현주와 다르게 공부에는 크게 관심을 갖지 않아 가끔 금요일이나 주말에 집에 오는 엄마의 잔소리를 피하기 위해 같이 놀자는 말을 했다. 하지만 그렇지 않은 경우에는 현주에게 같이 놀자는 말을 잘 하지 않는다. 현주에게는 오직 공부만이 현주의 어려운 현실을 견디게 한다는 사실을 수정이는 잘 알고 있었기 때문이다. 그런 수정이가 현주에게 금요일도 아닌데 놀자고 하니 현주는 이해할 수 없었지만 학교에서 제일 친한 수정이가 놀자고 하니 현주도 별 도리가 없었다.

"어디 갈 거야?"

"떡볶이 먹고 노래방 갈까?"

방과 후에 떡볶이를 먹기 위해 간 곳은 수정이와 늘 함께 가던 떡볶이 집이 아니었다. 이유를 알 수가 없었다. 수정이가 떡볶이를 먹자고 하면 늘 가던 곳은 학교 근처의 떡볶이 집이었고 그곳은 수정이와 현주만이 아니고 다른 학생들도 모두 좋아하는 떡볶이 집이나 오늘 수정이가 가자고 한 곳은 학교에서도 좀 멀리 떨어져 있고 다른 학생들도 잘 가지 않는 그런 떡볶이 집이었다. 수정이가 가자고 하는 대로 가고는 있지만 현주가 수업이 끝나면 늘 가는 도서관과는 반대의 방향으로 가니 현주의 마음도 좀 불편해지기 시작했다. 혹시 떡볶이만 먹고 수정이의 마음이 변하면 노래방은 가지 않고 도서관을 가려고 했는데 도서관과는 반대방향으로 가기 때문이었다.

"왜 이리 먼 데로 가?"

"거기는 좀 지겹지 않아?"

떡볶이를 시킨 수정이가 뜬금없이 말했다.

"아빠는 좀 어떻게 지내서?"

수정이가 아빠의 근황을 묻는 것은 아주 이례적인 일이다. 수정이는 아빠에 대해 물어본 적은 없지만 현주 아빠의 근황은 동네 사람들 누구나 알고 있어 수정이가 모를 리가 없기 때문이다. 그리고 그것은 현주가 대답하기에는 매우 불편한 내용들뿐이기 때문이다.

"별로 달라진 것은 없어."

"그럼 엄마는 잘 계셔?"

이 역시 현주가 대답하기에는 매우 불편한 내용이다. 참지 못한 현주가 불쾌한 듯이 물었다.

"그걸 왜 묻는데?"

수정이는 대답하지 않고 떡볶이만 먹는다. 현주도 더 이상 말하지 않고 떡볶이만 먹었다. 현주는 마음이 매우 불편했다. 제일 친한 친구가 뻔히 사정을 다 알면서도 친구 사이에선 묻지 말아야 할 일종을 금기사항을 먼저 꺼냈기 때문이다. 그런 내용이라면 현주가 먼저 하소연하듯 말할 수는 있다. 그러나 자기가 먼저 말을 꺼내지도 않았는데 대답하기 불편한 내용을 먼저 꺼낸 수정이가 미웠다. 그렇게 둘이는 아무 말 없이 떡볶이만 먹었다. 현주는 노래방은 가지 않을 것이라고 마음먹었다. 이 기분으로 노래방에 가 봐야 스트레스가 풀리기는커녕 수정이에 대한 미움만 커져 그나마 하나 있는 친구마저 잃을 수 있기 때문이다. 떡볶이 집을 나온 수정이가 불쑥 말했다.

"우리 아빠하고 엄마 이혼할지도 몰라."

"아!"

현주는 입 밖으로 작은 신음소리를 내었다.

'수정이 집에도 무슨 일이 있구나!'

수정이도 가끔은 현주에게 말했었다. 아빠와 엄마가 사이가 그렇게 좋지는 않다고. 수정이 역시 다른 누구에게 자기 집의 사정을 쉽게 말할 수 없기에 그런 내용은 현주에게만 말하곤 했었다. 그런 말을 가끔은 들은 현주이기는 하지만 현주는 수정이가 맞이한 상황이 마치 자기가 겪은 상황과 유사하기에 가슴이 철렁 내려앉고 두근거렸다. 현주 엄마는 이혼이란 말을 밖으로 내지는 않았지만 현주 아빠는 술에 취한 날이면 늘 이혼하자고 소리쳤기 때문이다. 현주에게 아빠와 엄마의 이혼은 마지막 남은 자신의 자존심이 무너지는 것 같아 아빠의 이혼 소리만 들으면 그 불안함을 어쩔 수 없었는데 수정이도 현주와 크게 다르지 않을 것이다.

누구든 자신의 인생을 지탱하는 무엇인가가 있다. 현주에게는 공부다. 그녀가 현실을 탈출할 수 있는 것은 공부를 하여 좋은 대학을 가는 것뿐이다. 좋은 대학을 가서 무엇을 하겠다는 것은 대학을 진학한 후의 일이다. 그건 그때 가서 알아볼 일이다. 현주 엄마를 지탱하는 힘은 현주를 대학에 진학하게 하여 자신과 같은 삶을 살지 않게 하는 것이다. 현주 아버지가 이혼을 말하지만 그것은 자신을 지탱하는 힘인 현주를 망칠 수 있기 때문에 입 밖에 내지 않고 있다. 수정이를 지탱하는 힘은 무엇일까? 수정이도 한때 아주 잠깐 동생과 함께 대전에서 학교를 다닌 적도 있지만 엄마의 지속적인 공부 강요로 아빠와 함께 지내고 있다. 수정이 아빠는 엄마와는 다르게 공부가 힘들면 하지 말라는 주의다. 아마도 수정이를 지탱하는 힘은 그저 공부를 열심히 하지 않아도 그녀를 지지하는 아빠일 지도 모른다. 그런 아빠가 엄마의 요구에 의해 이혼을 당하게 된다면 수정이는 과연 어떻게 될까? 현주는 어느 하나도 지탱할 힘을 갖지 않은 아빠가 변한 모습을 보면 수정이가 걱정되지 않을 수 없었다.

  장마 기간이다. 준서는 문지방에 걸쳐 앉아 내리는 비를 쳐다보는 것 이외에는 할 것이 없었다. 농번기에는 마을에 젊은 사람이 많이 부족한 관계로 이리저리 품을 팔러 다녔다. 이곳에서 정착하기 위하여 온 것은 아니었지만 수중에 돈도 떨어지고 심심하기도 하며 사지 멀쩡한 젊은 놈이 방에서 빈둥거리는 것은 다른 사람의 의심을 살 수도 있어 하는 수 없이 품을 팔러 다녔는데 그것이 제법 쏠쏠했다. 이제까지 왜 농촌에서 살 생각을 하지 않았는지 스스로가 이상할 뿐이다. 고아원을 허락 없이 나왔을 때는 체구도 작고 힘을 쓰기에는 어려움이 있었지만 지금 이십을 갓 넘긴 준서는 힘이라면 누구에게도 지지 않을 자신이 있었다. 그 힘을 장터에서 썼고 또 노름판에서 썼다. 지금 생각하면 좀 부끄러운 일이다. 그렇다고 돈을 많이 번 것도 아니다. 자기에게 일을 주는 형들은 얼마나 버는지 몰라도 준서나 준서와 같은 처지에 있는 삼식이에게 떨어지는 돈은 그저 간신히 먹고살 수 있는 그런 정도의 돈이었다.

　시골에서 사는 것이 이렇게 편하다는 것을 준서는 처음 알았다. 가장 편한 것은 인상을 쓰거나 신경을 쓸 일이 없다는 것이다. 장터나 노름판에서는 힘이 있는 체하고 인상을 쓰며 다녔는데 여기서는 인상을 쓰고 다닐 일이 없다. 농사일을 몰라 일이 서툴기는 하지만 그저 시키는 대로 하면 될 뿐이다. 몸이 더 힘든 것은 사실이나 이해할 수는 없지만 일이 끝나는 저녁이면 오히려 마음은 더 상쾌하다. 노름판에서 힘을 쓰고 나면 그날 밤은 마음이 불편하여 잠을 쉽게 이룰 수 없는 것과는 다르다. 농사일은 몸은 힘들지만 저녁을 먹고 반주로 막걸리를 한잔하면 마음이 그렇게 상쾌할 수가 없고 누우면 고민 없이 바로 잠을 이룰 수가 있었다. 먹고사는 문제도 그렇다. 읍내에 있을 때는 방값에 밥값에 그리고 가끔 마시는 술값을 빼고 나면 남는 돈이 거의 없었다. 그러나 여기서는 벚꽃할매 집에서 도시로 나간 아들이 쓰던 빈방을 쓰니 아주 싼 값에 지낼 수 있고 밥이라고 해야 쌀만 있으면 천지에 널린 푸성귀로 먹는 것을 해결할 수 있었다. 게다가 품을 팔러 가면 밥은 해결되고 품을 팔러 가지 않아도 혼자 저녁 먹기에 적적한 벚꽃할매가 부르니 그저 돈 안 들이고 거저 사는 것과 다름이 없었다.

　비가 와서 그런지 해가 떨어질 시간은 아직 아니지만 시간이 조금 지나자 주위가 어두워지기 시작했다. 하루 종일 빈둥거려 배는 고프지 않았지만 그래도 그냥 갈 수는 없어 밥을 하려고 하는 중에 벚꽃할매가 불렀다.

"총각! 부추전 먹어!"

언제 집에 들어왔는지 매향상회에 나갔던 할머니가 마루에서 전을 부치고 있었다. 하루에 몇 번 다니지 않는 버스지만 할머니는 저녁때에 오는 버스가 지나가면 매향상회에서 돌아오곤 했다. 이후에 막차가 있기는 하지만 막차를 타는 손님이라고 해야 공부하고 늦게 오는 현주와 읍내에서 술이라도 한잔 걸치고 오는 마을 사람이 전부라서 막차 손님이 가게에서 뭐를 사는 일는 거의 없는 지라 벚꽃할매는 으레 저녁이 되면 귀가하셨다. 비가 오니 먼저 가신 할아버지가 생각나셨는지 아니면 고향집에 잘 오지 않는 아들들이 그리워지셨는지 막걸리도 준비되어 있었다.

"할머니 제가 부칠 테니 먼저 좀 드세요."

"잘 부칠 수 있겠어?"

"지난 번에도 제법 잘 부치지 않았어요?"

"그래 한번 해 봐."

마냥 얻어먹는 것이 미안한 준서는 벚꽃할매에게 막걸리를 따라 드리고 휴대용 가스레인지 앞에 앉았다.

"총각도 한 잔 받아."

"감사합니다."

벚꽃할매는 오늘 어떤 말씀을 할까? 지난번에는 고향집에 자주 오지 않는 아들과 며느리에 대해 속상하다고 하셨는데 그리고 사실은 아들과 며느리가 보고 싶은 것이 아니고 손주들이 보고 싶은데 겨우 명절이나 할머니 생일 또는 할아버지 기일이나 돼야 얼굴을 보니 아들들을 가르치려고 고생했던 시절이 기억났던 모양이다.

"총각 여기 오기 전에는 뭐 했어?"

불쑥 들어온 벚꽃할매의 질문에 준서는 당황하지 않을 수 없었다. 벚꽃할매는 물론 동네에 사는 누구도 준서에게 과거에 무엇을 했는지 물어보지 않았다. 젊은이가 부족한 마을이어서 그런지 누구도 준서가 불편할 만한 질문을 하지 않았기에 무엇인가 핑계를 댈 이유를 준비해 놓지도 않았다. 그렇다고 청양 읍내에서 힘 좀 쓰다가 삼청교육대를 피하여 왔다고 사실대로 말할 수도 없었다. 따라서 그저 대학입학에 실패해서 농사를 지을까 하는 생각에 왔다고 얼버무릴 수밖에 없었다.

'그래 이제까지 나는 무엇을 하고 살았나?'

준서는 스스로에게 자문했다. 어릴 적에 고아원에 들어온 것은 이유는 잘 알지도 못하지만 준서의 의지가 아니었다. 그리고 고아원을 무단으로 나오기 전 중학교 시절까지는 그저 하루가 불편한 생활의 연속이었다. 학교에 가서 다른 학생들처럼 공부를 해 보려고도 했지만 선생님을 비롯해 누구 하나 자기를 도와주는 사람은 없고 친구를 사귈 수도 없었다. 그러다 보니 자연스럽게 같은 고아원 출신 학생들과 어울릴 수밖에 없었고 이는 다른 학생들로부터 불량스런 하나의 무리로 보이니 무엇인가 기회를 잡기도 어려웠고 상황을 반전시킬 어떤 순간도 없었다. 그런 상황이 싫었고 부원장의 부당한 행동 때문에 고아원을 나왔지만 누구 하나 반겨 주는 사람도 없고 그저 하루하루를 견디는 수준의 생활을 할 수밖에 없었다.

'내 인생은 앞으로 어떻게 될까? 시간이 흐르면 나는 무엇이 되어 있을까?'

이는 준서가 스스로에게 던지는 처음의 질문이었다.

폭음을 한 적은 없지만 수정 아빠의 입장에서는 거의 폭음에 가까운 어제 밤의 음주였다. 평소에는 술은 물론 담배도 피우지 않는 수정 아빠였지만 아내의 입에서 나온 이혼이라는 단어를 처음 듣고 술을 마시지 않을 수 없었다. 스트레스를 극복하기 위한 수정 아빠만의 방법이 없기도 했지만 사실 스트레스를 받을 일도 없었던 수정 아빠는 생활비에 대한 아내의 요구가 너무 과하다고 느껴 거절했으나 이에 대한 아내의 답변은 이혼이었다. 수정 아빠에게 이혼이라는 단어는 가끔 아주 가끔 주위에서 듣기는 했어도 본인이 이런 상황을 마주할 것이라고 생각도 해 보지 않은 단어였다. 이혼이라는 아주 가끔 듣는 말도 남편이 아내에게 요구하는 것을 들었을 뿐 아내가 남편에게 이혼을 요구했다는 말을 들어 본 적은 한 번도 없었다. 그러기에 더욱더 충격적이었다. 도대체 언제 어디서부터 잘못된 것일까?

대학시절 만났던 아내는 수정 아빠가 느끼기에는 천사나 다름없었다. 그냥 보통의 천사도 아니고 아름답기는 캠퍼스에서 찾아볼 수도 없었고 수정 아빠에게 잘하기로는 극진했다. 그런 아름다운 천사라고 생각했던 아내를 만난 것은 군대를 다녀와서 복학한 3학년 초였다. 대학에 입학한 대부분의 학생들이 그렇듯이 어렵게 입학한 대학은 1학년이나 2학년 때는 놀기에 바빴고 군복무를 마치고 복학한 3학년 때부터는 취업을 걱정하여 공부를 시작하곤 했는데 수정 아빠도 다른 학생들과 별반 다르지 않았다. 다른 점이 있다면 약학대학을 다니는 수정 아빠는 취업보다는 4학년에 있을 약사자격증 국가시험을 통과하는 것이 우선이었다. 약대를 졸업은 했으나 약사자격증이 없다는 것은 곧 대학을 다니지 않았다는 것과 별반 다르지 않았다. 그러기에 친구들이 가정학과와 미팅이 있다하여 가자고 했으나 거절했다. 수정 아빠의 아버지는 예산에서 한약방을 하고 있었는데 약사가 되기를 바라는 아버지의 뜻을 잘 알고 있었기 때문이다.

미팅이 임박했으나 급한 일이 있어 불참한 친구를 대신하여 어쩔 수 없이 참석했으니 별로 달갑지 않은 자리였다. 그리고 미팅에 참석하는 여학생들의 반응은 이미 짐작할 수 있었다. 약학대학에 입학한 학생들은 어느 정도의 성실함만 있으면 약사자격증 시험을 통과하니 아주 대단한 미래가 앞에 있는 것은 아니지만 다른 전공의 학생들과 비교하면 비교적 안정적인 직장을 구하거나 약국을 하기에 교내에서는 비교적 인기있는 학생들이었기 때문이다. 수정 아빠 역시 자기가 약학대학 학생인 것을 뻐기지는 않았지만 나름 은근히 자부심도 있었다. 그렇기에 여학생을 사귀거나 결혼은 마음만 먹으면 언제든지 할 수 있는 것으로 생각했으나 미팅에 참석한 순간 한 여학생에게 눈길이 가는 것을 멈출 수 없었다. 미팅에 참석한 네 명의 여학생 중 세 명은 그저 그런 정도였는데 나머지 한 명은 달랐다. 일단 미모가 뛰어났으며 다른 세 명은 자기들을 돋보이게 하기 위하여 말도 많이 했으나 오직 그 여학생만 말도 거의 없었으며 남학생들을 쳐다보지도 않고 눈길도 내리깔고 있었다.

　미팅은 여학생들이 각자의 소지품을 내어놓고 남학생들이 그중 하나를 선택하는 방식으로 시작됐다. 다른 남학생들도 수정 아빠의 눈과 다른 눈을 가지고 있는 것이 아니기 때문에 남학생 모두의 관심은 말없이 눈을 내리깔고 있는 여학생의 소지품이 무엇인지에만 관심이 있었다. 수정 아빠는 세 번째로 선택하기로 되어 있었는데 남은 소지품은 하얀 바탕에 빨간 무늬가 있는 예쁜 손수건과 볼품없는 샤프펜 한 자루였다. 수정 아빠는 작고 귀여운 인형을 선택하려 했다. 그것이 아마 그 말없이 예쁜 여학생의 소지품이라고 지레짐작했다. 그러나 그것은 이미 수정 아빠보다 먼저 선택한 친구가 가져가서 선택할 수 없었기에 포기하는 심정으로 그것도 '에이 빨리 끝내고 가야지' 하는 심정으로 그 볼품없는 샤프펜을 집었다. 그렇게 여학생들이 내어놓은 소지품을 남학생들이 모두 선택하고 난 다음 여학생들이 자신의 소지품을 선택한 남학생의 맞은편에 앉았는데 모두의 예상과는 다르게 예쁘지도 않고 비싸게 보이지도 않는 샤프펜의 주인이 그 말없이 눈을 내리깔고 있었던 여학생이었던 것이다.

　서로의 짝이 정해지고 약간의 대화 후 각자의 짝과 함께 자리를 떴다. 수정 아빠가 여러 여학생을 사귀어 본 적이 없기도 하지만 이번만은 느낌이 달랐다. 본인만의 느낌이라고는 하지만 사실 그 여학생의 미모에 반한 것이지 그 여학생의 성격이나 행동거지에 반한 것이 아니라는 것을 수정 아빠는 그때는 몰랐다. 둘이 만날 때도 수정 아빠는 거의 사정하다시피 해서 만남을 이어 갔다. 세 번 만나자고 해야 한 번을 만나 주니 수정 아빠는 안타까운 마음을 어찌할 줄 몰랐다. 차라리 그 여학생이 아예 만나지 않겠다고 거절이라도 한다면 포기할 수도 있었는데 가끔은 만나 주니 그럴 수도 없었다. 그러던 중 같이 미팅을 한 친구 중에 한 명이 상대방과 잘 되어 같이 만날 기회가 있었는데 그 때 그 친구가 한 말이 수정 아빠의 미팅 상대인 그 여학생과의 관계가 크게 바뀌는 전환점이 되었다.

"이 친구 예산 촌놈이기는 하지만 예산 갑부 아들이야."

수정 아빠의 아버지는 갑부라고 불리기는 부족하지만 나름 의사도 없었던 그 옛날 예산에서 한약방을 하여 큰 부를 일군 분이었다.

꿈 같은 날의 연속이었다. 수정 아빠가 기억하고 있는 아름다운 천사에 대한 기억은 너무 강렬하여 그 이전에 사정하여 만나던 시절의 아픔을 모두 잊게 만들었고 그 이후 죽 수정 아빠에게 수정 엄마에 대한 첫 인상은 너무도 아름다운 천사로 변해 있었으니 아마도 불행은 씨앗이 있는 모양이다. 뿌려진 씨앗은 잠복기를 거쳐 발아하지 않고 그냥 씨앗으로 그 생명을 다하기도 하지만 대부분은 언젠가는 그 싹을 틔우고 그 본연의 모습을 나타내니 그 누구도 그 불행의 씨앗을 모두 걸러 낼 수는 없는 것이 세상사 아니던가? 그리고 그 불행을 당한 자는 씨앗을 뿌린 자가 본인임에도 불구하고 남 탓만 하고 있으니 그 것은 또다른 불행의 씨앗을 뿌리는 것이라는 것을 아는 자가 얼마나 될까?

장마는 끝났고 고추를 수확하는 시기가 왔다. 예산은 사과로 유명하지만 매향리는 다른 지역과는 다르게 고추 농사를 많이 짓는다. 고추는 한번의 수확으로 끝나지 않는다. 푸른 고추가 붉은 고추로 변하면 수확하고 그 기간 중 다른 푸른 고추가 열리며 그 고추가 붉게 되면 다시 수확하여 거의 서리가 내리기 전까지 수확하기 때문에 품을 파는 것도 이 집에서 저 집으로 그리고 다른 집으로 그렇게 계속되다가 다시 이집에서 품을 팔게 된다. 젊은 이들은 시골에 미래가 없다고 하여 대부분 도회지로 나갔기 때문에 일손이 부족하여 준서는 거의 매일 품을 팔 수 있는데 낮에는 고추를 수확하고 해가 떨어져 일을 할 수 없는 저녁이 되면 앞마당에 등을 켜고 그날 수확한 고추를 분류한 후 매일 저녁 트럭을 가지고 다니는 업자에게 그 자리에서 현금을 받고 팔면 하루의 일과가 끝난다. 고추의 시세는 매일 변하기 때문에 그날 수확한 고추가 좋다고 할지라도 시세가 좋지 않으면 농민들은 울상이 되나 올해는 다행히 전반적으로 고추의 시세가 좋아 준서의 일당도 조금은 두둑해진다.

 어느 집의 밭에서 품을 팔지는 주로 벚꽃할매를 통하여 알 수 있다. 준서가 이곳 매향리에 온 지는 얼마 되지 않아 마을 사람들을 잘 알지 못하기에 준서에게 직접 말하지 않고 벚꽃할매를 통해서 알아보는데 벚꽃할매는 농산물을 팔 정도의 농사는 짓지 않고 그저 자손들에게 나누어 줄 목적의 양만큼만 하기 때문에 준서는 거의 매일 남의 밭에서 품을 팔 수가 있었다. 혹 벚꽃할매가 일손이 필요하여 준서의 도움을 받게 되면 준서가 내야 할 월세에서 제하거나 그것보다 많이 일했다 싶으면 얼마간의 품삯도 주니 공짜로 일하는 것은 아니며 대개 벚꽃할매가 후하게 계산을 하니 준서로서는 꼭 돈을 목적으로 한 것은 아니나 언제나 벚꽃할매의 일이 최우선이었다. 오늘도 준서는 벚꽃할매가 가 보라고 한 고추밭으로 향했는데 처음 본 것 같은 젊은 청년도 그 고추밭에 있었다. 준서는 그 마을 사람이면 어느 집에 살고 다른 주민과 어떤 관계인지는 모르지만 매향상회에서 일하기도 했고 마을 주민이 매향상회를 들르지 않아도 버스에서 내리면 매향상회 앞을 지나가니 거의 모든 동네사람들의 얼굴을 알고는 있는데 처음 보는 청년이다.

"안녕하세요?"

"네, 안녕하세요?"

그 청년과 짧은 인사를 나눈 후 고추 수확을 시작했다. 고추를 따는 것은 각자 포대를 하나씩 가지고 각자의 밭고랑에서 포대를 이동해 가면서 붉은 고추를 따기 때문에 대화를 하기에는 부적절하고 또한 그가 시골에서 일하는 배경이 무엇인지 모르는 상태에서 대화를 하는 것은 불편할 수 있어 준서는 그저 맡고 있는 밭고랑의 고추를 딸 뿐이었다.

'경찰은 당연히 아니겠지. 그도 나처럼 삼청교육대에 끌려가지 않기 위하여 시골로 왔나?'

잠깐 그런 생각을 하기는 했지만 일을 게을리할 수는 없었다. 준서가 농부는 아니지만 고추를 따는 일이 전문적인 지식이나 경험을 필요로 하는 것도 아니고 각자 맡은 밭고랑을 보면 얼마나 일했는지 얼마나 고추를 땄는지 금방 알 수 있기 때문이다. 그와 처음 대화를 한 것은 점심을 할 때였다.

"막걸리 한잔 하시죠?"

"감사합니다."

"두 총각이 서로 잘 지내 봐."

막걸리를 한 잔씩 주고받았지만 서로 말이 없자 같이 일하는 동네분들이 말씀하셨다.

준서는 속으로 생각했다.

'분명히 내 부류는 아니야.'

고아원에서 나온 후 준서는 눈치라도 있어야 한 끼 식사라도 해결할 수 있었다. 그러기에 준서는 모르는 사람을 만나면 저 사람이 어떤 사람인지 판단하는 본능적이 감각이 생겼다.

'가방끈이 긴 것 같은데.'

"저는 이승규라고 합니다."

"아. 저는 김준서입니다."

가방끈도 긴 것 같아 보이고 나이도 준서보다는 약간 많은 것 같은데 그 청년은 깍듯이 인사를 한다. 준서로서는 불편하지 않을 수 없었다. 파악이 되지 않는다. 얼굴에 가벼운 기운 하나 없는 것을 보면 자기와 같은 부류는 아니고 얼굴은 검게 그을렸지만 손이 깨끗한 것을 보면 농사꾼도 아니고 그런 청년이 이 시골에서 왜 고추를 따고 있을까? 게다가 예의까지 있다.

"승규총각은 군대 가기 전에 용돈이나 벌려고 일하는 거야."

둘 간의 서먹한 사이를 풀어 주려는 듯 같이 일하는 동네분이 말씀하셨다.

"전 대학 떨어지고 농사를 해 볼까 하여 왔습니다."

두 번째 거짓말. 벚꽃할매가 여기에 오기 전에 무엇을 했냐고 물어보았을 때 둘러댄 거짓말이 이젠 그것이 사실인 양 태연스럽게 말했다.

"준서총각 그런데 얼굴이 좀 낯이 익어."

준서는 깜짝 놀랐다. 준서가 주로 일했던 곳은 청양이다. 그래서 일부러 청양을 피하여 이곳 예산으로 왔다. 이 장 저 장을 돌아다니는 장돌뱅이들이 준서를 알아볼 수는 있지만 그렇지 않은 한 이 마을 사람들이 준서를 알 수는 없는데 과거를 들킨 것 같아 흠칫했다.

"제가 흔한 얼굴인 모양이죠."

그렇게 둘러대기는 했지만 마음이 불편했다.

'이제 이 마을을 떠나야 할 때가 되었나?'

여름방학 기간이지만 현주는 늘 읍내에 있는 도서관으로 출근하다시피 했다. 집안 형편이 어려운 관계로 현주라도 품을 팔면 가정에 조금 도움이 될 수는 있지만 이는 현주 엄마가 절대로 반대하는 일이니 그럴 수는 없었고 현주 역시 지금의 상황을 극복할 수 있는 유일한 길은 자기가 좋은 직장을 잡아야 하고 그러기 위해서는 오직 공부밖에는 없다고 생각했기 때문이다. 그리고 하루 종일 집에 있기도 어렵다. 집에서 공부하는 것도 나쁜 방법은 아니지만 그러기 위해서는 집에서 하는 일 없이 술을 마시거나 누워 있거나 서성거리는 아빠를 마주해야 하기 때문이다. 엄마가 남의 집에 일하러 나간 사이 아빠의 점심을 준비하거나 심부름을 하는 것은 그리 어려운 일이 아니다. 현주가 어려운 일은 아무것도 하지 않고 집에만 있는 아빠를 생각하면 그녀의 머릿속에 있는 오만가지 생각을 어찌할 수 없기 때문이다.

읍내 도서관이라고 해야 크지도 않고 보유 도서도 많지 않지만 그런 이유인지 방문자가 많지 않은 것이 현주로서는 오히려 다행이다. 첫 차를 타고 도서관에 도착하면 도서관에는 도서대출 업무를 담당하는 직원 외에는 거의 아무도 없다. 열람실로 가서 조용한 구석에 자리를 잡고 현주가 처음 하는 일은 매향리로 이사 오기 전 옆집에 살던 아줌마가 이사하던 날 한 말을 상기하는 것이다.

'쯧쯧…. 그렇게 잘난 체를 하더니….'

현주 가족과 옆집은 그리 나쁜 사이가 아니었다. 오히려 사이가 좋았다고 할 수 있다. 현주 엄마는 시골에 있었고 현주 아빠와의 결혼으로 처음 읍내로 왔을 때 이웃과의 관계를 좋게 하기 위하여 나름 노력을 했기에 그 집뿐만 아니라 다른 이웃과도 좋은 관계를 유지하고 있었다. 그런데 현주 가족의 몰락이 이웃들에게 피해를 준 것은 하나도 없는데 어떻게 그렇게 사람이 변할 수 있단 말인가? 현주는 그 아줌마의 말을 생각하여 늘 다짐한다.

'언젠가는 보여 주리라'

현주의 학교 성적은 최상급이다. 아빠의 은행 퇴사로 힘들었던 그때는 잠시 성적이 떨어지기도 했지만 그런 어려움을 극복하고 또한 주위의 좋지 않은 시선을 감당하기 위해서 현주의 마음을 지탱하는 유일한 힘은 성적이었고 그러기 위해서는 과거보다 더 열심히 공부하는 수밖에 없었다. 그러기에 매향리로 이사한 후에는 더 열심히 했고 오히려 집이 어려워지기 전보다 성적이 더 좋아져 학교에서도 개교 이래 가장 좋은 대학을 진학하는 학생을 배출할 것이라는 기대도 있었다. 하지만 도시 학생들과 비교하면 쉽지 않을 것이다. 나라에서 학원과 과외를 금지한 것이 오히려 현주에게는 호재이기도 하다. 물론 수정 엄마는 몰래 수정이 동생에게 과외 선생을 붙여 주었는데 그런 경우는 어쩔 수 없긴 하지만 나라에서 학원과 과외를 금지한 것은 현주로서는 확실히 공정하게 평가받을 수 있는 아주 좋은 기회였다.

사실 현주의 공부에 가장 어려움을 주는 것은 현주가 다니는 학교가 시골에 소재한 학교라는 것도 아니고 불법으로 몰래 과외를 하지 못하는 것도 아니다. 같이 공부할 친구가 없다는 것이다. 학교가 시골에 있어서 그런지 같은 학교 다니는 친구들은 대부분 대학을 갈 생각이 거의 없다. 일부 친구가 대학을 가려고는 하나 현주가 마음에 두고 있는 서울에 있는 대학을 가려는 친구는 거의 없고 대부분 대전에 소재한 학교를 가려고 하니 고등학교 2학년인 지금 현주처럼 도서관에 와서 공부를 하는 친구는 아예 없다. 수정이라도 공부를 하면 좋겠지만 수정이는 수정이 동생과는 다르게 일찌감치 공부에 대한 욕심을 접었다. 수정이가 공부에 대한 생각을 접은 것은 어쩌면 수정이 엄마의 영향을 받아서 그런 지도 모른다. 수정이 엄마는 자식의 공부에 대한 것을 최우선으로 생각하여 너무 강압적으로 공부를 시키니 이를 견디다 못한 수정이는 아예 공부를 하지 않겠다고 선언해 버렸고 그런 이유로 수정이는 동생과 함께 대전에 있지 않고 아빠와 함께 둘이서 예산에 살고 있는 것이다.

　점심시간이 되어 수정이에게 연락을 하니 수정이는 바로 나왔다. 같이 식사를 한다고 해야 분식집에서 라면이나 김밥을 먹는 것이기는 하지만 현주는 혼자 밥을 먹는다고 생각하니 좀 처량하고 수정이도 하는 일 없이 빈둥거리니 심심하기 그지없어 현주의 전화가 반갑지 않을 수 없었다.

"도서관 왔어?"

"응. 뭐해?"

"무엇이라도 할 것이 있으면 좋겠다."

"도서관에서 책이라도 좀 읽어."

"그렇지 않아도 점심 먹고 너와 같이 책이나 읽으려고."

"엄마 아빠는 어떻게 하고 계셔?"

수정이는 잠시 동안 말이 없었다.

아마 당장 이혼을 하지는 않을 것 같다고 한다. 이혼을 하지 않는 대신 수정 아빠는 수정 엄마에게 이전에 주던 생활비보다 훨씬 많은 생활비를 지급해야 되는데 수정 아빠의 말씀으로는 현재 수정 아빠가 벌고 있는 전부를 생활비로 대 줘야 하고 정말 그만큼의 생활비가 필요한지는 수정 아빠가 동의를 할 수가 없었다. 그러나 혹시 이혼을 하게 되면 수정이와 특히 사춘기에 있고 공부에 신경을 써야 하는 수정이 동생에게 너무 큰 영향을 줄 수 있다는 수정 아빠의 판단에 의하여 혼인의 관계는 유지는 하되 수정 엄마가 원하는 금액의 생활비를 주기로 했다는 것 같다. 수정 아빠는 결국 자식들에게 피해가 갈 것을 우려하여 이혼을 선택하지 않는 것이다. 그러면 수정 엄마는 자식을 위하여 이혼을 선택하려는 것일까? 아니면 본인을 위하여 이혼을 하려는 것일까? 현주는 생각했다. 엄마는 이혼을 생각해 본 적은 있을까? 엄마는 본인을 위하여 이혼을 하지 않는 것일까? 아니면 무엇을 위하여 이혼을 선택하지 않는 것일까?

장마 기간이 끝나기는 했지만 아침부터 가랑비가 내리기 때문에 준서는 일을 하러 갈 수 없었다. 큰비는 아니었지만 비를 맞으며 고추를 따면 사람은 둘째 치고 비에 노출된 고추는 쉽게 상할 수 있어 중간상인들이 수거해 가지 않기 때문에 어쩔 수 없이 수확을 할 수가 없다. 이렇게 비가 내리는 날이면 준서가 할 수 있는 것은 벚꽃할매가 자식들에게 주기 위하여 수확한 고추를 관리하는 것뿐이다. 벚꽃할매는 수확한 고추를 직접 말리기 위하여 앞마당에 작은 비닐하우스를 설치했고 빨간 고추를 딸 때마다 비닐하우스에서 말리는데 이때 고추를 비닐하우스 안에 그냥 두면 혹 고추가 썩을 수 있어 때때로 널어 놓은 고추를 뒤집거나 섞어 주어야 했다. 팔기 위한 고추가 아니니 비닐하우스의 규모가 매우 작아 그것을 관리하는 것은 일정 주기로 섞어 주는 것을 까먹지만 않으면 시간은 거의 소요되지 않으니 일이라고 할 수도 없었다.

"총각 호박 좀 하나 따 와!"

준서가 기거하는 방은 할머니가 사시는 집 뒤에 이어 만든 작은 방으로 아마 할머니의 자손들이 점점 성장함에 따라 필요에 의하여 만들었을 것으로 추정되는 데 할머니는 준서가 필요할 때면 늘 준서가 묵는 방을 향해 큰 소리로 불렀다.

"수제비 하시게요?"

"비 오는 날은 수제비 아니면 전을 부쳐야 제맛이지."

준서가 이곳 매향리로 오기 전에는 몰랐다. 호박잎에 가려진 호박을 찾는 것이 제법 기쁘다는 것을. 호박은 따 먹고 따 먹어도 늘 있다. 준서가 농사를 짓는다고 할 수는 없지만 읍내에서 폼을 잡고 먹고 사는 것과는 차원이 다른 보람과 기쁨이 있었다.

벚꽃할매가 늘 준서의 식사를 챙겨 주는 것은 아니었지만 음식을 만들어서 혼자 먹는 것은 불편함을 넘어서는 외로움이 있기에 벚꽃할매는 가능하면 자신의 음식을 챙길 때 여분의 음식을 만들어 준서와 함께했고 준서는 할머니가 음식을 만들 때면 당연히 심부름이나 불을 땐다든가 하는 도움을 주었다. 사실 도움을 준다고 말을 할 수는 없지만 둘은 그런 과정을 통해서 벚꽃할매는 외로움을, 준서는 혼자 식사를 준비해야 하는 불편함을 해결할 수 있었다. 벚꽃할매는 세 명의 아들이 있는데 그들이 할머니를 방문하는 경우는 설과 추석의 명절, 남편의 기일, 할머니의 생일 그리고 가끔은 여름휴가 기간에 방문했으니 벚꽃할매의 외로움은 자식들의 직장생활 때문에 어쩔 수 없다고 생각은 했으나 자주 방문하지 않음을 원망하지 않는 것은 아니었다. 이런 때 준서와 함께 생활하는 것은 큰 기쁨은 아니더라도 외로움을 지우기에는 충분함이 있으니 준서 몫의 식사 준비를 하는 것은 어쩌면 당연하다고 생각했다.

"할머니 설거지는 제가 할게요."

"그래 고마워. 그리고 설거지 후에 가게 좀 봐 줘."

"아니 어디 편치 않으세요?"

"비가 와서 그런지 무릎이 좀 쑤시네."

"네."

가게의 매상이라고 해야 오늘처럼 비가 오는 날은 더욱더 시원치 않다. 손님이라고 해야 담배나 아니면 비가 오는 것을 핑계로 술을 사 가는 손님밖에 없다. 준서가 할머니 댁에 들어온지 몇 달은 월세를 냈으나 할머니의 가게를 보거나 텃밭의 농사일을 도와주기 시작하면서 할머니는 월세를 받지 않으니 둘 간의 계산은 정확치 않지만 이같이 비가 오는 날이면 준서 역시 심심하여 가게를 봐 달라는 할머니의 요구에 선뜻 응했다.

준서가 비 오는 날 가게를 보는 것을 매우 심심한 일이다. 배움이 짧기에 책을 읽는다는 것은 생각해 보지도 않은 일이며 라디오를 켜서 음악을 들으며 그저 밖을 내다볼 뿐이다. 라디오를 켜 놓고 음악을 듣는 것은 그래도 나쁘지 않다. 이 방송 저 방송을 틀어도 음악이 나오지 않을 때는 어쩔 수 없이 뉴스나 대담 등을 듣곤 했는데 그런 내용은 준서가 사는 세상과는 다른 저 세상의 이야기로만 들리기에 이럴 때면 삼식이가 생각이 난다. 읍내에서 일이 없어 삼식이와 같이 있을 때면 삼식이는 어떻게 들었는지 읍내사람들의 소식을 시시콜콜히 이야기해 주었는데 지루함을 느끼지 않을 충분한 재미가 있었다. 점심을 먹은 후라 식곤증도 있어 빗소리를 음악 삼아 졸고 있는데 누군가 우산도 쓰지 않고 가게 안으로 들어왔다. 잠에서 깬 지 얼마 되지 않은 듯 정리되지 않은 머리를 하고 있는 데 특히 초점이 맞지 않는 눈동자는 꽤 인상적이었다.

"소주 두 병에 담배 한 갑 주세요."

이 동네 사람이 아닌 듯하다. 옷차림도 좀 낡기는 했으나 도회지 사람이나 입을 듯한 셔츠를 입었으며 행동거지가 농사일을 해 보지 않은 듯하다. 준서가 이곳 매향리로 온 지도 벌써 사 개월은 지났으니 동네 사람의 이름까지는 몰라도 얼굴은 대부분 알고 있었으나 이 손님은 처음 보는 손님이다. 그러면서도 조금은 얼굴이 익으니 대체 누구인지 알 수가 없었다. 더군다나 상대방도 준서를 아는 체를 하지는 않으니 과연 이 마을에 사는 사람인지 아닌지조차 알 수가 없었다. 그러기에 그 손님에 대한 궁금증은 이내 사라졌고 준서는 음악을 듣는지 빗소리를 듣는지 아니면 졸고 있는지 모를 순간에 다른 손님이 들어왔다.

"김형 막걸리 두 병만 주세요."

"넷?"

"막걸리 두 병이요."

"네."

준서를 '김형'이라고 부른 손님은 밭으로 일을 갔을 때 만난 이승규라는 청년으로 준서는 깜짝 놀라지 않을 수 없었다. '김형'이라니. 준서가 태어나서 처음 듣는 호칭이다.

이 세상 누구도 준서를 김형이라는 호칭으로 불러 준 사람은 없었다. 장터에서 일을 할 때는 김군 또는 총각이라고 불렀고 준서를 어떻게 다른 방법으로 부를 수 없어 불렀을 뿐 불림을 당하는 준서의 입장에서는 거의 '야'에 가까운 느낌이었지 상대방에 대한 존중이 조금이라도 포함된 그런 느낌을 받지는 않았다. 그러나 오늘 막걸리를 사러 온 승규씨가 준서를 부를 때 호칭한 '김형'이라는 표현은 그가 비교적 다정하게 불러서 그런지 아니면 호칭 자체에 그런 뜻이 있어서 그런지 준서를 막 대하는 그런 느낌을 받지는 않았다. 벚꽃할매가 준서를 부르는 호칭도 그렇다. 장터에서 장사꾼들이 총각이라고 부르는 것과 벚꽃할매가 준서를 부를 때 총각이라고 하는 것은 듣는 준서의 느낌 자체가 달랐다. 벚꽃할매가 부를 때는 조금은 애정이 들어간 것 같은 그런 느낌을 받았는데 그것은 준서가 태어나서 처음 느끼는 감정이었다. 부모가 모두 일찍 사망한 고아에게 그때까지 누구 하나 준서를 따뜻하게 대해 주는 이가 없었기에 준서는 이곳 매향리가 조금씩 정이 들기 시작했다.

저녁때 들어오는 버스시간이 임박했다. 읍내에서 이곳 매향리로 들어오는 버스는 이른 아침에 한 대, 통근시간에 맞춘 시간에 한 대, 점심시간에 한 대, 저녁시간에 한 대 그리고 늦은 저녁에 오는 마지막 버스 한 대로 하루에 총 다섯 대가 운행된다. 벚꽃할매가 가게를 봐 달라고 할 때는 특별히 막차까지 가게에 있으라고 말씀하시는 경우를 제외하고는 저녁에 들어오는 버스가 올 때까지만 가게를 보면 된다. 벚꽃할매가 직접 가게를 지키는 경우도 마찬가지다. 이미 자손들을 다 키워 특별히 돈을 벌 이유도 없고 또한 저녁이 지나면 가게를 이용할 마을 주민도 거의 없기 때문이다. 만약 가게 문을 닫은 상태에서 마을 주민이 급하게 가게를 이용할 일이 있으면 벚꽃할매 댁으로 오면 된다. 이 경우 벚꽃할매는 굳이 주민과 함께 매향상회를 같이 가지 않고 열쇠만 내주고 셈은 그 자리서 하니 더욱이 저녁 늦게까지 가게문을 열어 둘 필요는 없었다.

저녁때 들어올 버스가 지나가고 가게문을 닫으려고 할 때 현주가 우산도 쓰지 않은 채 가게 안으로 들어왔다.

"아저씨 소주 두 병에 담배 한 갑 주세요."

방학기간이라서 교복을 입지 않아서 그런지 술과 담배를 사는 현주의 태도가 제법 당당하다.

"미성년자에게는 술과 담배를 팔면 안 되거든."

물론 준서는 현주가 술을 마시거나 담배를 피우지 않는다는 것은 알고 있었지만 그저 농담처럼 말을 던졌다. 이에 현주는 제법 이마에 인상을 쓰며 말했다.

"아저씨! 다 아시면서 왜 그래요."

"나 아저씨 아니야."

준서는 아빠의 술과 담배를 심부름하는 것에 대한 수치심을 느낄 현주에게 작은 농담으로 대꾸했다. 사실 떨어지는 낙엽만 봐도 까르르 웃는다는 꿈 많은 여고생이 아빠를 대신하여 술과 담배를 산다는 것은 얼마나 부끄러운 일인가? 물론 그런 현주가 어릴 때부터 부모 없이 자란 준서와 비교하여 못한 것은 없지만 준서는 내심 현주에 대해 측은한 마음을 거둘 수가 없었다. 그리고 현주에 대한 측은한 마음 이외에 현주 가족이 이렇게까지 망가진 것에 대해 자신도 일조를 한 것 같아 미안한 마음이 있지만 그렇다고 그런 내용을 현주에게 말할 수도 없고 그저 답답하고 미안한 마음을 가슴 한구석에 간직할 뿐이었다. 가게문도 닫았고 현주가 우산도 없는 터라 준서와 현주는 자연스레 같이 걷게 되었다.

"학교 공부 힘들지?"

같이 걷던 현주가 준서를 빤히 바라보며 말했다.

"아저씨도 아시면서."

순간 준서는 움찔했다. 품을 팔기 위해 나간 밭에서 대학에 떨어졌다고는 했지만 준서는 고등학교를 다닌 적이 없다. 그리고 이제까지 공부에 관심을 가져 본 적도 없다. 그저 성인이 되면 고아원을 벗어날 수 있으며 고아원 원장과 같이 지내는 형들에게서 벗어나는 것이 유일한 목표였다. 그런 준서가 고등학교 공부에 대해 아는 것은 전혀 없었기에 그저 다시 한번 같은 농담으로 대꾸할 뿐이다.

"나 아저씨 아니라니까."

현주와 헤어지고 난 후 준서는 생각했다. 장터에서 일할 때 삼식이는 입버릇처럼 말했다.

'돈을 조금 모으면 꼭 장터에 가게 하나 낼 거야.'

준서와 처지가 별로 다르지 않는 삼식이는 장터에 가게를 내는 것이 꿈이고 현주 역시 무엇인가를 위해 공부를 열심히 하고 있고 승규 씨는 일시적이긴 하지만 군대 가기 전 농촌에서 돈을 벌고 있다. 그리고 유성에서 본 대학생들은 무엇을 위하여 경찰에게 화염병을 던지는 것인지? '과연 나는 무엇을 할 것인가?' 이렇게 자신의 미래에 대한 생각해 본 것은 거의 없다. 고아원을 도망 나와 한 것이라고는 굶지 않고 하루를 보내고 이슬 맞지 않고 하룻밤을 보내는 것이 준서의 목표였다. 그 후로 몇 년을 준서는 인생의 아무런 목표도 없이 살아가야 하는 이유도 모른 채 그저 하루하루를 지냈다. 쉽게 잠을 이루지 못하는 밤이었다.

요 며칠 희망이라는 것을 경험한 현주다. 며칠 전 읍내 도서관에 가기 위하여 아침을 먹으려던 현주는 깜짝 놀랐다. 아빠도 아침식사를 같이 하겠다는 것이다. 놀란 것은 그것뿐이 아니었다. 이제부터는 아빠도 일을 하겠다는 것이었다. 현주 가족이 이곳 매향리로 이사 온 이유도 현주 외할아버지가 현주 엄마에게 남긴 밭이 있기 때문인데 현주 아빠는 농사에 관심이 없고 현주 엄마는 농사를 지은 적이 없어 동네 사람이 추천한 고추를 심기는 했지만 농사가 제대로 될 이유가 없었다. 그나마 조금 수확하는 고추마저 품삯을 주고 나면 남는 것이 없기 때문에 현주 가족의 재정상황은 나빠질 대로 나빠져 가고 있는 중에 아빠가 일을 하겠다고 하니 현주로서는 기쁘지 않을 수 없었다. 현주가 기쁜 것은 단지 아빠가 일을 하여 가정경제에 도움을 주겠다는 뜻을 가진 것보다 예전의 다정스러운 아빠의 모습을 보는 것이 더 행복한 일이었다.

현주 아빠는 술만 취하면 거의 습관적으로 현주 엄마에게 말했다. '네가 조금 도움을 주었더라면 이렇게까지 되지 않았을 텐데.' 여기서 현주 아빠가 현주 엄마에게 요구한 조금의 도움이란 매향리에 있는 현주 엄마의 땅을 말하는 것이고 현주 아빠는 왜 그 땅을 팔아 자기를 도와주지 않았냐는 것을 말하는 것이다. 그러나 아무리 세상물정을 모르는 현주 엄마라 할지라도 그 땅만은 팔 수가 없었다. 그것은 자신과 같은 삶을 살지 않기를 바라는 현주의 미래였기 때문이다. 그 모진 현주 아빠의 술주정을 버티면서도 자신의 아버지가 자신을 여자라서 공부시키지 않은 것을 원망하면서도 현주 엄마를 지탱하는 유일한 것은 현주를 공부시키겠다는 것이다. 그러기에 현주 엄마에게 땅은 불행의 씨앗이기도 하며 유일한 희망의 끈이기도 하니 아이러니가 아닐 수 없었다.

"아빠 오늘 많이 힘들었어?"

읍내 도서관에서 늦게까지 공부하고 막차를 타고 귀가하던 현주는 아빠가 하루를 잘 견뎠는지 궁금하기에 막차를 타지 않고 저녁차를 타고 귀가했다. 현주가 본 아빠의 모습은 이미 먹을 시기가 훨씬 지난 파김치와 다를 바 없지만 그래도 오랜만에 경험하는 본래의 아빠 모습이다. 일단 안도의 한숨이 나온다. 술을 마신 것 같기는 하지만 취하지는 않았다. 아빠는 취하면 일단 눈의 모양이 바뀐다. 약간 가늘게 뜬 눈에서 읽을 수 있는 것은 자신의 처지를 비관한 듯하며 세상의 모든 것을 원망하는 듯한 그런 의미가 느껴지는 눈이다.

"응 괜찮아."

"힘들면 내일은 좀 쉬어. 갑자기 일을 하니 더 힘든 것 같은데."

현주 가족은 현주 아빠를 제외하고는 모두 가장이 된 듯하다.

현주는 다음날도 저녁차를 타고 귀가했다. 마음속으로는 어제보다 더 나은 아빠의 모습을 기대하기도 했지만 그건 현실적으로 어려울 것이다. 그저 제발 술에 취하지만 않았으면 하는 마음을 가지고 귀가하는데 매향상회에서 가끔 일을 하는 준서를 만났다.

"오늘은 일찍 오네."

현주가 준서를 아저씨라고 불러서 그런지 준서는 어느새 현주에게 반말을 하고 있었다. 현주는 아빠의 상태를 빨리 확인하기 위하여 막차를 타지 않았다고 말할 수는 없었다.

"오늘은 공부가 좀 잘 되지 않아서요."

"공부가 그렇게 힘들어?"

"한번 해 보세요."

현주가 기대하는 마음과 두려운 마음을 모두 가지고 집을 들어섰을 때 집은 이상하리만큼 조용했다. 방문을 여는 순간

"쉿."

현주는 덩달아 조용히 말했다.

"왜?"

"아빠 주무셔."

"일은?"

"힘들어서 그런지 일하는 중간에 오셨어."

사무실에서 컴퓨터와 볼펜만 가지고 일하던 사람이 막일을 하는 것이 어디 쉽겠는가?

셋째 날. 아! 결국 아빠는 술에 만취해 있었다. 다정하고 인자했던

모습은 사라지고 그 기괴한 눈. 자신을 포기하고 인생을 포기하고 세상을 원망하는 듯한 그 눈. 아빠는 영영 과거의 그 다정했던 모습으로 돌아갈 수 없단 말인가? 현주가 지금 원하는 것은 금은보화가 가득한 그런 집이 아니라 그저 서로가 서로를 따뜻하게 바라보는 그런 가정을 원하는 것뿐인데 그게 그렇게 어렵단 말인가? 아빠가 술만 마시지 않으면 될 텐데 그게 그렇게 어렵단 말인가? 엄마는 등을 돌리고 벽을 바라보며 소리 내지 않고 어깨를 들썩였다. 현주 엄마 역시 현주처럼 현주 아빠에 대한 기대가 있었던 모양이다. 현주가 할 수 있는 유일한 것은 아무 말 없이 엄마를 뒤에서 안아 주는 것뿐이었다.

'차리리 이 세상에서 아빠가 사라진다면 좋겠다.'

'아! 불쌍한 우리 엄마.'

자신도 모르게 현주의 마음은 아빠가 없는 세상이 훨씬 나을 것이라는 생각을 하게 되었다.

8월 한 달은 장마 후 가장 뜨겁기 때문에 농부가 밖에서 일하기에는 아주 힘든 계절이지만 고추농사를 짓는 농부에게는 절정의 수확의 계절이기도 하다. 그 뜨거운 태양은 하루 종일 고추의 색깔을 푸른색에서 빨간색으로 변화시키니 오늘 고추를 따도 내일 또 수확할 고추가 있어 준서는 매일 품을 팔 수가 있었다. 삼청교육대에 끌려가는 것을 피하기 위해 이곳에 왔다. 또한 노름판에서 모든 것을 잃은 현주 가족이 말썽을 부리지 않고 이사를 가는 것을 지켜본 후 그후 어떻게 지내는지에 대한 궁금증으로 삼식이에게 물어 이곳 매향리에 왔지만 자신이 이곳에 왜 왔는지에 대한 것을 이미 잊어버리고 하루하루를 지내고 있었다. 아마도 그것은 땀 흘리는 것에 대한 보람이 있기에 가능했을 것이다. 장터에서의 일이나 노름판에서의 일은 하는 일에 비해 돈은 넉넉하게 받을 수 있으나 보람을 느낄 수는 없어 특별히 미래에 대해 생각하지 않고 사는 준서는 번 돈도 쉽게 써 버렸으나 매향리에서 번 돈은 돈을 쓸 일조차 없고 쉽게 쓰지도 않으니 제법 돈도 모을 수 있었다.

매향리에서 제법 부농에 속하는 김할아버지는 고추농사를 수천 평이나 지으니 가족의 힘만으로는 고추를 수확할 수 없어 외부의 일손이 필요한지라 벌써 열흘 넘게 김할아버지 밭에서 품을 팔 수 있었다. 특히나 김할아버지는 그리 인색하지 않아 새참도 후해 항상 돼지고기에 막걸리가 빠지지 않았을 뿐 아니라 당일의 고추 시세가 좋을 경우에는 약속한 품삯에 만 원이나 더 주니 굳이 다른 집에 가서 품을 팔 이유가 없었다. 새참과 품삯 이외에 매일 담배도 한 갑씩 주었으나 담배를 피우지 않는 준서는 매일 저녁 받은 담배를 벚꽃할매에게 주었다. 김할아버지 밭에서 품을 파는 자는 준서 이외에 여럿이 있었는데 농사를 적게 지어 일손이 남는 댁도 있었고 군대 가기 전 일시적으로 일한다는 이승규씨도 있었는데 고추를 따는 작업이 크게 대화가 필요하지 않기도 하고 그는 말수가 적어 새참이나 점심을 먹을 때 입을 여는 경우가 거의 없으니 자연스레 목례로 눈인사만 할 뿐이었다.

열흘 정도 계속된 고추 따기에 수천 평이나 되는 고추 밭도 오늘은 일찍 작업을 종료할 수 있을 것 같아서 그런지 막걸리를 곁들인 점심도 늘어지고 있었다. 오늘 예상 작업량을 보면 그리 많은 인원이 필요하지 않은 것을 뻔히 알 수 있었는데 그리 인색하지 않은 김할아버지의 성정 때문에 그런지 작업자를 줄이지는 않았다. 아마 김할아버지는 인색하게 하지 않는 것이 더 큰 이문을 가져올 수 있다고 생각하는지도 모른다. 품삯을 주는 자는 품삯을 받는 자를 선택할 수 있지만 품삯을 받는 자도 품삯을 주는 자를 선택할 수 있다. 급하게 일손이 필요할 때는 일손이 부족하여 품삯을 받는 자가 주는 자를 선택할 수 있으니 평소에 인색하게 하지 않는 것이 급할 때면 일꾼을 쉽게 구할 수 있어 이문이 되기도 한다. 농산물은 시기를 놓치면 큰 손해를 볼 수 있기 때문이다. 장터에서도 마찬가지였다. 당장의 이익보다는 덤도 좀 주고 믹스커피라도 돌리는 장사꾼이 항상 손님이 많았다. 저녁도 되기 전에 작업이 끝나 집으로 가려고 하는데 이승규씨가 준서에게 말했다.
"김형 저녁 같이 할 수 있어요?"
 승규씨나 준서 모두 매향리에 연고도 없고 마을에 동년배의 청년도 없기 때문에 외로움을 느껴 저녁을 같이 하자고 했을 수도 있으나 준서는 승규씨와 저녁을 같이 하는 것에 불편함을 느꼈다. 마을 주민이 묻기에 대학을 떨어졌다고는 했지만 준서는 대학 문턱은커녕 고등학교도 다니지 않았는데 승규씨는 대학을 다니다가 군대를 가기 전이라고 하니 대화를 하다가 보면 그것을 들킬 것도 같았고 숨기자고 하니 과연 숨길 수 있는가 하는 불안한 마음이 있었다. 하지만 달리 저녁을 같이 하지 않을 핑계도 없었고 대학생활에 대한 궁금함도 있어 저녁을 같이 하기로 승낙했다.

"막걸리 가지고 제 집으로 오세요. 아시죠? 저는 김할아버지 댁 위 작은 외딴집에 있어요."

마음에 불편함을 느낀 준서이기는 하지만 피해 갈 수 없는 관문 같았다. 장터에서도 마찬가지였다. 삼식이와 같이 처음 폭력을 행사한 날을. 준서가 폭력을 행사할 마음은 전혀 없었지만 어쩔 수 없이 피해 갈 수 없음을 느끼고 폭력을 행사한 첫날을.

막걸리 몇 병을 가지고 승규씨가 사는 집을 방문했을 때는 승규씨는 식사 준비에 한창이었다. 식사 준비라고 해야 밥을 하고 김치에 약간의 밑반찬을 기대했는데 승규씨는 어디에서 구했는지 돼지고기 두루치기를 하고 있었다.

"앉아요. 곧 준비됩니다."

마당 가운데에는 멍석이 펴져 있었고 그 위에는 알루미늄으로 만든 다리가 세 개인 쟁반 겸 간이 밥상이 있었다. 8월의 모기는 대단하기에 모깃불도 펴 놓았는데 두루치기를 하느라 돌보지 않았는지 연기가 너무 나서 준서는 그냥 앉을 수가 없어 모깃불을 살폈다.

"합시다."

승규씨는 상 위에 밥과 두루치기, 밑반찬 그리고 준서가 사 온 막걸리를 올려놓았다.

술잔이 서너 번 돌았을 때까지는 그저 매향리 생활에 관한 것이었다. 힘들지 않냐 또는 어느 댁은 일하기가 힘들고 어느 댁은 좀 수월하다 등. 승규씨와 준서가 의견이 일치하는 것은 김할아버지에 대한 평판이었다. 인색하지 않고 품삯이 좀 후하다는. 그러다가 승규씨가 갑자기 준서에게 물었다.

"대학은 무엇을 전공하려고 했어요?"

"……"

준서는 갑자기 귀뚜라미 소리가 더욱더 크게 들리는 것 같았다. 아니 그것은 어쩌면 준서의 심장박동 소리일지도 모른다. 그러다 준서는 '지금은 거짓말로 빠져나갈 순간이 아니다'라고 느꼈다. 거짓말을 한다고 해도 바로 들킬 것 같은 바로 그 순간이라고 느꼈다.

"저 사실 고등학교도 다니지 않았습니다."

준서가 놀란 것은 승규씨가 전혀 놀라지 않는다는 것이었다. 이미 그런 사실을 알고 있었다는 듯.

"음 그래요?"

준서는 자신이 고등학교도 다니지 않았다는 것을 동네분들에게 비밀로 해 달라고 부탁하려는 마음도 있었으나 어쩌면 승규씨라면 그런 것을 떠벌리고 다니지는 않을 것이라는 생각이 들었다.

"여기는 삼청교육대에 끌려가는 것을 피하려고 와 있는 것입니다."

승규씨는 술 한 잔을 마시며 그저 고개를 끄덕였다. 준서는 그렇게 말하고 술만 마셨다. 후련했다. 취한 중에도 나이를 묻고 이제 형이라고 부르겠다고 한 것까지는 기억이 난다. 그리고 준서가 승규에게 물은 마지막 질문.

"대학생활은 어떤 것인가요? 그리고 왜 경찰에게 화염병을 던지나요?"

이 질문에 대해 승규씨가 대답을 했는지 아니면 하지 않았는지는 기억나지 않았다.

수정이는 이제 주말만 되면 불안하다. 수정이는 엄마와 함께 대전에서 같이 사는 것을 거부했고 아빠도 강하게 권하지는 않았지만 동생과 함께 동생의 공부를 목적으로 대전으로 이사를 간 엄마는 동생의 시험 기간을 제외하고는 거의 주말마다 예산 집에 왔다. 처음 몇 달은 엄마와 동생을 기다리기까지 했다. 특히 자기를 따랐던 남동생은 이제 사춘기가 되어서 그런지 집에 잘 오지도 않고 엄마만 집에 왔다. 남동생도 가끔 오기는 했지만 아빠가 보고 싶다고 몇 번을 전화해야 한 번 정도 오니 엄마와 동생이 대전으로 이사를 간 지 일 년 반 정도 된 지금의 집안 분위기는 과거와는 아주 다르다. 어제만 해도 그랬다.

"이럴 거면 아예 헤어져!"

"헤어지다니 말이나 되는 소리를 해!"

아빠와 엄마의 대화 마지막은 항상 그렇게 끝났다.

수정이네 집은 인근에서도 아주 화목한 집으로 통했다. 수정 아빠는 내향적이어서 그런지 말수도 적으나 동네 사람들에게는 친절한 사람이었다. 더욱이 약사이기에 근동에 있는 이들은 수정이 아빠의 신세를 지지 않은 자가 없었다. 사실 신세를 진 것은 아니고 돈을 내고 약을 구매했을 뿐이지만 의사를 만나기 어려운 시절에 동네 사람들이 조금 아프거나 건강에 이상이 생기면 당연히 수정 아빠를 찾아가고 평소 말수는 적으나 상담을 할 때는 아주 상세히 설명하고 친절하게 대하니 동네 사람 모두가 법이 필요 없는 사람이라고 했다. 하지만 내향적이고 소극적인 성격인지라 무슨 일을 일어나면 앞서서 나가는 경우는 없으니 집안에서의 주도권은 항상 수정 엄마에게 있었다. 수정 엄마는 수정 아빠와는 달리 아주 활달한 성격으로 미모도 있어 동네 사람들에게 인기가 있었다.

어젯밤의 주제는 부동산 투자에 관한 것이었다. 수정 엄마는 수정 아빠에게 예산에 있는 아빠 명의의 건물을 팔아 대전에 있는 아파트를 사자는 것이었다. 그리고 그 명의도 엄마 앞으로 해 달라는 것이었다. 동생과 대전에 같이 살고 있는 엄마는 전세로 아파트에 살고 있었고 올겨울이 되면 만기가 되니 아예 예산 건물을 하나 팔아 대전에 있는 아파트를 사고 그 명의도 엄마 앞으로 해 달라는 것이었다. 수정 아빠로서는 받아들이기 어려운 제안이었다. 첫째, 그 건물은 본인이 일해서 산 건물이 아니고 수정 아빠의 아버지가 한약방을 해서 번 돈으로 취득한 건물로 상속을 받기는 했지만 그 건물을 판다는 것은 돌아가신 아버님께 굉장히 죄스러운 마음을 느꼈기 때문이다. 둘째로 건물을 팔고 아파트를 사는 것까지는 동의를 한다고 해도 그 명의를 수정 엄마 앞으로 해 달라고 하니 이것은 더욱더 동의할 수가 없었다.

"어차피 이혼하게 되면 법적으로 당신 재산 반은 내 거야."

"대체 무슨 말을 하는 거야?"

수정 아빠는 믿을 수가 없었다. 결혼 이후 수정 아빠는 줄곧 약국을 개업한 상태에서 돈을 벌고 있었고 수정 엄마는 가정주부로만 살았지 재산 형성에 도움을 준 일이 전혀 없다. 그런데 이혼을 하게 되면 법적으로 자기 재산의 반을 아내에게 주어야 한다고 하니 도대체 이해할 수가 없었다. 더욱더 기가 막히는 것은 자신은 약학을 전공했고 아내는 가정학을 전공했기에 수정 아빠나 수정 엄마 모두 법에 대해서는 전혀 모른다. 가정학에서 이혼을 할 경우의 재산 분할에 대해 가르치는지는 모르지만 아내가 '법적으로'라는 표현을 썼다는 것은 이미 이혼을 전제로 해서 변호사의 조력을 받았을 것이라는 것에 더욱 충격을 받았다. 자신은 너무 억울했다. 담배는 물론 술도 마시지 않았고 약국을 개업했기에 야근도 없었다. 간혹 야간에 약을 구하려는 환자가 대문을 두드리기는 했지만 그런 경우는 일 년에 두세 번일 뿐이다. 결혼 후 오직 가족을 위해서 살았을 뿐인데 이혼이라니. 거기에다 재산의 반을 위자료로 주어야 한다니.

　수정이는 가정의 불화가 자신으로부터 시작된 것 같아 아빠와 엄마에 대한 미안한 마음이 컸다. 부모님의 불화가 시작된 것은 동생의 공부를 위하여 동생이 중학교에 들어갈 때 엄마와 동생이 대전으로 이사한 시점부터 시작되었다. 같이 살지 않아 대화가 부족했는지 아니면 다른 원인이 있어서 그런지 수정이는 알지 못한다. 동생과 엄마가 대전으로 이사를 하게 된 것은 분명히 수정이 학업성적과 관련이 있었다. 본래 공부에 관심이 없었던 수정이는 그래도 국민학교 때는 제법 공부를 했었다. 시험이 있을 때면 엄마는 수정이를 강제로 공부를 시키니 시험기간이라도 논으로 밭으로 일을 나가야 하는 다른 친구들 보다는 당연히 성적이 우수할 수밖에 없었으나 수정이가 중학교에 들어간 이후에는 성적이 뚝뚝 떨어졌고 오직 자식의 공부에 목을 매고 있던 수정 엄마는 수정이 동생만큼은 공부를 시키겠다고 이사를 했던 것이다. 수정 아빠는 수정 엄마가 대전으로 이사 가는 것을 반대했으나 수정 엄마의 뜻을 꺾지 못했고 수정 아빠와 수정 엄마의 불화는 그때부터 시작되었다.

9월이 되었다. 이제 아침과 저녁에는 제법 선선한 바람이 불어 얇은 이불을 준비하지 않고는 잠자리에 들기가 어렵다. 고추 농사도 거의 끝나가 이즈음이면 고추밭의 일손도 그리 많이 필요하지 않다. 상품성이 별로 없는 고추에 품을 사면서 농사를 짓는 경우는 별로 없기 때문이다. 준서는 아침식사를 마치면 마치 출근하듯 매향상회로 나간다. 벚꽃할매 댁에 처음 머물 때는 월세를 내기로 하였는데 요즘은 준서가 품을 팔러 나가지 않는 날은 할머니의 부탁으로 매향상회를 가고 할머니는 이제는 준서가 가족인 양 매끼 식사를 준비한다. 준서가 얼마의 월세를 내야 할지 또는 할머니가 밥값과 방값으로 얼마를 받아야 할지를 따지는 것은 이제 의미가 없게 되었다. 둘은 서로의 필요에 의하여 한집에 살게 되었지만 이제는 가족이 된 것처럼 지내고 있다.
 준서가 매향상회에서 일을 할 때 가장 문제가 되는 것은 심심함이다. 가게에 손님이 많이 오면 심심할 리가 없건만 하루에 손님이 많이 와야 열 명 정도가 되니 그저 무료하게 가게에 앉아 있는 것도 큰일이 되었다. 처음 며칠은 라디오로 견딜 수 있었다. 주로 이 채널 저 채널을 옮겨 다니면서 음악을 들었는데 그것도 이내 시들해졌다. 그러면 준서가 할 수 있는 것이라고는 밖을 멍하니 바라보는 것인데 그것도 하루이틀 이었다. 때마침 현주가 가게에 들렀다.
 "소주 두 병 주세요."
 이제 현주는 소주를 살 때에도 크게 수치심을 느끼지 않는다. 부끄럽지 않은 것은 아니지만 수치심은 남이 모르고 있는 것을 들킬 때에나 느끼는 것이지 이미 준서는 현주네 집 상황을 대략 알고 있는 터이기에 현주는 이제 크게 수치심을 느끼지 않는다.

　준서도 그랬다. 처음 초등학교에 들어간 날 준서는 다른 학생들이 준서가 고아원에 있다는 것을 알기를 원하지 않았다. 좋은 옷은 아니지만 그래도 깨끗한 옷을 입으려고 노력했다. 그러나 그러한 노력은 오래가지 않았다. 학부모가 학교에 와야 하는 날에 누가 준서의 부모를 대신하여 올 사람은 아무도 없었으며 예상치 않게 비가 오는 날에는 다른 학생들은 주로 엄마가 우산을 들고 교문 앞에서 기다렸으나 준서를 기다리는 어른은 아무도 없었다. 중학교에 들어 가서는 자신이 고아임을 아예 숨기지도 않았으며 수치심을 느끼지도 않았다. 다른 학생들도 준서가 고아임을 알고 접촉하는 것을 꺼리니 준서도 굳이 행동을 조심할 이유가 없었다. 환경이 전적으로 사람을 만드는 것인지는 몰라도 준서의 중학교 생활은 큰 문제아는 아니었지만 당연히 모범생과는 먼 생활이었다. 그러나 이곳 매향리로 와서 만난 사람들은 일손이 필요할 때마다 준서가 도움이 되어서 그런지 막 대하지 않는다. 고등학교도 다니지 않았다는 것을 알고 있는 승규씨도 준서를 막 대하지 않는다.

　"현주씨 요즘도 학교 끝나면 도서관에서 공부하고 와?"

　현주를 '현주씨'라고 부르는 것이 어색하다. 그렇다고 몇 살 어린 학생에게 완전히 존댓말을 할 수도 없고 '현주야'라고 막 부를 수 없어 어색하게 '현주씨'라고 불렀다. 현주는 준서를 빤히 올려보더니 말했다.

　"반말을 하려거든 전부 반말로 하시고 존댓말을 하려거든 전부 존댓말로 해 주세요."

"……."

"그냥 '현주야'라고 불러 주세요."

준서는 어렵게 말을 이어 갔다.

"도서관에서 책 좀 빌려다 줄래?"

"어떤 책요?"

"아무것이나. 가게에서 혼자 있기 너무 심심해서."

그렇게 시작된 책읽기다. 현주는 도서관 사서에게 젊은 남자가 좋아할 만한 책이 무엇인지 물어보아서 책을 빌려다 준서에게 주었고 준서는 가게를 지키는 무료함을 달래기 위해 책을 읽었다. 주로 소설책을 빌려다 주었는데 사실 별 재미는 없었다. 대체 누가 어떤 목적으로 글을 썼는지 무엇을 말하려고 하는지도 몰랐다. 그저 가게만 지키고 앉아 있기에는 너무 심심해서 책을 읽었을 뿐이다. 중학교밖에 다니지 않은 준서에게 책읽기를 권하는 자는 아무도 없었으며 또 책을 읽고 독후감을 쓰라는 자는 더욱이 없었다. 어쩌면 준서는 고등학교도 다니지 않은 자신의 무식함을 감추기 위해서 책을 읽었는지도 모른다. 혹 누군가를 만나 '나는 어떤 책을 읽었습니다.'라고 말하여 '나는 고등학교를 다니지는 않았지만 그리 무식한 사람이 아닙니다.'라고 말하기 위하여 책을 읽었는지도 모르겠다. 몇 권의 책을 읽고는 준서는 스스로가 좀 뿌듯한 마음이 들기도 했다. '책이라니. 내가 책을 읽은 것은 도대체 얼마 만인가?'

책을 대신 빌려주는 관계로 시작된 현주와의 만남은 만남이라고 말하기는 어려워도 며칠에 한 번 또는 준서가 품을 파는 날이 길어지면 이삼 주에 한 번 만날 수밖에 없었는데 현주로서는 그리 어려운 일도 아니었고 자신 가족의 치부를 모두 알고 있는 준서를 만나는 것이 이제는 그리 불편한 일이 아니었다. 하지만 준서는 달랐다. 준서가 현주 아빠를 노름판으로 끌어들인 것도 아니었고 도박자금이 부족했을 때 현주 아빠의 집을 담보로 자금을 조달하는 데 일조를 한 것도 아니었지만 현주 가족이 이사를 갈 때 지켜본 것이 마음에 걸렸다. 결과적으로는 이사 가는 것을 지켜보기만 했지만 만약 순순히 이사를 가지 않았다면 준서는 무력을 행사할 수밖에 없었을 것이고 이것이 준서의 마음 한 켠에 있는지라 준서가 현주를 대할 때 다정하게 말하는 것은 위선이라는 생각 때문에 쉽게 '현주야!'라고 말하기 어려웠다.

'금일은 쉽니다.'

토요일이지만 수정 아빠는 약국 문을 닫았다. 부모님이 돌아 가셨을 때와 명절을 제외하고는 토요일에 약국문을 닫은 적은 단 한 번도 없었다. 아내와 아이들과 함께 놀러 나가는 것도 일요일에만 갔지 그 외에 약국문을 닫고 놀러 간 적은 한 번도 없었다. 그렇게 월요일부터 토요일까지 아침 아홉 시에 시작하여 저녁 여덟 시까지 성실함으로 치면 누구에게도 뒤지지 않고 일을 했다. 별다른 취미가 있는 것도 아니고 그 흔한 계모임도 없었다. 가끔씩 아주 가끔씩 집에 늦게 들어가는 날은 동네 친구들이 저녁을 먹자고 할 때 약국문을 닫은 후에 저녁을 먹었을 뿐이다. 저녁을 먹는다고 해야 술을 하지 않는 수정 아빠이기에 그저 저녁만 먹고 귀가했다. 그렇게 자신은 가족만을 위해 살았다고 생각했는데 이혼이라는 것을 받아들일 수가 없었다. 게다가 이혼을 하게 되면 자신 재산의 반을 위자료로 주어야 한다고 생각하니 친구에게 소개받은 변호사를 만나 정말 법적으로 재산의 반을 아내에게 주어야 하는지 상담을 받아 볼 생각이다.

만나기로 약속한 변호사는 대전에 있기에 이참에 대전 집도 들러 볼 생각이다. 아들이 막내인 까닭에 수정 아빠는 자주 보기를 원했지만 대전으로 이사한 후 수정 엄마가 예산 집으로 올 때마다 같이 오곤 했는데 최근에는 수정 엄마가 예산 집에 자주 오지도 않지만 가끔 오는 그때도 같이 오지 않으니 궁금하기도 하고 보고 싶기도 해 대전 집부터 먼저 들를 예정이다. 유성 터미널에 도착한 수정 아빠는 택시를 탔다. 아내와 막내기 대전으로 이사를 한 후 몇 번 대전 집을 방문하기는 했지만 자주 가지는 않았기에 수정 아빠는 이것이 이혼의 이유가 되었나 생각하기도 했지만 이내 생각을 접었다. 아내가 하는 일은 단지 수정이 동생을 돌보는 일뿐이다. 자신은 온 가족의 생계를 책임지고 있으며 수정이와 둘이 살면서 반 정도는 예산 집의 살림도 해야 한다. 고등학생인 수정이가 살림을 도와주고는 있지만 전적으로 맡아서 하는 것이 아니기에 수정 아빠는 퇴근 후에도 청소를 하기도 했으며 어느 정도는 수정이의 식사도 챙겨야 한다. 그런 생활이 거의 이 년이 다 되어 가는데 이혼을 하게 되면 재산의 반을 잃어야 한다고 하니 납득할 수가 없었다.

아파트의 문을 열고 들어간 순간 수정 아빠는 놀라지 않을 수 없었다. 집이 정리가 전혀 되어 있지 않았다. 살림만 하는 여자 하나와 중학생 아들이 사는 집이라는 생각이 전혀 들지 않았다. 아들 방을 들어가 보니 옷가지가 온 방에 널려 있어 발을 디디기가 어려웠다. 아무리 정리하지 않는 남자 아이라고 해도 그렇지 이런 정도면 최소 며칠은 엄마가 정리해 주지 않은 방이다. 책상을 봐도 그렇다. 책꽂이의 빈칸이 많음에도 불구하고 대부분의 책은 책상 위에 널브러져 있었다. 책을 살펴보아도 손때가 거의 묻어 있지 않다. 책에 손때가 묻어 있지 않다는 것은 책을 거의 보지 않았다는 것이고 공부에도 관심이 없다는 것을 의미한다. 과외비를 빌미로 그 많은 돈을 요구하여 가져갔는데 정작 아들 방에서 수정 아빠가 느끼는 것은 수정이 동생이 공부한 흔적을 발견하지 못했다는 것이다. 냉장고를 열어 보니 별반 차이가 없다. 냉동실에 있는 먹다 만 피자를 보면 수정 엄마가 수정이 동생을 어떻게 돌봤는지 물어보지 않아도 알 수 있을 것 같았다.

  아내 방의 농을 열어 보아도 신발장을 열어 보아도 아내가 이곳 대전에서 어떻게 살고 있는지 훤히 짐작할 수 있었다. 농 안의 옷은 값비싸 보였으며 심지어는 한 번도 입어 보지 않은 듯 태그가 떼어지지 않은 옷도 있었으며 신발장의 신발은 왜 그렇게 많은지 이제까지 자신이 보낸 돈으로 수정 엄마가 한 일은 아들은 돌보지 않고 오직 자신의 사치에만 관심이 있었다는 것을 알 수 있었다. 수정 아빠는 치미는 분노를 참을 수 없었다. 마침 수정이 동생의 하교 시간에 맞추어 집에 들어오는 듯 수정 엄마가 귀가했다. 좀처럼 대전 집에 오지 않았던 수정 아빠가 집에 있는 것을 본 수정 엄마는 깜짝 놀랐다. 수정이 아빠는 고함부터 질렀다.

"대체 집이 이게 뭐야!"
"……."
수정 엄마는 대답하지 못했다.
"집안 꼴이 대체 뭐냐고!"
대꾸를 하지 못하던 수정 엄마가 별안간 큰 소리로 외쳤다.
"그러니까 왜 말도 없이 오냐고!"
잘못했다는 말을 기대했던 수정 엄마의 입에서 오히려 큰소리가 나오자 수정 아빠는 순간 화를 참지 못하고 아내의 볼에 손찌검을 했다.
군대 가기 전에 친구들과 함께 취하도록 술을 마신 것을 제외하고는 처음으로 이렇게 술을 마신 것 같다. 변호사와 상담한 결과는 이혼을 하면 위자료로 주어야 할 재산은 대체로 수정 엄마가 주장한 말이 맞다고 한다. 수정 엄마가 이혼을 원하는 경우 이에 응하지 않으면 이혼이 쉽지는 않겠지만 합의이혼을 하지 못하고 소송에 들어가면 별의별 추악한 경우를 당할 수 있다고 한다. 수정 아빠의 오늘 손찌검은 아마 상습적인 손찌검으로 둔갑할 것이고 상해진단서도 예상해야 한다고 변호사가 말한 부분에서는 그 순간을 참지 못한 자신이 원망스럽기도 했지만 너무 억울한 마음도 들었다. 단 한 번의 폭력이었는데. 최근 부부관계가 없는 것도 주된 이유는 아니지만 이혼 사유가 될 수 있다고 한다. 수정 아빠가 부부관계를 꺼린 것은 아니지만 아내가 대전에 이사를 간 이후 예산 집에 오기만 하면 돈 얘기를 하니 부부관계를 할 마음이 들 리가 있겠는가? 혹 이혼소송에서 승소를 할지라도 어떻게 '이렇게 혼인관계를 유지하는 것이 의미가 있을까?'라는 생각이 들었다.

취중에 친구가 한 여러 말 중 딱 하나 기억에 있는 말은 '우리 나이가 되면 남자는 다들 이렇게 살아'다. 수정 아빠에게는 천사 같은 아내였는데. '어쩌다 이렇게까지 되었나? 앞으로의 내 인생은 어떻게 될까? 그리고 이혼을 하게 된다면 아이들은 어떻게 하라고' 수정 아빠는 차라리 대전 집을 오지 않았더라면 하는 생각을 했다. '가능하다면 시간을 되돌리고 싶다. 수정 엄마가 아이들을 데리고 대전으로 이사를 한다고 할 때 강력히 말렸어야 했는데' 그러나 수정 아빠는 몰랐다. 시간을 되돌리려면 결혼 전 미팅했던 친구를 수정 엄마와 함께 만날 때 친구가 했던 말 그 시점 이전으로 되돌려야 한다는 것을.

'이 친구 예산에서는 갑부 아들이야.'

새로운 시작

　추석이 얼마 남지 않았다. 이제 고추 농사는 끝물이라 일손이 크게 필요하지 않고 사과를 수확해야 하나 이른 추석인 관계로 수확량이 적어 아직은 품을 팔 수 없었다. 준서는 벚꽃할매가 준비한 아침을 먹고 매향상회로 나갔다. 품을 파는 날은 어쩔 수 없지만 그렇지 않은 날은 거의 늘 아침식사 후 매향상회를 나간다. 현주가 빌려 온 책이 있기에 지루함은 덜하지만 살짝 서늘한 아침 공기 때문인지 가슴 한 켠의 쓸쓸함은 어쩔 수 없다. 장터에서 일을 할 때는 가장 바쁜 시기다. 평소에는 농촌에서 구하기 어려운 물품 위주로 장이 서지만 이맘때면 추석을 준비하기 위한 손님들이 많아서 별별 장사치들이 장으로 밀려오니 혼잡하기도 하지만 좋은 자리를 차지하기 위해서 종종 다툼이 발생하니 이때가 준서가 역할을 하는 때이기도 하다.
　매향상회도 평소보다는 손님이 많다. 추석에는 타지로 나간 자손들이 고향을 찾아오니 이를 맞기 위한 준비로 읍내에 나가 한꺼번에 장을 보기도 하지만 간혹 잊고 준비하지 않은 것들은 매향상회로 오니 굳이 현주가 빌려 온 책을 읽지 않아도 크게 심심하지는 않다. 최근에는 오히려 가게를 찾아오는 손님이 좀 적었으면 하는 마음도 있었다. 현주가 빌려준 책을 읽으면 누가 왜 이런 책을 쓰는지는 잘 모르지만 책을 읽는 재미가 좀 있는데 손님의 방문은 그 흐름을 방해하기 때문이다. 제일 불편한 손님은 가게에 와서 술을 마시는 손님이다. 매향상회가 술집은 아니지만 막걸리 몇 병 사고 쥐포나 새우깡을 안주 삼아 마시면 차마 가라고 할 수는 없기 때문이다. 마을에는 준서 나이의 젊은이들이 없기에 가게에서 술을 마시는 사람들은 주로 나이가 좀 드신 분들이었는데 대화 내용은 주로 다른 주민들의 흉을 보는 것이라서 대화에 낄 수도 없고 관심도 없었다.

해가 곧 지려고 하여 가게문을 닫고 가려고 하는데 낯익은 얼굴이 가게에 들어왔다. 들어온 자는 분명이 삼식이 같으나 외양은 준서가 알고 지낸 삼식이와는 전혀 달랐다. 얼굴은 아주 검게 그을려 있었고 머리는 단정하지 않았으며 많이 말라 보였고 정신이 나간 듯한 표정을 하고 있었다.

"삼식이 아냐?"

"준서야!"

삼식이가 매우 반갑기는 했지만 그의 달라진 외양에 놀랍기도 하고 걱정도 되었다. 뭔가 삼식이에게 큰일이 있었음이 분명해 보였다.

"저녁은? 일단 집으로 가자."

"할머니 밥 더 있어요? 친구가 와서."

"솥에 보면 찬밥이 좀 있을 거야."

"혹시 돼지고기 있어요?"

"돼지고기는 없고 우물가 대야 속에 두부만 있는데. 뭐 좀 해 줄까?"

준서는 서둘러 저녁을 준비했다. 평소 같으면 할머니가 준비해 준 것으로 저녁식사를 했을 텐데 삼식이가 와서 음식도 부족하지만 일단 할머니가 삼식이를 보는 것이 불편했다. 그만큼 삼식이는 이상해 보였다. 삼식이의 조언으로 삼청교육대를 피해 이곳 매향리로 온 지 몇 달이 되었다. 그동안 준서는 삼식이의 소식을 전혀 알지 못했다. 삼식이의 소식을 듣기 위해서는 청양 읍내로 나가 봐야 하나 그럴 수는 없었고 또한 매향리에서 준서는 더 이상 마음이 편안한 생활을 해 본 적이 없기 때문이다.

약간의 밑반찬에 두부를 넣고 끓인 김치찌개로 저녁을 준비한 준서는 허겁지겁 식사를 하는 삼식이를 그냥 쳐다보기만 했다. '그동안 삼식이에게 무슨 일이 있었던 걸까?' 급하게 식사를 하는 삼식이를 바라보며 준서는 그저 막걸리만 마셨다. 어느 정도 요기가 되었는지 삼식이가 입을 열었다.

"삼청교육대 다녀왔어."

"뭐? 네가 나에게 피하라고 해 놓고 네가 왜?"

"아마 이미 정해져 있던 모양이야. 그리고 너 대신 망치 형이 갔다 왔어. 너 이젠 청양 읍내는 얼씬도 하지 말아야 해."

'미리 정해져 있었다는 말은 청양 읍내에서는 나와 삼식이가 붙들려 가는 것으로 정리가 되어 있었는데 내가 사라져 망치 형이 나 대신 삼청교육대를 갔단 말인가? 망치 형이 누군가? 싸움이 불리해지면 망치를 휘둘러 상대를 제압하여 망치라고 불리는 형이다.'

"그런데 너 내가 여기 있는 줄 어떻게 알고 왔어?"

"나도 몰랐지. 단지 그 은행원 가족이 이사를 갈 때 소란을 피우는지 지켜본 적이 있고 그 가족이 어디로 이사를 갔는지 네가 물어보아서 혹 여기에 있을까 하여."

준서의 마음 속에 또다른 의문이 생겼다. 삼식이가 어떻게 은행원 가족이 어디로 이사 갔는지에 대해 알고 있는지 말이다.

"삼식아 너 어떻게 알았어? 은행원 가족이 이리로 이사 왔는지?"

"그래 너 몰랐겠구나. 그 은행원은 노름판에서 타짜에게 작업당했어. 그리고 그 마누라에게 땅이 좀 있다는 것을 알고 그것까지 빼앗으려고 이사 간 곳을 알아 둔 거야."

준서는 갑자기 가슴이 조여 오는 듯한 통증을 느꼈다.

갈 곳 없는 삼식이와 당분간이라도 같이 지내고 싶은 마음은 있지만 그럴 처지가 되지 않아 말하지 못함을 알았는지 삼식이는 준서가 준비한 이른 아침을 먹고 떠났다. 준서가 삼식이에게 해 줄 수 있는 것은 그간 품을 팔아 모아 둔 돈의 일부를 나누어 주는 것뿐이었다. 고아원을 도망 나와 밤이슬을 맞는 준서와 함께해 준 유일한 이가 삼식이였다. 당시 삼식이가 준서에게 특별한 무엇을 해 준 것은 없어도 함께 있는 것만으로도 준서는 큰 마음의 위안이 되었다. 하지만 지금 준서는 삼식이에게 아무런 도움을 줄 수가 없다. 누구에게 도움을 주어야 한다고 생각한 적이 한 번도 없는 준서가 삼식이를 도와주지 못한 것에 대한 자책감이 든 자신에 대해 놀라기도 했지만 처음으로 자신의 무능력에 대한 미안함과 보잘것없음에 대해 느끼는 부끄러움을 어찌할 수는 없었다.

추석이 다가와서 그런지 마을 사람들 얼굴에는 그동안 보지 못했던 생기가 있다. 아마도 명절 기간 동안에 다녀갈 자식들과 손주들을 볼 기대감이 그대로 얼굴에 나타난 것이리라. 동네 사람들의 생기 넘치는 얼굴과는 반대로 준서는 추석을 어떻게 보낼지가 걱정이다. 거짓말로 대학을 떨어져서 잠시 방황하고 있다고 말을 했지 고아라서 갈 곳이 전혀 없다는 것을 말하지 않았으니 명절이 되면 준서는 어딘가로 가야 하는데 갈 곳이 없다. 갈 곳이 없기는 언제나 마찬가지였다. 고아원 시절에는 어디를 가야 할 것인지에 대해 전혀 생각해 보지 않았고 고아원을 도망 나와서는 갈 곳이 없었으나 굳이 있는 곳을 피해 어디를 가야 할 필요가 없었다. 그러나 지금은 상황이 다르다. 추석 기간 동안만이라도 어디에 가기는 가야 한다. 그렇게 하지 않는다면 벚꽃할매는 물론 동네사람 모두에게서 의심을 받을 것이 뻔하기 때문이다. '한 번 한 거짓말은 다른 거짓말을 낳는구나' 많지 않은 거짓말은 하고 살아 온 준서가 처음으로 거짓말에 대한 불편함을 느끼는 순간이었다.

저녁 때가 되지 않았는데 현주가 가게로 들어왔다. 추석이 임박해서 집에서 할 일이 있어서 그런지 현주는 막차를 타지 않았나 보다.

"아저씨 책 빌려 왔어요."

"고맙다. 그런데 아저씨라고 부르지 않으면 안 돼?"

"그럼 뭐라고 불러요?"

"글쎄."

"준서씨라고 부를까요?"

"그건 안 되지."

잊었다. 삼식이에 대한 미안함으로 그리고 자신의 무능력에 대해 생각하느라 현주네 집에 대한 생각을 잠시 잊고 있었으나 현주가 가게로 들어온 순간 현주 가정에 자신이 한 짓이 생각났다. 준서도 노름판에 타짜가 있다는 사실은 삼식이에게 들어서만 알고 있었다. 일반인은 눈치채지 못하는 기술을 가지고 있기 때문에 그 누구도 타짜가 있는 판에서는 돈을 잃을 수밖에 없다는 것을. 그 판에서 현주 아빠가 작업을 당했다니. 타짜가 있는 판에서는 돈을 잃기만 하는 것은 아니다. 오히려 돈을 따기도 한다. 그러나 돈을 따게 하는 경우는 판돈을 키워 더 큰 돈을 가져오게 하는 미끼일 뿐 결국에는 모든 것을 잃게 만든다. 그렇게 하여 현주가 살고 있는 집까지 모두 잃게 만들고 준서는 현주네 가족이 말썽 없이 이사 가는 것을 감시했다. 그렇게 현주네 집이 완전히 망가지게 한 패거리 쪽에 일조를 했으니 준서는 현주를 마주보기도 어려웠다.

자신을 도와준 삼식이를 도와주지도 못하고 비록 준서가 작업을 한 것은 아니지만 남의 가정을 파괴하는 데 일조하고 정작 자신은 명절에 갈 곳도 없는 신세라니. 준서는 자신의 처지가 처량하기 그지없었다. 해는 떨어져 가고 와야 할 손님들은 이미 다 왔다고 생각했기에 준서는 소주를 한 병 땄다. 혼자 마시는 소주가 맛이 있을 리가 없지만 안주를 준비하지 않고 그저 소주만 몇 잔 마시고 있는데 승규 형이 들어왔다.

"혼자 마시고 있어요?"

"네."

준서가 승규를 형이라고 부르는데도 승규씨는 준서에게 말을 놓지 않는다.

"같이 할까요?"

소주만 마시는 것이 미안한지라 준서는 쥐포를 내어놓고 서둘러 라면을 끓였다.

"집에는 언제 가나요?"

가야 할 집이 없는 것을 모르는 승규 형의 질문에 준서는 그냥 솔직하기로 했다. 고등학교도 졸업하지 않은 것을 동네 사람들에게 말하지 않은 것을 보면 어쩐지 승규 형에게는 모든 것을 말해도 자신의 비밀을 지켜 줄 것 같았다.

"형 저 사실은 고아예요. 중학교 졸업하고 고아원을 도망 나와 고등학교는 진학하지도 않았고 여기는 지난번에 말씀드린 대로 삼청교육대에 끌려가지 않기 위하여 피신차 와 있는 것입니다."

준서의 말을 들은 승규 형은 준서를 물끄러미 쳐다보더니 술만 연거푸 마셨다. 준서는 자신의 모든 비밀을 털어놓은 것에 오히려 후련함을 느끼며 말없이 같이 술만 마셨다. 그렇게 술만 마시던 승규 형이 입을 열었다.

"지금이라도 공부를 하는 것이 어때요? 검정고시를 보면 될 텐데."

"아빠 어제는 왜 그렇게 취하게 마셨어?"

"어?"

"기억 안 나? 엄마 말로는 점심때 나갔다고 하던데."

수정이가 있는 것으로 보면 집이 맞기는 한데 수정 아빠는 집에 온 기억이 없다.

"응 오랜만에 친구를 만났어."

"아빠 어제 열두 시도 넘어서 집에 왔어."

수정이의 말에는 걱정이 가득 담겨 있었다.

"이것 좀 마셔 봐."

수정이가 꿀물을 수정 아빠 앞으로 내밀었다.

가까스로 정신을 차린 수정 아빠는 주위를 돌아보았다. 시계는 거의 낮 열두 시를 향해 가고 있었다. 양말과 겉옷은 벗었으나 그 외는 어제 집을 나갈 때 입고 있던 옷을 그대로 입고 있었으며 술을 마시고 토한 듯 바지에는 이물질이 묻어 있었고 어디에서 뒹굴었는지 흙투성이다. 어제의 일을 생각해 보았다. 대전에 가서 수정 엄마를 만났고 그 뒤 변호사를 만났다. 그리고 대학 친구를 만나 술을 마신 것까지는 기억이 나는데 그 뒤는 기억이 없다.

"밥 좀 먹어."

수정이가 미리 준비해 놓은 듯 콩나물국이 있는 밥상을 내어놓았다.

"밥은 못 먹을 것 같아. 물만 좀 줄래. 그리고 두통제도 좀 주고."

수정 아빠는 옷만 갈아입고 두통제만 먹은 채 다시 잠자리에 들었다.

수정이는 약국문도 닫은 채 대전에 간 아빠가 저녁 늦게까지 돌아오지 않자 일단 도서관에 있을 현주에게 달려갔다. 아직은 버스 막차 시간이 되지 않았기에 아마 현주는 도서관에 있을 것이다.

"현주야 오늘 우리 집에서 같이 자면 안 돼?"

현주는 숨을 헐떡이는 수정이를 올려보며 말했다.

"왜? 무슨 일 있어?"

"오늘 아빠가 대전에 갔는데 아직 집에 안 왔어. 연락도 없고."

"엄마에게는 연락해 봤어?"

"점심때 왔다가 바로 갔다고 하네."

수정이의 기억으로 아빠가 연락도 없이 늦은 적은 한 번도 없었다. 사실 연락도 필요 없었다. 수정이의 집은 아빠가 약국을 하고 있는 건물 4층에 살고 있기에 수정이가 집에 오면 아빠를 늘 볼 수 있었다. 아빠가 아침에 대전에 갔다 온다고 말하기는 했지만 저녁때까지 집에 오지 않으면 분명히 전화를 했을 것이다. 그러나 저녁 아홉 시가 다 되어도 연락이 없어 수정이는 걱정도 되었고 무섭기도 해 현주를 찾을 수밖에 없었다. 두려움. 수정이는 태어난 후 처음 느끼는 두려움이라는 감정이 머릿속을 꽉 채우고 있었다. 처음 중학교에 진학하여 좋지 않은 성적표를 가지고 집에 갈 때도 두려움을 느꼈다. 그러나 그 때는 두려움까지는 아니고 엄마에게 들을 잔소리가 걱정이었다. 그리고 아빠와 엄마가 부부싸움을 하며 이혼이라는 소리를 들었을 때는 두려운 마음이 들기도 했다. 그러나 아빠가 연락도 없이 늦게까지 귀가하지 않았을 때는 그 두려움은 이전에 느꼈던 두려움과는 차원이 다른 그런 두려움 이었다.

"현주야 나 어떻게 해야 돼?"

아빠가 귀가하기까지 오만가지 생각이 머릿속에 있었다. 혹시 잘못된 것이 아닐까 하는 생각을 떨쳐 버릴 수가 없었다. 그 생각을 하지 않으려 해도 떨칠 수가 없었다. 열두 시가 넘어 귀가한 아빠는 정신을 차리지도 못했고 옷은 흙투성이에 오물도 묻어 있어 크게 놀랐지만 일단 안심이 되었다. 크게 다친 곳도 없어 보였다. 현주와 함께 거의 뜬눈으로 밤을 지새고 아침이 되어서야 정신이 좀 들었다. 현주가 말했다.

"내가 가족을 위하여 아무것도 할 수 있는 것이 없는 것처럼 너도 아무것도 할 수 없을 거야. 그저 네가 할 수 있는 일만 할 뿐이지."

"내가 할 수 있는 일이 무엇인데?"

"수정아 나도 내가 할 수 있는 일은 거의 없어. 난 그저 내가 바꿀 수 없는 현실을 인정하고 공부만 할 뿐이야."

수정이는 부엌으로 갔다. 수정이가 지금 할 수 있는 일은 아빠의 아침을 준비하는 것뿐이다. 아빠의 식사를 준비한 것은 처음이 아니다. 그러나 식사를 준비하는 마음은 달랐다. 그때는 그저 밥때가 되어 준비를 했을 뿐이지만 이제는 어느 정도는 아빠를 보호해야 하는 입장이 되었다는 느낌을 가졌다. 처음이었다. '이제는 내가 아빠를 보호해야 하나? 아빠가 잘못한 것은 아무것도 없는 것 같은데. 불쌍한 우리 아빠' 동생의 공부를 위해 대전으로 이사를 간 엄마가 무척 원망스러웠다. 엄마가 이사를 가기 전에는 정말로 화목한 가정이었다. 어떤 어려움도 없었다. 불행이라는 것은 남의 이야기일 뿐이고 언제까지나 자신에게는 일어나지 않을 것이라고 생각했다. 현주네 가족이 어려워졌을 때에도 현주가 불쌍하기는 했지만 그 아픔이 구체적으로 어떤 것인지 느끼지는 못했다. 그런 불행이 정작 자신에게 일어나니 어찌 할 바를 모르겠다. 닥쳐올 미래에 대한 두려움. '아! 나는 도대체 어떻게 해야만 할까?'

수정이의 물음에 바꿀 수 없는 현실을 인정하라고 했지만 정작 현주는 절대로 현실을 인정할 수 없었다. 수정이의 갑작스러운 질문에 그저 얼떨결에 대답했을 뿐이다. 현실을 바꿀 수는 없다는 것은 사실이지만 그것을 어떻게 인정할 수 있단 말인가? 현주네 집은 완벽한 가정이었다. 자상하고 성실하고 능력 있는 아빠, 자신의 모든 생활을 가정에만 헌신하는 엄마, 그리고 말 잘 듣고 공부 잘하는 자신. 그 무엇 하나 빠질 것이 없는 완벽한 가정이었다. 그런데 지금은 어떤가? 모든 재산을 탕진하고 무능력자가 되어 집에서 술만 마시는 아빠, 사회생활은 물론 농사도 지어 보지 않아 간신히 생계를 유지하는 엄마. 수정이에게는 바꿀 수 없는 현실을 인정하라고 했지만 현주는 절대로 이런 상황을 받아들이고 인정할 수가 없었다. 그러나 자신이 할 수 있는 일은 분명했다. 오직 공부. 현주도 가정의 어려움을 돕기 위하여 휴일에는 품을 팔려고도 했지만 엄마의 강한 반대로 할 수 없으니 현주가 할 수 있는 오직 하나는 공부뿐이었다.

"현주야 힘들지?"

"뭐가?"

"학교 다니는 것 말이야."

"학교 다니는 것이 뭐가 힘들어. 그냥 공부만 하면 되는데."

"글쎄. 엄마는 해 보지 않아서 그런지 공부만 하는 것도 많이 힘들 것 같아."

"엄마 걱정하지 마. 전혀 힘들지 않아."

"저녁은 너무 라면만 먹지 마. 부족하면 엄마가 어떻게 해 볼게."

"어머님이나 식사 거르지 말고 꼭 챙겨 드세요."

현주 엄마는 현주의 도시락을 싸며 딸이 너무 대견하면서도 안쓰럽다는 생각을 했다. 부족함이 전혀 없이 자란 아이였다. 하지만 지금은 상황이 너무 다르다. 등교하는 것부터 힘들다. 읍내에 살았을 때는 그저 아침에 준비된 식사를 하고 걸어서 십 분 거리의 학교에 가면 되었으나 지금은 수업 전에 공부를 한다고 첫차를 타고 학교에 가야 한다. 만약 첫차를 놓치게 되면 통학시간에 맞춘 버스를 타야 하는데 그렇게 되면 한 시간 넘게 승강장에서 기다려야 한다. 시골 버스가 정확한 시간에 와 주면 좋지만 조금은 일찍 오고 조금은 늦게 오니 이런 것을 고려하면 정해진 버스 시간보다 조금은 이른 시간에 승강장에 가야 해서 학교 가는 시간이 한 시간이나 걸린다. 점심 도시락도 문제다. 읍내에서 살았을 때는 현주의 도시락은 학급 내에서 항상 다른 학생들에게 부러움의 대상이었다. 장조림, 계란부침, 소시지, 두부조림 등 다른 학생들은 가끔씩 가져올 만한 반찬을 매일 싸 주었으나 지금은 텃밭에서 준비한 것 아니면 주로 김치나 장아찌로 반찬을 싸 주니 미안한 마음은 어쩔 수 없었다.

어떻게 되든 잘 될 것이라고 생각했었다. 그녀의 인생에서 어려운 적은 한 번도 없었다. 부모님의 말씀을 어겨 본 적 역시 한 번도 없었다. 여자는 대학을 갈 필요가 없다고 해서 대학은 가지 않았고, 집안의 농사일을 도우려 했지만 그럴 필요가 없다고 해서 살림은 물론 농사일을 배우지도 못했고, 좋은 남자가 있으니 결혼하라고 해서 결혼했다. 거기까지도 아무 문제가 없었고 그 이후에도 현주 아빠가 도박에 손을 대기 전까지는 아무 문제가 없었다. 아무 문제가 없는 것이 아니고 행복하다고 생각했다. 단 한 가지 주위의 기대대로 하지 못한 것이 있다면 아들을 낳지 못했다는 것이다. 현주 이후에 아들을 낳으려고 노력했으나 쉽지 않아 결국 포기했고 시부모님들도 더 이상은 아들 얘기를 하지 않았다. 그랬기에 현주 아빠의 도박으로 살던 집을 쫓겨나도 어떻게 되든 잘 될 것이라고 생각했다. 그러나 그것은 현주 엄마의 생각일 뿐 현주 엄마가 마주한 상황은 잘 될 것이 하나도 없었다. 현주만 제외하고.

 현주 엄마는 생각했다. 자신의 인생이 잘못된 이유를 현주 아빠에게서 찾지 않고 자신에게서 찾는다면 무엇일까? 이유는 단 하나다. 부모님의 말씀을 너무 잘 들었다. 단순히 잘 들은 것이 아니고 그저 부모님이 하라는 대로 했다. 이제는 어떻게 하라는 부모님도 계시지 않고 그녀 혼자 모든 결정을 해야 한다. 아버지께서 물려주신 토지로 아주 기초적인 생활은 할 수 있으나 현주를 공부시키기 위해서는 뭔가 일을 해야 한다. 지금 그녀의 유일한 희망은 현주가 공부를 해서 지금보다 나은 삶을 사는 것이다. 해 보지 않은 농사일을 하는 것은 너무 힘드나 지금 그녀가 할 수 있는 일은 밭에서 일하는 것뿐 달리 기술을 배운 것도 없다. 밭에 나가 쪼그려 앉아 몇 시간 일하는 것도 처음에는 너무 힘이 들었으나 이젠 제법 익숙해져 며칠은 연속해서 일을 하기도 한다. 힘든 것은 육체적인 어려움도 있지만 그녀를 더욱더 힘들게 하는 것은 과거에는 그저 그녀를 공주 대하듯 하던 사람들과 같이 일해야 한다는 것이다.

해가 떨어질 때까지 품을 팔다 집으로 오니 현주 아빠가 기다리고 있었다.

"소주 좀 사다 주지."

"술 좀 그만 마시면 안 돼?"

"그러지 말고 좀 사다 줘."

술이라면 징그럽다. 모든 것을 잃었으니 술에 의지할 수밖에 없는 남편을 전혀 이해하지 못하는 것은 아니다. 그러나 언제까지 그렇게 살 것인가? 어떻게 하든 앞으로 살 방도를 찾아야 할 것 아닌가?

"기다려. 밥 좀 안치고."

요즘 남편의 건강은 크게 안 좋아졌다. 모든 것을 잃게 만든 남편을 증오하기까지 했지만 그렇게 힘없이 그리고 말없이 무너져 내리고 있는 남편의 모습은 종종 불쌍하다는 마음이 들기도 했다.

약국 문을 열었지만 수정 아빠의 머릿속은 온통 뒤죽박죽이다. 수정 엄마에 대해 생각하다 수정이와 수정 동생의 미래를 생각하다 자신은 앞으로 어떻게 살아야 하는지에 대해 생각하다 도저히 갈무리를 어떻게 잡을 줄을 몰랐다. 일단 수정이와 수정이 동생에 대해 생각했다.

만약에 수정 엄마와 이혼을 한다면 아이들의 인생에 어떤 영향을 미칠까? 물론 좋지 않은 영향을 끼칠 것은 자명한 일이다. 그럼 수정 엄마의 금전적인 요구를 모두 들어주고 이혼을 하지 않는 것이 답일까? 그럴 수는 없을 것 같았다. 단순히 수정 엄마와 애정이 없는 결혼생활은 가능할 것 같기는 하다. 그렇지만 지금의 상황은 단순히 애정이 없는 것이 아니라 미움의 마음이 가득하다. 수정이 동생의 공부를 위해서 이사를 했으면서 정작 자신이 대전 집을 방문했을 때에는 수정이 동생을 잘 관리한다는 어떤 면도 찾지 못했을 뿐 아니라 오히려 방치하고 자신만의 인생을 사는 것으로 보였기 때문이다.

결국 이혼을 하기는 해야 할 것 같다. 그럼 결국 시기의 문제다. 수정이는 사춘기도 지났고 공부를 잘 하기를 바라지도 않지만 수정이 역시 공부에는 뜻이 없어 자신의 이혼이 수정이에게 큰 영향을 미치지는 않을 것 같다. 문제는 수정이 동생이다. 중학교에 진학한 후에는 사춘기라서 그런지 아니면 아빠와 떨어져 지낸 이유인지 이젠 집에도 자주 오지 않는다. 만약 이런 상태에서 수정 엄마와 이혼을 한다면 아마도 수정이 동생에게는 큰 영향을 미칠 것이다. 물론 좋지 않은 쪽으로. 결국 수정 엄마와의 이혼은 수정 엄마의 금전적 요구를 모두 받아들이며 수정이 동생이 대학에 진학할 때까지 미루어야 한다는 결론에 도달했다. 그러다 혹시 수정 엄마의 태도가 바뀌어 이혼을 하지 않을 수도 있지만 그럴 가능성은 없어 보이고 만약 수정 엄마의 태도가 바뀔지라도 이제는 수정 아빠가 결혼을 유지할 마음 자체가 없다.

수정 아빠는 어릴 때부터 지금까지 자신의 삶에 대하여 생각해 봤다. 크게 모나지 않는 삶이었다. 부모님은 한약방을 하셨기에 경제적인 어려움은 전혀 없었다. 공부를 잘하기는 했지만 그것은 부모님의 강요에 의한 것이 전혀 아니었다. 단 하나 부모님이 바라는 것이 있다면 수정 아빠가 약사를 했으면 하는 바람이 있었다. 그것은 아마도 한의사 자격증이 없는 아버지가 평생 한약방으로 돈을 벌기는 했지만 자격증 없는 한을 자식이 풀어 주기를 원했을 것이기 때문이다. 수정 아빠는 딱히 꿈이 있었던 것은 아니었다. 그래서 자연스레 약대에 진학했고 약사가 되었다. 약대에 진학하는 것이 쉬운 것은 아니었지만 수정 아빠에게 그리 어려운 것은 아니었다. 그리고 천사 같은 예쁜 여자와 결혼했는데 과연 어디서부터 잘못된 것인지 수정 아빠는 알 수가 없었다. 수정 아빠의 친구들이 수정 아빠에게 늘 말했다. 재미가 없다고. '과연 내가 재미가 없어 수정 엄마가 이혼을 요구한 것인가?'

저녁이 되자 수정이가 약국에 왔다.

"아빠 뭐 먹고 싶어? 내가 준비할게."

"네가 뭐를 할 줄 안다고?"

"왜 이래. 가정시간에 배웠어. 나 탕수육도 만들 수 있어."

"진짜. 그럼 오늘 저녁은 탕수육으로 할까?"

돼지고기를 사야 한다며 돈을 받아서 나가는 수정이의 뒷모습을 보며 수정 아빠는 짠한 생각이 들었다. 수정 엄마와의 다툼이 한두 번이 아니었기에 수정이는 아마 제 엄마와의 이혼에 대해서 잘 알고 있을 것이다. 그럼에도 자신에게 늘 밝은 얼굴로 대하니 미안한 마음을 어쩔 수가 없다. 오늘 탕수육을 제가 해 보겠다는 것도 아마 아빠를 위로

하기 위함이리라.

언제나 아이로만 생각했는데 자신도 모르는 사이에 수정이는 몸도 마음도 훌쩍 커 버린 것 같다. 수정이가 돼지고기를 사러 나간 사이 대전에 있는 친구로부터 전화가 왔다.

"좀 괜찮아?"

"응."

"너 그날 술 엄청나게 마셨어."

친구의 전화에 수정 아빠는 대전에 갔던 날이 생각났다. 변호사를 만나고 친구와 만나 술을 마신 것까지는 생각이 나는 데 그 이후는 기억이 없었다. 그저 깨어 보니 엉망인 옷차림으로 집에 누워 있었던 것뿐.

"니 결혼 전에 네가 니 마누라 엄청 쫓아다닌 것 기억나지?"

"그런데?"

"내가 그때 니 마누라와 같이 만난 날 네가 예산 갑부 아들이라고 말한 것 기억 나? 내 생각에는 그때부터 니 마누라 태도가 확 바뀐 것 같더라."

수정이가 만들어준 탕수육은 기대와는 다르게 맛이 있었다. 평소 중국집에서 먹던 것과 다르다면 고기가 덜 부드럽다는 단점은 있었지만 그래도 비교적 맛이 있었다.

"어때?"

"맛있어."

"그냥 맛있다고 말하지 말고 솔직히 말해 봐."

"진짜야 맛있어. 단, 고기가 좀 덜 부드러운 것 같아."

수정이는 그제야 얼굴에 미소를 보였다.

"수정아! 너 대학은 가지 않을 거야?"

탕수육을 먹다가 수정 아빠가 갑자기 대학 이야기를 꺼내자 순간 수정이 얼굴은 어두워졌다.

"조리학과나 식품영양학과 어때? 이 정도 요리실력이면 네 적성에 잘 맞을 것 같은데."

내일이면 추석 연휴가 시작된다. 갈 곳이 없더라도 오늘은 무조건 매향리를 나서야 한다. 이전의 명절도 갈 곳은 없었지만 지금과는 상황이 달랐다. 갈 곳이 없는 것은 삼식이도 마찬가지인지라 늘 삼식이와 함께했는데 지금은 삼식이가 어디 있는지도 모르고 망치 형을 피하기 위해서는 삼식이를 찾기 위하여 청양 읍내를 가 볼 수도 없다.

"할머니 추석 끝나고 다시 오겠습니다."

"어디로 갈 거야? 다시 올 거지?"

"어… 유성에 갑니다."

사실 유성에 가려는 마음이 있던 것은 아니었다. 벚꽃할매의 갑작스러운 질문에 그저 한 번 가 본적이 있는 유성을 말했을 뿐이나 입에서 한 번 나온 유성이란 단어가 머릿속에 머물러서인지 준서의 발걸음은 자연스레 터미널로 향했다. 터미널은 귀향하려는 사람들로 인해 매우 혼잡했다. 대부분 옷을 잘 차려입고 아이들의 손을 잡은 가족이 대부분이며 손에는 무어라도 하나씩 선물을 들고 있었으며 얼굴에는 장거리 여행 때문인지 피곤함 그리고 가족을 만날 기쁨이 동시에 있었다.

준서는 이 세상과는 완전히 단절된 외로움을 느꼈다. 부모님이 누구인지, 왜 고아가 되었는지, 궁금증을 가진 적이 있긴 하지만 생각해 봐야 아무 소용이 없다. 준서에게 명절은 기쁨의 날도 아니고 기다림의 날도 아닌 그저 다른 세계의 일일 뿐이다. 터미널이 평소와 비교하면 몇 배의 혼잡함이 있기는 하지만 그것은 귀향 인파일 뿐 유성으로 가는 버스표는 많이 남아 있었다.

버스표를 사고 기다리기 위하여 빈자리를 찾아 가는데 승규 형의 모습이 보였다.

"승규 형!"

"어디 가려고?"

"유성 가려고요."

"어 나도 유성에 가는데 유성에 누가 있어?"

"아뇨. 갈 곳이 없어서 그냥. 그런데 형은 고향이 유성이에요?"

"그렇지는 않아. 나도 갈 곳이 없어서."

승규 형도 갈 곳이 없다니. 승규 형도 갈 곳이 없는 고아라는 말인가? 유성으로 향하는 버스 안에서는 다른 사람들도 있기 때문에 지극히 사적이고 불편한 얘기를 할 수는 없었다. 승규 형은 아무리 보아도 고아라고 느껴지지 않았다. 물론 고아가 얼굴에 '나 고아입니다'라고 써 붙이고 다니는 것은 아니었지만 승규 형에게는 나에게는 없는 어떤 여유 같은 것이 느껴졌기 때문이다.

"유성에 가면 뭐 할 거야?"

"아무것도 없어요."

"그럼 나와 함께 어디 좀 갈까?"

일단, 갈 곳 없고 할 일도 없는 준서는 함께하자는 승규 형의 말이 너무 반가웠고 그것보다 더 반가운 것은 승규 형이 반말을 하는 것이었다. 매향리에 있을 때는 준서가 승규에게 형이라고 해도 준서에게 말을 놓지 않았는데 지금은 자연스럽게 말을 놓고 있다. 준서가 살았던 세계에서는 만나자마자 반말을 해서 기분이 좋지는 않았는데 오히려 반말을 들어서 기분이 좋은 경우는 이번이 처음이다.

"걸어서 갈까? 여기서 멀지 않아."

버스에서 내린 승규 형은 앞서서 걸었다. 승규 형이 향한 곳은 준서가 처음 유성에 왔을 때 학생들이 데모를 하던 그 대학이었다. 추석 연휴가 코앞이어서 그런지 학생도 거의 없었고 경찰은 아예 보이지 않았다. 그리고 대학이라면 정문에서 누군가 출입을 통제할 것이라고 생각했는데 누구 하나 지켜보는 이도 없었다.

"어때?"

"뭐가요?"

"대학교에 들어와 보니 기분이 어떻냐고?"

"그냥. 뭐. 경치도 좋고 편안하고 한가해 보이네요."

난생 처음 와 본 대학이다. 지난번에 유성에 왔을 때는 학생들의 데모와 이를 막으려는 경찰들로 인해 대학교에 들어가 볼 생각조차 해보지 못했다. 넓은 땅에 나지막한 건물들이 곳곳에 있었고 조경도 잘 되어 있었으며 그곳을 다니는 몇몇의 학생들은 그때와는 달리 지극히 한가로워 보였다. 이곳 역시 준서가 살았던 세상과는 완전히 다른 세

상처럼 느껴졌다. 대학의 한가로운 분위기와는 다르게 마치 있지 않아야 할 장소에 있는 것처럼 느끼는 준서는 위축되고 마음의 불편함을 느꼈다. 학생도 아닌 준서가 이런 곳을 마음대로 들어와도 되나 하는 불편한 마음과는 다르게 승규 형은 마치 이곳이 마땅히 자기가 있어야 할 장소라도 되는 것처럼 표정이 평온했다.

웬 학교가 그리 넓은지 교정을 대략 둘러보는데도 꽤 많은 시간이 걸렸다.

"늦었지만 식사를 할까?"

사실 점심시간을 훌쩍 넘긴지라 무척 배가 고팠지만 처음 보는 승규 형의 편안한 얼굴에 차마 밥을 먹자는 말을 하지 못했던 준서다.

"공부하는 것 생각해 봤어?"

"네? 어떻게 시작할지를 몰라서."

"내가 도와줄게. 지금 너의 운명을 네가 결정하며 살 방법은 공부밖에는 없는 것 같은데."

'나의 운명을 내가 결정한다니' 준서로서는 도저히 이해가 되지 않는 말이다.

"고아라고 언제까지 그렇게 살 거야?"

준서는 '한 나라의 미래를 누가 결정해야 하느냐'라는 승규 형의 질문에 도대체 어떻게 대답해야 할지를 몰랐다. 누구도 준서에게 그런 질문을 한 적도 없으며 준서 역시 생각도 해 보지 않은 질문이다. 승규 형은 대학을 다녔기 때문인지 준서와는 완전히 다른 세상에서 온 듯하다. '한 나라의 미래는 국민이 결정해야 돼' 어떻게 대답할지를 몰라 당황해하는 준서에게 승규 형은 단호하게 말했다. 그러면서 승규 형은 학생들이 데모를 하는 이유에 대해 설명했다. 지금은 대통령을 간접적으로 뽑기 때문에 국가의 미래를 국민이 직접 결정하는 것이 아니고 일부 권력을 가진 자와 그 권력의 주위에서 이득을 보려는 자가 국가의 미래를 결정한다고 말했다. 더욱이 문제가 되는 것은 현재의 대통령은 실질적으로 군대를 동원하여 쿠데타를 일으킨 세력이 간접선거로 정권을 잡았기 때문에 불법임과 동시에 국민 모두를 위한 의사결정보다는 자기의 세력만을 위한 의사결정을 하기에 부당하다고 말했다.

승규 형은 삼청교육대에 대해서도 말했다. 일단, 보통의 사람들은 삼청교육대에 대해서 잘 알지 못했다. 준서도 삼식이가 삼청교육대에 끌려가지 않기 위해서 도피해야 한다고 말했기 때문에 그 존재를 알았다. 승규 형은 삼청교육대의 존재 자체가 불법이라고 말했다. 어떻게 재판이라는 절차를 밟지도 않고 한 인간의 권리를 박탈하여 가혹 행위에 가까운 벌을 줄 수 있느냐는 말이다. 절대로 있어서는 안 되는 일이 일어나는 곳이 바로 이곳 한국이며 학생들은 이에 대한 대항으로 데모를 하고 있다는 것이다. 승규 형은 그러면서 나에게 질문했다.

"너의 미래는 네가 결정해야 돼 아니면 다른 누가 아무나 네 미래를 결정해도 돼?"

이쯤 되니 대답은 분명해졌다.

"제가 결정해야죠."

"그럼 지금 너의 미래는 누가 결정하고 있어?"

준서가 태어난 것은 준서의 결정이 아니었다. 그리고 그 이후 준서의 인생을 결정한 것도 준서가 아니었다. 고아원을 도망 나온 것은 고아원의 생활이 정신적으로 너무 힘들고 걸핏하면 원장과 형들이 구타를 하기 때문에 이를 피하기 위하여 도망 나온 것이다. 준서가 뭔가 잘못해서 혼이 나거나 방과 후나 휴일에 원장 소유의 밭에 나가 일하는 것은 그래도 나았다. 원장 소유의 밭에서 일하는 것이 부당하지 않다고 생각한 이유는 고아원에서 잠자리와 식사를 제공받기에 계산을 해보지는 않았지만 세상 천지 누가 어린 준서에게 잠자리를 제공하고 밥도 주며 공부도 시켜 준다는 말인가? 그러나 참을 수 없는 것은 원장과 형들은 걸핏하면 준서를 두들겨 패니 이를 참을 수 없어 어쩔 수 없이 고아원을 도망 나온 것이지 선택의 여지가 없었던 것이다. 승규 형의 말을 듣고 나니 준서는 이제까지 자신의 운명을 결정한 것은 준서 자신이 아니고 어쩔 수 없는 것이었으며 이제부터라도 자신의 미래는 자신이 결정해야 한다는 생각을 했다.

터미널 근처 여관에 짐을 풀었으나 이런저런 생각으로 잠은 오지 않았다. 승규 형과 늦은 점심을 먹은 탓에 출출하기도 하여 준서는 밖으로 나왔으나 요기를 할 수 있는 식당은 추석으로 인해 거의 문을 닫아 해장국집으로 향했다. 터미널 근처라 그런지 아직도 귀향하려는 사람들로 인해 해장국집은 비교적 북적거렸다. 평소 이 시간의 해장국집은 부족한 술을 더 하기 위하여 주로 술꾼들로 채워져 있지만 오늘은 그와 반대로 술꾼들은 거의 없고 늦은 저녁을 해결하기 위한 가족들로 가득 차 있었다. 순간 준서는 가족에 대해 생각했다. 어릴 때부터 고아로 자라온지라 가족에 대해 생각한 적은 없지만 문득 준서는 '부모님이 대체 누구일까? 그리고 어떤 이유로 내가 고아원에 맡겨진 것일까?' 하는 궁금증이 머릿속을 채웠다. 당연히 부모님이 돌아가셨기에 고아원에 맡겨졌을 것이라고 생각했지만 그래도 '부모님들은 어떤 분들이었을까?' 하는 생각이 머리를 떠나지 않았다.

아침에 눈을 떴으나 갈 곳도 없고 할 것도 없다. 그저 들리는 것은 멀리서 간간이 들리는 차 소리뿐이다. 차례를 마치고 성묘를 하러 가기에는 이른 시간이고 아마도 차례를 지내기 위해서 근처에 있는 친척집에 가는 차량들일 것이다. 명절에는 늘 외롭다. 이번 명절은 특히나 그렇다. 평소 같으면 곁에 삼식이가 있어 그래도 나았지만 올 추석은 삼식이도 만날 수 없기에 더욱더 외롭다. 피곤한 것은 아니지만 갈 곳 없는 몸이 일어나기를 거부하는 것인지 한동안 누워 천정만 물끄러미 바라보다 밖으로 나와 동학사행 버스를 탔다. 갈 곳이 전혀 없기에 굳이 가을 산을 보기 위하여 버스를 탄 것은 아니나 버스를 타고 나니 마음이 한결 가벼워졌다. 점심 시간이 다 되었으나 차례와 성묘를 마치고 산을 찾기에는 이른 시간인지 버스에는 오직 준서만 타고 있었다. 버스를 내렸으나 문을 연 식당이 하나도 없었다. 추석 당일 오전 관광지에 문을 연 식당이 당연히 있을 것이란 생각을 하지는 않았으나 외로움에 배고픔까지 더해지니 준서는 자신의 신세가 더욱 처량하지 않을 수 없었다. 떨어지는 낙엽조차 어색하게 보이지 않는 가을이지만 앞으로 갈 수도 뒤로 갈 수도 없는 자신의 이 어정쩡함은 도대체 무엇이라는 말인가?

추석이 지난 일요일, 현주는 수정이로부터 전화를 받았다.
"뭐 해?"
"그냥 집에 있어."
"오늘은 도서관 안 가?"
"응 그냥 집에서 쉬려고."
현주는 가끔 공부가 그렇게 좋냐는 질문을 받지만 현주라고 그리 공부하는 것이 좋을 리는 없다. 아빠로 인해 집이 어려워지기 이전에는 그냥 어느 정도의 공부는 당연히 해야 한다는 생각으로 공부를 했지 특별히 무엇이 되기를 원해서 공부를 했던 것은 아니다. 물론 지금은 다르다. 현주에게는 가정의 상황을 고려할 때 공부를 하지 않으면 안 될 대상이 되었고 엄마가 살아가는 유일한 희망이라는 것 또한 너무 잘 알고 있다. 그런 현주를 다른 사람들이 마치 현주는 공부를 좋아해서 하는 것으로 인식하는 것이 부담이 되기도 하지만 굳이 설명할 이유도 없었다.
"현주야 나 좀 도와줘."
"뭘 도와줘?"
"나 이제 공부하려고."
"왜?"
"나는 공부하면 안 되냐?"
순간 현주는 약간 미안한 마음을 느꼈다. 고등학교에 들어온 이후 수정이가 공부에 관심을 가진 적은 없었다. 수정이는 언제나 밝고 명랑하고 그리고 고등학교 졸업 후의 생활에도 전혀 관심이 없었다. 아마 현주도 수정이 입장이라면 굳이 공부를 열심히 하지 않아도 되지 않나 하는 생각을 할 수도 있었다. 그런 수정이가 공부를 하겠다고 하니 궁금하지 않을 수가 없었다.

"현주야 나 요리사가 되어 보려고."

"갑자기 요리사는 왜?"

"며칠 전에 집에서 탕수육을 만들었는데 아빠가 엄청 맛있게 드셨어."

"그 이유 하나로 요리사가 되려고?"

"응. 아빠가 탕수육을 드시는 모습이 너무 행복해 보여서."

수정이의 말을 들은 현주는 마음이 불편해졌다. 현주는 수정이를 밝기는 하지만 속이 전혀 없는 단순한 친구로만 생각했는데 자기가 요리를 좋아하는지는 모르지만 아빠를 행복하게 해 주기 위해서 요리사가 된다고 한다. 아마도 이혼 문제로 불편한 아빠의 마음을 위로해 주기 위해서 요리사가 된다고 하니 정작 현주는 아빠를 행복하게 해 주기 위해서 무엇을 했단 말인가? 현주에게 현주 아빠는 그저 미움의 대상 또는 동정의 대상일 뿐이었지 아빠를 행복하게 해 주기 위해서 무엇을 하겠다는 생각을 한 번도 해 보지 않았는데 수정이와 비교해서 자신은 너무 이기적인 인간이라는 생각을 하니 마음이 불편할 수밖에 없었다.

"어떻게 도와주면 될까?"

"응. 그냥 수업 끝나고 도서관에 같이 가자."

그것이라면 현주는 오히려 좋았다. 현주는 수업이 끝나면 관성적으로 도서관에 갔다. 그렇지만 현주라고 공부가 그리 좋았던 것은 아니다. 무엇보다 도서관에 혼자 가면 저녁을 혼자 먹어야 하는데 그것이 현주에게는 아주 고역이 아닐 수 없었다.

"대환영이지."

"그리고 내가 물어보는 것 있으면 좀 알려 주고."

"계속 물어보는 것은 아니겠지?"

"아마 아는 것이 별로 없어 물어보는 것도 별로 없을 거야."

같이 공부할 친구가 생겨 반갑기는 했지만 아빠를 생각하는 수정이의 마음을 한 번도 가져 보지 않은 현주는 자기가 이기적인 인간이란 불편한 마음과 아빠가 수정이 아빠 같으면 자기도 얼마든지 아빠를 기쁘게 해 줄 수 있을 텐데 하는 부러운 마음이 동시에 들었다.

가질 수 없는 것에 대한 부러움. 아마 가질 수 없기에 부럽지 않을까? 수정이 역시 현주처럼 현주 엄마 같은 엄마를 가지지 못해 부럽지 않을까? 현주 아빠가 도박으로 망가지기 전의 수정이와 현주의 관계는 어느 한쪽에 치우치지는 않았어도 어느 정도는 현주가 일종의 우월감 같은 것을 가지고 있었다. 가정 환경은 어느 누가 우월하지는 않았어도 공부만은 현주가 월등히 앞서 있기 때문이다. 물론 현주가 그런 이유로 수정이에게 어떤 행세를 했던 것은 아니었지만 둘 간의 의견이 다를 때는 수정이는 항상 현주의 의견을 따랐다. 그랬지만 현주 아빠의 도박으로 현주 가정이 망가졌고 그 이후로 현주는 수정이에 대해서 열등감을 느꼈지만 겉으로는 별다른 차이를 보이지 않은 사이였다. 수정이 부모님의 이혼 문제를 알고 난 후 현주는 아빠의 망가짐으로 인한 열등감을 어느 정도 해소했다고 생각했는데 수정이는 현주와는 완전히 달랐다. 자기가 만들어 준 탕수육을 맛있게 먹는 아빠의 모습에 행복감을 느끼는 수정이, 그리고 그 이유로 공부를 해서 요리사가 되겠다는 수정이. 그러고 보면 현주가 어려운 상황에 처했을 때도 수정이가 현주를 대하는 태도는 전혀 변하지 않았다. 친한 친구이기는 하지만 가끔은 너무 단순하다고 생각했던 수정이가 오히려 어른스럽게 느껴졌다. 참 부러운 성격을 가진 수정이다.

추석이 지났다. 이른 추석이어서 그런지 매향리의 가을은 가을걷이와 한해 농사의 마무리로 일손이 꽤 필요했고 준서도 품을 파는 날이 많아졌다. 몸이 고단해지면 머리는 단순해진다. 하지만 이미 검정고시를 치르기로 마음먹은 준서의 경우는 좀 달랐다. 검정고시를 준비하기 위해서는 공부를 해야 할 텐데 고등학교를 다니지 않은 준서는 혼자 공부할 수가 없어 학원이라도 다녀야 하고 이를 위해서는 돈이 좀 필요하다. 하지만 모아 놓은 돈도 충분치 않은 준서는 품도 팔고 공부할 시간도 필요하기에 몸도 고단하고 마음도 급하다. 승규 형의 조언대로 국어 공부를 위해서는 책을 많이 읽어 보는 것이 좋다고 하기에 어떻게 도움이 될 지는 몰라도 품을 팔지 않는 날은 매향상회에 가서 책을 읽고 품을 파는 날은 저녁식사 후 집에서 그저 책만 읽고 있다. 그나마 다행스럽다면 추석이 지난 후라 해가 일찍 떨어진다는 것이다. 들일이야 해가 떨어지면 더 이상 할 수가 없기 때문에 해가 일찍 떨어지는 요즘은 여름에 고추를 딸 때보다 더 적은 시간을 일하며 같은 일당을 받고 또한 저녁식사 후에는 피곤해도 책을 읽을 시간이 좀 있다는 것이다.

"뭔 책을 그리 빨리 읽어요?"

"뭐 달리 할 일이 없어서."

"그런데 책은 왜 그리 읽으려고 해요? 소설이라도 쓰려고 하시나?"

매번 책을 빌리는 심부름을 해 주어야 하는 현주는 불편한 기색을 내비칠 법도 하건만 말로는 비꼬는 듯해도 말투에서 느끼는 것은 다정함이다. 준서가 책을 읽기 시작한 후 달라진 것은 현주의 말투에서 느끼는 다정함만이 아니다. 이전에는 그저 품을 팔거나 매향상회를 시키는 대학도 가지 못한 한심한 총각이라는 차가운 바람 같은 냉랭함뿐이었다면 지금은 그녀의 몸에서 어떤 부드럽고 따뜻한 바람이 나오는 것 같아 그녀를 볼 때는 덩달아 준서도 온기를 느끼니 설명하기 어려운 감정이다.

"아빠는 좀 어떠셔?"

"그냥 그래요."

순간 괜한 질문을 했다 싶었다. 준서가 질문한 그 순간 그녀에게서 나오던 부드럽고 따뜻한 온기는 순식간에 사라지고 다시 예전의 한기가 돌았다.

승규 형이 도대체 왜 책을 많이 읽으라고 한지는 준서로서는 알 수가 없었다. 고아원에 있을 때는 그 누구도 준서에게 국어 공부를 위해서 책을 많이 읽으라고 한 사람이 없었을 뿐만 아니라 공부가 아니라도 그 누구도 책을 많이 읽어야 한다는 말을 해 준 자 역시 아무도 없었다. 준서의 '책은 어떻게 읽어야 해요?'라는 질문에 '저자가 글을 통해서 무엇을 말하려고 하는지만 알면 돼'라고 승규 형은 답했다. 준서가 매향리로 오기 전에 읽은 책이라고는 무협지밖에 없었다. 무협지는 저자가 무엇을 말하는지 알 필요가 없다. 그저 재미가 있어 읽었을 뿐이다. 하지만 현주가 빌려다 주는 책은 때로는 너무 재미가 없어 읽기가 매우 곤혹스러워 저자의 의도는커녕 책을 끝까지 읽는 것만으로도 만족하곤 했는데 승규 형은 책을 쓴 저자의 의도를 파악하는 것이 중요하다고 하니 그저 안갯속에서 길은 잃은 것처럼 방향을 정하지 못하고 주저앉은 꼴이다. 하지만 발전이 없는 것은 아니다. 이제는 책을 읽을 때 '왜?'라는 것을 항상 머릿속에 넣고 책을 읽는다는 것이다.

"현주야 학교 끝나면 어디서 공부해?"

"도서관에 가서 공부해요."

"도서관은 아무나 갈 수 있어?"

"그럼요."

"학생이 아니라 해도 들어갈 수 있어?"

"네 누구나 들어갈 수 있고요. 도서대출 카드만 작성하면 누구든지 책도 빌릴 수 있어요."

"그럼 나도 출입할 수 있고 책도 빌릴 수 있겠네?"

"물론이죠."

"그런데 너 왜 그렇게 열심히 공부해?"

"몰라서 물어요? 아빠, 엄마 같이 살지 않으려고 공부하죠."

현주의 입에서 나온 아빠와 엄마 두 단어에 준서는 따끔함을 느꼈다. '내 아버지와 어머니는 어떤 분이셨을까? 왜 나를 고아원에 버렸을까?' 준서는 너무 어릴 때 고아원에 맡겨졌기에 아버지와 어머니에 대한 기억이 전혀 없다. 기억이 전혀 없기에 부모에 대한 원망을 하려고 해도 할 수가 없었다. 원망을 하려면 대상이 있어야 하는데 대상조차 머릿속에 떠올릴 수가 없으니 원망을 할 수가 없었던 것이다. 문득 고아원 시절이 떠올랐다. 원장은 절대적인 존재였다. 준서에게 밥과 잠자리를 제공해 주기에 고마움을 느껴야 하는 대상이기는 하지만 그것은 원장 소유의 밭에 가서 일을 하기에 일을 하는 대가로 밥과 숙소를 제공받는 것이 충분한지 아니면 밥값만큼도 일을 하지 못했는지 모르기에 그리 고맙다는 생각은 들지 않았다. 분명한 것은 걸핏하면 매질을 하는데 준서가 잘못한 것이 아니고 다른 원생이 잘못을 해도 같이 매질을 당한다는 것이다. '그런 매질만 아니었어도 고아원을 탈출하지는 않았을 텐데!'

"아빠 먹어 봐."
"네가 다 한 거야?"
"그럼 내가 다 했지. 누가 했겠어?"
"모양은 그럴 듯한데."
"모양도 중요하지만 더 중요한 것은 맛이지. 얼른 먹어 봐."
　수정이는 이제 아예 자신의 진로를 정한 것 같다. 점심에는 찐만두를 만들어 먹어 보라고 하더니 저녁에는 만두전골을 만들어 먹어 보라고 한다. 예전에는 아내가 하던 것을 아내는 이제 한 달이나 두 달에 한번 집에 온다. 그나마 집에 와서 하는 것 이라고는 돈 얘기밖에 없다. 서로의 관계를 되돌리기에는 이미 늦은 듯하여 착잡하다.

"제법인데. 이런 것을 어떻게 만들었어?"

"정말 맛있어? 그럼 나 요리사 해도 되겠네?"

맛이 있다는 수정 아빠의 말에 수정이는 얼굴이 반짝반짝 빛났다. 수정 아빠는 어릴 때부터 무엇이 되어야겠다는 생각은 물론 어떤 대단한 야심 역시 없었다. 그저 아버지께서 한약방을 하며 돈은 벌었지만 자격증이 없는 관계로 서러움을 느꼈는지 약사가 되기를 권했고 아버지가 원하는 것을 따랐을 뿐이지 약사가 되기를 열망해서 약사가 된 것은 아니다. '왜 나는 수정이처럼 되고 싶은 것이 없었을까?' 수정 아빠는 형제가 없는 독자로 자랐다. 한약방을 한 아버지 덕택에 집은 부유했고 부모님 그 누구도 공부하라고 닦달할 만큼 공부를 못하지도 않았다. 강요까지는 아니었지만 가끔씩 아버지가 약사를 하는 것은 어떻겠냐는 말에 그저 다른 어떤 것을 할 마음도 딱히 없기에 수긍했고 부모님이 원하던 대로 약사가 되었다. 수정 엄마가 이혼을 요구하기 전까지는 그저 평탄한 인생이었다. '지금의 어려움은 이제까지 아무 생각 없이 평온한 인생을 산 것에 대한 벌일까?'

"수정아 왜 요리사가 되어 싶어?"

"그냥."

"요리사 되려면 공부도 해야 하고 항상 서서 일해야 하니 힘들 텐데."

"공부는 현주하고 같이 하기로 했어. 그리고 내가 한 음식을 아빠가 맛있게 먹어 주니 기분이 좋아서 힘들지도 않아."

"요리사가 되면 네가 만든 음식을 아빠만 좋아하면 되는 것이 아니고 손님들이 좋아해야 할 텐데 그래도 요리사가 좋아?"

"사실 그것 때문에 요리사가 되려고 하는 거야. 난 다른 사람들이 내가 만든 음식을 먹고 행복해하는 모습을 보고 싶어."

'타인의 행복이 자기의 행복이라니'

수정 아빠는 이제까지 단 한 번도 남을 행복하게 해서 자신이 행복한 감정을 느낀 적이 없었다. 가끔 환자들에게 어떤 약을 권했을 때 나중에 와서 고맙다는 소리를 들은 적이 있었다. 그럴 때면 약간 기분이 좋은 경우도 있었지만 그렇다고 행복하다는 감정을 느낀 적은 없다. 그런데 수정이는 남을 행복하게 만들 때 자신이 행복한 감정을 느낀다고 한다. '내가 잘못된 것인가 아니면 수정이가 잘못된 것인가?' 분명한 것은 수정이가 그리 잘못된 것은 아니라는 것이다. '그럼 이제까지 내가 잘못 산 것이란 말인가?' 남을 행복하게 해 주려고 노력한 것은 아니지만 그렇다고 남의 불행을 원하거나 일부러 남을 해치고 살지는 않았다. 그러나 가정이 깨질 위험에 처한 지금 수정 아빠의 허전하고 아픈 마음을 치유해 줄 그 어떤 것도 갖고 있지 못한 수정 아빠다.

"수정아!"

"왜?"

"할아버지가 물려주신 전답을 너에게 넘겨주려고 해."

순간 수정이는 깜짝 놀라 눈을 크게 떴다.

"왜? 갑자기."

"나중에 수정이가 요리사가 되면 남의 식당에서 일하는 것보다는 네 식당을 여는 것이 좋을 것이고 그러려면 네가 돈이 좀 필요할 것 같아서 그래."

"그럼 그때 아빠가 도와주면 되지 않아?"

"아빠가 어떻게 될지도 모르고. 너에게 주려는 전답이 곧 개발될 것 같아. 그러면 세금도 많이 내야 된다고 하드라고."

수정이에게는 차마 이혼을 대비하여 재산을 미리 빼 놓는다는 말을 할 수는 없었다. 이혼에 관련하여 재산분할과 상속세와 증여세에 대해서는 수정 아빠는 전혀 알지 못했었다. 그러나 이혼이 현실화된 지금 수정 아빠는 준비를 하지 않을 수가 없었다. 자신이 번 재산에 대하여 재산 분할을 해야 한다면 그리 억울한 마음이 들지 않을 수도 있다. 그러나 변호사에게 상의한 결과 결혼 기간이 오래되면 아버지로부터 상속받은 재산도 재산분할의 대상이 된다고 하니 그렇게 되면 물려받은 재산도 지키지 못하게 되어 아버지께 너무 죄송스러운 마음이 들 것 같았다. 더욱이 수정이에게 넘겨줄 재산은 아버지께서 늘 말씀하셨듯이 아버지께서 돈을 벌어 처음 산 전답이고 그때의 기쁨이 너무 컸다는 것을 잘 알기에 그 전답만큼은 지키고 싶었다. 아들에게 넘겨주고 싶었으나 사춘기라서 그런지 아들은 집에도 잘 오지 않고 수정 엄마가 늘 끼고 살기에 제 엄마에게 노출할 위험도 있었다. 그러나 무엇보다도 수정이에게 넘겨주려는 것은 늘 가까이 살아서 그런지 어떤 일이 있어도 수정이는 제 편을 들 것 같은 느낌이 들어서다.

"그런데 수정아 엄마에게는 절대 말하면 안 돼."

비가 내리는 늦가을이다. 이른 아침과 저녁은 이제 좀 추위를 느낄 수 있다. 농부라면 어떤 작물을 하더라도 내리는 가을비를 달가워하지 않는다. 늦은 가을 햇살을 받아 곡식이나 과일의 마지막을 장식해야 하고 또는 수확한 곡식을 말려야 하기에 비 오는 가을날에 농부들은 어쩌지 못하는 마음으로 그저 하늘을 바라볼 뿐이다. 빗소리를 들으며 눈을 뜬 준서는 한동안 이불 속에서 나오지 않고 빗소리를 듣고 있었다. 비가 오기에 일찍 일어날 필요가 없고 매향상회 역시 아침 일찍 찾아올 손님은 당연히 없으니 그저 누워서 창밖으로 보이는 내리는 비를 구경할 뿐이다. 대학을 가기로 마음을 먹긴 했으나 갈 길이 멀다. 어떻게 시작해야 될지 모르겠다. 우선은 승규 형이 말한 대로 책만 읽고 있는데 그것이 어떻게 국어 공부에 도움이 될지는 전혀 모르겠다. 사실 대학을 가기 위해서는 고등학교도 졸업하지 않은 준서는 고졸 검정고시부터 시험을 치러야 하는데 이 또한 어떻게 할지 전혀 모르는 상태다. 학원을 다니면 되겠지만 예산에는 검정고시를 전문으로 하는 학원도 없고 대도시로 나가기에는 가진 돈이 충분치 못하다.

"준서 총각! 아침 먹어."

"예."

벚꽃할매는 나이 때문에 아침 잠이 없어서 그런지 매향상회에 일찍 나갈 일이 전혀 없다는 것을 알면서도 부른다. 아마도 혼자서 아침을 먹는 것이 싫어서 부른 것이리라.

"오늘 뭐 해?"

"네?"

"품 팔러 갈 일 없으면 집 앞 깨 밭에 도랑 좀 치라고. 잠깐이면 돼. 배수가 잘 안되면 깨를 말리는 데 문제가 있어서."

"예."

농사지어 팔 목적이 아닌 그저 자손들에게 기름을 짜 줄 목적으로 텃밭에 심어 놓은 깨는 면적도 크지 않아 한 시간이면 도랑을 칠 수 있는데 품삯을 주지 않는 것이 미안했는지 굳이 할 일이 있는지를 물어보는 벚꽃할매다. 방값이나 밥값을 받지 않은 지 오래되어 오히려 준서가 고마워해야 하지만 그래도 뭔가 시킬 일이 있으면 미안한 마음을 느끼는 모양이다.

깨 밭에 도랑을 치고 점심을 먹은 뒤 평소대로 매향상회에 왔지만 새벽부터 내리기 시작한 비는 그치지 않고 계속되었다. 이렇게 아침부터 비가 계속되는 날은 가게를 찾는 손님도 거의 없다. 있다고 해야 전을 부쳐 먹기 위하여 식용유나 밀가루 또는 소주나 막걸리를 찾을 뿐이다. 유리창으로 된 가게 출입문 밖으로 보이는 단풍이 든 나무와 그 위로 내리는 비는 미래가 전혀 보이지 않는 준서의 처지와 크게 다르지 않다는 생각을 했다. 비 오면 비 맞고 눈 오면 눈 맞고 바람이 불면 그냥 바람을 견디어야 하는 의지할 사람이 전혀 없는 지금의 준서와 오도 가도 못 하고 모든 것을 견디며 그냥 서 있는 나무와 그 어떤 차이도 없다. 그나마 차이가 있다면 가을이면 단풍으로 인해 사람들의 눈길을 끄는 나무가 한 수 위쯤 될까?

살짝 어둠도 내리고 바람도 불고 비가 와서 그런지 가게를 찾는 손님도 없을 것 같아 정리하고 집으로 가려 하는데 승규 형이 가게 안으로 들어왔다. 이제 준서에게 승규 형은 마음을 터놓고 무슨 말이라도 할 수 있는 그런 유일한 존재다.

"형 뭐 필요해요?"

"필요한 것은 없고 바쁘냐?"

"제가 바쁜 것이 뭐가 있겠어요? 술 마실까요?"

"너는 나 보면 술 생각밖에 나지 않냐?"

승규 형과 말하는 중이지만 준서는 휴대용 가스레인지부터 내놓고 냄비를 올렸다. 매향상회가 술집은 아니니 변변한 안주가 있는 것은 아니지만 가끔 동네 어른들이 가게에서 막걸리를 마시니 김치에 휴대용 가스레인지는 늘 준비되어 있었다.

최근 준서의 나이라면 현주가 빌려다 주는 책을 읽거나 승규 형을 만나 대화를 하는 것이다. 승규 형도 또래의 청년이 없어서 그런지 품을 팔지 않는 날이면 가끔 준서와 술을 마셨는데 승규 형이 묵고 있는 방에 가서 술을 마시면 늘 김치찌개 정도는 준비하니 승규 형이 오늘처럼 가게에 오는 날이면 식사 대용으로 라면을 끓이고 쥐포라도 내어놓은 것은 준서의 몫이다.

"책 읽는 것은 어때?"

"어휴! 재미없어 읽기가 무척 힘들지만 가끔 책을 다 읽고 나면 뭔가 가슴이 뜨거워지는 경우가 있어요."

국어 공부에 도움이 된다고 하여 책을 읽기는 하지만 무협지에 비교하면 재미없기가 그지없다. 그러나 가끔은 가슴이 뭉클한 경우도 있으니 아마 이런 맛으로 책을 읽는 것인가 하는 생각을 하는 준서다.

"잘 하고 있는 거야. 콩나물 키우는 것 알지. 매번 콩나물에 물을 주면 부은 물이 모두 밑으로 내려가는 것 같지만 며칠 지나고 나면 콩나물이 쑥쑥 크는 것처럼 책을 계속 읽다 보면 너도 모르게 네 머리와 가슴에 든든한 것이 생겨."

승규 형과 술을 마시면 주로 준서가 묻고 승규 형이 대답한다. 승규 형은 군대 가기전에 일시적으로 매향리에 와 있다고 하지만 군대를 언제 간다는 말도 없고 승규 형 자신에 대한 이야기는 좀처럼 하지 않는다.

"그런데 형 군대는 언제 가요?"

승규 형과 정도 들었고 매번 세상 돌아가는 것에 대한 모든 궁금증을 조리 있게 설명해 주니 준서는 승규 형이 계속 매향리에 있기를 기대하며 물었다.

"아직 영장이 나오지 않았어."

"그럼 왜 학교를 휴학했어요?"

"음…. 준서야! 나 너처럼 여기 피신해 있는 거야."

"네?"

승규 형도 자신처럼 피신해 왔다니. 그럼 승규 형도 삼청교육대를 피하여 매향리로 왔다는 말인가?

준서는 승규 형의 말을 듣고 놀라지 않을 수 없었다. 아무리 생각해도 승규 형은 자신과 같은 부류의 사람이 아니라고 생각했다. 일단 승규 형은 대학생이다. 게다가 무엇인가 청양 장터 바닥의 자신처럼 부당하게 힘을 써서 먹고 살 이유가 없고 또한 행동하고 말하는 것을 보면 준서는 도달하기 어려운 품위가 있어 보인다. 그러니 승규 형이 삼청교육대를 피하여 매향리로 왔다는 생각은 도저히 할 수가 없었다.

"혹시 대학생들이 학교에서 데모한다는 소식 들어 본 적 있어?"

"들어 보지는 않았어도 유성에 가서 한 번 본 적은 있어요."

"그것 때문에 피신해 있는 거야."

"아니 그때 제가 보고 놀란 것은 대학생들은 경찰들을 전혀 무서워하지 않던데요. 도망을 가거나 무서워하기는커녕 오히려 돌을 던지며 싸우던데요."

"그건 데모할 때나 그렇지. 데모가 끝나고 나면 경찰들이 시위 주동자들을 잡으러 다녀."

술잔은 계속되었다. 승규 형은 데모는 군사독재 정권에 대항하는 것이며 그리고 국가의 권력을 일부의 군인들이 잡고 있는 세상이 아닌 국민이 주인이 되는 국민을 위한 그런 세상을 위하여 싸운다고 하나 준서는 그 상황을 잘 이해할 수가 없어 더 이상 물어볼 수가 없었다.

"어떻게, 대학은 가 볼 생각이야?"

"네. 그런데 어떻게 시작을 해야 할지를 모르겠어요."

"곧 추수가 끝나니 품을 팔 일은 없을 것이고 그럼 학원을 등록해."

"그것만으로 대학을 갈 수 있을까요?"

"목표를 한번 생각해 봐. 장래에 무엇이 되겠다는 생각을 한 적이 없어?"

"고아원을 나온 이후에는 하루하루를 연명하기에 바빴고 지금은 땀 흘리는 농사일도 나쁘지 않다는 생각을 하기는 했지만 앞으로 어떻게 살 것인지는 생각해 보지 않았어요."

"네가 자라 온 환경을 고려하면 장래에 무엇이 되겠다는 생각을 하기는 쉽지 않았겠지. 그러기에 지금까지 네가 이렇게 살고 있는 것은 네 잘못이 아니야. 그러나 분명한 것은 네가 앞으로도 아무 생각 없이 옛날의 너로 돌아가면 그것은 네 잘못이야."

고아원의 생활은 장래에 무엇을 하겠다는 꿈을 가지기에는 근본적으로 여유가 없는 생활이었다. 학교를 다니기는 했지만 고등학교를 졸업하면 고아원을 나가야 하고 공부를 해서 대학을 갈 수 있다는 생각조차 해 본 적이 없다. 학비와 생활비를 누가 대 준다는 말인가? 또한 학교를 갔다가 오면 원장 소유의 밭에서 일을 해야 했으니 공부를 할 여유가 부족했고 제일 중요한 것은 승규 형처럼 누군가가 미래에 무엇을 할 것인지 또는 장래의 꿈은 무엇인지 생각해 보라는 사람을 전혀 만나 본 적 자체가 없으니 생각해 본 적도 없다. 그나마 중학교를 졸업하고 시장바닥을 터전 삼아 하루하루를 연명하고 살았으니 누가 준서의 미래를 위해 좋은 말을 해 준다는 말인가? 하지만 승규 형이 말한 대로 이제까지 이렇게 산 것은 내 잘못이 아니라고 하더라도 앞으로도 계속 시장바닥을 터전 삼아 건달처럼 산다면 그것은 내 잘못이라는 말은 준서의 가슴에 새겨졌다.

승규 형과의 술자리가 끝나고 집에 갈 정리를 하고 있는데 현주가 왔다.

"아저씨 무슨 생각을 그렇게 하고 있어요?"

마을로 들어오는 버스 막차가 지나가고 현주가 가게로 들어왔다.

"응. 그냥."

현주가 소설책 몇 권을 내밀며 말했다.

"무슨 고민이 있어요?"

"고민은 무슨. 내가 고민할 것이 있겠어?"

"어. 거짓말도 할 줄 아시네요. 분명히 뭔가 골똘히 생각하고 있었는데."

"현주야! 너는 꿈이 무엇이야?"

"음…. 생각해 봤는데 경영대를 가서 좋은 회사에 입사할 거예요. 그리고 엄마, 아빠를 모셔야죠."

"할미니 며칠 집에 다녀오겠습니다."

"다시 올 거지?"

"그럼요."

벚꽃할매는 집을 나서는 준서가 돌아오지 않을 수도 있다는 생각을 한 듯 다짐을 받듯이 말했다. 벚꽃할매는 이미 준서에게 정이 많이 들었다. 남편과는 사별하고 자식들은 장성해서 도회지로 나갔기에 자식들을 볼 수 있는 기회는 일 년에 몇 번 되지 않고 오랫동안 거의 혼자 살았다. 그런 빈자리를 메꾸어 준 것이 준서다. 꼭 다시 오라며 손에 차비도 쥐어 주었다. 벚꽃할매 댁을 떠나고 싶지 않은 것은 준서 역시 마찬가지이나 어쩔 수 없이 며칠 집을 비울 수밖에 없었다. 며칠 전 삼식이가 다녀갔다. 망치 형이 준서를 찾고 있다는 것이다. 그러나 망치 형이 준서를 찾는 이유가 다시 읍내에서 일을 할 사람을 찾는 것이 아니라는 것을 준서는 잘 알고 있었다. 준서가 삼청교육대에 끌려갔으면 망치 형은 아마 삼청교육대에 끌려가지 않았을 것이고 아마도 이에 대한 앙갚음을 하려는 것이다. 그렇지 않아도 그 세계를 떠나려고 마음먹은 준서는 한번은 거쳐 갈 일이기도 했다.

"오랜만이다."

"네."

"돌아온 거지."

"……."

퍽. 망치 형의 주먹을 맞은 준서는 크게 휘청거렸다. 역시 망치 형의 주먹은 다르다. 고아원을 나온 후 많은 이들에게 맞아 보았지만 망치 형의 별명이 달리 망치이겠는가?

"왜 대답이 없어? 돌아올 거지?"

"……."

얼마나 더 맞았는지 준서는 기억하지 못했다. 그저 맞았다. 아무런 저항 없이 그저 맞기만 했다.

준서가 눈을 뜬 곳은 매향리로 피신하기 전에 삼식이와 지낸 여인숙이다. 짙은 담배냄새와 술냄새가 밴 조명도 어두운 방. 그리고 무엇보다도 아무리 청소를 하더라도 지워지지 않는 묵직하고 불쾌한 익숙한 냄새.

"미안해."

눈을 뜬 준서를 보고 삼식이가 처음에 한 말은 미안하다는 말이다. 망치 형이 준서가 피한 곳을 알 리가 없다. 아마 삼식이는 망치 형의 닦달을 이기지 못하고 준서가 있는 곳을 말했을 것이다. 불쌍한 삼식이. 그는 준서에게는 유일한 친구이기는 했으나 주먹이 세지도 않았고 머리가 빠르게 돌아가지도 않았다. 그러기에 그저 형들이 말한 대로 할 뿐이고 그래서 매일 구박만 받고 살았다. 그런 삼식이를 뻔히 알기에 준서도 삼식이를 탓하지 않았다.

 망치 형과 한번 겨루어 보기를 희망한 적도 있었다. 준서는 망치 형만큼의 주먹은 아니더라도 빠르기는 망치 형보다 훨씬 빨랐다. 언제까지 망치 형의 똘마니로 살 수는 없었다. 여인숙을 벗어나 여관으로 가고 이 바닥에서 더 나은 생활을 하기 위해서는 망치 형을 넘을 수밖에 없다는 생각을 하기도 했다. 그러나 준서가 망치 형과 겨루지 않은 결정적인 이유는 망치 형이 늘 가지고 다니는 망치 때문이었다. 망치 형은 주먹으로 되지 않을 때는 망치를 꺼내니 이는 완전히 다른 문제다. 준서는 그렇게까지 하는 것은 아니라고 생각했다. 그랬기에 준서는 망치 형을 넘어선다는 생각은 아예 하지 않았다.

 "떠날 거야?"
 "그렇게 해야 하겠지."
 어차피 떠나지 않고 과거의 세계로 다시 돌아가려고 생각했다면 망치 형의 주먹을 피하지 않을 이유가 없었다. 결과가 어떻게 되든 한번은 승부를 보아야 하니까. 과거처럼 망치 형의 똘마니로 평생을 살 수는 없었기 때문이다.

 젊은 준서라서 그런지 아니면 그동안 축적된 맷집 때문인지 여인숙에서 눈을 뜬 지 이틀 만에 준서는 일어났다. 온몸이 시퍼렇게 멍이 들고 쑤시고 아프나 가슴의 통증만 제외하면 그저 살 만했다. 아마도 갈 빗대가 부러졌을 것이다. 무엇보다도 다행스러운 것이 있다면 얼굴은 크게 망가지지 않았다는 것이다. 자신이 돌아갈 곳은 매향리밖에 없는데 몸이 멍들거나 아픈 것은 숨길 수가 있으나 얼굴이 망가진 것은 숨길 수가 없기 때문이다.

"언제 떠날 거야?"

삼식이는 벌써 준서가 떠나는 것이 서운했는지 물었다.

"삼식아! 같이 떠날까?"

"어디로? 내가 갈 곳이 어디 있다고. 그리고 나까지 떠나면 망치 형이 가만히 있지 않을 걸."

삼식이는 두려운 것이다. 그가 두려운 것은 아마 망치 형의 주먹보다도 다시 한번 아는 이 아무도 없는 눈길 주는 이가 아무도 없는 세상에 홀로 버려지는 것이 두려운 것이다.

"수학은 어떻게 공부해야 돼?"

학교가 끝나고 같이 공부한 지 이삼 주 정도 지난 날 수정이는 현주에게 물었다.

"왜?"

"국어나 영어는 조금은 할 수 있겠는데 수학은 전혀 모르겠어."

"다른 과목은?"

"다른 과목은 그냥 외우면 될 것 같은데 수학은 전혀 모르겠어."

수정이는 진심으로 공부할 마음이 있는 것 같다. 처음 수정이가 공부를 하겠다고 했을 때는 현주는 그저 흘려들었다. 그렇게 며칠 공부한다고 하다가 말겠지 생각했다. 그러나 수학 포기자인 수정이가 수학 공부를 하겠다는 말에서는 진심이 느껴졌다.

"그럼 고등학교 수학이 아닌 중학교 수학부터 시작해야 돼. 수학은 기초가 되어 있지 않으면 절대로 진도가 나갈 수가 없어. 그리고 중학교 수학만 공부해도 학력고사에서 풀 수 있는 문제가 조금은 있어."

수정이와 대화를 하고는 있지만 현주의 머릿속은 온통 준서에 대한 생각뿐이다. 벌써 몇 일째 보이지 않는다. 도대체 그에게 무슨 일이 있는지 궁금하지 않을 수가 없었다. 이러다 자기가 빌려다 준 책을 반납할 수 없게 되면 도서관에 돈으로 책임을 져야 된다. 책 몇 권의 값이 크지는 않겠지만 대학교도 가지 않은 아저씨가 책을 빌려 달라고 했을 때는 그 의도가 궁금치 않을 수 없었다. 어떤 경우에는 일부러 어려운 책을 빌려다 주기도 했다. 그런데 준서는 책이 어렵다 또는 쉽다의 말도 없이 다 읽었다고 한다. 이해는 하고 읽었을까 하는 의문도 있지만 책을 빌려다 주고 반납하고를 계속하다 보니 책을 읽는 준서의 의도는 알지 못하더라도 그 진심만은 느낄 수 있었다.

"내 말 듣고 있어?"

"어. 응."

"아닌 것 같은데."

"듣고 있어."

준서를 보지 못한 것이 벌써 일주일은 지난 것 같다. 오늘은 막차를 타지 않을 작정이다. 오늘은 벚꽃할매에게 준서가 어디에 왜 갔는지 그리고 언제 돌아오는지 물어볼 생각이다.

"할머니 안녕하세요?"

"응. 현주구나."

"뒷방 아저씨 어디 갔어요?"

"왜?"

"빌려다 준 책을 받아 반납해야 하는데 일주일이나 보이지 않길래 그래요."

"아까 왔어. 그런데 몸이 좀 좋지 않아 보이던데."

준서가 돌아왔다는 벚꽃할매의 말에 현주의 가슴은 갑자기 두근거렸다. 그때만 해도 현주는 자신이 기다린 것이 빌려다 준 책인지 아니면 준서인지 알지 못했다.

현주는 안채를 돌아 뒷방 쪽으로 갔다. 가슴의 두근거림은 아직 가라앉지 않았다. 늦가을 저녁이기에 주위는 벌써 어두웠지만 방에 불이 켜져 있지 않았다. 그가 방 안에 있음을 알 수 있는 것은 문 앞에 있는 신발로만 확인할 수 있었다. 방문을 두드릴지 말지 고민이 되었지만 이미 벚꽃할매도 온 것을 아는데 그냥 가는 것이 더 이상해 보일 것 같아 문을 살짝 두드리며 불렀다.

"아저씨."

대답이 없다. 현주는 용기를 내어 좀 더 큰 소리로 불렀다.

"아저씨!"

이내 인기척이 나더니 잠에서 아직 덜 깬 듯한 목소리가 들렸다.

"누구세요?"

한눈에 보아도 준서의 몸이 좋아 보이지 않는다. 등을 켜기 위하여 몸을 일으키는 준서의 행동이 자연스럽지 않고 얼굴의 찡그림은 고통을 참고 있는 것이 분명해 보인다.

"아저씨 어디 아파요?"

"아니. 왜?"

"무슨 일이 있었어요?"

"아무 일 없었어. 그냥 피곤해서 그래."

무슨 일이 있었던 것이 분명하나 현주는 더 이상 물어볼 수가 없었다. 책을 빌려다 주고 반납하고 하는 심부름을 하기는 했으나 친한 관계도 아니기에 물어본다고 해도 진실을 얘기해 줄 것 같지도 않았다.

"책 다 읽었어요? 반납해야 돼서."

"잠깐만."

책을 챙기러 움직이는 모습 역시 꽤 부자연스럽다. 뭔가 좋지 않은 일이 있었다는 것을 현주는 확신할 수 있었다.

"어디 갔다 왔어?"

휴대용 가스레인지를 앞에 두고 삼겹살을 올리자마자 승규 형이 물어보았다. 걱정스러운 표정이 얼굴에 가득했다.

"전에 있는 장터에 다녀왔어요."

"거긴 왜?"

"저 대신 누가 삼청교육대를 다녀왔나 봐요. 그 앙갚음으로…."

"그것은 누가 가기로 정해진 것이 아닌데."

"힘없고 빽 없는 사람으로 정해진 것이 아닌가요?"

"다시 돌아갈 거야?"

"다시 돌아갈 거면 여기 다시 오지도 않았고 그렇게 일방적으로 맞지도 않았겠죠."

승규 형은 말없이 술잔을 들었다. 걱정스러운 그의 표정은 하나도 변하지 않은 채.

"일종의 졸업식이었구나?"

"네?"

"과거와 단절하기 위해서는 피할 수 없는 넘지 않을 수 없는 그런 산을 넘은 것이었구나."

승규 형은 혼자 말하는 것인지 아니면 준서에게 말하는 것인지 모를 말투로 얘기했다. 그렇게 말하는 순간 매향상회 앞으로 차량의 불빛이 보였다. 저녁 버스는 진작에 지나갔고 막차 버스는 아직 올 시간이 되지 않았는데 차량용 불빛이라니. 그리고 그 불빛은 버스 불빛이 아니고 승용차 불빛이다. 매향리에는 차량으로 출퇴근을 하는 사람이 없다. 아예 자가용을 가진 주민이 한 사람도 없다. 그러기에 지금 이 시간에 매향리로 승용차를 몰고 올 자는 아무도 없다. 이유는 알 수 없으나 그 차량은 매향상회를 지나 마을로 들어갔다.

"준서야 나 이제 떠나려고 해."

"아니 왜요? 영장 나왔어요?"

"아니. 가을걷이도 거의 끝나서 일도 없고 여기에 더 있을 명분이 없어."

승규 형은 준서가 어떻게 살아야 할지를 말해 준 유일한 사람이다. 안타깝다. 준서는 이런 형이 영원히 준서 곁에 있었으면 좋겠다는 생각을 했지만 그도 가야 할 그의 길이 있겠다는 생각에 말릴 수는 없었다.

"어디로 가려고요?"

"내가 당장 갈 길은 일단 정해져 있어."

"어디요?"

"감옥 아니면 군대. 지금 수배 중이야."

준서도 어느 정도 짐작은 하고 있었다. 농사일을 해 보지도 않은 것 같은 대학생인 승규 형이 군대 가기 전에 농촌에 와서 일한다는 것 자체가 이해가 되지 않았고 유성에 함께 갔을 때 승규 형이 해 준 말을 보면 아마도 승규 형은 대학생들의 데모와 관련되어 피신해 있는 것이 아닌가 하는 그런 생각을 했었다. 준서가 삼청교육대를 피해서 매향리에 와 있는 것처럼.

서로 말없이 술잔을 들고 있는데 조금 전에 마을로 들어간 승용차가 매향상회 앞에 섰다. 시동을 끄지 않아 누가 탔는지는 모르지만 조수석에서 한 남자가 내려 매향상회로 들어왔다. 적당한 체격에 운동화를 신었고 잠바를 입고 있었으며 눈빛이 예사롭지 않았다. 전혀 기대하지 않은 차림이다. 대개 자가용을 타고 다니는 사람들은 말쑥한 양복을 입고 있었으며 반짝이는 구두를 신고 다니는데 그들과는 전혀 다른 행색이다. 순간 준서는 깜짝 놀랐다. 형사다. 준서는 직감적으로 알 수 있었다. 장터에서 준서가 온몸으로 부딪치며 세상에 대해 배운 것은 상대할 수 있는 자와 상대하면 안 되는 자가 있었는데 상대하면 안 되는 자가 경찰이다. 상대하면 안 되는 것이 아니라 무조건 피해야 하는 상대가 경찰이다. 경찰 중에서도 제복을 입은 자는 조금 덜하다. 어느 정도 사정하는 것이 가능하기 때문이다. 그러나 지금 매향상회 문지방을 넘은 이자는 제복을 입지도 않았다. 준서는 순간 도망가려 했으나 가게로 들어온 자는 문을 등지고 막고 서 있었으며 운전석에서 내린 자는 문밖에서 가게를 막고 서 있었다.

준서가 가게 안으로 들어온 남자를 밀치고 도망가야 할지 말지를 망설이는 순간 그 남자는 준서를 한번 힐끗 쳐다보더니 이내 승규 형에게 고개를 돌리며 말했다.

"이승규씨 맞죠?"

승규 형은 들고 있던 술잔을 입안에 털어 넣고 태연하게 말했다.

"예."

승규 형이 대답하자마자 그 남자는 승규 형의 팔을 잡아끌었다. 순식간에 일어난 일이다. 준서는 승규 형을 잡아끄는 남자를 막아섰다.

"물러서지."

너 정도는 아무것도 아니라는 듯한 차가운 남자의 목소리에 준서는 얼어붙은 듯 제자리에 서 있었다.

남자의 손에 힘없이 끌려가던 승규 형이 뒤를 보며 말했다.

"준서야! 나도 넘어야 할 산이 있어."

준서는 승규 형을 태우고 가는 승용차의 헤드라이트가 멀어져 가는 것을 멍하게 쳐다볼 뿐이었다.

공부를 하겠다고는 했지만 그저 한두 주 정도면 그만둘 줄 알았으나 수정이는 주말을 제외하고는 방과 후 계속 도서관에 왔다. 무엇이 수정이를 이렇게 변화시켰는지 모르겠다. 요리사가 되는 것이 공부가 필요한가? 그저 요리만 잘하면 되는 것이 아닌가? 조금은 귀찮기도 했다. 수정이가 물어보면 대답을 해 주어야 하는 경우가 있는 데 그동안 공부를 하지 않았던 수정이가 현주의 설명을 바로 이해하지 못해 한참을 설명해야 했고 오랜만에 하는 공부라서 그런지 책상에 앉아 있는 시간이 짧아 수정이가 책상에서 일어날 때마다 현주의 공부에 방해가 되었다. 처음에 책상에서 일어날 때면 커피를 마시자고 하든가 아니면 간식을 먹자고 하든가 했지만 스스로 그것이 현주의 공부에 방해가 되는 것을 알았는지 이제는 조용히 혼자 일어나 책상에 앉을 때 자판기 커피를 현주 책상에 내려놓는다. 중학교 수학을 공부하는 수정이는 모르는 수학 문제가 나오면 현주가 책상에서 일어나는 시간에 맞추어 물어본다.

"수정아 왜 그렇게 공부를 열심히 해?"
"걱정되냐? 내가 너보다 성적이 더 잘 나올까 봐."
"걱정은 무슨."
"내가 너보다 더 좋은 성적을 받아 보려고 그런다."
"한번 해 봐."
"내가 살펴보니 식당에서 일하는 분 중에서 주방에서 일하고 있는 분들은 그냥 아줌마 아니면 아저씨야. 나처럼 젊은 사람들이 없어. 그 분들은 전문성이 없어 보여."

"너도 요리는 좀 하는 것 같은데 어떤 것을 배우려고?"

"음식은 맛이 제일 중요하지만 한 끼 식사의 영양도 중요한 것 같고 또한 모양도 무척 중요한 것 같아. 그런 것을 배우려면 대학을 가거나 요리학교를 가야 할 것 같아. 그리고 무엇보다 나에게 중요한 것은 아빠나 네가 내 음식을 먹고 좋아하면 그것 자체로 행복해."

행복하다니. 현주는 수정이를 이해하기 쉽지 않았다. 나에게 어떤 좋은 일이 있어야 행복한 것이지 나로 인하여 남을 좋게 하는 것이 나의 행복이라니 현주는 수정이의 말을 수긍할 수 없었다. 아빠가 망가져서 과거처럼 여유 있는 생활을 하지 못하기에 현주는 불행하다고 생각했고 매일 힘든 삶을 살고 있는 엄마를 보는 것이 현주의 불행이었다. 수정이도 자기와 별반 다르지 않았다. 아직 이혼은 하지 않았지만 거의 남남처럼 살고 있는 부모님을 보면 수정이 역시 현주와 크게 다르지 않기 때문에 불행하다고 느낄 법한데 자기의 요리를 맛있게 먹고 있는 남을 보면 행복하다니. 아마 그 대상이 아빠나 친구이기에 행복하다고 느끼는 것일까? 시험 결과가 좋은 성적표를 보면 엄마 역시 딸이 좋은 성적을 받았기에 행복한 감정을 느낄 것이다. 그러나 엄마는 다른 사람이 좋은 성적을 받으면 그리 좋지 않을 것이다. 그러나 수정이가 요리사가 되겠다는 것은 아빠나 친구인 자기에게만 음식을 해 주기 위해서 요리사가 되겠다는 것은 아닐 것이다. 그러면 수정이는 얼굴도 이름도 모르는 다른 사람이 자기의 요리를 먹고 즐거워하면 그것으로 행복감을 느낀다는 말인가? 현주는 자신의 행복과는 다른 수정이의 행복을 이해할 수 없었다.

"현주야 너 왜 그렇게 책을 많이 빌려가? 네가 언제 그것을 다 읽는다고?"

"응. 같은 마을에 사는 아저씨가 빌려다 달라고 해서."

"이상하네."

"뭐가 이상해?"

"그 아저씨 농사 짓는 사람 아니야?"

"아저씨까지는 아니고 대학을 떨어져서 품을 팔고 있는 젊은 사람인데 비 오는 날이나 품을 팔지 않는 날이면 심심한 모양이야."

"그럼 아저씨가 아니고 오빠네."

"오빠는 무슨."

그렇지 않아도 현주는 준서가 책을 읽는다고 자기에게 부탁한 것이 이상하게 생각되었다. 준서의 외양을 보면 그리 책을 좋아할 것 같아 보이지는 않는다. 현주가 아무리 세상 물정을 몰라도 행동하는 것을 보면 모범생인지 아닌지는 알 수 있을 것 같다. 그러기에 처음 준서가 현주에게 책을 빌려 달라고 부탁했을 때에는 혹시 이것을 빌미로 자기에게 말을 걸고 사귀자고 하는 것은 아닌가 하는 의심을 하기도 했다. 그러나 그 횟수가 늘어나고 자기에게 어떤 수작도 걸지 않으니 더욱이 이해할 수가 없었다. 책을 읽지 않고 그냥 읽는 척만 하며 빌리고 반납하고를 반복하는 것은 아닐까 하는 의심을 하기도 했지만 그렇지는 않은 것 같다. 가끔 버스를 내려 집에 갈 때 매향상회 안에서 책을 읽고 있는 준서를 심심치 않게 보았기 때문이다. 그래서 그런지 준서가 며칠 보이지 않을 때는 왜 매향리를 떠났는지 궁금하기도 했다. 그 궁금함을 이기지 못해 벚꽃할매의 집을 직접 찾았을 때는 왜 가슴이 두근거렸는지 그리고 몸이 상한 것 같은 준서의 행동을 보았을 때 자신의 얼굴이 어떤 표정을 지었는지 정작 현주 자신은 알지 못했다.

가족을 찾아서

　신분증부터 필요할 것 같았다. 고아원을 나올 때는 미성년자이기 때문에 주민등록증을 발급받을 수도 없었고 또한 필요도 없었다. 하지만 이제 검정고시를 준비해야 하니 신분증이 필요하나 문제는 중학교를 졸업한 후 단 한 번도 주민등록번호를 사용해 보지 않아 주민등록번호를 알지 못한다는 것이다. 면사무소를 가더라도 이름만 알 뿐이니 주민번호를 확인할 수 없고 고아원을 가자고 생각하니 원장이나 부원장을 만나기가 싫었다. 졸업한 중학교를 가보면 알 수 있으나 졸업한지 삼 년도 더 지나 아는 교사가 남아 있다는 확신을 할 수도 없고 신분증이 없으니 자기와 관련된 정보를 얻을 수 없다는 생각을 했다. 결국 신분증을 만들 수 있는 유일한 길은 원장을 만나기 싫더라도 도망 나온 고아원을 방문하여 주민번호를 확인하는 방법밖에는 없다. 고아원을 가야 한다고 생각하니 제일 먼저 머릿속에 떠오르는 얼굴은 순이였다. 얼굴도 곱상하고 마음씨도 착했던 순이.
　사실 준서가 고아원을 탈출하리라 마음먹은 것은 원장과 부원장의 원생에 대한 심한 대우와 같이 생활하고 있는 원생 형들의 폭력도 있었지만 결정적인 이유는 우발적인 것이었다. 준서는 다른 원생들과 비교하여 말썽을 많이 일으킨 것도 아니고 학교에서도 비교적 공부도 잘하는 모범생에 가까운 학생이었다. 준서가 고아원을 탈출한 것은 중학교 졸업을 며칠 앞둔 추운 겨울이었다. 남자 원생들은 방과 후에 주로 원장 소유의 논밭에서 일을 하나 여자 원생들은 주로 청소와 빨래 그리고 식사를 준비했는데 그날은 겨울방학 기간이어서 산으로 나무를 하러 갔다. 어린 학생들이긴 해도 여러 명이기에 원장에게 꾸지람을 듣지 않을 만큼의 나무를 하고 해가 질 때쯤 고아원으로 내려왔다. 고아원을 들어와서 식당을 향하는 중 큰 소리가 들려왔다. 원장 부인인 부원장의 목소리다.

"이것 도대체 어떻게 할 거야?"

"그냥 빨래바구니에 같이 있어서."

"너 이거 얼마짜리인지 알기나 해?"

"잘못했습니다. 용서해 주세요."

짝.

원장 부인은 순이의 뺨을 인정사정없이 갈겼다. 순이가 실수로 부원장의 옷을 세탁할 때 색깔을 구분하지 않고 세탁하는 바람에 다른 옷에 물이 들었던 것이다.

준서는 참았다. 부원장이라고 부르는 원장 부인은 어떤 때는 원장보다 더 모질었다. 원장이 남자 원생들을 다루는 것은 자신이 직접 손찌검을 하기도 했지만 주로 고참 원생들을 시켜 자신을 대신하여 폭력을 행사하는 방식이었다. 하지만 여자 원생들은 주로 부원장이 훈육을 하니 말이 훈육이지 직접 매질을 하거나 추운 겨울에도 전기요금이 많이 나온다는 것을 빌미로 세탁기를 사용하지 못하게 하고 찬물로 빨래를 시키는 등 가혹행위를 하는데 만약 남자 원생들이 말리거나 도와주게 되면 그날 밤은 원장이나 고참 남자 원생들에게 견딜 수 없는 폭력을 당하기에 그저 지켜볼 수밖에 없었다. 부원장은 다시 한 번 순이의 뺨을 후려쳤다. 순이의 뺨에 부원장의 손바닥 자국이 선명했다. 순이는 주저앉아 부원장의 치맛자락을 잡고 울며 사정했다.

"부원장님! 잘못했습니다. 한 번만 용서해 주세요."

"니깟 년이! 옷 벗고 밖에 나가 서 있어!"

옷을 벗고 밖에 나가서 서 있으라니. 해도 진 추운 겨울이다. 그런데 옷을 벗고 밖에 나가서 서 있으라니. 해도 너무하는 것 같아 준서는 더 이상 참을 수 없어 나섰다.

"부원장님 지금 옷 벗고 밖에 나가면 얼어 죽습니다."

"넌 뭐야?"

부원장은 남자인 준서를 어쩌지 못하고 얼굴이 일그러지더니 소리쳤다.

"그럼 네가 대신 나가!"

비록 오랜 시간 밖에 있었던 것은 아니지만 견디기 어려운 춥고 긴 밤이었다. 몸이 얼고 살이 찢기는 듯한 추위와 선배들의 집단 폭력. 그날 밤 준서는 결심했다. 떠나기로. 그리고 며칠 후 준서는 비싸 보이는 부원장의 옷만 골라 모두 찢어 버리고 고아원을 떠났다.

저 멀리서 전과 전혀 다름없이 보이는 고아원이 준서의 눈에 들어왔다. 마음을 단단히 먹었다. 이젠 고참 원생들도 없을 터이고 그 누구도 자신에게 함부로 폭력을 가할 수 없을 것이다.

"왜 왔어?"

준서를 보자 원장은 소리부터 질렀다. 그러나 원장의 위세는 예전만 못하다. 이미 준서는 장성해서 힘으로는 어쩌지 못한다는 것을 알고 있는 듯하고 이미 자신에게 밥과 집을 제공받는 준서가 아니니 자신이 사용할 어떤 힘도 없음을 알기 때문이리라.

"주민번호 좀 알아 가려고요."

"뭐?"

이번에는 준서가 일부러 큰 소리로 말했다.

"내 주민번호 좀 알아 가려고요!"

주민번호가 적힌 쪽지를 받아 고아원을 나서는데 순이가 따라 나왔다.

"오빠! 연락 좀 하지. 어떻게 지냈어요?"

"잘 지냈어. 너는?"

"잘 아시잖아요. 그런데 오빠와 관련한 서류에 이상한 것이 있어 복사해 왔어요. 낼 학교 앞에서 만나요."

순이는 준서에게 복사용지를 건네고 급히 돌아갔다. 순이가 내민 복사용지에는 생년월일은 같으나 뒤 숫자가 다른 주민번호가 있었고 이름은 김준서가 아닌 강준서라는 이름이 적혀 있었다.

그동안 까맣게 잊고 지냈던 순이다. 순이는 얼굴도 곱상하고 차분했던 아이였다. 식사 시간이 되면 다른 원생들과 비교하여 준서에게 밥도 좀 더 퍼 주고 맛있는 반찬이 나오면 다른 원생들이 눈치채지 못하게 좀 더 챙겨 주곤 했는데 만일 원장이나 부원장이 원생들끼리 사귀는 것을 아는 날이면 한바탕 큰 소동을 겪지 않을 수 없어 원생들끼리 사귀는 것은 금기시되었기 때문이다. 순이가 빨래를 잘못했다고 부원장에게 고초를 겪을 때 준서가 나선 것도, 그것을 이유로 거칠고 험한 밤을 보낸 것도 어쩌면 준서도 순이에게 호감을 갖고 있어서 그랬는지 모르겠다. 그렇지만 부원장의 옷을 찢어 버리고 고아원을 나온 이후에는 순이를 생각할 여유 자체도 없었고 준서 자신의 몸 하나를 건사하기도 어려웠기에 이제까지 순이를 까맣게 잊고 지냈다. 그러나 그때의 순이와 어제의 순이는 매우 달라진 것 같다. 준서가 고아원에 있을 때의 순이는 말수도 적고 수줍음도 많은 아이였는데 복사용지를 급히 전해 준 어제의 순이는 얼굴이 매우 밝아 보였다.

"오빠!"

수업이 끝나는 시간에 맞추어 순이가 다닌다는 고등학교 앞에서 학교 안을 힐끔거리며 순이를 기다리고 있는데 정작 순이는 준서 뒤에서 다가왔다.

"아니 왜 학교에서 나오지 않고 뒤에서 와?"

"저 취업 겸 실습 나갔어요."

"실습이라니?"

"실업계 학교는 삼 학년 이 학기면 실습 겸해서 취업할 수 있어요."

"그럼 너 벌써 취업을 했다는 거야?"

"네 조그만 회사지만 저 벌써 취업했어요."

'아! 그랬구나' 고등학교를 졸업하면 고아원을 나와야 한다. 고등학교를 다닐 때까지는 미래에 대한 희망이 없어도 묵을 집과 밥에 대해서는 걱정하지 않아도 된다. 하지만 고등학교를 졸업하면 원하지 않아도 아무런 보호장치도 없이 사회에 나와야 한다. 이때부터 문제다. 대부분의 원생들은 직업도 없이 사회에 나오고 그나마 직업을 갖는다 하더라도 좋은 직업을 가질 수 없어 방값을 내고 나면 생활비도 만만치 않다. 그러기에 돈을 모을 수 없고 그런 생활이 계속되면 안정된 생활과는 영영 이별하게 되어 이 사회의 가장 그늘진 곳으로 자연스레 모이게 되니 어쩔 수 없으나 자연스러운 과정이다. 다행히 순이는 고아원을 나오기 전부터 직업을 가졌으니 그것이 순이의 표정을 밝게 했던 것이다.

"어떻게 지냈어요?"

"그저 그렇게 지냈어."

"오빠가 그렇게 고아원을 나가고 한동안은 엄청 힘들었어요."

"미안해. 그냥 나갔더라면 좋았을 텐데 부원장 옷을 찢어 버리고 나가서 네가 힘들었겠구나."

"미안하기는. 그래도 오빠가 내 대신 벌을 받았잖아요."

"그건 그렇고 어제 나에게 전해 준 것은 무엇이야?"

"제가 상고를 진학하고 나서는 고아원에서 식사준비나 빨래는 하지 않고 주로 서류정리나 고아원 관리 업무를 맡았어요."

"기특하네. 상업학교를 갈 생각을 다 하고. 그런데?"

"서류를 정리하다 오빠와 관련된 서류철을 보았는데 어제 오빠에게 전해 준 쪽지가 있었어요. 아주 오래된 종이로 보였는데 오빠 생일과 이름은 같은데 성이 다른 것이 너무 이상하고 그래서 혹시 오빠 부모님을 찾는데 도움이 되지 않을까 해서 복사해서 보관하고 있었어요."

순이가 다닌다는 회사의 연락처와 벚꽃할매 집의 전화번호를 교환하고 순이와 헤어졌다. 쪽지에 있는 강준서는 누구인가? 도대체 상상이 되지 않았다. 만약 그 쪽지가 준서가 고아원에 맡겨질 때 부모님 중의 누가 고아원에 건넨 것이라면 원장은 도대체 왜 나를 김준서라고 등록을 한 것인가? 일부러 성을 바꾸어 등록을 한 것인지 아니면 실수로 그런 것인지 또한 그 쪽지에 적혀 있는 이름과 주민번호로 확인을 하면 부모님을 찾을 수 있는 것인지 준서는 혼란스러워 잠을 이룰 수가 없었다. 그동안 쭉 고아원에서 살았기에 부모님이 있을 것이라고 생각해 보지도 않았고 그러기에 부모님을 찾아 보려는 노력 또한 전혀 해 보지 않았다. 지금이라도 그 쪽지를 단서로 해서 부모님을 찾아 보아야 할까? 문득 승규 형이 생각났다. 아무도 상의할 사람이 없는 준서는 이럴 때 배운 것이 많은 승규 형이라도 있으면 어떻게 하는 것이 좋은지 물어볼 수도 있을 텐데 과연 어떻게 하면 좋단 말인가? 그건 그렇고 지금 승규 형은 어디에서 무엇을 하고 있을까?

주민등록증을 만들기 위한 절차는 그리 어렵지 않았다. 고아원에서 알아 온 주민번호, 사진 그리고 주소가 필요했기에 벚꽃할매에게 양해를 구하고 주소를 정하여 전입신고와 주민등록증 신청을 했다. 주민등록증을 찾으러 면사무소를 방문했을 때 준서는 창구에 있는 직원에게 강준서라고 적혀 있는 쪽지를 내밀고 물었다.

"혹시 이분이 어디에 살고 있는지 그리고 부모님은 있는지 확인해 주실 수 있나요?"

"관계가 어떻게 되시죠?"

"저도 잘 모릅니다."

"개인정보이기에 가족이 아니면 확인해 드릴 수 없습니다."

"사실은 제가 고아원에서 자랐습니다. 그리고 최근에 저와 관련된 서류철에서 이것이 발견되었는데 혹시 부모님을 찾을 수 있지 않을까 생각하여 문의드리는 겁니다."

"그런 일이라면 저희 쪽이 아니라 경찰서를 가서 도움을 청하는 것이 맞을 것 같습니다."

경찰서를 가야 한다는 생각에 준서는 마음이 불편했다. 장터에서 일을 할 때도 경찰은 항상 자신이 감시를 당하는 대상이었지 도움을 받는 대상은 아니었고 더욱이 삼청교육대로 끌려가지 않기 위하여 매향리로 피신한 준서였기 때문이다. 하지만 여기서 멈출 수는 없었다. 만약 이 쪽지가 혹시 살아 계실지도 모르는 부모님을 찾을 수 있는 중요한 단서라면 아니 부모님이 살아 계시지 않아도 자신의 뿌리를 찾을 수 있다면 경찰을 피할 수는 없었다. 그리고 승규 형을 데리고 간 자들도 경찰로 생각되는데 그들은 준서에게는 어떤 관심도 보이지 않았다. 주민등록증을 발급받을 때 또한 아무 문제도 없었으며 장터에서 일을 할 때도 자신이 생각하기에 그리 부당하거나 못된 짓을 하지는 않았다. 걱정하는 마음이 없는 것은 아니었으나 중요한 것은 언제까지나 경찰을 피해서 살 수는 없는 노릇이었다.

스스로에게 용기를 주며 경찰서를 들어왔으나 일단 어디로 가서 도움을 청해야 할지를 생각하던 중 민원실이 눈에 들어왔다.

"어떤 일로 오셨나요?"

태어나서 경찰로부터 들어 보는 가장 친절한 말을 들었다.

"고아로 자랐는데 혹시 부모님을 찾을까 해서 방문했습니다."

"신분증 주세요."

준서는 신분증과 복사용지를 주며 말했다.

"제가 자란 고아원에서 최근에 저와 관련된 서류철에서 이 쪽지가 발견되었습니다. 저의 이름은 김준서인데 여기는 강준서로 되어 있고요 주민번호는 앞자리 생년월일은 같은데 뒷자리 숫자는 다릅니다. 아마 고아원에서 저에 대해 성을 잘못 알고 실수로 주민등록을 한 것이 아닌가 하는 생각이 듭니다. 면사무소에 문의를 해 보니 쪽지에 있는 인적사항에 대해서는 조회해 줄 수 없다고 해서 왔습니다."

주민등록증의 인적사항과 쪽지의 인적사항을 다 적은 경찰은 말했다.

"연락처 남겨 놓으시고 댁에서 기다리시면 연락드리겠습니다."

경찰서를 나선 준서는 일단 숨부터 크게 쉬었다. 경찰서 안에까지 왔으나 그 어느 경찰도 자신을 끌고 가려고 하지 않았기에 안도가 되었고 혹시 부모님을 찾을 수 있다는 희망도 생겼다. 뭔가 큰 산을 넘었다는 생각에 승규 형이 생각났다. '이럴 때 승규 형이 있었으면 같이 술이라도 한잔하면 좋을 텐데' 예상보다 경찰서에서의 시간이 얼마 걸리지 않아 저녁버스까지는 시간이 좀 남았다. 갈 곳 없이 읍내를 배회

하던 중 도서관이 눈에 들어왔다. 단 한 번도 가보지 않은 곳이다. 머뭇거리는 마음이 있기는 했지만 경찰서도 무난히 다녀온 준서는 도서관으로 들어섰다. 일층의 한쪽은 온통 책으로 가득 차 있었다. 무엇 때문인지는 모르지만 책마다 번호가 붙어 있었는데 그것은 현주가 빌려다 준 책에도 있었다. 일층의 다른 한쪽은 휴게실로 보였다. 자판기도 있었고 라면이라는 표시가 되어 있는 것을 보면 아마도 분식도 파는 모양이다. 준서는 이 층으로 올라갔다. 가운데 복도를 중심으로 한쪽은 제1열람실이라는 표지판이 붙어 있고 다른 한쪽은 제2열람실이라는 표지판이 붙어 있었다.

제1열람실 문을 열고 들어가니 몇몇 학생이 눈에 띄었다. 학생들이 많지는 않았고 간간이 준서 또래의 학생도 있었고 나이가 좀 드신 분들도 보였다. 학생들은 대부분 영어나 수학 같은 학교 공부를 하고 있었으며 나이가 좀 드신 분들은 주로 소설책으로 보이는 책을 읽고 있었다. 준서가 처음 와 보는 도서관은 준서가 살던 세상과는 완전히 다른 세계였다. 그렇게 제1열람실의 첫 번째 문으로 들어와 두 번째 문으로 나가려는 순간 열람실의 구석에 낯이 익은 모습이 눈에 띄었다. 현주다. 잠시 망설이던 준서는 현주를 향해 다가가 조용히 말했다.

"현주야!"

깜짝 놀란 현주는 준서를 올려다보았다.

"아저씨."

"여기서 공부하고 있었구나."

"여기는 어쩐 일로 오셨어요?"

당연히 만나기로 예정된 장소가 아니었기에 현주는 적지 않게 놀란 모양새다. 둘은 열람실을 나와 자판기 앞에서 커피를 마셨다.

"주민등록증을 받으러 나왔다가 시간이 남아서 와 봤어."

"아! 그러셨군요. 깜짝 놀랐어요."

"왜 나는 이런 곳은 오면 안 되냐?"

"무슨. 여기는 아무나 올 수 있는 곳이에요."

아무나 갈 수 있는 곳을 준서는 난생 처음 와 보았다. 도서관뿐만 아니라 경찰서도 당당히 들어갔다 나왔다. 주민등록증도 있다. 넘어야 할 큰 산이라고 생각했으나 부딪쳐 보니 사실 그렇게 어려운 것은 아니었다.

일요일이면 그저 밀린 신문을 읽거나 집에서 뒹굴거리는 것이 수정 아빠의 일과였지만 수정 엄마가 대전으로 수정이 동생을 데리고 나간 이후에는 달랐다. 일단 밀린 빨래나 청소도 해야 했고 밥을 먹을 때가 되면 식사 준비도 해야 됐다. 물론 주말에는 거의 수정이가 식사를 준비하고는 했지만 오늘은 달랐다.

"나갈 준비 됐어?"

"응. 그런데 어디를 갈 거야?"

"근처 노인정에 갈 거야."

"거긴 왜?"

"짜장면 만들어서 대접하기로 했어."

수정 아빠는 수정이가 준비한 꾸러미를 들고 따라나섰다. 아마 짜장면 재료를 미리 손질하여 준비한 모양이다. 그것은 그렇고 수정 아빠는 수정이가 갑자기 근처 노인정에 가서 짜장면을 대접한다는 말에 적지 않게 당황했다. 수정 아빠는 누군가에게 무엇을 대접한다는 생각은 단 한 번도 해 본 적이 없다. 봉사하는 것을 나쁘게 생각한 것도 아니고 할 마음이 없는 것도 아니었다. 그렇지만 수정이처럼 직접 나서서 행동을 하는 것이 쑥스럽기도 하고 그것이 얼마나 노인들에게 도움이 될지 의문스러웠다. 하지만 아내와의 관계가 좋지 않아 불편한 마음을 가지고 있을 수정이에게 노인정 봉사를 하지 말라는 말을 차마 할 수가 없어 수정이를 따라 나섰다. 수정이를 따라나서서 노인정을 들어 가려고 하니 부끄럽기도 하고 무엇인가 수정 아빠를 뒤에서 끌어당기는 것 같기도 하나 수정이는 아무렇지도 않은 듯 그저 씩씩하게 노인정으로 들어갔다.

"할아버지 할머니 안녕하세요?"

노인정에는 열 서너 분의 노인들이 계셨고 수정이가 방문을 미리 말해 놓은 듯 그분들은 반갑게 수정이를 맞아 주었다.

"아빠 여기에 일단 물부터 올려."

수정이는 면을 삶으려는 듯한 큰 양은 양동이를 수정 아빠에게 건넸고 자신은 짜장 재료를 볶을 큰 팬을 꺼내 식용유를 두르고 재료를 볶기 시작했다. 아내가 집에서 짜장면을 만들 때 가끔 본 적은 있으나 수정이는 언제 그것을 수정 엄마에게 배웠는지 아니면 책으로 배웠는지 모르나 거침없이 짜장면을 만들기 시작했다. 수정 아빠는 그저 수정이가 시키는 대로 물이 끓자 면을 넣어서 삶기 시작했다.

"아빠, 수돗가에 가서 고무 다라이에 찬물 좀 받아 놔."

"왜?"

"면이 익으면 찬물로 헹궈야 쫄깃해지거든."

수정이는 조금 서툴기는 했지만 거침없이 짜장면을 만들어 노인들에게 대접했다. 수정 아빠도 그들과 함께 짜장면을 먹었다.

"할아버지 할머니 짜장면 맛이 어때요?"

"너무 맛있어. 그런데 조금 싱거워."

"어르신들 음식을 너무 짜게 드시면 혈압에 좋지 않아요. 우리 아빠가 약사거든요. 아빠 설명 좀 한번 해 봐."

갑작스러운 수정이의 요구에 수정 아빠는 엉거주춤 일어나 음식은 조금 싱섭게 드셔야 된다고 그래야 건강에 좋다고 설명했다.

"아빠 어땠어?"

물어보는 수정이의 두 눈이 유난히 반짝였다.

"좋았어."

좋았다는 표현은 적절히 않았다. 좋았다는 표현보다는 오히려 당황스러웠다는 표현이 더 정확했는지 모른다. 일단 반짝이는 수정이의 두 눈으로 표현된 수정이의 기쁨과 음식을 대접받는 노인들의 밝은 모습은 수정 아빠에게 익숙하지 않았다. 음식을 준비하고 만들어서 대접한 수정이는 꽤 힘들었을 텐데 오히려 기뻐하고 단지 짜장면 한 그릇을 대접받았을 뿐인데 그들에게는 그것이 그렇게 그들의 얼굴을 밝게 만들 수 있었다는 것이 잘 이해되지 않았다. 수정 아빠는 자신이 어떤 경우에 행복한 감정을 느꼈는지 생각해 보았다. 이제까지 살면서 오늘의 수정이처럼 행복감을 느낀 적은 거의 없는 것 같다. 있다면 부모님이 원하시는 약대에 합격을 했다든가 아니면 약사 시험을 합격했다든가 아니면 수정 엄마와 결혼을 했을 때인 것 같다. 수정 아빠의 본래 성격은 작은 일에 크게 기뻐하거나 노하지 않기도 하고 남과 사귀는 것을 좋아하지도 않고 술과 담배도 하지 않으며 취미라 할 만한 것도 없다. 갑자기 수정 엄마에 대한 생각이 머릿속에 들어왔다. 수정 아빠는 수정 엄마가 이혼을 하자고 하는데 자신은 전혀 원인을 제공하지 않았다고 생각했었다. 그런데 혹시 수정 엄마는 이런 재미없는 자신이기에 이혼을 하자는 것일까?

가을걷이는 모두 끝나 이제 농촌에서는 할 일이 거의 없고 그런 이유로 준서 역시 품을 팔 일이 전혀 없다. 비록 막막하기는 하지만 준서는 고졸 검정고시를 준비하기로 했다. 벚꽃할매에게 이제 앞으로 특별한 일이 없으면 매향상회를 지킬 수 없다고 말씀드렸고 벚꽃할매는 준서가 떠나지 않는 것만으로 반가워하는 듯했다. 읍내 학원에 국영수 과목을 등록하고 남는 시간은 도서관에서 공부를 하기로 했지만 방과 후 도서관에서 공부하는 현주를 만날 일이 걱정이 되었다. 준서가 공부하는 수준을 보면 현주는 준서가 고등학교를 졸업하지 않았음을 대번에 알 것이다. 다른 과목은 그렇다고 해도 수학만은 비켜 갈 수 없을 것이다. 고졸 검정고시를 위해서는 어차피 고등학교 과정을 공부하는 것이기에 고등학교를 졸업하지 않았음을 들키지 않을 수는 있을 것이다. 하지만 중학교를 졸업한지 삼 년도 더 지난 지금 곧바로 고등학교 수학을 하기는 거의 불가능하다. 수학만큼은 중학교 과정부터 다시 시작해야 할 텐데 현주가 이를 보면 의심하지 않을 리가 없다.

도서관에 일찍 나가기 위해서 준서는 매향리를 지나는 첫차를 타기에 자연스레 현주와 동선이 겹쳤다.

"오랜만에 공부하니 어때요?"

"힘들지 뭐."

"힘든 정도가 아닐 텐데요?"

"막막해. 공부에 크게 관심을 가진 적이 없어서."

"모르는 것 있으면 말해 주세요. 제가 도울 수 있는 것이면 도와줄게요."

"고마워."

그나마 방과 후면 현주와 함께 공부하니 다행이다. 함께 공부를 한다고는 하나 같이 붙어 공부하는 것은 아니고 현주는 늘 저쪽 구석에서 공부하니 준서는 현주에게 부담을 주지 않기 위해서 좀 떨어진 이쪽 구석에서 공부를 한다.

수학이 제일 어렵다. 다른 과목도 어렵기는 마찬가지이긴 하지만 정 안 되면 그냥 외우면 어느 정도 해결이 되는데 수학은 외운다고 해결되지 않는다. 학원에서 수업을 듣고 이에 해당하는 중학교 수학은 별도로 혼자 공부해야 한다.

"오빠 이거 중학교 수학 아니야?"

현주가 도서관에 올 시간이 아닌데 수정이와 현주가 같이 도서관에 왔다. 현주가 도서관에 올 시간 이전에는 주로 수학을 공부하고 현주가 온 후에는 국어나 영어를 공부했는데 오늘은 어쩐 일인지 예상했던 시간보다 훨씬 일찍 도서관에 와서 준서가 중학교 수학을 공부하는 것을 들키게 되었다.

"오빠도 수학은 나와 수준이 비슷하구나."

"응 그래."

얼버무리며 대답을 하기는 했지만 의심스러운 현주의 눈을 피할 수는 없었다. 이런 때면 티 없이 밝은 수정이가 좀 밉기도 하다. 현주는 아직도 준서를 아저씨라고 부르는 데 반하여 수정이는 처음 만난 날부터 준서를 오빠라고 불렀다.

수정이에게는 몰라도 현주에게는 진실을 말해야 할 것 같았다. 매향리로 가는 막차를 타고 뒷자리에 나란히 앉은 준서는 입을 떼었다.

"현주야! 나 사실 중학교밖에 졸업하지 않았어."

놀란 현주는 눈을 동그랗게 뜨고 준서를 바라보았다. 놀랄 만한 사실이다. 아무리 공부를 하지 않는다고 해도 특별히 말썽을 피우지 않으면 대부분 고등학교는 졸업하기 때문이다.

"고아원에 있었어. 고아원에서 좋지 않은 일이 있어서 중학교만 졸업하고 나와 버렸어."

"……."

"고아원을 나온 이후로는 어두운 곳에 있었어. 그래서 학교를 다닌다는 것은 생각해 보지도 못했고."

"힘든 시간을 보내셨네요."

"그렇지 뭐."

버스에서 내린 후 둘은 서로 아무 말도 하지 않았다.

불편한 마음으로 벚꽃할매 댁에 도착한 순간 할머니는 준서를 기다렸다는 듯이 말했다.

"준서 총각! 경찰서에서 전화가 왔었어. 시간 될 때 한 번 나와 보라고 하네."

순간 준서는 심장이 철렁 하며 떨어지는 듯하며 가슴은 심하게 두근거렸다.

"아. 네."

"뭐 잘못한 것 있어?"

"아니요. 주민등록 관련해서 부탁해 놓은 것이 있어서요."

가슴의 두근거림은 그 소리가 제 귀까지 들리는 듯하고 쉽게 가라앉지 않았다.

'강준서와 김준서는 무슨 관계가 있을까? 혹시 내 부모님을 찾은 것은 아닐까?'

경찰서로 가기 전 점심시간에 준서는 순이를 먼저 만났다.

"순이야 네가 복사한 그 쪽지 어떻게 찾았어?"

"제가 고등학교를 들어가기 전에는 식사준비나 빨래 그리고 청소를 주로 했던 것은 오빠도 알고 있지요?"

"응."

"제가 상고를 입학하고 난 후 아마 이 학년 정도 되었을 때 원장님은 저에게 주로 고아원 서류정리에 대한 일을 시켰어요. 그러던 중 어느 날 원장님은 과거부터 그때까지 고아원 원생에 대한 파일을 정리를 시켰는데 그때 오빠의 파일 속에 그 쪽지가 끼어 있었어요. 깨끗한 용지에 타자로 쳐 있었던 것도 아니고 그저 지저분한 쪽지에 펜으로 써져 있기에 버리려고 했으나 성은 다르나 이름은 같았고 또한 주민번호도 앞자리는 같으나 뒷자리가 달라 너무 이상하여 보관하고 있었어요."

"그럼 그때 왜 나에게 알려 주지 않았어?"

"연락이 돼야 말이죠. 그때 오빠는 아예 고아원과는 담을 쌓고 살았잖아요."

준서는 이제 더 이상 경찰서가 두렵지 않다. 삼청교육대에 끌려갈지 모른다는 생각은 아예 잊었다. 정상적으로 주민등록증도 발급받았고 망치 형에게 맞을 만큼 맞았기에 이 세상에 준서가 두려워할 것은 아무것도 없었다. 단지 내 부모님을 찾았을까 하는 기대와 혹시 그렇게 어렵게 찾은 부모님이 아주 실망스러운 사람일지도 모른다는 우려만 있을 뿐이었다.

"지난번에 주신 강준서란 사람으로 확인한 결과를 말씀드리겠습니다."

준서는 걱정스러운 표정으로 침을 꿀꺽 삼켰다.

"저희들이 강준서에 대하여 서류로 확인한 결과 실종으로 처리되어 있고요 강준서씨의 어머니는 강준서씨가 태어난 지 약 일 년 후에 사망했고 강준서씨의 할아버지도 그 후 몇 년 후에 사망했습니다."

"그럼 강준서씨의 아버지는 살아있나요?"

"강준서씨의 아버지는 기록에 없습니다. 아마 강준서씨는 사생아였던 것 같고 그러기에 어머니의 성인 강씨로 출생 신고된 것 같습니다."

준서의 머리가 복잡해졌다. 아니 복잡해진 것이 아니고 먹통이 되었다. 자기가 혹시 강준서일지도 모른다는 생각으로 경찰서를 찾았고 그러면 부모님을 찾을 수 있을지도 모른다고 생각했는데 만약 자기가 강준서일지라도 다시 고아가 된 것이란 말인가? 그리고 자기는 과연 강준서인가 아니면 김준서인가? 강준서에 대해 설명하던 민원실 경찰이 몇 마디의 말을 더 했으나 더 이상 준서의 귀에 들어오지 않았다.

"김준서씨!"

"네?"

"그런데 강준서씨의 이모가 한 분 살아 계십니다. 강준서씨 어머니의 언니입니다. 그분에게 확인 결과 동생이 결혼하지 않은 상태에서 아기를 낳았고 동생은 아기를 낳은 지 얼마 후 사망했다고 합니다."

준서의 머리가 다시 한번 복잡해졌다. 자신이 설령 강준서라 할지라도 어머니가 결혼하지 않은 상태에서 아기를 낳았다고 하니 이는 또 뭔 말인가? 아버지 없는 자식이 어디에 있다는 말인가? 도대체 그럼 아버지는 누구란 말인가?

"김준서씨, 강준서씨의 이모를 만날 의향이 있으신가요?"

"네?"

"강준서의 이모님은 김준서씨를 만나기를 원합니다. 하지만 현재는 김준서씨가 강준서인지는 알 수 없기에 김준서씨는 강준서의 이모를 만나기 원하지 않으면 만나지 않을 수도 있고 원하면 강준서의 이모를 만날 수도 있습니다."

"연락처와 주소를 알려 주세요."

준서는 강준서 이모의 연락처와 주소를 받아 경찰서를 나섰다. 도서관에 앉아 있었으나 공부는 전혀 머릿속에 들어오지 않았다. 방과 후에 현주가 도서관에 왔으나 현주가 무슨 말을 해도 전혀 머릿속에 들어오지 않았다. 아버지가 없다니.

"오빠 커피 한잔 하세요."

수정이의 말도 귀에 들어오지 않았다.

"아저씨 무슨 일 있으세요?"

막차를 타고 매향리로 오는 버스 안에서 현주는 걱정스러운 표정으로 물었다. 준서가 망치 형에게 고초를 겪느라 며칠 집을 비운 후에 준서 방을 찾았을 때의 그 걱정스러운 표정이었다.

"현주야! 너는 아빠가 미워?"

"……."

있는 아버지가 미운 것이 나을까 아니면 차라리 없는 것이 나을까?

강준서의 어머니가 이미 돌아가셨다는 사실에 준서는 그리 큰 슬픔을 느끼지는 않았다. 자신이 강준서라면 생모가 돌아가셨다는 것을 의미하지만 이미 부모님이 계시지 않은 것으로 알고 이제까지 살아왔고 만약 자신이 강준서가 아니라면 준서와는 아무 관계없는 사람의 사망이기 때문이다. 자신이 강준서인지 아니면 김준서인지 강준서의 이모를 만나면 좀 더 알 수 있겠지만 그에 앞서 고아원에서는 왜 자신의 파일에 강준서의 쪽지가 있는 것인지 알아볼 필요가 있었다. 원장은 강준서에 대한 자료를 왜 준서에게 공개하지 않은 것일까? 일부러 그런 것일까? 아니면 실수로 자신의 성씨를 강에서 김으로 잘못 등록한 것일까? 두 번 다시 원장을 마주하기는 싫지만 자신과 관련된 내용을 알기 위해서는 원장을 다시 만날 수밖에 없었다. 준서가 강준서에 대한 내용을 알고 있다면 그리고 그것을 원장이 숨기려고 했다면 그런 사실을 알려 준 순이가 다시 한번 고초를 겪을 수밖에 없다. 준서가 원장 부인을 옷을 찢어버리고 고아원을 나왔을 때에도 순이는 많은 어려움을 겪었을 것이다. 순이에게 다시 연락을 넣었다.

순이는 지난번 만났을 때와 같이 얼굴이 매우 밝았다.

"순이야! 뭐가 그리 좋아?"

"네?"

"얼굴이 너무 밝아서 그래."

"그게 아니라 제가 너무 예뻐 보이는 것 아닌가요?"

"농담하지 말고."

"저 이제 고아원을 나와요."

"졸업을 하려면 시간이 좀 남지 않았어?"

"지금 실습하고 있는 회사에서 저를 채용하기로 결정했어요. 시골에 있는 회사라서 그런지 기숙사도 있어 며칠 후면 기숙사로 들어가요. 이제는 원장 부부를 볼 일이 없어요."

준서의 기억 속에 순이는 얼굴이 곱기는 했지만 늘 그늘져 있었다. 사실 고아원에서 생활하는 모든 원생들은 원장 부부의 모진 행동에 밝은 얼굴을 가진 자는 아무도 없었다. 준서 역시 그랬고 순이도 그랬다. 고등학교를 졸업하면 선택의 여지 없이 모두 고아원을 나와야 하는데 의지할 곳도 없고 도와주는 이도 아무도 없는 세상으로 홀로 나와야 하기에 졸업을 앞둔 원생들은 좋을 리가 없건만 순이는 회사 기숙사로 가기에 숙식도 해결되고 돈도 벌 수 있어 그 이상 좋을 수가 없는 모양이다.

"강준서에 대해 좀 알아봤어요?"

"내가 강준서일지도 몰라."

"그럼 부모님을 찾을 수 있는 거예요?"

"강준서 어머님은 돌아가셨고 할아버지도 돌아가셨고 오직 이모만 살아 계신대. 아버지는 아예 없다고 하네."

"……."

밝았던 순이의 표정이 어두워졌다. 아마 제 도움으로 준서의 부모님을 찾는 데 도움을 줄 수 있다고 생각했는데 설령 찾았다 하더라도 다시 고아가 된다고 하니 많이 실망한 모양이다.

"그럼 이제 부모님 찾는 것은 그만둘 거예요?"

"이모라도 찾아야지. 그리고 아버지가 왜 없는지도 알아봐야 하겠지."

"제가 뭐 더 도와줄 일은 없어요?"

"사실은 내 서류철에 왜 강준서에 대한 쪽지가 끼여 있었는지 원장을 만나 봐야 할 것 같아. 만약 원장을 만나서 강준서에 대해 물어보면 강준서에 대해 알려 준 네가 다칠지도 몰라서."

"오빠. 아무 걱정하지 말아요. 저 이번 주말이면 고아원을 나와서 기숙사로 이사해요."

"고맙다."

어차피 고아다. 준서가 김준서가 아닌 강준서일지라도 또다시 고아다. 다만 아버지에 대해서는 아무것도 모른다. 왜 강준서는 아버지가 없는지. 순이와 헤어지고 도서관에 돌아왔으나 공부에 집중할 수가 없었다.

"오빠 요즘 뭐 하세요?"

"왜?"

"수학 진도가 저보다도 못해요. 그렇게 해서 어디 대학을 갈 수 있겠어요?"

항상 티 없이 밝은 수정이다. 도대체 고민이라고는 전혀 없는 해맑은 얼굴이다.

"그럼 누가 먼저 중학교 과정 끝내는지 내기할까?"

"좋아요. 늦게 끝내는 사람이 돈가스 사는 것으로 하죠."

수정이와의 밝은 대화를 뒤로하고 마주한 현주의 표정은 약간 화난 듯 보였다. 항상 밝은 수정이와는 다르게 현주는 항상 표정이 없었다. 감정 기복이 없어서 그런지 아니면 자신의 감정을 감추려고 그러는지 몰라도 현주의 얼굴을 보면 어떤 감정상태인지 알 수가 없었다. 그런데 약간 화난 듯한 저 표정은 왜 그럴까?

"현주야! 집에 무슨 일 있어?"

"아니요."

집으로 가는 버스 안에서 준서는 현주에게 물어보았지만 현주는 오히려 단호한 표정으로 말했다.

"현주야! 오늘 저녁은 돈가스 먹으러 가자."

"갑자기 돈가스는 왜?"

"준서 오빠와 중학교 수학 끝내기 내기에서 졌어."

"정말로?"

"응."

현주는 믿을 수가 없었다. 수정이가 아무리 공부를 하지 않았다고 할지라도 정상적으로 계속 학교를 다녔고 준서는 중학교를 졸업한 지도 꽤 되었으며 고아로 자랐기에 아마 학교 공부도 소홀히 했을 것이라고 생각했는데 그리고 최근의 진도를 보면 수정이가 준서를 앞선 상태였는데 수정이가 내기에서 졌다고 하니 믿을 수가 없었다.

"아저씨! 수정이와 똑같은 문제를 풀어서 점수가 더 좋아야만 수정이와의 내기에서 이긴 것으로 해요."

"그건 내기 조항에 없었는데."

"거짓으로 진도를 끝냈다고 하면 불공정하다고 생각하지 않아요?"

"정 믿지 못하겠다면 내가 돈가스 살게."

"아니요. 만약 아저씨 점수가 좋으면 제가 돈가스를 살게요."

"현주야 너 날 너무 무시하는 것 아니야?"

"그러니까 결과로 보여 주면 되잖아요."

준서가 중학교를 다닐 때 공부를 못했던 것은 아니다. 그래서 한때는 대학을 갈 생각까지도 했다. 그러나 현실은 준서가 공부를 아무리 잘한다고 할지라도 경제적인 문제로 한가하게 대학을 진학할 형편이 되지 않았다. 수학이라면 더욱 그랬다. 중학교 2학년 기말시험에서 수학은 전교에서 일등을 했지만 수학선생님으로부터 칭찬은커녕 오히려 어떻게 커닝을 했느냐고 추궁을 받았다. 그 이후로 준서는 수학시험을 볼 때면 적당히 틀려서 사회의 편견대로 고아가 받아야 할 점수를 받았다. 그것이 준서가 주위와 문제를 일으키지 않고 세상을 사는 방법이었다.

"땡 다 끝났어요. 답안지 주세요. 수정이 너도 줘. 채점은 내가 할 거야."

현주는 다시 한번 놀랐다. 수정이가 25문제 중 다섯 문제를 틀려서 80점이나, 준서는 단 한 문제를 틀려서 96점이 나왔다. 속으로는 크게 놀랐으나 현주는 내색하지 않고 말했다.

"돈가스 먹으러 가요. 내가 살게요."

분식집에서 파는 돈가스를 먹으며 수정이가 말했다.

"오빠 이번 내기는 완전히 사기예요."

"왜 사기야. 내가 이긴 것 맞지 않아?"

"오빠는 고등학교 수학까지 했으면서 중학교 수학으로 내기를 했으니 그게 사기 아니면 무엇이에요?"

"그렇기는 하지만 내기를 하자는 것은 네가 먼저 제안했지 내가 한 것은 아닌데."

"내기 다시 해요."

"어떤 내기?"

"고등학교 일 학년 수학으로 다시 내기해요."

"좋아."

언제부터 그랬는지 모르지만 준서는 현주와 함께 막차를 타고 집으로 가는 시간이 기다려진다. 막차를 타는 손님은 거의 없기에 또한 현주는 고아원에서 자라고 중학교밖에 졸업하지 않은 준서의 비밀을 알기에 숨겨야 할 어떤 것도 없어 마음이 편하기 때문이다.

"현주야! 아까 왜 수정이에게 수면제를 좀 구해 달라고 했어?"

"…….''

"공부하기가 그렇게 어려워? 수면제 없으면 잠을 이루기가 어려워?"

 현주가 갑자기 눈물을 보였다. 까닭 모를 현주의 눈물에 준서는 매우 당황했다. 눈물을 훔치고 난 현주가 어렵게 입을 열었다.

"아빠 때문에."

"왜?"

"술주정이 너무 심해서 아빠를 재우려면 어쩔 수 없어요."

 현주의 흐느낌은 멈췄지만 준서는 현주의 말에 누가 가슴을 찌르는 듯한 통증을 느꼈다. 마지막으로 망치 형을 만났을 때가 생각났다. 망치 형에게 맞았을 때는 그 통증은 매우 컸지만 시원하다고 느꼈으나 지금의 통증은 준서의 가슴속으로 계속 파고 들어가 떡하니 자리를 잡았다.

"총각 아침 먹고 가."

"할머니 안 그러셔도 돼요."

"무슨 소리야 공부하는 학생은 아침부터 든든히 먹어야 돼."

"그럼 제가 너무 미안하죠. 월세도 충분히 드리는 것도 아닌데."

아침을 챙겨 주시는 벚꽃할매에게는 미안한 마음뿐이다. 점심 도시락도 싸 주신다고 했으나 그것까지 받는 것은 염치가 너무 없어 극구 사양했다. 더욱이 챙겨 주시는 아침도 할머니는 첫차를 타고 나가는 준서를 위하여 평소에 드시던 아침보다 훨씬 더 일찍 준비를 해야 하니 꽤 불편하실 텐데 그런 내색은 전혀 하지 않는다. 벚꽃할매가 가족은 아니지만 준서는 처음으로 가족의 따뜻함과 든든함을 느낄 수 있었다.

순이가 고아원을 나와 거처를 취업한 회사의 기숙사로 옮기기로 예정한 날이 족히 일주일은 지난 것 같다. 비록 순이가 말하지는 않았지만 준서가 부원장의 옷을 찢어 버리고 고아원을 나온 후에 순이는 원장 부부로부터 큰 어려움을 겪었을 것이다. 그러나 이번에는 순이가 이미 고아원을 나왔기에 어쩌지는 못할 것이고 만약 원장이 고의로 준서의 성을 바꾸어 등록을 했다면 그것은 전적으로 원장의 잘못이기에 순이를 어떻게 하지는 못할 것이다. 가족을 찾기 위해서는 다시 한번 고아원을 방문해야 한다. 주민등록번호를 알기 위한 지난번의 방문은 내키지 않는 어쩔 수 없는 방문이었다. 그러나 이번의 방문은 다르다. 만약 준서가 김준서가 아니고 강준서라면 남아있는 가족 한 분을 찾을 수 있는 것이다. 준서는 단단히 마음을 먹었다. 이번에는 원장을 힘으로 겁박을 해서라도 김준서와 강준서의 관계를 알아내야 한다.

"왜 다시 왔어?"

화난 표정에 고함을 지르는 듯하던 지난번의 원장 태도와는 사뭇 다른 태도와 말투로 원장은 준서를 대했다. 원생들이 모두 학교에 갔기에 원장을 두둔해서 나설 원생들도 없었고 비록 원생들이 있다고 하더라도 장터에서 뼈가 굵은 준서를 막 대할 원생도 없겠지만 준서는 이미 과거의 어린 준서도 아니었으며 아마 준서의 표정에서 어떤 비장함을 읽었는지 비교적 고분고분한 말투다.

"물어볼 말이 있어서 왔습니다."

"한번 나갔으면 그것으로 끝이지 네가 나에게 물어볼 것이 무엇이야?"

"나는 김준서입니까 아니면 강준서입니까."

"……."

예상하지 못한 질문이어서 그런지 원장은 한동안 말이 없었다.

이십여 년 전의 일이다. 원장이 악의로 강준서를 김준서로 등록했는지 아니면 실수로 그렇게 했는지는 알 수 없지만 그것을 기억하는 데에는 원장도 시간이 필요할 것이다. 준서에게 지금 중요한 것은 원장의 입을 통하여 진실을 듣는 것뿐이다. 만약 원장이 거짓말을 하는 것이 명백하다고 판단될 때에는 폭력을 행사하더라도 진실을 알아야 했기에 그것은 준서의 얼굴에도 충분히 표현되었을 것이고 그러한 심각한 상황을 인식했기에 원장도 조심스레 그때의 기억을 살리려면 시간이 필요할 것이다.

"아마 네 어미였을 것이야."

"네?"

"너를 데리고 고아원에 직접 찾아왔지. 너는 그때 스스로 걷지는 못하는 아기였고."

"그럼 그 쪽지는 어떻게 된 것이죠?"

"네 어미가 직접 나에게 주었어. 그런데 이상한 것은 쪽지에는 강준서라고 되어 있는데 네 어미는 이 애는 김준서라고 말했어."

"그럼 왜 제가 김준서라고 하는지 물어보지 않았나요?"

"물었지. 왜 애기 이름이 강준서가 아니고 김준서냐고. 그것도 두 번이나. 그러나 네 어미는 그 질문에는 대답하지 않았어. 하지만 분명히 두 번이나 말했어. 김준서라고."

아기를 데리고 온 여자분이 건강해 보이지 않았다는 것과 원장도 그 여자분에게 더 이상 어떤 얘기를 듣지 못했다는 원장의 말은 거짓이 아닌 진실을 말하는 것으로 보였다. 그렇다면 준서는 김준서가 아니라 강준서임이 분명하고 그 여자분은 이마 어머니일 것으로 판단되는데 어머니는 왜 그 아기를 쪽지에다가는 강준서라고 쓰고 굳이 성을 바꾸어 김준서라고 했을까? 그리고 어떤 이유로 나를 버렸을까?

"오빠! 무슨 생각을 그렇게 골똘히 하고 있어요?"

"응?"

"저를 한 번 이겼다고 자만하고 있는 것 같은데 조심하세요. 이번에는 떡볶이를 포함한 내기인 것 잘 아시죠?"

수정이는 언제나 밝다. 그저 부럽다.

오늘도 현주는 도서관에 나타나지 않았다. 학원에서 고등학교 과정을 배우고 있지만 많이 부족하다. 수정이에게 물어보아도 수정이의 실력은 준서와 별반 다르지 않기 때문에 크게 도움이 되지 않는다. 현주에게 학업에 대한 도움을 받고 있는 것은 사실이지만 공부 이외에 정작 준서가 현주를 기다리는 이유는 이 넓은 세상에서 자신의 마음을 거짓 없이 털어놓을 수 있는 유일한 대상이라는 것이다. 그러기에 현주와 매일 막차를 타고 귀가하는 것은 어느새 준서에게 큰 기쁨이 되었다. 그런 현주가 이틀째 도서관에 오고 있지 않다. 이럴 때 승규 형이라도 곁에 있다면 얼마나 좋을까? 승규 형은 도대체 무슨 일이 있어 경찰에게 끌려갔고 어디에서 무슨 일을 하고 있을까?

"준서 총각. 현주네 집에 한번 가 봐."

준서가 귀가할 때면 늦은 시간이기에 늘 잠자리에 계셨던 벚꽃할매는 준서가 오기를 기다리다가 말했다.

"네? 무슨 일이 있나요?"

"현주 아빠 때문에 그래. 요즘 들어 술주정이 크게 늘었어. 현주 엄마도 감당하기 힘든 모양이야."

그렇지 않아도 현주가 이틀째 도서관에 나타나지 않아 궁금해했던 준서다. 준서는 가방을 팽개치듯 내려놓고 현주네 집으로 향했다. 현주네 집에 도착하자 익숙한 현주 아빠의 목소리가 담장 너머로 들려왔다.

"다 너 때문에 그래."

"현주 아빠 이제 좀 그만하세요."

"뭘 그만해 네가 그때 나를 도와주었으면 이렇게까지 되지는 않았을걸."

"아빠 제발 그만하세요."

"너도 이제 완전히 네 엄마 편만 드는 거냐?"

"엄마가 우리 먹여 살리려고 얼마나 고생하는 줄 아세요?"

"시끄러워. 술이나 더 가져와."

어디 멀리서 개 짖는 소리도 크게 들리는 조용하고 늦은 밤이다. 준서는 현주 집 앞에 조용히 선 채 현주네 집의 대화를 듣고 있었다. 현주 아빠는 소리를 지르고는 있으나 이미 한바탕 하여 기운이 쇠한 탓인지 큰 사고가 날 듯하지도 않고 늦은 밤에 남의 집을 불쑥 들어갈 수도 없어 그냥 조용히 현주 가족의 대화를 듣고만 있었다.

"아빠 여기 술 한잔 드세요."

아니 달라는 술을 모두 주면 도대체 어떻게 하겠다는 말인가? 어떤 이유로도 술을 더 주면 안 되는 것 아닌가? 순간 준서는 현주가 수정이에게 부탁한 수면제가 생각났다.

'수면제'

이럴 경우에 수면제를 술에 타서 주는 것일까? 이미 많은 술을 마셨기 때문인지 아니면 수면제를 탄 술을 마신 까닭인지 모르지만 수정 아빠의 술주정은 얼마 지나서 멈추었다. 준서는 생각했다. 이 모든 어려움을 겪고 있는 현주는 어떻게 자신을 지탱하고 있을까?

다음날도 현주는 첫차를 타지 않았다. 아마 밤늦게까지 아빠의 술주정을 감당했기 때문이리라. 수정이의 티 없고 밝은 얼굴과 비교하여 현주는 늘 무표정이다. 과거의 현주는 어땠는지 준서는 모른다. 아마 현주 아빠가 도박에 빠져 집안을 망치기 전에는 수정이와 같은 밝은 모습의 얼굴이었는지도 모르겠다. 가슴의 통증이 느껴졌다. 며칠 전 현주가 버스 안에서 수면제 문제로 흐느꼈을 때 느꼈던 가슴의 통증이 다시 느껴졌다. 현주 아빠가 이렇게 된 원인을 준서가 제공한 것은 아니다. 준서는 이유는 모른 채 단지 현주 가족이 아무 말썽도 부리지 않고 이사 가는 것을 지켜보기만 했을 뿐이다. 물론 이사를 원활하게 진행하지 않았다면 준서가 어떤 폭력을 행사했을지는 모른다. 그러나 분명한 것은 준서가 현주 가족의 불행을 초래한 원인이 있는 측에 서 있었다는 것이다. 그것은 잊어버릴 수도 없고 씻어 버릴 수도 없는 엄연한 준서의 기억이었다. 가족이란 무엇일까? 준서의 기억에 있는 현주 가족에 대한 죄책감을 버릴 수 없는 것처럼 현주도 아빠가 가족이기에 버릴 수 없는 것일까? 그렇다면 내 어머니는 왜 나를 버렸을까?

"현주야 수학 문제 좀 준비해 줘."

"벌써 일 학년 과정 다 했어?"

"물론이지. 오빠도 다 했죠?"

"그래."

"현주야 그런데 너 왜 자꾸 오빠를 아저씨라고 불러? 나이도 두 살밖에 차이가 나지 않는데?"

채점 결과 수정이는 네 문제를 틀려 86점, 그리고 준서는 두 문제를 틀려 92점이다. 현주는 다시 한번 준서의 수학 실력에 놀랐다. 수정이 실력을 고려하고 한 번도 배우지 않은 준서를 배려하여 어려운 문제를 낸 것은 아니지만 수정이의 실력이 향상된 것에 놀랐고 준서가 좋은 점수를 받은 것에 또 한 번 놀랐다. 귀가하는 버스 안에서 준서는 어젯밤의 현주를 생각하며 아무 말도 하지 않았다. 작은 동네이기에 현주도 현주 집에 어떤 일이 있다는 것을 준서가 알고 있을 것이라는 생각 때문인지 현주도 아무 말도 하지 않았다. 그렇게 서로 아무 말도 하지 않고 늘 같이 앉았던 버스 맨 뒷좌석 바로 앞에 있는 좌석에 붙어 앉아 있는데 현주가 갑자기 입을 열었다.
"아저씨. 오빠라고 불러도 돼요?"
준서는 말없이 고개를 끄덕였다. 순간 현주의 머리가 준서의 어깨로 향하고 현주의 눈물이 준서의 어깨까지 흘렀다.

며칠을 망설였다. 아버지는 누구인지도 모르고 어머니와 외할아버지는 돌아가셨으며 남은 가족은 이모밖에 없다. 당연히 이모를 찾아 만나 봐야 하겠지만 아버지는 왜 없는지 어머니는 왜 그렇게 일찍 돌아가셨는지 알지도 못하며 혹시 현주가 아빠 때문에 겪는 고통보다 더 큰 고통이 준서를 기다릴지도 모른다는 생각에 망설였다. 하지만 그래도 이모를 찾을 수 있으며 어차피 고아로 자라면서 지금까지 준서가 겪은 고통보다는 크지는 않을 것 같아 길을 나섰다. 우선은 시장에 가서 따뜻한 옷부터 하나 사 입었다. 준서가 매향리로 피신해 올 때의 계절은 봄으로 변변한 겨울 옷이 없기도 했지만 난생 처음 만나는 이모를 만날 때 너무 추레한 차림으로 만나기는 싫었다. 민원실의 경찰이 쥐여 준 이모의 주소지는 공주였고 일단 공주행 버스를 탔다. 추운 겨울 조금은 이른 시간이어서 그런지 버스에 탄 승객은 반도 되지 않았다. 버스 안의 승객이 많으면 남의 시선이 부담스럽지 않아 불편한 감정을 숨길 수도 있지만 얼마 되지 않은 손님으로 인해 마치 다른 사람이 준서를 쳐다보는 듯 느껴 버스가 공주에 도착할 때까지 마음이 불편했다.

 이모 댁을 찾는 것은 그리 어렵지 않을 것 같았다. 버스에서 내려 터미널에서 일하시는 분에게 물으니 공주 시내에서 멀지 않은 시골로 버스는 배차 간격 때문에 한참을 기다려야 하니 택시를 타고 이모 댁으로 향했다. 도착해 보니 공주 시내에서 멀지는 않으나 동네 규모는 매향리와 크게 다르지 않았다. 이런 정도라면 지나가는 누구에게 물어보아도 쉽게 이모 댁을 찾을 수 있을 것 같았다.

"어르신 이 마을에 강금희씨 댁이 어딘지 아세요?"

"이 길을 따라서 잠깐 가면 오른쪽에 큰 둥구나무가 있고 그 뒤에 있는 집이 강금희네 집인데 뭔 일로 찾나?"

"아 뭐 전달할 것이 있어서 그럽니다."

 준서는 입에서 이모라는 말이 나오지 않았다.

"거 참 누굴 닮았나? 처음 보는 총각 같지 않은데."

 처음 보는 것 같지 않다는 말에 준서의 가슴은 두근거리기 시작했다.

 동네 노인의 말처럼 길을 따라 얼마 가지 않으니 큰 둥구나무가 있고 그 뒤의 집 앞에 섰다. 집의 모양새로 볼 때 부잣집으로 보이지는 않으나 나름 깔끔하고 그렇게 살림이 어려워 보이지는 않았다.

"실례합니다."

"누구세요?"

"혹시 여기가 강금희씨 댁입니까?"

"그런데요. 누구세요?"

중년의 부인이 문을 열고 밖으로 나왔다.

"아. 저……."

준서가 대답을 주저하고 있는데 밖으로 나온 중년의 부인은 깜짝 놀라며 말했다.

"네가 준서냐?"

핏줄을 알아본 것인지 아니면 경찰로부터 준서의 존재를 전해 듣고 기다리고 있던 것인지 그렇지 않으면 준서의 얼굴이 동생을 많이 닮아서 그런지 그녀는 준서를 보자마자 말했다.

"네. 제가 김준서입니다."

"그래. 어찌 그리 네 어미를 꼭 닮았냐."

이모는 준서를 와락 껴안고 눈물을 흘리기 시작했다.

"네 어미는 너를 갖고 배가 불러 올 무렵 떠났어. 당시는 처녀가 결혼을 하지 않고 애를 가지면 큰 흠이 되기가 네 외할아버지가 애를 지우라고 했지만 네 어미는 말을 듣지 않았어. 그리고는 심신이 완전히 망가진 상태로 너 없이 돌아왔지. 그리고는 강준서라는 이름만 남기고 세상을 떠났어. 네가 어디에 있다는 말도 하지 않은 채 말이야. 네 어미가 세상을 떠난 후 너를 찾으려고 했지만 네 어미가 남겨 준 강준서란 이름과 주민번호로는 너를 찾을 수가 없었어."

준서는 한동안 아무 말없이 이모가 하시는 말씀을 듣고 있기만 하다 말했다.

"그런데 어머니는 왜 제가 어디 있는지 말하지 않았나요?"

"그렇지 않아도 나도 물어보았고 네 외할아버지도 물어 보았는데 네 어미는 끝까지 말하지 않았어. 아마도 남편도 없이 애를 혼자 키우며 살아갈 네 어미가 걱정된 외할아버지가 너를 입양이라도 시키려는 것을 걱정해서 그런 모양이야. 네 어미가 남긴 네 이름과 주민번호로 너를 찾으려고 했지만 주민등록은 되어 있는데 주소지를 찾아가 보아도 아는 이가 없고 심지어는 네가 국민학교를 들어갈 때쯤 교육청에도 알아보았는데 입학한 기록이 없었어."

'그렇다. 어머니는 나를 버리기는 했지만 나를 지키기 위해서 버렸다. 내가 고아원에 들어온 것은 아직 한 돌이 지나기 전이라고 고아원 원장에게 들었다. 그렇다면 어머니는 나를 키우려고 부단히 애를 쓰다가 어쩔 수 없이 고아원에 데려다 주었을 것이다. 만약 어머니가 자신을 데리고 고향에 오면 외할아버지가 어머니와 나를 떼어 놓고 나를 입양시키려 했기 때문에 데리고 오지 않는 것이고 이에 상심했는지 아니면 병인지 어머니는 돌아가신 것이다.'

"그런데 제 아버지는 누군가요?"

준서는 어렵게 입을 열었다. 이모는 쉴 틈 없이 계속 말씀을 하시다가 잠시 숨을 고르더니 말씀을 시작했다.

"네 아버지의 이름은 김병준이야. 우리가 알고 있는 네 아버지에 대한 것은 이름하고 당시 다니던 대학밖에 몰라. 네 아버지와 어머니가 처음 만난 것은 네 아버지가 다니던 대학에서 이곳으로 단체로 봉사활동을 왔었어. 그때 처음 만났지. 당시 마을에서는 큰 화제가 되었지. 일단 S대학에서 농촌으로 봉사활동을 왔다고 하니까 대단했지. S대학이라고 하면 이 나라에서 제일 공부 잘하는 학생들이 가는 대학이니 말이야. 그리고 나는 장녀이기도 하고 농사를 거들어야 하기 때문에 대학에 가지는 않았지만 네 어미는 어릴 때부터 아주 총명했어. 물론 외할아버지가 여자가 무슨 대학을 가느냐며 반대했지만 네 어미는 대학을 가겠다는 주장을 굽히지 않았고 간신히 외할아버지를 설득하여 대전에 있는 국립대학으로 진학했어. 네 어미는 서울로 대학을 가겠다고 했지만 집이 그럴 형편이 되지도 않았고 그것은 절대로 안 된다는 외할아버지의 뜻에 따라 타협을 한 것이 대전에 있는 국립대학이지. 그러니 마을에서 유일하게 대학을 다니고 있던 네 어미가 그들의 봉사활동을 도왔고 그때 처음 만났어."

"아버지는 어머니가 저를 임신했다는 사실을 몰랐나요?"

"알았지. 서울 학생들이 봉사활동을 다녀가고 세 달 정도 지났을 때인데 네 어미가 나에게 말하는 거야. 임신한 것 같다고. 그리고는 서울로 네 아버지를 찾아갔어. 하지만 서울 학생과 시골 처녀의 결혼은 쉽지 않았지. 그 이후의 상세한 과정은 나도 잘은 몰라. 네 외할아버지가 나섰으니까. 네 어미 명의로 땅을 받고 뱃속에 있는 너를 지우는 것으로 어른들끼리 합의를 한 모양이야. 물론 네 어미는 너를 지우지 않겠다고 집을 나갔고."

"그럼 제 어머니가 돌아가신 후에 제 아버지를 찾아 보시지는 않았나요?"

"찾아 보려고 했지만 네 외할아버지의 반대로 찾지 않았어. 만약 너라도 있었다면 아마 네 아버지에게 연락이라도 했을 거야. 하지만 너를 찾지도 못했고 네 어미도 없는 상태에서 연락해 봐야 아무 의미가 없었으니까."

 이모께서 여러 말씀을 하셨지만 준서 귀에는 잘 들어오지 않았다. 이모께서는 딸 둘을 두고 계신데 모두 도회지에 나가서 살고 집에 남는 방도 있으니 같이 살자고 하셨고 어머니가 뱃속의 아기를 지우기로 하면서 받은 땅도 아직 있으니 넉넉하지는 않으나 공부를 시켜 주겠다고 말씀하신 것만 머릿속에 들어왔다. 하지만 준서의 머릿속에 크게 자리 잡은 것은 어머니는 결코 준서를 버린 것은 아니고 아버지는 태어났는지도 모르는 준서를 버린 것은 아니지만 자신의 행동에는 책임지지 않고 어머니를 버렸다는 사실이다. 사실 순이로부터 쪽지를 전달받고 혹시 김준서가 강준서가 아닐까 하는 생각을 했었고 만약 그것이 사실이라면 부모님을 찾을 수 있을지도 모른다고 생각은 했지만 어릴 적부터 고아로 자랐고 부모님에 대한 기억이 전혀 없는 준서는 오늘의 상황이 매우 당황스러웠다. 그래도 좋은 소식은 이모가 존재한다는 것이고 더욱더 중요한 것은 어머니는 결코 자신을 버리지 않았으며 오히려 자신을 보호하려고 했다는 것이다.

 "오빠 어디를 갔다 왔어요? 수학 점수가 저보다 좋다고 아주 방심하고 있는 것 아녀요?"

 "응?"

 "아니 자리도 비우고 지금 아주 넋이 빠진 사람 같아요."

 "볼일이 좀 있었어."

 "수정아 오빠 그냥 좀 두어."

 "어. 너 이제 아저씨라고 부르지 않고 오빠라고 부르네."

"너는 되고 나는 안 되냐?"

"아니 경쟁자가 생겨서 그러지."

준서는 이모가 아예 거처를 공주로 옮기라고 했지만 생각해 본다고 말했다. 유일한 가족이기는 하지만 가족의 정을 느끼며 자란 것도 아니고 어찌 피만 섞였다는 것만으로 순식간에 가족이 될 수 있다는 말인가? 게다가 매향리로 온 지 비록 일 년도 되지 않았지만 고향 같은 곳이다. 자신이 외롭기에 그렇기도 하지만 친할머니같이 늘 다정한 벚꽃할매, 그리고 누구도 자신의 앞길에 대해 말해 주지 않았는데 친형처럼 대해 준 승규 형이 있던 곳 그리고 마음의 빚이 있는 현주가 살고 있는 동네. 이곳을 버리고 이모와 함께 사는 것은 어쩌면 어머니를 버린 아버지와 별반 다르지 않은 사람이 되는 것 같다는 생각을 했다.

"오빠 뭐 고민되는 것 있으세요?"

"아니 왜?"

"오빠 오늘 공부하는 것 보니까 전혀 집중을 못하는 것 같아서요."

"어이구. 지금 네가 나를 걱정하는 거야?"

"걱정은 무슨. 수학 점수 나오는 것 보니까 오빠가 나보다 더 잘할지도 몰라서 그러지."

"너 지금 나에게 반말했다."

이모도 찾지 못한 아버지를 찾는 것은 헛수고가 아닐까? 찾을 수는 있을까? 순이가 준 쪽지로 돌아는 가셨지만 어머니를 찾을 수는 있었다. 이모를 찾기는 했지만 쌓인 정이 없어서 그런지 크게 의지할 가족이라는 생각이 들지는 않는다. 단, 준서에게 큰 위안이 되는 것은 어머니는 자신을 고아원에 맡긴 것이 자신을 버리기 위해 맡긴 것은 아니고 지키기 위해서 맡긴 것이다. 그런 어머니에 대한 막연한 그리움이 있기는 하지만 어릴 적부터 고아로 자랐기에 어머니의 사랑을 받지 못하여 정이나 사랑 자체가 무엇인지 몰라 크게 좌절이 되거나 마음이 아프지는 않았다. 그러기에 아버지를 찾아도 자신이 별반 다른 인생을 살 것 같지도 않다. 그러나 마음에 두고 있는 하나는 왜 아버지는 어머니를 버렸냐는 것이다. 그것만은 꼭 묻고 싶었다. 그리고 할 수 있다면 그에 응당한 복수도 하고 싶었다. 그러나 당시에 연락처를 알고 계셨던 외할아버지도 돌아가시고 단지 S대학을 다닌 김병준이라는 이름밖에 모르는 사람을 이십여 년이 지난 지금 어떻게 찾을 수 있을까? 이럴 때 승규 형이라도 있으면 소용이 있을지는 모르지만 조언이라도 받을 수 있을 텐데. 승규 형은 지금 어디서 무엇을 하고 있을까?

"오빠 공부 잘 돼?"

현주의 얼굴은 몰라보게 밝아졌다. 그녀를 처음에 만났을 때부터 지금까지 이렇게 밝은 모습을 본 적은 처음이다. 그러나 늘 밝은 모습을 하던 수정이는 어쩐지 우울해 보인다.

"수정아 수학 내기 졌다고 너무 심각해진 것 아니야?"

"수학 때문에 그런 것 아니에요."

"그럼 왜 그래?"

"몰라요."

수정이는 늘 밝지만 모든 속내를 준서에게 말하지는 않는다. 현주에게 얼핏 들어서 부모님이 사이가 좋지 않다는 것을 알고는 있지만 그럼에도 불구하고 늘 밝은 모습의 수정이지만 준서가 그런 것을 아는 체를 할 수는 없었다.

"현주야 나 오늘은 일찍 들어갈게."

병 걸린 닭처럼 축 늘어져 있던 수정이는 결국 도서관을 나갔다. 어려운 일이 있어도 늘 얼굴에 미소를 짓던 강한 아이라고 생각했는데 감당하기 어려운 무엇인가 사연이 있는 듯 그렇게 도서관을 떠났다.

"부모님께서 재산 문제로 많이 다투시는 모양이에요."

"왜 이혼은 나중에 하기로 했다면서."

"원래는 수정이 동생이 대학에 갈 때까지 이혼은 하지 않으려고 했는데 수정이 엄마가 그냥 지금 이혼하자고 하는 것 같아요."

"이혼할 때 남자가 여자에게 재산을 넘겨줘야 하나? 수정이 엄마는 직장생활을 한 적이 없지 않나?"

"맞아요. 수정이 엄마는 결혼 후에 직장생활을 한 적은 없지만 법에 의하면 그래도 재산을 줘야 한다나 봐요."

준서로서는 이해하기 쉽지 않은 일이다. 결혼할 때는 서로 사랑해서 결혼했을 것이 분명한데 왜 이혼을 하는 것일까? 더구나 재산 문제는 그렇다 쳐도 아이들에게 상처를 주는 것은 아무 상관이 없단 말인가?

"오빠 수학은 그렇다 치고 다른 과목은 좀 어때요?"

"그래도 네 도움이 무척 커. 너 아니었으면 내가 어떻게 공부를 했을까 생각해."

"그래요? 그럼 오늘 돈가스 사 주세요."

실제로 현주는 준서의 공부에 큰 도움이 되었다. 각 과목마다 어떻게 공부를 해야 하는지 알려 주고 구체적으로 이해가 되지 않는 부분이 있으면 자세하게 설명을 해 주니 준서는 현주에게 큰 빚을 진 느낌이다.

"준서 총각! 승규학생에게 편지 왔어!"

"네? 편지라고요."

전혀 기대하지 않았던 승규 형의 편지다. 경찰에게 끌려간 승규 형이 그것도 순순히 끌려간 승규 형이 어떤 잘못을 해서 끌려갔으며 어디서 무엇을 하고 있는지 늘 궁금했지만 준서로서는 알 수가 없었다. 그런 승규 형에게 편지가 왔다고 하니 반갑지 않을 수가 없었다. 벚꽃할매에게 승규 형의 편지를 받아 든 순간 발신인의 주소를 보고 준서는 승규 형이 어디에 있는지 알았다.

'육군 ****부대'

아! 승규 형은 군대를 갔구나. 그리 길지 않은 승규 형의 편지를 읽고 승규 형이 왜 경찰에게 끌려갔는지 그리고 어떻게 군대에 가게 되었는지 알 수 있었다.

삼청교육대를 피하여 매향리로 피신한 준서와는 달리 승규 형은 학생운동으로 인해서 매향리로 피신해 왔다고 했다. 승규 형은 부모님의 강한 권유로 경찰에 학생운동을 계속하지 않겠다는 각서를 쓰고 군대에 입대했다는 것이다. 승규 형이 편지에 쓴 내용은 모든 내용을 자세히 쓰지 않고 그저 단순한 사실만을 적었다. 그리고 포기하지 않고 검정고시를 준비하고 있는지에 대한 궁금증도 적혀 있었다. 아마도 학생운동 때문에 군대에 입대했다면 편지의 내용을 감시당할지 모른다는 생각이 있어서 그런 모양이다. 어쨌든 승규 형의 편지는 준서에게 큰 위안이 되었다. 아무 대가도 없이 이렇게 준서의 앞날을 걱정해 주는 사람은 이제까지 승규 형밖에 없었다. 준서는 순이의 쪽지로부터 시작한 부모님을 찾는 과정을 적어 조언을 부탁한다고 답장을 썼다.

수정이는 주말이 아님에도 불구하고 집에 온 엄마로 인해 매우 불안했다. 엄마가 집에 오는 날은 항상 아빠와 큰 소리로 다투었다. 내용은 딱 두가지다. 이혼과 재산분할. 엄마 눈에는 수정이나 수정이 동생이 보이지 않는 모양이다.
"왜 그것 밖에 주지 않는다는 거야?"
"당신이 수정이 동생 공부시킨다고 대전에 가서 쓴 돈이 얼마인지나 알아?"
"그래도 약국에서 많이 벌었을 것 아냐?"
"아니 시골 약국에서 벌면 얼마나 번다고 그래."
"재산 빼돌린 것 아냐?"
"빼돌릴 재산이 있어야 빼돌리지."
부모님의 다툼을 듣고 있던 수정이가 뜨끔했다. 몇 달 전 아빠가 수정이에게 할아버지로부터 물려받는 땅을 수정이에게 넘겨준다고 했기 때문이다. 아빠는 아마 오늘 같은 날을 대비하여 아빠의 재산을 수정이 앞으로 넘긴 모양이다. 엄마가 수정이에게 공부를 강요한 관계로 엄마와의 관계가 좋은 것은 아니지만 만약 아빠 명의의 재산을 수정이에게 넘긴 것이 엄마에게 들통나기라도 한다면 그나마 남아 있던 엄마와의 관계는 이젠 끝이다.

"그리고 지금 살고 있는 집에 근저당권이 설정된 이유는 무엇이야?"

"약국 해서 번 돈으로 생활비를 충당하지 못하니 돈을 꿔서 그렇지. 그게 내 탓이야? 모두 당신이 돈을 함부로 써서 그렇지."

"원하는 대로 주지 않으면 소송할 거야."

"원하는 대로 해. 그리고 나에게는 이혼소송을 당할 이유 자체가 없어."

"없긴 왜 없어? 지난번 당신이 대전 집에 왔을 때 나에게 손찌검한 것 잊었어? 그거 지금 진단서도 가지고 있다고."

수정 아빠는 올 것이 왔다고 생각했다. 친구로부터 소개받은 변호사가 단 한 번의 손찌검이라도 여러 번이라고 주장할 수도 있고 부부 사이에 발생한 일은 객관적인 증빙이나 자료가 없으니 단 한 번의 손찌검이라도 상해진단서 등이 있으면 여자의 주장에 힘을 실어 줄 수밖에 없다고 말한 것을 잊지 않고 있었다. 수정 엄마는 이미 이혼을 준비하고 있었고 결국 그녀에게 중요한 것은 오직 돈뿐이라는 것을 알 수 있었다.

"그건 그렇고 애들은 어떻게 할 거야?"

수정 엄마는 대답이 없었다.

"애들은 내가 키울게. 어차피 당신 나하고 이혼하면 애들을 키울 능력이 안 되잖아?"

"내가 왜 능력이 없어. 당신이 재산을 많이 주면 되지."

수정 아빠의 입장에서 보면 너무 억울한 일이었다. 술을 많이 마시지도 않았고 도박을 하지도 않았고 바람을 피우지도 않았다. 자신이 한 일이라고는 일요일을 제외하고 매일 아침 아홉 시에 약국문을 열고 저녁 여덟 시에 닫았다. 굳이 잘못했다고 생각하는 것이 있다면 주말에 외식을 자주 하지 않았다는 것과 약국문을 닫고 어디를 놀러 가자는 수정 엄마의 제안을 받아들이지 않은 것밖에 없었다. 자녀들의 공부만 해도 그렇다. 수정 엄마는 애들의 공부에 대해서는 극성이다 못해 너무 강요를 했지만 수정 아빠는 자신이 자라면서 공부에 관해서는 부모님으로부터 강요를 당한 적이 단 한 번도 없었다. 그러기에 수정 엄마로부터 자녀 교육에 대해 너무 관심이 없다는 질책을 들은 적은 있다. 그렇지만 어느 누가 부모님이 공부하라고 강요한다고 해서 공부를 열심히 하는 학생이 있던가?

부모님의 말다툼을 고스란히 듣고 있던 수정이는 이제는 부모님이 이혼하는 것은 시간문제라고 생각했다. 열심히 공부하지 않은 자기 자신에게도 부모님 이혼의 책임이 있다는 생각도 했다. 그러나 정작 자신은 성적이 신통치 않게 나오는 것에 대하여 크게 불안하지 않다. 최근에는 요리에 관심을 가지고 있고 요리사가 큰돈을 벌지는 못한다 할지라도 행복하게 살 자신이 있다. 자신이 하는 일에 행복하다고 느끼며 남에게 신세 지지 않고 살면 되는 것 아닌가? 엄마의 행동을 이해할 수가 없다. 자신이 생각해도 아빠는 가정에 대해서 잘못한 것이 전혀 없이 돈만 열심히 벌었을 뿐이다. 물론 더 많이 벌기 위해서 남에게 사기를 친 적도 없고 수정이나 동생에게 못해 준 것 없이 충분히 뒷바라지를 해 주었다. 그런데 엄마는 어떤 인생을 살려고 하는 것일까? 가정을 깨서라도 자신이 쓸 돈만 충분히 있으면 행복하다고 느낄까? 사람은 모두 같은 사람인데 행복을 느끼는 것이 서로 다른 이유는 무엇일까? 어디에서 누구에게 물어보면 답을 얻을 수 있을까?

  이제는 자신이 결정할 차례다. 이모의 연락을 받고 이모 댁으로 향하고 있으나 준서는 이모에게 어떤 결정을 말할지 아직 결론을 내리지 못했다. 이모는 이모부와 충분한 상의를 했고 할 말이 있으니 오라고 한다. 이모가 이모부와 상의하고 할 말은 아마도 준서의 미래에 대한 것으로 생각했고 그것에는 같이 살자고 하는 제안이 있을 것이라고 준서는 짐작했다. 물론 처음 이모를 만났을 때도 같이 살자고는 했지만 다른 가족과는 상의하지 않는 즉흥적인 제안이었을 것이고 그 말을 기다렸다는 듯이 바로 승낙할 수는 없었다. 준서에게도 시간이 필요했을 뿐만 아니라 매향리를 그렇게 그냥 떠나는 것 또한 내키지 않았다. 매향리는 이제 준서에게는 고향과 같은 곳이다. 무엇보다도 매향리를 떠날 수 없는 결정적인 이유는 매향리를 떠나게 되면 현주와 헤어질 수밖에 없다는 것이다. 현주에게 공부를 도움 받는 것은 차치하고 마음의 빚이 있는 현주, 의지할 이 아무도 없는 현주 그리고 자신이 마음에 두고 있는 현주를 혼자 두고 떠날 수는 없었.
  "어서 와. 인사해. 이분이 네 이모부셔."
  이모가 보여 준 반가움은 지난번의 크게 놀라는 표정을 제외하고는 같으나 말투는 매우 차분했다.

"어서 와라. 만나서 반갑다."

점심시간에 맞추어 왔으면 좋겠다는 말씀의 뜻이 그 이유였는지 이모는 푸짐한 아주 푸짐한 점심상을 준비해 놓았다. 이런저런 고기반찬도 많았지만 눈의 띄는 것은 국으로는 미역국을 준비해 놓으셨다. 아마 준서가 이제까지 자라면서 자신의 생일에 제대로 된 미역국을 먹어 보지 않았으리라 생각한 모양이다. 이모부는 원래 말수가 적은 분인지 아니면 어떻게 자랐을지 모를 준서에게 함부로 말하는 것이 조심스러운지 식사 내내 말수가 적었다. 가족이라지만 물론 이번이 겨우 두 번째 만남이기에 분위기 자체가 어색하고 익숙하지 않다.

"이모부와 함께 상의한 결과 앞으로는 네가 여기에서 같이 살았으면 한다. 우린 두 딸을 두었는데 모두 도회지로 나가 있고 빈방도 두 개나 있으니 아무 문제도 없다. 그리고 이것은 땅문서인데 지난 번에 내가 얘기했던 대로 네 어미의 뱃속에 있는 너를 지우는 대가로 그쪽 집에서 해 준 땅이다. 이것을 너에게 주려고 하니 팔아서 가지든 그렇지 않으면 네 명의로 해 주려고 한다. 사실 내가 너에게 주는 것이 아니라 이 땅은 당연히 네 것이다. 네 어미 명의였다가 너에게 상속이 이루어졌어야 하나 네가 실종 상태라서 네 외할아버지에게 상속이 되었고 네 외할아버지가 돌아가신 후 나에게 상속이 되었다. 그러니 이 땅은 당연히 네 것이고 돌려주려고 하는 것이다."

준서는 대답을 하지 못하고 가만히 있었다. 한동안 준서가 말을 하지 않자 이모부도 말씀하셨다.

"그래. 본래 이 땅은 너의 것이야. 그러니 불편한 마음 갖지 말고 받아라."

"생각해 보겠습니다. 그리고 거처는 지금 살고 있는 곳이 편하니 일단 그곳에서 살겠습니다."

어머니의 목숨 값이나 마찬가지다. 어떻게 그것을 쉽게 감사합니다 하고 받을 수가 있단 말인가? 대답을 정하지 못하고 떠나는 준서에게 이모는 봉투 하나를 건네 주셨다.

"큰돈은 아니다. 우리도 애들 키우는 데 그 땅이 도움이 꽤 되었다. 그것에 비하면 적은 돈이니 불편하게 생각할 이유가 전혀 없다 그리고 봉투 속에는 네 어미의 사진도 있다."

이모 집을 나서며 봉투 안의 사진을 꺼냈다. 흑백 사진이었다. 머리는 뒤로 묶은 채 의자에 앉아 찍은 사진으로 오랜 세월로 인해 많이 바랬으나 얼굴은 분명히 확인할 수 있었다. 약간은 볼록한 준서의 볼과 마찬가지로 어머니의 볼도 약간 볼록했으며 눈은 아주 밝고 총명해 보였으며 살짝 미소를 띄고 있었다.

'아! 어머니.'

어머니와 꼭 닮은 약간 볼록한 준서의 볼에 눈물이 하염없이 흘렀다. 이모 집에 오라는 말에 준서는 혹시나 아버지에 대한 단서를 찾았나 하는 기대를 했었다. 그러나 이모는 아버지에 대한 말씀은 전혀 하지 않았다. 이십여 년 전에도 찾지 않은 아버지를 지금 찾는다는 것은 거의 불가능할 것이다. 하지만 이대로 포기할 수는 없다. 아버지를 찾아 꼭 물어보고 싶었다. 왜 어머니를 버렸냐고.

도서관에 돌아가니 수정이가 와 있었다.

"수정아! 너 왜 최근 며칠 안 왔어?"

"왜? 보고 싶었어요?"

"보고 싶기는. 매일 오던 네가 오지 않으니 걱정이 돼서 그렇지."

"보고 싶었으면 보고 싶었다고 솔직하게 말하세요."

"그만해라."

수정이는 예전의 밝고 명랑한 수정이로 돌아와 있었다. 둘 간의 농담이 재미있었던지 현주가 슬며시 웃으며 물었다.

"오빠 어디 다녀왔어요?"

"응. 학원에 좀 갔다 왔어."

준서는 그리 떳떳하지도 않고 아름답지도 않은 자신의 출생 비밀을 말하고 싶지 않았다. 준서 자신도 아직은 감당하기 어려운 것이기에.

새해다. 새해라 할지라도 준서는 물론 동네 사람들도 특별한 것이 없다. 직장에 다니는 사람들이야 그저 하루를 노는 날에 불과하고 공휴일이 의미가 없는 시골에서는 새해라고 해야 그저 평일의 하루와 다르지 않다. 준서는 오랜만에 매향상회를 지켰다. 새해라고 도서관은 문을 열지 않았고 준서도 좀 쉬고 싶었다. 집에서 그냥 쉬는 것보다는 벚꽃할매를 좀 도와드리고 또한 가게를 지키며 조용히 그동안 읽지 못한 책도 읽을 겸 하여 가게를 지켰다. 본격적으로 겨울이 되어서 그런지 날씨는 춥기 그지없었고 아침부터 잔뜩 흐린 하늘은 점심이 되기 전부터 눈발을 날리기 시작했다. 춥고 바람이 불며 눈도 내리기 시작하니 가게 앞을 지나가는 마을 사람들은 전혀 없었다. 책을 읽기에는 더없이 좋은 시간인데 점심때 들어오는 버스를 타기 위해서인지 현주 가족이 가게 앞을 지나간다. 참 이상한 일이다. 날씨도 좋지 않아 어디 나들이를 하기에도 좋지 않은 날이나 현주와 현주 엄마는 물론 현주 아빠도 동행을 하니 이상한 생각이 들지 않을 수가 없었다. 평소에 현주 아빠는 집 밖으로도 거의 나오지 않았다. 그저 폐인처럼 집에서만 지냈으나 이렇게 좋지 않은 날씨에 가족 모두가 나왔으니 이상하지 않을 수가 없었다.

"아빠 꼭 오늘 가야 해?"

"아니야. 그러나 오늘 다녀오고 싶어."

"며칠 기다려 날씨가 좋은 날 가는 것이 좋지 않겠어?"

"추석에도 가 보지 않아서 할아버지와 할머니에게 미안해서 그래."

"그러면 차라리 설날에 가는 것이 더 좋을 것 같은데."

"설날에 가면 고향 동네 아는 사람들을 만날 것 같아서 그래."

현주는 아빠가 밖으로 나가겠다는 것은 좋지만 굳이 눈이 내리는 날에 할아버지와 할머니 산소에 가겠다는 아빠의 고집에 어쩔 수 없이 따라나섰다. 현주 엄마는 이제 현주 아빠가 어떤 일을 해도 술주정만 하지 않으면 들어주기에 불평하지 않고 동행했다.

현주 가족은 읍내에 나가 술과 포 그리고 약간의 과일을 산 후 버스를 타고 현주 할아버지를 모신 산소로 향했다. 산소를 산 중턱에 모셨기에 버스를 내린 후 산소에 도착하기까지는 쉽지 않았다. 길이 제대로 나 있는 것도 아니고 눈도 내리니 산소에 도착하는 것도 어려웠지만 산소에 도착해 보니 상태가 엉망이었다. 현주 아빠가 정상적으로 은행원 생활을 할 때 방문했던 산소는 추석이나 설에 와도 언제나 깨끗이 정리가 된 상태였다. 그러나 벌써 일 년 이상 산소를 벌초도 하지 않았고 관리도 하지 않았기에 산소를 찾는 것도 쉽지 않았고 그렇게 어렵사리 찾은 산소는 그저 자연의 일부가 된 듯 산소라고 보이지도 않았다.

"아버님, 어머님 죄송합니다."

포와 과일을 차려 놓고 술을 따른 후 절을 한 후 현주 아빠는 말했다. 그리고 말없이 눈물만 흘렸다.

현주도 아빠를 따라서 눈물을 흘렸다. 현주 엄마만이 말없이 그 둘을 지켜볼 뿐이다.

현주 가족은 다시 매향리로 들어오는 버스를 타고 매향상회 앞에서 내렸다. 앞서 걷던 현주 아빠는 매향상회로 향했다.

"아빠 왜?"

"응. 술 한 병 사 가려고."

"내가 사 올게."

"아니야. 내가 사 올게. 그동안 너에게 술 심부름을 시켜서 미안하구나."

"아니야. 다른 가게는 몰라도 매향상회는 괜찮아."

현주 아빠는 괜찮다는 현주의 말에도 불구하고 직접 매향상회로 들어갔다. 하루 종일 내린 눈은 매향리 온 마을을 하얗게 덮었다.

가게문을 닫고 벚꽃할매 댁으로 향하던 준서는 내일은 버스가 안 올지도 모른다고 생각했다. 가끔 눈이 너무 많이 내리는 날이면 포장도 되지 않은 길을 버스가 다니는 것은 너무 위험해서 운행하지 않기도 했기 때문이다. 벚꽃할매 집에 다다라 눈 쌓인 벚나무를 바라보았다. 준서가 처음 매향리로 왔을 때의 그 흐드러진 벚꽃 대신에 가지마다 눈이 쌓여 있었고 가로등 아래 그 광경은 장관이었다. 추운 날씨 속에 조용히 서 있는 벚나무. 문득 어머니가 생각났다. 그저 사진으로만 그 얼굴을 알 수 있는 어머니. 사진 속의 어머니는 추운 날씨 속에 외롭게 서 있는 눈 쌓인 벚나무 같다는 생각을 했다. 너무 아름다우나 외롭고 쓸쓸한 그 모습. 방으로 들어간 준서는 쥐포 몇 마리를 놓고 혼자 소주를 마셨다.

'내일도 쉬지 뭐.'

그렇게 생각하고 늦게 잠자리에 들었다.

꿈을 꾸는 것인지 어디서 울음소리가 들렸다. 꿈이라고 생각하고 애써 울음소리를 외면하고 다시 잠에 들려고 애썼다. 하지만 그 울음소리는 그치지 않고 들렸다. 이른 새벽 같은데 그 울음소리는 계속되었다. 애써 울음을 참는 중년 여자의 울음소리였다. 그러더니 이제 젊은 여자의 참지 못하고 폭발하는 듯한 울음소리다.

"아빠!"

아! 그것은 현주의 목소리였다.

그가 세상을 떴다. 동네사람 누구도 그의 죽음에 대해 크게 말하지 않는다. 그저 수근거릴 뿐이다. 누구는 처자식을 그렇게 고생시키더니 결국에는 세상을 떴다고 하고 다른 누구는 그렇게 계속 살 바에는 차라리 세상을 뜨는 것이 낫다고도 하고 병을 크게 앓은 것도 아닌데 젊은 사람이 안되었다고도 한다.

"가 봐야 하지 않겠어?"

현주네 집을 다녀온 벚꽃할매가 말했다. 동네사람 누구도 현주 가족과 가깝게 지낸 이는 없었다. 현주 아빠야 매향리로 이사 온 후 다른 집과 왕래를 하지도 않았고 품앗이로 다른 이의 논이나 밭에 같이 일한 적도 없으며 단지 현주 엄마만 품삯을 받기 위하여 일했을 뿐이니 어쩌면 공부를 위해 현주와 같이 다니던 준서만이 제일 가까운 사람이라는 뜻일 것이다.

축복받는 죽음이 어디 있으랴마는 초상집은 너무 썰렁했다. 준서도 장터에서 일할 때 몇 번은 초상집을 다녀온 적이 있는데 문상의 목적은 아니고 그저 한 끼 잘 먹어 보기 위함이었지만 이렇게 썰렁한 초상집은 처음이었다. 그냥 두고만 볼 수 없었던지 이장님의 도움으로 간신히 문상객을 받을 준비는 했지만 조문객도 거의 없고 그렇다고 현주 아빠의 친척도 없어 초상집은 그저 현주와 현주 엄마 그리고 준서가 지켰다. 오후가 되어서야 수정이가 친구들을 데리고 와서 그 썰렁함은 덜해졌지만 현주 아빠가 생전에 은행에서 일할 때 도움을 받은 이가 적지 않을 것인데 그런 이들로 보이는 문상객은 거의 없었다. 본래 정승댁 개가 죽으면 문상객이 넘쳐나도 막상 정승이 죽으면 문상객이 없다는 말이 있듯이 더 이상 현주 가족에게 바랄 것이 없는 이들이 과거의 의리를 지켜 문상을 하는 경우는 드무니 이것은 살아 있는 자들의 얄팍한 계산 아니겠는가?

"현주야 뭘 좀 먹어야지."

준서의 말에 현주는 대답도 하지 않고 그저 소리 없이 울고만 있을 뿐이다. 얼마나 울었는지 눈은 퉁퉁 부었으며 우는 사이 흘러내린 콧물은 그저 소매로 해결하니 그녀가 입은 상복의 소매에 남은 콧물이 말라 그저 지저분해진 눈처럼 허옇게 퍼져 있었다. 현주 아빠의 죽음은 수정이에게도 꽤 충격이었나 보다. 수정이 역시 많은 죽음을 맞이해 본 것도 아니니 어쩔 줄을 모르고 그저 현주 옆에서 같이 앉아 있을 뿐이었다.

"수정아 국에 밥 좀 말아서 현주 좀 챙겨 줘."

수정이가 국에 말은 밥을 현주에게 내밀어도 현주는 숟가락을 잡기는커녕 고개를 무릎 사이에 박고 그저 울기만 할 뿐이다. 현주의 슬픔이 얼마나 큰지 사실 준서는 잘 알지 못한다. 고아로 자랐기에 가족이 없었고 가족이 없었기에 가족을 잃은 슬픔을 느껴 본 적이 없기 때문이다.

저녁이 되니 수정 아빠를 포함하여 조문객이 조금 오기 시작했다. 이들은 주로 동네 사람들로 고인과의 친분은 없지만 문상객이 거의 없다는 말이 동네에 돌았는지 그래서 현주 가족을 측은하게 생각하여 온 듯하다. 밤은 깊어 조문객은 모두 돌아가고 현주 가족과 수정이 그리고 준서만 초상집에 남아 있는데 이장님이 들어오셨다.

"현주 어머니, 고인은 어디로 모실 생각이세요?"

현실의 슬픔을 견디기 위하여 어디 먼 곳에 있는 듯한 현주 엄마의 표정은 깜짝 놀라며 다시 현실로 돌아왔다.

"아마 애 아빠 부모님 산소 근처에 모셔야 하겠지요."

현주 엄마의 말에 주뼛거리던 이장님이 어렵게 말씀하셨다.

"그리고 이틀장을 하는 것은 어떠세요? 이틀장이나 삼일장이나 말씀만 하시면 제가 청년회에 말을 넣어 놓았으니 잘 처리할 겁니다."

준서는 장례를 이틀만 한다는 말은 처음 들어 보았다. 보통은 삼일장인데 청양 장터에서 있을 때 어떤 이는 오일장을 하는 경우도 있었는데 이틀장을 한다는 말은 처음 들어 보았다. 아마도 이장님은 하루 더 장례절차를 치른다 할지라도 더 이상 조문객은 오지 않을 것 같고 그럴 바에는 차라리 유족의 어려움을 줄이려는 배려를 한 모양이다.

"현주야 너는 어떻게 생각하니?"

"엄마 원하는 대로 하세요."

현주 엄마는 현주에게도 의견을 물었다. 자기에게는 남편이지만 현주에게는 아빠이기에 그리고 온종일 아무것도 먹지 않고 울고 만 있는 현주를 보는 것 또한 견딜 수 없는 일이었다.

고인을 산에 모시는 것은 그리 어렵지 않았다. 현주 할아버지가 돌아가셨을 때에는 현주 아빠가 왕성하게 일을 할 때였고 현주 아빠의 고향에서 현주 할아버지의 산소가 어디 있는지 그 마을 사람들은 모두 알기에 매향리 청년회에서 미리 준비를 해 놓았다. 시간이 좀 지체된 것은 현주가 마지막 가는 아빠의 관을 부둥켜안고 한동안 놓아주지 않았기 때문이다. 그렇게 현주 아빠는 이틀장을 끝으로 이승을 떠났다. 누구나 한번은 맞이해야 하는 죽음이지만 허망하기 그지없다.

소작농의 아들로 태어나 대학에 들어갔을 때에는 마을에서 처음으로 대학을 진학했다고 잔치까지 했고 번듯한 회사에 들어가 지주의 딸과 결혼했으니 그만한 성공이 없고 그만한 영광이 없었을 텐데 정작 마지막으로 간 곳은 사람 하나 누울 만한 작은 땅으로 돌아갔으니 인생이 그리 허망하지 않을 수 없었다. 그것도 그의 죽음을 애도하는 이도 별로 없이.

남은 자들의 고통

 현주도 수정이도 없는 도서관은 텅 빈 듯하다. 추운 겨울이기에 도서관을 오는 사람들이 적어지기도 했지만 현주 없는 빈자리가 이렇게 크게 느껴질 줄은 몰랐다. 수정이는 겨울 방학 동안에 요리학원에 다니기 위해서 도서관에는 오지 않는다고 했다. 하지만 현주는 삼우제도 지났건만 도서관에 오지 않는다. 상여를 메고 고인의 마지막 길을 함께할 때 현주를 본 이후 벚꽃할매의 부탁으로 할머니가 끓인 육개장을 전달하기 위하여 현주네 집을 방문했을 때 현주를 본 것이 전부다. 그때 집안 분위기상 언제부터 다시 도서관에 갈 것이냐고 물어볼 수도 없었고 육개장을 전달받은 현주는 그저 간단히 고맙다는 인사를 했을 뿐이다. 현주 아빠가 죽고 나서 동네사람들은 수근거렸다. 아무리 술로 그렇게 망가졌다고 할지라도 지병도 없었던 젊은 사람인데 혹시 스스로 목숨을 끊은 것은 아니냐 등 말이 많았다. 준서 역시 현주 아빠의 죽음이 이상하게 생각되었다. 설날이 아님에도 온 가족이 조상의 묘를 찾은 다음 날 현주 아빠가 돌아가셨기 때문이다. 만약 현주 아빠가 스스로 목숨을 끊은 것이라면 현주나 현주 엄마의 충격은 상상하기도 어려울 것이다.

"오빠 이것 좀 먹어 보세요."

이런저런 생각으로 머릿속이 싱숭생숭하던 차에 수정이가 왔다.

"이게 무엇이야?"

"한번 맞혀 보세요."

난생 처음 보는 음식이다. 얇게 썬 채소와 해산물과 정체 모를 것들이 섞여 있는데 살짝 톡 쏘는 무엇인가가 있는데 고추 맛은 아니다. 제법 먹을 만하다.

"양장피예요. 오빠 그런데 현주는 어떻게 하고 있어요?"

"나도 몰라. 언제부터 도서관에 갈 거냐고 물어볼 수도 없고. 아마 무척 힘든 모양이다. 내가 맘대로 가 볼 수도 없고. 네가 한번 가 보는 것은 어때?"

수정이가 떠나고 공부가 머릿속에 잘 들어오지 않아 소설책을 읽고 있는 중 웬 짧은 머리의 사내가 미소를 띠고 준서에게 다가왔다. 승규 형이다.

"아! 형."

"준서야 오랜만이다."

"여긴 어떻게 알고 오셨어요?"

"벚꽃할매 댁에 갔더니 네가 도서관에 갔다고 해서 왔지."

"그런데 형 지금 군대에 있어야 하지 않아요?"

"첫 휴가 받았어."

준서는 승규 형에게 물어보지도 않고 얼른 가방부터 챙겼다.

"어때, 검정고시 준비는 잘 되고 있어?"
"네."
준서는 승규 형과 함께 도서관 근처에 있는 식당으로 향했다.
"어려운 것은 없고?"
"어렵죠. 너무 오랜만에 하는 공부이다 보니. 현주가 많이 도와줘요."
"그런데 현주는 어디에 있어?"
"아버님이 돌아가셔서…."
"왜?"
"어떻게 돌아가셨는지 아직 아무도 몰라요. 큰 병이 걸렸던 것도 아니고."

준서는 현주 아빠의 죽음과 초라했던 장례식에 대해 얘기를 한 후 편지에 쓴 대로 어머니는 일찍이 돌아가셨고 이모 한 분을 찾았으며 생부의 행방에 대해서는 아직 알 수도 없으며 어떻게 찾을지 막연하다는 설명을 했다.

"그때 생부가 농촌으로 봉사활동을 왔으면 아마 농활을 왔을 거야. 지금은 아주 활성화되었는데 정식 이름은 '농민학생연대활동'으로 그때는 아마 일부 대학에서 했을 거야."
"그게 무엇인데요?"
"대학의 총학생회에서 조직적으로 하고 있는 활동으로 여름방학 기간에 이십여 명씩 무리를 지어 지정된 농촌으로 가서 봉사활동도 하고 농민의 의식을 개혁하는 데 그 목적이 있지."

"그럼 생부를 찾기 위해서 S대학의 총학생회를 찾아가면 생부를 찾을 수 있을까요?"

"가능성은 있지. 그러나 대학생도 아닌 네가 무작정 총학생회를 찾아가면 아마 알고 있다고 해도 알려 주지 않을 걸."

"그럼 생부를 찾기 위해서라도 제가 꼭 대학을 가야 하겠네요?"

"그렇지."

승규 형을 만난 반가움에 대화는 끊이지 않았고 술잔도 계속 돌았다. 준서는 승규 형이 첫 휴가에 자신을 찾을 정도로 애정이 있다는 것에 놀랐고 그간 승규 형이 학생운동으로 경찰의 수배를 받았었고 결국에는 군대를 갈 수밖에 없었다는 사실에 놀랐다. 얼마 전 유성을 방문했을 때 경찰과 대치한 학생들이 도망가지 않고 돌과 화염병을 던지는 것에 크게 놀랐는데 그런 것을 승규 형이 했다고 하니 또한 놀랍다. 이젠 승규 형이 타고 갈 시외버스 막차 시간이 다 되었다.

"형 그리고 저 이젠 완전 거지는 아니에요. 어머니 뱃속에 있는 저를 지우는 조건으로 땅을 받았는데 이모가 그 땅을 저에게 주신다고 합니다."

"음. 그럼 그 땅의 등기부등본을 떼어서 네 어머니에게 땅을 준 자가 누구인지 확인해봐. 아마 네 생부는 아닐 것이고 생부의 아버지일 가능성이 있지. 그러면 네 생부를 찾는 데 도움이 될 수 있어."

"형은 그런 것을 어떻게 알아요?"

"나 그래도 법대 다녔어."

현주는 현주 아빠가 돌아가신 지 열흘이나 지나서 도서관에 나타났다. 아침 첫차를 탄 준서는 현주가 보이지 않았기에 오늘도 도서관에 오지 않겠구나 생각했는데 현주는 아마 출근시간에 맞추어 오는 버스를 탄 모양이다.

"왔구나."

"예."

현주는 차마 말도 붙이기 어려운 얼굴을 하고 있기에 더 이상의 대화는 할 수 없었다. 그녀는 그저 늘 그녀가 앉았던 구석의 빈자리에 가서 가방을 펼쳤다. 현주가 앉은 주위는 공기는 다른 공간에 비해 무거운 듯 어둡게 그녀를 누르고 있었다. 준서가 할 수 있는 일은 수정이에게 전화를 해 현주가 도서관에 왔음을 알리는 것뿐이었다.

왜 아니겠는가? 준서가 장터에서 일할 때 겪었던 초상집 분위기와는 사뭇 다른 분위기였으니. 준서가 경험한 초상집의 분위기는 대개는 어둡고 슬픈 분위기였다. 부모님이 돌아가셨으니 당연한 분위기이기는 하지만 남아 있는 후손들은 크게 두 가지로 나뉜다. 한 경우는 슬픔의 분위기는 있으나 유가족이 그렇게 절절히 슬퍼하지는 않은 것 같은 분위기다. 이 경우는 돌아가신 분이 나이도 많고 집안의 살림도 그리 어렵지 않은 경우에 해당한다. 이 경우는 상주가 지인들과 대화할 때 가끔은 웃음을 보이기도 한다. 다른 한 경우는 유족의 슬픔이 너무 커서 상주들과 대화를 하기도 어려운 분위기다. 그 슬픔이 너무 커서 문상객들에게 그 애통함이 전해지는 듯하기도 하다. 이 경우는 부모님이 예상하는 수명보다 너무 일찍 돌아가셨거나 갑자기 돌아가셨고 집안 형편도 어려운 경우가 그렇다. 아마도 집안 살림이 어렵기는 했지만 서로 의지하고 살았는데 의지할 분이 안 계시기에 그런 모양이다. 세상사가 이러니 현주가 느끼는 현주 아빠의 부재는 어떨지 감히 준서는 상상도 하지 못했다.

"현주야!"

"어."

"좀 괜찮아?"

"응."

"점심때 우리 돈가스 먹으러 가자."

"그래."

준서의 전화로 수정이가 바로 달려왔지만 수정이의 물음에 현주는 그저 단답형으로 대답할 뿐이다. 그녀의 힘없고 창백하고 거칠어진 얼굴을 보고 있으니 준서가 어떻게 위로라도 해 주어야 한다는 생각을 했지만 어떻게 할 방도가 전혀 없었다.

수정이와 같이 점심을 한 후 준서는 등기소로 가서 이모가 알려 주신 땅의 등기부등본을 떼었다. 등기부등본을 확인해 보니 어머니로의 소유권 이전 원인은 증여였고 전소유자의 이름은 김만석이었다. 어머니에서 외할아버지, 그리고 외할아버지에서 이모로 소유권이 이전되었고 그 원인은 모두 상속이었다. 어머니로 증여를 원인으로 하여 소유권을 이전한 김만석은 혹시 이모가 알고 있는 생부인 김병준의 아버지일 수 있다는 희망이 생겼고 이 또한 면사무소를 찾아 봐야 확인할 수 없기에 준서는 다시 경찰서 민원실을 찾았다. 민원실에서 이모를 찾아 준 경찰을 다시 찾아가 이후의 과정을 설명했다. 이모가 김준서가 아닌 강준서를 찾았기에 김준서로 등록된 준서를 찾지 못한 이유, 어머니가 강준서로 출생신고를 하고도 준서에게 아버지를 찾아주기 위해서 고아원에 맡길 적에는 강준서가 아니고 김준서라고 주장한 사연 그리고 어른들의 합의로 어머니의 뱃속에 있는 준서를 지우는 조건으로 어머니에게 땅을 주었다는 사실 그 모두를 설명하고 어머니에게 땅을 증여한 김만석의 아들이 혹시 생부인 김병준인지 확인해 달라는 부탁을 했다.

경찰서 방문을 마치고 도서관으로 돌아온 준서는 현주를 바라보았다. 현주는 책을 보고 있지만 마음은 다른 곳에 있는 듯 한숨을 쉬고 있었고 가끔은 멍하니 창밖을 내다보고 있었다. 준서는 자판기에서 커피를 뽑아 조용히 현주의 책상에 올려놓았고 현주는 아무 말 하지 않고 그저 의미 없는 표정으로 준서를 올려다본 후 다시 눈길을 책으로 옮겼다.

"오빠 먼저 갈게요."

"아직 막차 올 시간이 멀었는데."

"그냥 지금 가려고요."

"같이 가."

준서도 서둘러 가방을 챙겼다. 매향리로 가는 버스 안에서도 현주는 아무 말도 하지 않았다. 그저 넋이 빠진 사람처럼 밖을 내다볼 뿐이었다.

"내일도 첫차 안타고 출근버스 탈 거야?"

"네."

그 짧은 대답 뒤로 정적은 계속되었다.

길지 않은 인생이지만 이렇게 말없이 산 적이 없었다. 오전에는 학원에서 수업을 듣기에 나쁘지 않았다. 그러나 학원을 끝내고 도서관에 오면 현주와 둘만이 있게 되고 현주는 통 말이 없다. 아무리 말을 붙이려고 해도 현주는 그저 단답형으로 대답하기에 말을 이어 나갈 수가 없다. 현주의 상태를 대략은 짐작할 수 있는 준서는 굳이 말을 시키려고 하지 않고 그저 기다릴 뿐이다. 얼마나 많은 시간이 필요할까? 본인이 힘들어서라도 수정이라도 불러 수다를 떨 법도 하건만 현주는 수정이도 부르지 않고 간간이 수정이가 오더라도 많은 말을 하지 않는다. 준서는 부모를 잃은 고통을 알지 못한다. 최근에 이모를 만났고 어머니는 돌아가셨다고 알고는 있지만 본래 없는 부모라고 생각했고 또한 어머니 생전에 따뜻한 사랑을 받아 보지도 않았기에 어머니의 사망 소식에 그리 애통한 마음이 들지도 않았다. 단지 위안이 되었다면 어머니는 준서를 버린 것이 아니고 오히려 준서를 지키려고 그리고 아버지를 찾아 주게 하기 위하여 준서의 성도 강씨에서 김씨로 주장을 한 것이다.

저녁을 끝낸 후 현주가 먼저 말을 걸었다. 의외의 상황이다.

"오빠 산책할 시간 있어요?"

"응. 그래. 물론이지."

둘은 도서관 밖으로 나갔다. 읍내라 해야 그리 넓지도 않고 준서는 현주가 가는 곳을 따라 그저 조용히 걸을 뿐이었다. 겨울이기에 해는 이미 졌고 그저 늦게 떨어진 낙엽이 차가운 바람에 이리 저리 쓸려 다닐 뿐이다. 현주도 어디 갈 곳을 정하고 나온 것은 아닌 듯이 그저 발길이 닿는 대로 걸어가고 있고 꽤 추위를 느낄 법도 한데 춥다는 말도 하지 않는다. 한참을 걷다 보니 공원이 하나 나왔다. 공원이라고 할 정도의 크기는 아니나 그저 가로등 하나에 벤치가 몇 개 있는 정도의 크기였다.

벤치에 앉은 현주가 먼저 입을 열었다.

"오빠! 아빠가 어떻게 돌아가셨는지 아세요?"

"……."

질문의 의도를 알지 못하기에 준서는 대답을 하지 못했다. 동네 사람들도 궁금해했지만 그 누구도 그것을 물어볼 수는 없었다.

"수면제 드시고 돌아가셨어요. 제가 사 온 수면제로."

준서는 아빠가 수면제를 드시고 돌아가셨다는 말에 깜짝 놀라 물었다.

"뭐라고! 약국에서 그렇게 많이는 주지 않았을 텐데."

"조금씩 모아 놓으신 것 같아요."

"그것을 어떻게 알고 모아 놓으셨지?"

현주는 대답 없이 그저 울기 시작했다. 억지로 울음소리를 참고 우는 그 모습은 마치 당연히 받아야 할 벌을 받기에 소리를 낼 자격조차 없다는 듯한 그런 울음이었다.

그렇게 소리 없는 울음은 계속되고 그쳤다가 다시 울고 반복했다.

"아빠는 엄마와 내가 술에 수면제를 타서 드리는 것을 알고 있었나 봐요. 아마 자신도 수면제가 아니면 술주정을 그칠 수 없다는 것을 알고 내색도 없이 술을 마신 모양이에요."

"어떻게 그럴 수가 있지?"

"그러게요. 그리고는 결심한 모양이에요. 제가 수면제를 사 오면 표시 나지 않게 조금씩 빼놓고 한꺼번에 드시는 것으로."

"아!"

준서는 어떤 위로의 말도 할 수 없었다. 그저 흐느끼는 현주를 꽉 안아 줄 뿐이었다.

자신이 마시는 술에 수면제가 타 있는 것을 알았다면 그리고 그 술을 마시면 자신의 술주정을 끝낼 수 있다는 것을 알았다면 애초에 술을 마시지 않으면 될 것인데 그런 모든 것을 알면서도 술을 마셨단 말인가? 준서는 도저히 이해할 수가 없었다. 어떻게 그렇게 가족에게 상처를 남기고 떠날 수가 있다는 말인가? 현주는 아빠를 잃은 슬픔도 있겠지만 아빠가 돌아가시게 된 원인이 자신이 수면제를 구해 온 것에서 시작되었다는 것에 대한 자책감이 클 것이다. 그러기에 자신에게 스스로 벌을 주고 그것을 참아 내야 하기에 너무도 힘든 시간을 보내고 있는 것이다. 어떤 위로의 말도 그녀의 상처를 그리고 그녀의 애통함을 달랠 수는 없을 것이다. 그저 시간이 흐르고 흘러 그 상처가 스스로 아물기를 기다릴 뿐이다. 준서는 순이에 대한 부당한 처우를 참지 못하고 고아원을 탈출할 때가 생각났다. 이성적으로 생각해 보면 부원장의 옷을 찢고 고아원을 나온다고 해야 누구 하나 준서를 받아 줄 이 없는 세상이었다. 그러나 그때는 뒤를 생각할 여유가 없었다. 그저 부원장의 옷을 찢어야 한다는 생각 하나뿐이었다. 현주 아빠도 뒷일에 대한 생각 하나 없이 어쩔 수 없이 그저 극단적인 행동을 한 것일까?

"경찰서에서 전화가 왔었어. 무슨 일이야?"
"사람을 좀 찾아 달라고 부탁을 했었습니다."
도서관에서 돌아온 준서를 보자마자 벚꽃할매가 근심스러운 표정으로 말했다. 벚꽃할매의 말을 들은 순간 준서의 가슴은 두근거리기 시작했다. 생부를 찾았을까? 아니면 찾지 못했을까? 찾았다면 생부는 과연 어떤 사람일까? 당시의 상황으로는 어머니의 뱃속에 있는 나를 지운 것으로 알았을 텐데 만약 준서가 태어났다는 사실을 알면 어떻게 반응할까? 어머니는 왜 버렸을까? 어머니를 사랑은 하지 않은 상태에서 실수로 임신을 시킨 것일까? 오만가지의 생각이 머릿속에 있어 잠이 들기 어려웠으나 준서가 할 수 있는 것은 그저 내일 경찰서를 가서 그 결과를 들어 볼 뿐이다.
"기록이 너무 오래되어 김준서씨의 생부를 찾을 수는 없었습니다."
준서는 이상하다고 생각했다. 기록이 오래된 것으로 치자면 어머니와 이모에 대한 기록은 어떻게 찾았다는 말인가? 물론 그때와는 상황이 좀 다르다. 어머니와 이모를 찾을 때는 강준서의 주민번호를 알고 있었으나 이번에는 생부의 이름은 알지만 주민번호는 알지 못한다. 또한 어머니에게 땅을 증여한 자가 생부의 아버지가 아닐 수도 있다. 그렇다면 이해가 되지만 단순히 기록이 오래되었다는 이유로 생부를 찾지 못했다는 것은 이해할 수가 없었다. 다른 이상한 점도 있다. 강준서에 대한 간단한 정보로 경찰서를 갔을 때 담당경찰의 태도는 준서를 측은하게 여기는 태도가 명백했고 나름 친절하게 대해 주었는데 이번에는 다르다. 그때의 측은해했던 태도는 어디에 가고 조금은 고압적인 태도로 대한다. 그 태도는 마치 더 이상은 알려고 하지 말라는 뜻과 다름없이 느껴진다. 준서가 고아원을 나와 아는 이 아무도 없는 세상에서 살아남기 위해서 가장 필요했던 것은 눈치다. 담당경찰이 무엇인가를 숨기고 있다는 생각이 들었지만 더 이상 물어볼 수는 없었다.

첫차를 타던 평소와는 다르게 출근버스를 타고 현주와 함께 다닌 지도 벌써 꽤 되었건만 경찰서에서 돌아온 준서가 본 현주의 모습은 크게 변하지 않았다. 주기적으로 내뱉는 한숨, 가끔 멍하니 창밖을 보며 공부에는 전혀 집중을 하지 못한다. 현주가 공원에서 아빠의 사인을 말한 후에는 간간히 준서에게 말을 걸기는 하지만 전체적인 분위기는 크게 변하지 않았다.

"현주야 우리 오늘 점심은 저수지 근처에 가서 먹을까?"

"왜요?"

"공부에 집중을 하기 어려워. 그래서 바람 좀 쐴까 하고."

"좋아요."

현주는 내키지 않는 표정이지만 어쩔 수 없다는 듯 응했다.

저수지를 가는 버스 안에서도 현주는 그저 창밖을 물끄러미 바라만 보았다. 나뭇잎도 다 떨어지고 뭐 그리 볼 만한 풍경도 없지만 준서 역시 창밖을 바라보았다. 저수지 둘레를 잠깐 산책하고 물가에 위치한 식당을 찾아 앉았다.

"사장님 매운탕에 소주 한 병 주세요."

"현주야 지금부터 내가 하는 얘기는 수정이는 물론이고 다른 사람들은 몰랐으면 좋겠어. 그리 아름다운 스토리는 아니니."

"뭔 말을 하려고 그러세요?"

매운탕이 나오기 전에 먼저 나온 밑반찬을 안주 삼아 소주를 한 잔 들이켠 준서는 자신의 출생과 부모님을 찾는 과정에 대해 얘기를 시작했다.

"검정고시를 보기 위해서는 주민등록이 필요했어. 학교는 졸업한 지 너무 오래되었고 어쩔 수 없이 도망 나온 고아원을 찾아갔고 거기서 같이 지내던 후배의 도움으로 김준서가 아닌 강준서의 존재를 알게 되었어. 혹시 내가 김준서가 아닌 강준서일지도 모른다는 생각으로 경찰서를 찾아가서 내가 강준서일지도 모르니 강준서의 가족을 찾아 달라고 부탁했어."

이쯤까지 말하자 갑자기 현주의 눈동자가 반짝이며 과거 현주 아빠가 돌아가시기 전의 그 총명한 눈빛으로 돌아왔다.

"그래서요?"

"경찰의 도움으로 이모를 찾았어. 알고 보니 나는 김준서가 아니고 강준서였어. 어머니는 나를 낳은 후 얼마 되지 않아 돌아가셨고 외할아버지도 돌아가셔서 오직 남아 있는 가족은 이모 한 분뿐이야."

"그래서 만났어요?"

준서는 다시 한번 소주를 마시고 말을 이었다.

"만났지. 그런데 생부는 찾을 수 없었어. 난 어머니가 정식으로 결혼을 하지 않은 상태에서 낳은 아기였기에 생부의 성을 따르지 못하고 어머니의 성을 따라서 강준서로 출생신고가 된 거야."

"그런데 왜 강준서가 아니고 김준서가 되었어요?"

"그래. 그것은 어머니가 나를 고아원에 맡길 적에 주민등록된 이름인 강준서에 대한 기록을 주고 내가 강준서가 아닌 김준서라고 고아원 원장에게 말했다는 거야. 생부의 성씨가 바로 김씨였던 것이지. 알고 보니 어머니는 나를 버린 것이 아니고 나에게 생부를 찾아 주려고 그랬던 모양이야."

준서는 어머니가 생부를 만난 과정, 생부를 찾기 위해서 다시 경찰서를 찾은 얘기 그리고 경찰이 무엇인가를 알고 있는 눈치이기는 한데 더 이상은 말해 주지 않아서 알지 못한다는 말을 했다.

"그랬군요."

"난 아주 어려서부터 고아로 자랐기에 부모님에 대한 기억도 전혀 없고 그러기에 부모님에 대한 원망조차 없었어. 아빠에 대한 일은 네 잘못이 아니야. 그러니 잊어. 그리고 너는 어머니라도 있잖아. 너라도 엄마를 지켜야지."

준서의 출생비밀에 대한 얘기가 슬펐던 것인지 아니면 아빠를 잃은 슬픔이 다시 생각난지 모르지만 현주는 다시 눈물만 흘렸다. 그렇게 상처받은 두 영혼은 서로의 아픔으로 서로를 치유하고 있었다.

아침부터 도마 소리가 요란하다. 아마도 수정이는 오늘도 경로당에 가서 짜장면을 만들 모양이다. 수정이는 누구를 닮았을까? 외모는 제 엄마를 꼭 빼닮았고 성격이 쾌활한 것으로 보아서는 역시 제 엄마를 닮았으나 마음 씀씀이는 완전히 다르다. 수정 엄마는 언제부터인지 잘 모르지만 이혼을 준비하고 있었고 단지 재산을 얼마나 많이 가져갈 수 있는지에만 관심이 있다. 그러나 수정이는 전혀 다르다. 처음에는 봉사가 아니라 자신이 요리사가 되기 위한 실습이 필요하여 경로당에서 짜장면을 만드는 것으로 알았으나 만드는 과정도 진심이고 노인들이 짜장면을 드시고 기뻐하는 것을 보면 얼굴에 생기가 돈다. 그 모습은 수정이 생일에 큰 선물을 받은 모습과 비슷하여 노인들의 기쁨이 마치 자신의 기쁨인 것처럼 느끼는 모양이다. 자신의 부모가 언제인가 이혼할 것을 알고 있겠지만 수정이는 그런 것에 대한 불안함이나 걱정이 전혀 없어 보인다.

"아빠 얼른 일어나."

"아침 준비 다 되었어?"

"응."

"오늘은 무엇이야?"

"아빠 좋아하는 된장찌개."

이제는 제법이다. 수정 엄마가 수정이 동생을 데리고 대전으로 나간 후부터 점심은 수정 아빠 혼자서 해결해야 했다. 처음에는 집에서 이것저것 만들어 먹어도 보고 아니면 아침에 먹다 남은 것을 먹어 보았으나 영 신통치 않아 이제는 늘 근처의 식당에서 해결하는데 된장찌개 하나만 해도 식당마다 맛이 다르고 딱 입맛에 맞는 집을 찾기 어려웠다. 하지만 이제 수정이가 해 주는 된장찌개는 꽤 먹을 만하다.

"설거지는 아빠가 해. 나는 짜장면 만들 준비 해야 돼."

"오늘은 어디 경로당이야?"

"생각해 보았는데 너무 여러 곳을 다니면 일단 내가 너무 힘들 것 같아."

"그러면 지난번에 갔던 곳에 가려고?"

"응. 그러니까 아빠는 차 살 생각이나 해 봐."

집에 자가용이 거의 없는 시골이다. 경로당에 짜장면 봉사를 나갈 때면 준비한 재료와 약간의 조리도구를 가져가야 했기에 수정이 혼자서는 힘들고 자신이 도와주어야만 했다. 그래서 조그만 중고차라도 하나 사야 하나 생각했지만 그랬다간 수정 엄마의 재산 요구가 너무 커질 수 있다는 생각에 주저하고 있었다.

미리 연락을 받은 듯 경로당의 노인들은 수정이와 수정 아빠를 반갑게 맞아 주었다.

"아이고 오늘도 짜장면 해 주려고."

"네."

"아이고 이쁘기도 해라. 우리 손주가 나이가 맞으면 소개해 주고 싶다."

"할머니 저 남자친구 많아요."

"그래. 이렇게 마음씨도 착하고 얼굴도 예쁜 처자를 남자들이 가만히 둘 리가 없지."

이제 짜장면 만드는 것이 꽤 손에 익었는지 수정이의 손길은 거침이 없다.

"지난번 먹었던 것보다 훨씬 맛있어."

"똑같이 만들었어요. 할머니 거짓말하시면 경찰이 잡아갑니다."

수정이는 이제 노인들과 농담을 주고받을 정도로 친숙해졌다.

짜장면을 만들어 노인들과 식사를 함께하고 돌아오는 길에 수정 아빠는 아까 수정이가 남자친구가 많다는 말이 떠올랐다. 사실 수정 아빠는 수정이가 공부를 열심히 하지 않는 것을 크게 걱정하지 않았다. 그저 예쁘게 키워 성실한 남자를 만나 결혼해서 행복하게 살면 그만이다. 그렇지만 남자를 잘못 만나서 수정이가 자기처럼 힘든 인생을 살 것이 걱정되어 물었다.

"수정아 너 남자친구 있어?"

"아니."

"그런데 아까는 왜 할머니에게 거짓말을 했어?"

"없다고 하면 진짜 소개해 줄 수도 있을 것 같아서. 아빠 걱정하지 마. 나는 시집 안 가고 아빠하고 평생 같이 살 거야."

거짓말이겠지만 그리고 거짓말이어야 하지만 고맙다는 생각을 했다. 수정이마저 엄마 편을 든다면 자신은 과연 무슨 낙으로 인생을 산다는 말인가? 마냥 어린 아이로만 생각했던 수정이를 이제는 자신이 의지하고 있다는 사실을 수정 아빠는 인식하지 못했다.

일요일이면 의례적으로 준서는 매향상회로 향했다. 벚꽃할매 댁에 거의 공짜로 살고 있으며 때로는 벚꽃할매가 식사도 챙겨 주시니 할머니를 위하여 무엇이라도 해야 했고 또한 준서도 매일 도서관에 가는 것도 힘드니 일요일이면 벚꽃할매의 부탁은 없더라도 매향상회로 가는 것은 마치 정해진 일정과 같은 것이었다. 가게에 온다 해도 준서가 특별히 할 것은 없었다. 버스가 다니기 전에는 매향상회가 동네 사람들에게는 없어서는 안 될 중요한 곳이었지만 그런 시절은 이미 가고 하루에 오는 손님은 고작 몇 명 되지 않으니 벚꽃할매도 가게에서 이문을 기대하는 것은 아니고 그저 소일거리에 불과했기 때문이다. 가게에 도착한 준서는 청소부터 시작했다. 몇 평 되지 않는 조그마한 가게이니 청소라고 해야 채 한 시간도 걸리지 않는다. 오늘 같은 날은 청소라도 시간이 많이 걸렸으면 좋겠지만 얼마 걸리지 않아 끝나고 책을 들었지만 머릿속에 들어오지 않는다.

그렇게 자신의 처지를 측은하게 여겨 가족을 찾아 주는 데 열심이었고 태도 또한 친절했던 그 경찰은 왜 토지의 등기부등본을 통한 준서의 생부를 찾는 것은 실패했을까? 공권력으로 강제로 무엇을 해 달라고 하는 것도 아니고 단순히 어머니에게 증여한 자를 추적하면 생부에 대한 실마리를 찾을 수 있을 것 같은데 그것까지는 불가능했던 것일까? 불가능했다면 그 사유를 소상히 말하는 것으로 자신의 임무를 다하는 것일 텐데 어떤 이유로 생부를 찾지 못했다고 설명해 주지 않는 이유는 무엇일까? 그리고 가장 이해할 수 없는 것은 그 경찰의 태도였다. 분명히 자신을 불쌍히 여겨 그 눈빛에 측은함을 표시하고 친절했던 경찰이 이번 방문에는 분명 조금은 고압적인 태도를 보였다. 더 이상은 알려고 하지 말라는 것과 무엇이 다르다는 말일까? 준서는 이해할 수가 없었다. 그리고 현주는? 앞으로 현주를 어떻게 대해야 할지 모르겠다. 어떻게 하면 현주가 아빠에 대한 상처를 씻고 과거의 씩

씩했던 모습으로 돌아갈 수 있을까? 가게에 나와 책을 펼쳐 들었지만 준서는 내내 집중하지 못했다.

"현주야 오늘은 일요일이니 도서관에 안 가지?"

"예 엄마. 무슨 일 있으세요?"

"네 아빠 산소에 다녀오려고. 같이 갈 수 있어?"

"네?"

징글징글했던 남편이긴 했지만 현주 엄마도 남편의 극단적인 선택에 크게 상처를 입었다. 그래도 한때 사랑했고 든든했고 현주에게도 한없이 자상했던 남편이었다. 남편이 도박에 빠져 완전히 집안을 망가트렸을 때도 시도 때도 없이 술을 가져오라는 성화에 차라리 없어졌으면 하는 생각을 하기도 했다. 그러나 막상 극단적인 선택으로 세상을 떠나니 그 허망한 마음을 어쩔 수가 없었다. 하지만 그것은 자신뿐이 아닐 것이다. 현주 역시 그 큰 상처를 어떻게도 하지 못하는 것 같다.

이런저런 생각으로 책도 읽는 둥 마는 둥 하던 차에 현주 엄마와 현주가 가게 앞을 지나갔다. 준서는 깜짝 놀랐다. 현주 어머니가 동네 밖을 나가는 일은 좀처럼 없는 일이다. 농번기 때에는 품을 파니 읍내에 나갈 수가 없고 겨울이 되어 할 일이 없더라도 그저 집에서만 지내지 바깥 출입은 거의 하지 않는 현주 어머니다. 그것도 현주와 함께 점심때에 들어오는 버스를 타려는 듯 가게 앞을 지나간다. 준서는 지난번 새해에 현주 가족이 모두 함께 나들이를 했고 그 다음날 사단이 난 것이 생각났다. 또 무슨 일이 있어 함께 읍내에 나간다는 말인가? 어제까지만 해도 현주는 준서에게 아무 말도 하지 않았다. 물론 현주가 자기 집 일을 시시콜콜 준서에게 말했던 것은 아니지만 그래도 불안한 마음을 어쩔 수가 없었다.

추위를 뚫고 현주 아빠의 산소에 도착한 현주 엄마가 말했다.

"현주 아빠 우리 왔어요. 술 한잔 드세요."

술 한 잔을 올리고 절을 두 번 한 현주 엄마는 현주에게도 말했다.

"너도 아빠에게 술 한 잔 올리고 인사하거라."

"아빠!"

현주는 아빠에게 절을 한 후 일어나지 못하고 엎드린 채로 울었다.

"이제 아빠에 대한 생각은 모두 잊는 거다. 사실 네 아빠가 가기 전에 내가 먼저 가려고 했다. 그러나 그렇게 하지 못한 단 하나의 이유는 너 때문이다. 그러니 아빠에 대한 것은 모두 잊고 우리 둘이 잘 살아보자. 아빠가 돌아가신 것은 네 탓이 절대 아니다."

평소 같으면 가게 문을 닫고 집에 갈 시간이나 준서는 현주 모녀를 기다렸다. 또 어떤 일이 벌어질지 불안한 마음뿐이다. 저녁에 들어오는 버스가 마을 입구에 섰다. 다행스럽게도 아무 일이 없었는지 현주와 현주 엄마가 내리는 것이 보였다. 준서는 현주 모녀를 보지 않는 척 살짝 돌아서서 현주 엄마와 현주 표정을 살피는데 현주가 가게 안으로 들어왔다.

"오빠 내일부터는 첫차 타고 도서관에 같이 가요."

"어. 그래. 어디 다녀왔어?"

"아빠 산소에 다녀왔어요."

"그래 낼 보자. 조심히 들어가고."

준서는 더 이상 물어볼 수는 없었다. 준서가 알 수 있는 것은 현주의 얼굴이 좀 편안해 보였다는 것이다. 달이 동그란 것이 이제 설이 얼마 남지 않은 것 같다. 준서는 안도의 한숨을 쉬고 벚꽃할매 댁으로 향했다.

첫차 시간에 맞추어 버스 승강장에 도착한 준서는 현주를 기다렸다. 겨울이어서 그런지 첫차를 타기 위하여 승강장에 버스를 기다리는 마을 사람은 준서 이외에는 아무도 없었다. 비나 바람을 막을 시설이 전혀 없는 승강장에서 버스를 혼자 기다리는 준서는 버스 시간이 임박하자 버스 오는 방향과 마을에서 승강장으로 오는 길을 번갈아 보며 현주를 기다렸다. 저 멀리 버스가 오고 있지만 현주의 모습은 아직 보이지 않는다. 이윽고 버스는 승강장에 도착했고 문이 열렸다.

"안 탈 거예요?"

문이 열렸음에도 준서가 버스에 타지 않자 안내양이 말했다. 준서가 마을 쪽을 바라보아도 현주가 나타나지 않자 준서가 말했다.

"네 그냥 가세요."

어떻게 해야 하나? 전화를 해 보아야 하나? 전화를 하기 위해서는 다시 벚꽃할매 집으로 가서 전화를 해야 하는데 이른 아침에 현주네 집에 전화를 하는 것은 적절치 않다는 생각을 했다. 그럼 직접 현주네 집에 가야 하나? 이 역시 적절치 않다. 이른 아침에 여자만 둘이 사는 집을 방문하는 것을 만약 마을 사람들이 보기라도 한다면 수군거릴 것이 분명하다. 준서가 지금 할 수 있는 것은 다시 집으로 가서 출근

버스 시간에 맞추어 다시 승강장에 나오는 것뿐이다. 대체 현주에게 무슨 일이 발생한 것일까? 집에 돌아왔지만 준서는 앉을 수도 서 있을 수도 없었다. 아무리 고민을 해도 어떻게 할지를 모르겠다. 그러다 만약 현주 가족이 극단적인 선택을 했다면 그리고 지금 가면 현주 가족을 살릴 수 있다면 마을 사람들의 수군거림은 아무것도 아니라고 판단했다. 준서는 현주네 집으로 향했다. 담장 너머는 기척이 없다. 하는 수 없이 초인종을 눌렀다. 반응이 없다. 준서는 다시 초인종을 눌렀다. 숨이 막힐 것 같았다. 담장을 넘어야 하나 고민하는 순간 현관문이 열렸다. 현주였다.

"오빠 미안. 늦잠을 잤어. 출근버스 시간에 맞추어 나갈게."

가슴이 벌렁거리는지 두근거리는지도 모르고 준서는 그저 현주 가족이 아무 일도 없다는 것에 안도하며 집으로 돌아왔다. '다행이다. 정말 다행이다.' 준서 자신도 몰랐다. 준서가 이렇게 현주에 대한 마음이 크다는 것을.

어떤 나쁜 일이 있어도 그리 크게 놀라는 준서는 아니었다. 준서의 지금까지의 인생 자체가 그러했기에 크게 놀라는 적이 없었으나 현주 아빠가 돌아가셨을 때는 크게 놀랐다. 장터에서 누가 돌아가신 것을 경험해 보지 않은 것은 아니나 아마도 돌아가신 분이 현주 아빠이기에 크게 놀란 것이 분명하다. 현주가 첫차를 타기 위해 나타나지 않았을 때는 더 놀랐다. 혹시 현주를 다시는 볼 수 없을지도 모른다는 생각에.

"오빠 미안해요. 근데 아까 오빠 표정이 어땠는지 아세요?"

"아니? 왜?"

"전 오빠에게 무슨 큰일이 있나 했어요."

"내가 큰일이 있을 것이나 있나?"

"그렇네요."

도서관에 도착한 준서는 현주의 표정이 전과는 조금 달라진 것을 알 수 있었다. 그저 아무것에도 집중하지 못하는 표정과는 다르게 조금은 차분한 얼굴이다.

"수정이에게 전화 좀 하지."

"왜요?"

"오늘 점심 같이 하자고."

"왜 오빠가 사시게요?"

"응."

"그럼 비싼 것 먹어도 돼요?"

"그럼. 원하는 것은 아무것이나 먹어도 돼."

돈가스나 먹을 줄 알았는데 도서관에 온 수정이는 중식집으로 가자고 한다. 중식집에 도착한 수정이는 메뉴판을 든다.

"오빠 비싼 것 시켜도 되죠?"

"응. 원하는 것 시켜."

"사장님 여기 유산슬 하나 주세요."

준서와 현주는 일제히 수정이를 바라보았다. 수정이가 시킨 중국요리는 준서나 현주도 처음 들어보는 이름이다.

"너 그게 무엇인지는 알고 시킨 것이야?"

"그럼요. 제가 중식 요리사 자격증 따면 만들어 줄게요."

"중식 요리사 자격증이 따로 있어?"
"네 다음 주에 시험 있어요."

설이 다가왔다. 지난 추석에는 고아임을 숨기기 위하여 갈 곳이 없음에도 불구하고 집에 다녀온다는 명목으로 유성을 갔지만 올해는 이모가 집에 오라고 하니 갈 곳은 있다. 아무리 피를 나누었다고는 하지만 같이 생활한 적도 없고 그러기에 쌓인 정도 없으니 명절이라고는 해도 당연히 가야 할 곳으로 생각하지 않았는데 그래도 오라고 하니 가지 않을 수는 없었다. 속옷부터 좀 챙겼다. 이모 집 분위기가 어떨지는 모르지만 자고 올 수도 있기 때문이다. 이모 말씀이 어머니는 화장을 해서 금강에 뿌렸다고 하는데 이번에는 그 뿌린 장소라도 물어봐서 한번 가 볼 생각이다. 처음에 이모에게 어머니를 화장했다는 말을 들었을 때는 매우 서운했지만 제사는 누가 지내 주고 산소 관리는 누구 하나 할 사람이 없어서 어쩔 수 없다는 말에 수긍했다. 터미널에 내리는 손님은 귀향하는 사람들이 많아서 그런지 사람을 가득 채운 채 도착했지만 공주로 가는 버스는 꽤 여유가 있었다.

이모 집에 도착해서는 우선 사촌 누나들과 인사를 나누었다. 그들도 갑자기 나타난 사촌 동생으로 인해 당황하는 모습이었으나 비교적 살갑게 준서를 대했다.

"반가워."
"잘 왔다. 우선 제일 끝 방을 써."
"그런데 이모부는 안 계세요?"

"응. 잠깐 나가셨어. 곧 오실 거야."

"이모부는 내일 어디 안 가세요?"

"이모부와 네 사촌 누나들은 낼 아침에 제사들 지내기 위해 큰집으로 갈 거고 너와 나는 외할아버지 산소에 다녀오자."

외할아버지의 산소를 가자는 이모의 말이 준서는 그리 달갑지 않았다. 어머니 뱃속에 있는 자기를 지켜 주지도 못했고 자기 딸도 지켜 주지 못한 외할아버지가 자신에게 무슨 의미가 있을까 하는 생각을 했다. 탐탁지 않은 준서의 표정을 본 이모가 말했다.

"외할아버지는 네 어미를 아주 끔찍하게 생각했다. 나는 공부에 그리 관심이 있지도 않았지만 당시는 시골에서 대학을 간다는 것은 생각하지도 못할 시대였어. 그것도 여자가. 그런데 네 어미는 아주 총명하기도 했지만 고집도 무척 세서 대학을 가겠다는 네 어미의 뜻을 외할아버지는 꺾지 못했지. 집안 형편도 네 어미를 대학에 보낼 상황은 아니었지. 그런데 네 어미는 첫 대학 등록금만 대 주면 어느 집의 식모살이를 해서라도 대학을 다니겠다고 하니 네 외할아버지도 어쩔 수가 없었어. 네 어미가 죽고 나서 네 외할아버지는 크게 후회를 했어. 네 어미를 대학을 보내지 않았어야 했다고. 만약 네 어미가 대학을 가지 않았다면 봉사활동을 온 대학생들과 어울리지도 않았을 터이고 그러면 네 생부를 만나지 않았을 거라며."

딸을 대학에 보낼 형편도 되지 않았다는 이모의 말을 증명하는 것처럼 외할아버지의 묘는 상석도 없이 썰렁했다. 집안에 아들 자식이 없어서 그런지 묘의 관리 상태도 시원치 않아 겨우 나지막한 봉분만으로 산소라는 것을 알 뿐이었다.

"아버지! 은희 자식이 왔어요. 아버지와 저는 은희를 지키지 못했는데 은희는 제 자식을 지켜 이렇게 왔습니다."

이모는 옛날 일이 생각난 듯 눈물을 훔치며 말했다. 준서는 외할아버지에게 인사를 드리기는 했지만 눈물도 나지 않았.

"그런데 이모, 제 어머니는 화장하고 난 후에 그 재를 어디에 뿌렸어요?"

"그래. 내일 같이 가자."

"아니요. 그냥 말씀만 해 주세요. 저 혼자 가겠습니다."

집으로 돌아온 이모는 준서에게 서류 한 장을 내밀었다. 증여계약서였다.

"네 이모부와도 상의했다. 네 어미가 받은 땅은 본래 네 땅이니 네 앞으로 명의를 이전해 주겠다."

다음 날 아침 준서는 이모가 끓여 준 떡국을 먹고 금강으로 향했다. 뿌린 장소가 무엇이 중요하겠는가? 그것도 이십 년 전의 일이다. 어머니를 태우고 남은 재는 이미 강물과 함께 흘러가 한 티끌이라도 거기에 없겠지만 그래도 오직 사진만으로 얼굴을 알고 있는 어머니의 마지막 흔적이기에 준서는 이모가 말한 공산성 뒤쪽의 사람의 인적이 드문 강가로 향했다. 미리 준비한 포에 술을 한 잔 따르고 강 쪽을 향하여 인사를 드렸다.

"아! 어머니."

만나 보지도 못한 어머니에 대한 그리움 때문인지 눈물이 준서의 양

볼을 타고 흘렀다. 평소에는 눈물이라고는 일체 흘리지 않는 준서다. 그러나 준서는 흐르는 눈물을 주체할 수 없었다.

"꼭 생부를 찾겠습니다. 그리고 왜 어머니를 버렸는지 꼭 묻겠습니다. 그리고 평생 어머니에게 용서를 구하는 마음으로 살라고 전하겠습니다."

준서는 대학을 꼭 가야만 하는 이유가 생겼다. 그것만이 생부를 찾는 유일한 방법일 것이다.

"엄마는?"
"몸이 아파서 올 수 없어."
"어디가 아파?"
"감기 걸린 것 같아."

고작 감기로 설에 집에 오지 않다니. 하지만 수정 아빠는 불쾌한 내색을 하지 않았다. 자신이 수정 엄마가 집에 오지 않은 것을 이유로 화를 내면 수정이나 수정이 동생이 불안해할 것이 뻔하기 때문이다.

"수정아 그냥 우리끼리 제사 준비하자."
"네 아빠."

수정이는 이제 제 엄마가 설임에도 집에 오지 않은 것에 대해 아랑곳하지 않는다. 수정 아빠는 수정이의 속내를 도저히 알 수가 없었다.

"요즘 성적은 어떻게 나오냐?"
"……."
"엄마가 너 때문에 대전에 갔는데 그럼 성적이라도 잘 나와야 할 것 아냐?"

"아빠 나는 공부 체질이 아닌가 봐."

"공부하는데 체질이 무슨 상관이야."

"……."

수정 엄마가 수정이 동생 공부를 이유로 도회지로 간다 했을 때 당연히 내키지는 않았지만 자식의 앞길을 막을 수 없어 어쩔 수 없이 동의를 했다. 그렇지만 결과는 종전의 지출보다 훨씬 많은 생활비를 부담해야 했고 그랬으면 수정이 동생 성적이라도 잘 나와야 할 터인데 그렇지 못하다. 이쯤 되면 수정이 동생을 다시 예산으로 불러들이는 것이 맞다고 생각했다.

"너 다시 예산으로 와라."

"……."

"왜 대답이 없어?"

"나 그냥 엄마하고 대전에 살고 싶어요."

"왜?"

"여기는 너무 답답해요."

"답답한 것이 문제가 아니라 돈만 쓰고 결과는 전혀 나오지 않는 것이 문제지."

수정 아빠는 언성을 높였다. 좀처럼 말소리를 크게 내지 않는 수정 아빠였다. 그러나 지금 집안 꼴이 말이 아니다. 돈은 쓸 만큼 쓰고 있는데 성적은 나오지 않고 수정 엄마는 이혼을 하자고 하니 수정 아빠는 이 상황을 감당할 수가 없었다.

당초에 수정 엄마 입에서 이혼 이야기가 나왔을 때는 이혼을 하지 않으려고 수정 엄마의 금전적인 요구도 다 들어주었다. 그러나 그러한 노력에도 수정이 엄마의 태도에 변화가 없어 이혼은 하되 아이들이 받을 충격을 생각해서 수정이 동생이 대학을 갈 때까지는 어떻게 하든 이혼을 미루려고 했다. 하지만 가장 중요하게 생각한 수정이 동생은 이미 공부와는 멀어진 것 같고 수정 엄마는 명절에도 집에 오지 않으니 수정 아빠는 이 상황을 감당할 어떤 힘도 갖고 있지 않았다. 이제는 수정 아빠의 목표는 어떻게 해서라도 수정 엄마에게 재산을 적게 주고 이혼하는 것 이외에는 없는 것 같았다.

"수정아 뭐 해?"

"응. 아빠 양장피 하려고."

"그것은 제사음식이 아닌데."

"내가 직접 해서 드리면 돌아가신 할아버지도 좋아하실 것 같은데."

어처구니없는 생각이다. 누가 제사음식으로 양장피를 올린다는 말인가? 하지만 수정 아빠는 말리지 않았다. 공부에는 큰 관심이 없어서 수정이가 요리사가 되겠다고 말했을 때는 그저 공부하기가 싫은가 보다 생각했다. 그러나 요리사가 되겠다는 수정이 말은 이제 보면 진심이다. 수정 아빠는 자신의 목표에 대해서 생각해 보았다. 평생 스스로 무엇이 되겠다고 생각해 본 적이 없다. 지금하고 있는 약사라는 직업은 한의사가 되지 못하고 그저 한약을 지어 팔았을 뿐 한의사가 되지 못한 아버지의 꿈일 뿐이었다. 아버지가 약사가 되어 보라고 했을 때 수정 아빠는 크게 반발하지도 않고 그냥 받아들였다. 사실 약사라는 직업은 부모님이 바랐던 것이지만 그 외에 무엇이 되겠다는 꿈조차 없었다. 그저 그렇게 부모님이 설정한 목표를 아무 반발도 없고 생각도 없이 받아들이고 그렇게 약사가 되었다. 하지만 지금 자신이 진정으로 원하는 것이 무엇인지 알 수가 없었다. 수정 엄마에게 재산을 일부 떼어 주더라도 약사를 계속하면 먹고 사는 데는 별 문제가 없을 것이다. 그러면 그 다음은? 그냥 그렇게 계속 살다가 죽는 것이 인생일까?

"아빠! 무슨 생각을 그리 해? 양장피 맛 좀 봐."

꿈에서 깨어난 듯한 수정 아빠의 앞에는 양장피가 한 접시 놓여 있었다.

"현주야 미안하지만 오늘 점심은 혼자 해야 하겠다."

"오빠 어디 가시게요?"

"응. 고아원에 같이 있었던 순이를 만나려고."

"그럼 여자 만나러 가는 거에요?"

"여자라기보다는 지난번에 내가 말했지. 내 어머니를 찾게 해 준 쪽지를 준 고아원 후배 순이. 그 뒤에 어떻게 되었는지 한 번 정도는 설명도 해 주어야 할 것 같고."

"잘 다녀오세요. 오늘 도시락 반찬 맛있는 것 싸 왔는데."

"너 지금 내가 순이 만나러 간다고 하니 질투하는 거야?"

"질투는 무슨."

점심을 같이 하지 않고 순이를 만나러 간다고 하니 못내 아쉬운 표정의 현주다. 그도 그럴 것이 혼자 밥 먹는 것에 익숙한 준서지만 현주는 혼자 밥을 먹는 것이 익숙하지 않다. 외로움. 익숙해지면 그리 두려울 것이 없지만 그리고 그런 외로움에는 어쩔 수 없이 너무 익숙한 준서지만 현주는 그렇지 못할 것이다. 본래 순이와의 약속은 설 연휴 마지막 날에 잡으려고 했으나 순이는 설 연휴 기간에는 시간이 없다고 해서 잡은 오늘의 약속이다. 고아원에 있을 때도 그랬고 고아원을 도망 나와서도 그랬다. 설이며 추석에 어른들은 가족을 만날 기쁨에 들떴고 어린 아이들은 맛있는 것을 먹거나 학교에 가지 않아도 된다는 생각에 그저 즐겁지만 이와는 반대로 고아들은 더욱더 외로움을 느끼는 때다. 찾아오는 가족도 없고 만나러 갈 가족도 없기에 차라리 명절이 없었으면 좋겠다는 생각이 들기도 했다. 가족이 전혀 없는 순이도 상황이 다르지 않을 터인데 그래서 연휴 마지막 날 만나자고 했던 것인데 바쁘다고 하니 궁금할 뿐이다.

순이와 만나기로 한 식당은 설이라서 그런지 평소에는 없는 메뉴인 떡국이 있었다. 떡국을 시키고 마주한 순이는 가방에서 주섬주섬 음식을 내어놓았다.

"좀 드셔 보세요."

"웬 전이야?"

"제가 부친 거예요."

"어떻게 기숙사에서 전을 부쳤어?"

"기숙사에서 부친 것 아닌데."

"그럼 샀어?"

"오빠! 정수 오빠 아시죠?"

정수형. 같은 고아원에 있었던 한 살 많은 형이다. 말수는 적고 덩치는 커서 늘 곰 같은 형이었다. 고등학교에 진학할 때는 농고에 진학했고 힘도 세고 말수도 적기에 원장 소유의 밭에서 일할 때는 아무런 불평도 없이 묵묵하게 일했기에 원장 내외가 철저히 부려 먹었다. 원장이 다른 원생들이 열심히 일하지 않는다고 예를 들 때면 늘 정수형을 빗대어 말해서 때로는 다른 원생들의 원망을 듣기도 했으나 이를 아는지 모르는지 그저 원장의 말을 묵묵히 따랐던 그 형이다.

"알지. 정수형은 어떻게 지내는데?"

"정수 오빠는 농고를 졸업하고 지금 남의 집 농사를 거들고 있어요. 남들은 정수 오빠가 눈치도 없고 미련하다고 생각하는데 저는 그렇게 생각하지 않아요. 고등학교를 졸업하고 착실하게 일해서 모은 돈으로 지금은 작은 집도 하나 샀어요."

"벌써 집을 샀다고?"

"사실 집이라고 할 것도 없어요. 요즘 농촌에서는 젊은 사람들이 다 도회지로 나가서 빈집도 많아요. 그런 집 중에서 제일 작고 허술한 집을 거의 공짜로 샀어요. 그래서 이번 설은 그 집에서 같이 설 음식을 좀 장만했어요. 그리고 저도 돈을 좀 모으면 정수 오빠하고 결혼할 거예요."

준서는 참 잘 되었다는 생각을 했다. 준서도 그랬고 준비 없이 도와줄 사람 하나 없는 세상에 홀로 나와서 어쩔 수 없이 잘못된 길로 들어서는 원생이 대부분이다. 고아로 자라서 물려받을 재산도 없고 배움도 적은 정수형에게 누가 딸을 줄 것이며 또한 고아로 자란 순이를 누가 며느리로 맞아 줄 것인가? 그렇게 외로운 사람끼리 서로 위로해 주고 힘이 되어 함께 사는 것도 좋은 방도라는 생각을 했다.

"그런데 오빠 제가 준 쪽지는 부모님을 찾는 데 도움이 되었어요?"

"큰 도움이 되었지."

"그럼 이제 오빠 고아 아닌가요?"

"어머니를 찾기는 했는데 다시 고아가 되었어. 날 고아원에 맡긴 후 얼마 안 되어 돌아가셨어."

"그럼 아빠는요?"

"아버지 없는 자식이 어디 있겠어. 그러나 생부는 아직 찾지 못했어. 만약 내가 김준서가 아니고 강준서로 주민등록이 되었다면 진작 가족을 찾았을 텐데."

"그럼 오빠 원래 이름은 김준서가 아니고 강준서예요?"

"음. 뭐라고 해야 하나. 강준서이긴 한데 본래는 김준서야."

"그게 무슨 말이죠?"

"생부의 성이 김씨야."

봄과 함께 새학기가 시작되었고 준서는 본격적으로 검정고시 준비를 해야 했다. 고졸 검정고시의 난이도에 대한 학원 선생님의 의견은 그리 어렵지 않다고 했고 고졸 검정고시를 합격하지 못하면 대학을 가기 위한 학력고사를 치를 수 없기에 걱정이 많은 준서지만 모의고사를 본 결과 심각하게 걱정할 수준은 아니었다. 문제가 있다면 수학은 공부를 하는 대로 점수가 나오지만 국어와 영어는 수학과 같은 시간을 투자해도 점수가 잘 오르지 않는다는 것이었다. 또한 과학과목에서 선택을 해야 하는데 준서의 판단으로는 화학이 생물과 비교하여 흥미가 더 있는 것은 분명한데 누가 그 원리를 설명해 주지 않으면 절대로 이해할 수 없다는 단점이 있고 생물은 무조건 외우면 점수가 잘 나오지만 외울 것이 너무 많다는 단점이 있었다. 많은 고민 끝에 준서는 누구의 도움도 받을 수 없어 어쩔 수 없이 생물을 선택했다. 그리고 마지막으로 국사가 문제였다. 왜 그리 외울 것이 많은지 한국의 역사는 왜 그리 긴지 원망스럽기까지 했다.

"현주야 너는 국어하고 영어는 어떻게 공부해?"

"어렵죠?"

엄마와 함께 아빠의 산소의 한 번 다녀온 이후 현주의 얼굴은 조금 편안해져서 준서가 말을 붙이는 것도 조금은 수월해졌다.

"영어는 기본적인 단어는 다 외워야 하고요, 두 과목 다 언어이기 때문에 책을 많이 읽어야 하지만 오빠는 시간이 없기 때문에 그저 문제를 많이 푸는 방법 이외에는 없는 것 같아요."

"그리고 생물하고 국사는 어떻게 공부해?"

질문을 들은 현주가 빙긋이 미소를 짓는다.

"미치겠죠? 저도 똑같아요. 그저 외우는 것 이외에 방도가 없어요."

공부를 잘하는 현주는 무슨 비법이 있나 했지만 결국에 열심히 하는 것 이외에는 공부에 비법은 없었다. 현주는 학교에서도 기대하는 학생이다. 고등학교 졸업생 중 역사상 S대학을 간 학생이 한 명도 없는 상태에서 유일하게 S대학을 갈 수 있다고 학교의 선생님들도 모두 기대하고 현주도 당연히 S대학을 목표로 공부하고 있다. 그래서 현주는 공부하는데 어떤 비법이 있을 수 있다고 생각하여 물어보았지만 현주도 생물과 국사 과목은 외울 것이 많아 힘든 모양이다.

"그래도 무슨 방도가 없어?"

"오빠 너무 어려운 문제는 그냥 포기하세요. 그렇다고 시험을 포기하라는 것이 아니고 틀리면 안 되는 기본적인 문제는 꼭 건져야 해요. 시험이 꼭 어려운 문제만 나오는 것은 아니니까요."

현주 말이 맞다. 준서가 지금부터 아무리 공부를 열심히 한다고 할지라도 현주만큼 점수를 받을 수는 없을 것이다. 생부를 찾기 위해서는 최대한 좋은 대학을 가야 하겠지만 그것은 욕심이고 준서는 그저 지금 준서가 할 수 있는 최대한의 노력만 할 뿐이다. 준서가 책상으로 돌아와 다시 공부를 하려고 하는데 누군가 준서의 등을 쳤다.

"준서야!"

"아니 너 삼식이 아냐?"

"오랜만이다."

"너 여기 어떻게 알고 왔어?"

"너 살던 집에 갔더니 읍내 도서관에 갔다고 해서 알았지."

오랫 만에 만난 삼식이가 반갑기도 했지만 그가 왜 준서를 찾아왔는지 준서는 갑자기 불안한 마음이 들었다.

"어떻게 지냈어?"

"나야 예전처럼 장터에서 지내고 있지. 그런데 너는 무슨 공부를 하는 거야?"

"응. 고등학교 검정고시 시험 보려고."

"그런데 너 다시 장터에 와서 일할 마음 없어?"

"왜?"

"망치 형이 너를 다시 찾아."

"망치 형이 나를 왜 찾아. 그리고 그 문제는 지난번 망치 형을 만났을 때 나 죽도록 두들겨 맞고 다 끝난 얘기 아냐?"

"망치 형이 유성으로 진출하려는 것 같아. 그런데 유성은 텃세가 너무 세서 네 주먹이 필요한 모양이야."

"삼식아. 너도 잘 알 거야. 나 다시 돌아갈 생각이 조금이라도 있었으면 그날 그렇게 그냥 맞지 않았을 거야."

"아빠 오늘 저 좀 늦을 수도 있어요."

"어디 가려고 그러는데?"

"현주네 집에."

"학교에서 매일 만나는데 그것 가지고도 부족해?"

"그냥 편하게 하루 놀려고 그래. 현주도 가족 일 때문에 마음 편하게 놀지 못해서 그런지 좋다고 했어."

"너무 늦지 않게 와. 아빠 너 없으면 너무 심심해."

"엥? 어른이 심심하다고? 무슨 어른이 그래?"

일요일 아침 수정이는 아빠와 아침식사를 끝내고 터미널로 향했다. 아빠에게는 현주네 집에 간다고 거짓말을 했지만 사실은 대전에 살고 있는 엄마를 만날 계획이다.

수정 엄마는 명절에도 집에 오지 않았다. 그런 엄마가 보고 싶기도 하고 밉기도 한 수정이다. 엄마를 만나서 딱히 할 말이 있었던 것은 아니었다. 그저 오래 보지 못한 엄마가 그리웠다. 아빠에게 엄마를 보러 간다고 하면 싫어할 것이 뻔하기 때문에 하는 수 없이 아빠에게 거짓말을 하고 집을 나섰다. 가족이나 친구를 동행하지 않고 이렇게 먼 길을 나선 것은 수정이에게는 처음 있는 일이다. 터미널에서 대전행 버스를 탔지만 특별한 이유도 없이 어색함을 느낀다. 혼자 버스를 타는 것이 익숙한 일인 것처럼 최대한 노력을 해도 다른 승객들이 자신에게 관심을 가지며 바라보는 것처럼 느끼는 이유는 무엇일까? 수정이는 이들의 시선을 외면하며 줄곧 차창 밖을 바라보고 있었다. 이른 봄이기에 아직은 좀 춥기도 하지만 산이며 들판은 점차 녹색으로 변해 가고 있었고 개나리는 잎을 내지도 않은 상태에서 노란 꽃을 피우고 있었다. '대체 엄마 아빠는 언제부터 사이가 멀어진 것일까?'

아침을 먹은 직후 집을 나섰지만 시외버스와 시내버스를 타고 엄마 집에 도착했을 때는 이미 점심때가 다 되어 있었다.

"엄마!"

"네가 어쩐 일이냐?"

그립고 반가운 마음에 엄마를 불렀지만 수정 엄마는 그리 반가운 얼굴이 아니다. 화장을 한 것을 보면 이미 어디를 나갈 계획이 있는 모양새다.

"엄마 보고 싶어서 왔지. 그런데 엄마 어디 가?"

"응. 나 점심 약속이 있는데."

"그럼 동생 점심은 어떻게 해?"

"잘 왔다. 네가 동생하고 같이 점심 좀 해."

수정 엄마는 지갑에서 만 원짜리 한 장을 꺼내 수정이에게 주었다.

엄마 집을 오겠다고 미리 말하지 않은 수정이의 잘못이기는 하나 그저 만 원짜리 한 장을 주고 집을 나서는 엄마를 본 수정이의 마음은 너무 서운했다. 점심 준비를 해 놓지 않은 것을 보면 자신이 없으면 그저 동생에게 돈을 쥐여 주고 점심을 해결하라고 했을 것이 뻔하다.

"뭐 먹고 싶어? 누나가 해 줄게."

"누나가 무엇을 할 줄 안다고 그래. 그냥 사 먹자."

동생은 엄마가 없을 때면 으레 음식을 사 먹었는지 사 먹자고 한다.

"누나 요리 잘해. 곧 요리사 자격증 시험도 볼 거야."

수정이는 동생에게 점심을 해 줄 목적으로 냉장고를 살폈다. 그러나 냉장고 안을 살핀 수정이는 이내 실망했다. 냉장고 안은 기본적으로 음식을 할 만한 식재료가 별로 없었다. 아마도 엄마는 집에서 밥을 제대로 해 먹지 않는 모양이다. 하는 수 없이 수정이는 동생과 함께 밖으로 나갔다.

"너 예산으로 다시 올 생각 없어?"

"예산은 너무 심심해. 그리고 엄마도 이젠 나에게 공부하라고 그렇게 심하게 강요하지 않아. 내가 공부에는 소질이 없다는 것을 안 것 같아."

"공부에 소질이 어디 있어? 그냥 열심히 하면 되지."

"누나가 나에게 할 말은 아닌 것 같은데."

엄마의 소리가 그립다. 예산에서 모든 가족이 함께 살 때 수정이는 아침에 늘 엄마의 도마 소리를 들으며 잠을 깼다. 가족을 위하여 아침을 준비하는 그 도마 소리. 도마 소리에 잠을 깨서 거실로 나오면 아빠는 늘 잠옷 차림에 소파에 앉아 신문을 읽고 있었다. 아마 이런 장면을 다시는 볼 수 없을 것이라는 생각을 하니 수정이는 자신도 모르게 눈물이 났다. 오랜만에 자신을 보아도 반갑지 않은 얼굴에 그냥 나가 버리는 엄마, 그리고 축 처진 어깨에 이미 흰 머리카락이 늘어나는 아빠의 뒤통수, 게다가 이젠 가족에게 어떤 일이 있어도 별 관심이 없는 듯한 동생. 이제 영원히 엄마의 도마 소리를 들을 수는 없을 것이라고 생각하니 그저 눈물이 날 뿐이다. 자신이 탄 버스가 예산에 도착하지 않고 영원히 계속 달렸으면 하는 수정이의 바람과는 달리 기사 아저씨가 말한다.

"도착했습니다. 내리세요."

수정이는 마치 오지 않아야 할 곳을 온 것처럼 맨 마지막에 버스를 내렸다.

도서관에 온 현주는 검정고시를 볼 기일이 임박하자 준서가 걱정되었다.

"준비는 잘 되었어요?"

"많이 부족하지. 하지만 난이도가 그리 어렵지 않다고 하고 또 이번에 안되면 가을에 시험이 또 있으니 크게 걱정하지는 않아."

"그래도 오빠 대단해요. 대여섯 달 공부하고 고졸 검정고시를 보니."

"일단 학력고사에 비교하여 과목 수도 적고 또 네가 많이 도와주어서 가능했지. 아마 네가 없었다면 시작조차 하지 못했을 거야."

"아무리 그래도 학교를 계속 다닌 수정이보다 수학 점수가 월등히 높은 것을 보면 오빠는 공부에 재능이 있는가 봐요?"

"그건 내가 잘해서 그런 것이 아니라 수정이가 워낙 수학을 싫어해서 그렇겠지."

다른 날과 크게 다르지 않은 하루였다. 현주도 이제 마음의 안정을 찾았는지 방과 후에는 도서관도 꼬박꼬박 오고 준서와 같이 막차를 타고 귀가한다. 준서는 참 다행이라고 생각했다. 아버지가 돌아가셨고 그것도 스스로 목숨을 끊은 것은 현주 가족에게는 매우 큰 불행이고 충격일 것이 분명한데 시간이 명약인 것인지 몇 달이 지나자 현주는 마음의 안정을 찾은 듯하다.

"오빠 이거 받으세요."

현주가 수줍은 표정으로 곱게 포장한 물건을 준서에게 건넸다.

"이거 무엇이야?"

"집에 가서 풀어 보아요."

준서가 태어난 이후 처음 받아 보는 선물이다. 준서는 가슴이 두근거려 말도 제대로 하지 못하고 그저 고맙다는 말 한마디만 했을 뿐이다.

현주와 헤어진 후 준서는 벚꽃할매 집 앞에 섰다. 벚꽃할매 집 앞에 서 있는 벚나무는 이제 막 꽃을 피우고 있었고 그 느낌은 준서가 처음 이 마을에 왔을 때와는 전혀 다르다. 일 년 전에 이곳에 왔을 때는 그저 참 큰 벚나무다라는 생각 이외에는 아무 느낌도 없었고 현주 아빠가 돌아가셨을 때는 가로등에 비치는 벚나무가 그렇게 쓸쓸하고 외로워 보였는데 지금 준서가 느끼는 벚나무의 느낌은 준서의 가슴을 따뜻하게 하는 그런 느낌이 들었다. 세상일이 참 묘하다. 준서가 이 마을에 온 이유는 그저 삼청교육대에 끌려가지 않기 위해서 왔고 그것도 어디 갈 곳이 전혀 없고 아는 곳도 없기에 단지 은행원의 가족이 이사 간 곳으로 왔을 뿐인데 가족 같은 벚꽃할매를 만났고 또 여기에서 할 일이 없어 품을 팔러 나갔을 뿐인데 승규 형을 만나 이제는 대학을 갈 생각까지 하게 되다니. 일 년 전 장터에서 굴러먹던 준서와 비교하면 이제는 완전히 다른 준서가 되어 있었다.

현주가 건네 준 선물을 뜯어 보니 초콜릿이었다. 아마도 내일 있을 검정고시 시험을 잘 보라는 뜻으로 주었을 것이 분명하겠지만 준서는 고아원에 있을 때의 순이가 생각났다. 순이는 식사를 할 때면 밥도 더 퍼 주었고 맛있는 반찬이 나올 때면 남모르게 준서를 챙겨 주었다. 어릴 때의 일이기도 하고 고아원 원생끼리 사귀거나 하는 것을 원장이 무척 싫어하여 순이에게 고맙다는 말도 제대로 표현하지 못했지만 그때의 순이 마음을 쉽게 잊을 수는 없었다. 그것은 태어난 후 처음으로 준서에게 따뜻한 마음을 느낄 수 있게 했기 때문이다. 기뻐할 일도 없었고 슬퍼할 일도 없었던 준서다. 슬퍼할 일이 없었을 리가 없지만 늘 그랬기에 슬퍼도 슬프지 않았고 아파도 아프지 않았다. 늘 그랬다. 하지만 이번에는 다르다. 준서가 지금 느끼는 감정은 따뜻한 봄바람이 떨어지는 벚꽃을 가득 담아 준서의 온몸을 감싸는 그런 느낌이다.

준서에게는 시험의 결과가 의미가 있는 처음의 시험이었다. 중학교 시절에 본 중간고사나 기말고사는 그 결과가 아무 의미도 없었고 좋은 결과가 나오든 아니면 나쁜 결과가 나오든 관심을 가져 주는 이는 아무도 없었다. 오히려 맘 먹고 공부해서 수학에서는 전교 일등을 했을 때에는 수학선생님에게 불려 가 혹시 커닝을 했는지 추궁을 당했으며 시험에서 나오지 않은 다른 문제를 풀어 보라는 요구를 받기도 했다. 난이도가 그리 어렵지 않기도 했지만 백 점을 받아야만 되는 시험은 아니기 때문에 현주의 조언으로 어려워서 전혀 풀 수 없는 문제는 고민 없이 바로 찍었다. 단, 국어와 영어만은 예외였다. 특히 국어와 영어는 알 것도 같고 모르는 것도 같아 꽤 고민을 많이 해서 시험시간도 좀 부족했다. 그 외의 나머지 과목은 알면 풀고 모르면 찍었기에 시간이 전혀 부족하지 않았다. 시험을 다 마친 후 후련한 마음에 술이라도 한잔하고 싶었지만 연락할 친구도 없기에 도서관으로 향했다.

"시험 잘 봤어요?"

"응. 어지간히 본 것 같아."

"어. 그렇게 잘 보았어요?"

"아니 그냥 모르는 것은 찍고 아는 것은 풀고 그랬어."

"많이 찍었어요?"

"글쎄. 세어 보지는 않아서 잘 몰라."

현주는 준서의 시험결과가 궁금한 듯 숨도 쉬지 않고 계속 물어 댔다.

"그런데 수정아 너는 내게 시험 잘 보라고 선물 안 하냐?"

"오빠가 시험 보는 줄 몰랐지요. 그럼 현주는 선물했어요?"

"그럼 엿 받았지."

"저는 그럼 오늘 저녁 쏠게요?"

준서는 현주에게서 초콜릿을 받았지만 수정이 물음에는 엿을 받았다고 말했다.

  수정 아빠는 수정이 동생이 엄마와 함께 살겠다는 말을 믿을 수가 없었다. 부모님의 이혼으로 인하여 아이들에게 미칠 좋지 않은 영향을 고려하여 아이들이 대학에 가는 때가지 이혼을 미루려고 했고 또 그렇게 시간을 끌다 보면 혹시 수정 엄마의 마음이 변하여 혼인관계를 계속 유지하지 않을까 하는 마음에 수정 엄마가 요구하는 이혼을 미루어 왔다. 하지만 시간이 계속되어도 수정 엄마와의 관계는 더욱더 악화되었고 오히려 이제는 명절에도 집에 오지 않는 수정 엄마는 거의 남이나 다름없었다. 변호사와 상담결과 이혼을 하기 위해서는 재산분할도 문제지만 아이들을 누가 양육할 것인가도 큰 이슈인데 수정 아빠는 당연히 자신이 수정이와 수정이 동생을 양육할 것이라고 생각했고 수정 엄마와 수정이 동생도 이견이 없을 것이라고 판단하였다. 그러나 수정이 엄마는 수정이 동생은 자신이 양육할 것이라고 하고 수정이 동생도 엄마와 함께 살 것이라는 말을 듣고 큰 충격에 빠졌다.

  재산분할만이 문제라고 생각했다. 그래서 혹시 수정 엄마가 외도를 하지 않나 하는 의심으로 사람을 붙여 확인을 해 볼까 하는 생각도 있었다. 그러나 설령 수정 엄마가 외도를 한다고 할지라도 재산분할에는 큰 영향을 주지도 않고 무엇보다 그렇게까지 하면서 이혼을 하는 것은 아이들에게 더욱더 큰 상처를 줄 것 같아 포기했지만 아이들은 당연히 자신이 키울 것이고 아이들도 그렇게 선택하리라고 생각했다. 그런데 수정이 동생은 엄마와 함께 살겠다고 하니 그 이유를 알 수가 없었다. 수정이 동생이 말한 이유는 예산은 너무 답답해서 엄마와 함께 대전에서 살겠다고 하니 예산과 대전이 뭐 그리 큰 차이가 있다는 말인가? 수정이 엄마도 이해할 수가 없었다. 수정이 동생은 이제 공부에 큰 관심이 없어 자신이 할 역할도 거의 없을 것이고 재혼을 한다고 해도 자식을 키우고 있는 것보다는 없는 것이 훨씬 유리할 것인데 왜 수정이 동생을 키우겠다고 할까? 혹시 많은 양육비를 요구하여 자신의 피를 계속 빨려고 그러는 것일까? 자신이 대전 집을 방문했을 때 살펴본 냉장고로 판단해 보면 수정이 동생에게 밥도 제대로 해 주지 않는 것으로 보이고 분명한 것은 수정이 동생에 대한 깊은 정 때문에 자신이 양육하겠다는 것은 아닌 것으로 보인다.

"수정아! 아빠 엄마가 이혼하면 너는 누구와 함께 살 거야?"

"……."

"아빠는 너나 네 동생과도 같이 살고 싶어. 그런데 네 동생은 네 엄마와 함께 살겠다고 하네."

"꼭 이혼을 해야 돼?"

"아빠는 어떻게 하든 이혼을 원하지는 않아. 그런데 이혼을 하자는 엄마의 요구를 들어주지 않으면 소송으로 가야 하고 어쩔 수가 없어."

"동생은 왜 엄마와 같이 살겠다고 해?"

"글쎄. 여기는 답답해서 그런다고 하는데 사실 정확한 이유를 모르겠어."

"나는 그럼 아빠와 함께 살게."

"아빠와 함께 살아도 엄마가 보고 싶으면 얼마든지 만나도 되니 그것은 너무 걱정하지 마."

수정 아빠는 다시 한번 과거를 돌이켜 봐도 자신이 왜 수정 엄마와 이혼을 해야 되는지 납득할 수가 없었다. 무척 쾌활하고 예쁜 천사 같은 아내였다. 결혼 전에 연애를 할 때에도 수정 아빠는 고민할 필요가 전혀 없었다. 극장을 가자고 하면 가고 어떤 음식을 먹자고 하면 먹고 그저 수정 엄마가 요구하는 것을 다 들어주었다. 단지 의견의 차이가 있다면 수정 아빠는 한식을 좋아하는 데 반해 수정 엄마는 양식을 좋아했다. 그러나 수정 엄마에게 빠져 있던 수정 아빠는 양식도 싫어하는 내색을 하지 않고 수정 엄마의 요구를 모두 따랐다. 둘 간의 관계에 있어 수정 엄마가 주장하는 바를 따르지 않은 것이 있다면 수정 엄마는 신혼여행을 제주도로 가기를 원했지만 그렇게 하는 것은 분수에 넘치는 것 같아 온천으로 신혼여행을 다녀온 것뿐이다. 그리고 결혼 후에 약국 문을 닫고 며칠 여행을 가자고 한 적이 있지만 수정 아빠는 명절을 제외하고는 한약방 문을 닫지 않은 부모님에게 보고 배운 것이 있어 수정 엄마의 요구를 들어주지 않은 것뿐이다.

"아빠 뭐 먹고 싶은 것 없어?"

"딱히 없는데."

"고추잡채 해 줄까?"

"좋아."

"아니 그냥 아무것이나 좋다고 하지 말고 아빠 의견을 말해봐."

"네가 해 주는 것은 어떤 것도 좋아."

수정이는 수정 엄마의 성격을 닮아서 매사에 적극적이고 쾌활하다.

수정 엄마는 아마 수정 아빠의 소극적인 성격에 질렸을지도 모른다. 하지만 신혼여행을 제주도로 가지 않은 것과 약국문을 닫고 며칠 여행을 가자고 한 것에 반대한 것이 이혼 사유가 될까? 수정 아빠는 아직도 자신이 왜 수정 엄마와 이혼을 해야 되는지 어쩌다가 이 지경에 이르렀는지 그리고 자신의 잘못이 무엇인지 알 수가 없었다.

합격. 준서는 드디어 고등학교를 졸업했다는 자격을 얻었다. 멀고 먼 길이었다. 준서가 장터에서 일을 하고 있었을 때에는 고졸 검정고시 시험을 볼 생각 자체가 없었다. 검정고시를 치를 생각이 없었던 것이 아니라 인생을 어떻게 살아야 할지 계획 자체가 없었다. 삼청교육대에 끌려가는 것을 피하기 위하여 매향리로 왔고 딱히 할 일이 없어 품을 팔러 나가서 거기서 승규 형을 만났고 승규 형의 조언으로 대학을 갈 생각을 했다. 그리고 검정고시를 치르기 위해서 주민등록증이 필요했고 주민번호를 알기 위해서 다시는 가지 않으려고 했던 고아원을 방문한 것이 가족을 찾는 단초가 되어 비록 돌아가시기는 했지만 어머니의 사진도 가지고 있으며 이제는 생부를 찾기 위해서라도 꼭 대학에 가야 한다. 준서가 겪은 최근의 일년은 준서가 생각해도 이해할 수 없는 일의 연속이었다. 계획한 것은 없었으나 무엇인가 커다란 운명의 힘이 여기까지 준서를 이끈 것 같은 그런 느낌이다.

"오빠 어떻게 되었어?"

수업이 끝나고 도서관에 온 현주가 헐떡이며 가방을 내려놓자마자 물었다.

"합격이야."

"와 축하해. 점수는 어떻게 나왔어?"

"영어가 육십사 점으로 최하 점수이고 수학이 구십 점으로 최고 점수야. 그리고 다른 과목들은 국어를 제외하고는 대부분 잘 나왔어."

"까딱하면 영어 때문에 불합격할 뻔했네?"

"응 일단 영어는 모르는 단어가 너무 많더라고."

"그래도 오빠가 수학을 구십 점이나 받았다는 것이 너무 대단해."

"문제가 좀 쉽게 나온 것 같아. 그런데 너 왜 반말이야?"

"왜? 기분 나빠? 나 이제부터 반말할 거야."

준서는 현주에게 왜 반말을 하느냐고 했지만 현주의 반말이 은근히 기분이 좋았다. 현주가 준서에게 반말을 했다는 것은 현주가 준서에게 반말을 할 정도로 친밀감을 느낀다는 뜻이기도 하며 현주가 정한 어떤 기준을 통과했다는 뜻이기도 하다. 준서가 매향리로 오기 전에는 의지할 사람이 전혀 없었다. 삼식이가 있기는 했지만 그는 의지할 대상이 아니고 오히려 준서가 주로 삼식이를 챙겨 주어야 했다. 그러나 매향리로 오고 난 후에는 따뜻한 밥을 챙겨 주신 벚꽃할매, 이해관계는 전혀 없으나 공부를 권유한 승규 형 그리고 준서가 공부를 시작할 때 어떻게 공부를 해야 하는지 조언해 준 현주 등 생각해 보면 많은 사람들을 의지하면서 여기까지 왔다. 현주가 반말을 했다는 것은 아마 현주도 준서를 조금은 의지하는 사람으로 생각하는 것이 아닐까 하는 생각이 들었다.

"오빠 영어는 내가 고등학교 일 학년 때 공부하던 문법책을 줄게."

"그것으로 어떻게 공부하라고?"

"일단 그 책으로 영어 문법을 공부하며 모르는 단어가 나오면 단어장에 그 뜻을 찾아 기록해."

"그 다음은?"

"매일 외워."

"매일 그 단어를 외운다고?"

"응. 아침에 버스 타면 읽고 그리고 집에 갈 때 버스 타면 읽고. 그렇게 계속하면 나중에는 자연스럽게 단어를 외우게 돼."

"하루에 두 번 읽는데 어떻게 외워져?"

"그냥 한번 해봐. 나도 그런 방법으로 외웠어."

"너 고딩이 고졸자에게 사기 치는 것은 아니지?"

현주는 빙그레 웃었다.

집으로 가는 막차 시간이 되어 둘은 막차를 타고 나란히 앉았다. 현주와 준서는 막차를 타면 항상 일정한 자리에 앉았다. 맨 뒤쪽 좌석 바로 앞의 좌석으로 둘만 앉을 수 있는 좌석이며 막차를 타는 이는 별로 없기에 둘은 거의 항상 그 자리에 앉았다. 창가 쪽 좌석은 늘 현주 자리며 준서는 그 옆에 앉았는데 도로가 포장되어 있지 않아 가끔은 현주 몸이 준서 쪽으로 쏠리기도 했고 그때 준서는 현주의 체중을 자신이 지탱하는 그 느낌이 좋았다. 현주의 몸이 준서 쪽으로 쏠릴 때면 그녀의 미안해하면서도 부끄러워하는 그 미소도 좋았다. 준서의 현주에 대한 마음은 무엇일까? 준서는 현주에 대한 자신이 마음이 그 무엇이라 할지라도 간신히 아물어 가는 그녀의 상처를 생각하면 자신의 마음을 표현하는 것은 자신의 마음이 어떤 것인지 잘 알지도 못하지만 적절한 때도 아니라는 생각을 했다.

"현주야 너 무슨 과 생각하고 있어?"

"그게 애매해."

"왜?"

"이과 쪽에 소질이 있는 것 같은데 그러면 여자로서 취직이 어려울 것 같아. 그래서 경영대를 가려고 해. 그런 오빠는 어떤 과를 가려고 해?"

"글쎄. 검정고시가 우선인지라 아직 생각해 본 적이 없어."

준서는 대학에 가면 어떤 전공을 공부하고 싶다라는 생각을 해 본 적이 없다. 자신이 어떤 것에 관심이 있고 또한 소질이 있는지도 생각해 본 적이 없다. 그저 과거의 준서는 하루하루를 사는 것 이외에는 관심이 없었기에.

학력고사가 육 개월 정도 남았다. 검정고시 합격에 의해 고등학교 졸업 자격을 취득했지만 학력고사에서 좋은 점수를 받기에는 턱없이 부족한 실력이다. 학력고사 전 과목을 학원에서 수강하는 것은 학원비 부담도 되지만 그렇게 하는 것은 절대적으로 시간이 부족하기에 준서는 혼자 공부하기 어렵고 공부해도 점수가 잘 나오지 않는 국어와 영어만 학원에서 수강하고 나머지는 독학하기로 했다. 수학의 경우는 준서도 스스로를 이해하기 어려울 정도로 어려움을 느끼지 않는다. 물론 풀지 못하는 문제는 답지를 보고 반복해서 풀기는 하지만 공부를 할수록 자신의 실력이 향상되는 것을 느낄 수 있었다. 나머지 과목은 암기 과목이니 방법이 없었다. 그저 시간을 내서 암기를 할 뿐이고 이해가 되지 않는 부분은 현주에게 물어봐서 해결하니 늘 현주와 함께 있다는 것은 큰 도움이 되었다. 승규 형의 조언으로 공부를 할 생각을 했으나 현주가 없었다면 아마 준서는 중도에 공부를 포기했을지도 모른다.

아침 첫차를 타고 읍내에 나와서 저녁 막차를 타고 집에 가는 것을 제외하고는 늘 책상에 앉아 있기 때문에 운동이 부족해서 그런지 점심만 먹고 나면 졸리는 것을 어쩔 수 없어 늘 점심 후에는 책상에 엎드려 잠깐의 잠을 청하는 것은 준서의 하루 일과 중 하나였다. 그날도 준서는 점심을 먹고 책상에 앉았다가 잠깐 졸려고 엎드리는데 누군가 준서의 어깨를 잡았다.

"누구지?"

"나야. 삼식이."

"어. 네가 어쩐 일이야?"

"잠시 나와 봐야 할 것 같아. 망치 형이 왔어."

"망치 형이 무슨 일로 나를 찾아왔어?"

"나가 봐. 나도 잘 모르겠어."

준서는 망치 형이 자신을 보러 왔다는 삼식이의 말에 불안한 마음을 감출 수가 없었다. 이미 다 끝난 문제라고 생각했다. 자신이 삼청교육대에 끌려가지 않아 준서 대신 삼청교육대에 끌려가서 겪은 고초에 대한 분풀이는 지난번 혹독한 대가를 치렀고 그것으로 청양 장터에서의 인연은 완전히 단절한 것으로 생각했는데 이제 와서 망치 형은 무엇 때문에 준서를 만나러 왔다는 말인가?

"얼굴색이 좋네. 잘 살고 있는 모양이지?"

망치 형의 말에는 준서를 조롱하고 비꼬는 말투가 확연하다.

"아. 네. 그런데 형님이 여기는 어쩐 일로 오셨어요?"

"네가 어떻게 사는 지 궁금해서 왔다."

"저는 그냥 잘 살고 있습니다."

"너만 잘 살고 있으면 되냐? 삼식이는 어떻게 하라고. 삼식이는 네 친구 아니냐?"

망치 형은 준서가 어떻게 말해도 시비를 걸려 하는 것이 분명하기에 준서는 더 이상 대꾸도 하지 못하고 그냥 서 있었다.

"너 다시 장터에 나와 나랑 같이 일을 할 생각 없냐?"

준서는 자신의 의견을 확실히 말을 할 때가 되었다고 생각했다. 더 이상 망치 형에게 끌려가서는 안 되는 순간이 왔고 여기서 물러나면 다시 과거의 준서로 돌아갈 수밖에 없다고 생각 했다.

"저 이제 공부하려고요. 고졸 검정고시도 합격했고 대학을 가려고 합니다."

"그래. 그런데 너 네가 망가뜨린 은행원 집 딸하고 같이 붙어 다닌다며?"

순간 준서의 심장이 쿵 하는 소리를 내며 내려앉았다. 망치 형이 현주를 끌어들일 줄은 생각도 하지 못하고 있었다.

"형님. 저는 그 일과 전혀 관련이 없습니다."

"그렇게 생각하냐? 그 계집애에게 과거의 네가 어땠고 그 집과 네가 관련이 있다는 것을 말하면 과연 그 계집애도 그렇게 생각할까? 잘 생각해 보고 삼식이에게 답을 줘."

　준서와 현주 아빠의 일과는 전혀 관련이 없다. 준서는 현주 가족이 이사를 할 때 말썽을 부리는지 지켜보고 만약 말썽을 부리면 해결하라는 말을 들은 것뿐이다. 나중에 삼식이로부터 현주 아빠가 노름판에서 작업을 당했고 그 일로 빚을 해결하지 못해 어쩔 수 없이 현주 가족이 이사를 하게 되었다는 말을 들었을 뿐 현주 아빠가 노름판에서 작업을 당하는 과정에서 어떤 개입을 하지도 않았다. 그러기에 현주 가족이 불행해진 것에 어떤 영향을 미치지도 않았지만 만약 망치 형이 현주를 만나 마치 준서가 현주 가족이 망가지는 것에 큰 역할을 한 것처럼 말한다면 과연 현주는 어떤 반응을 보일까? 망치 형은 본래 그랬다. 남자끼리 깨끗하게 주먹으로 승부를 보아 결론을 내면 될 것을 싸움에서 불리하게 되면 망치를 꺼내 휘두르니 비겁하기로는 짝이 없었다.

　"오빠 뭐 해?"

　어떻게 해결해야 할지 도무지 알 수가 없었다. 망치 형에 대한 생각으로 오후 내내 공부에 집중할 수가 없는데 현주가 어깨를 툭 치자 깜짝 놀랐다.

　"어. 그냥."

　"뭐를 그렇게 골똘히 생각하고 있었어? 내가 오는 줄도 모르고."

　"수학 문제가 잘 안 풀려서 생각 좀 하느라고."

　"어이구, 그러니까 공부를 못하지. 영어책 펴 놓고 왜 수학을 생각해."

삼식이와 망치 형이 다녀간 지 며칠이 지났지만 준서는 전혀 공부에 집중할 수가 없었다. 자신만의 문제라면 그저 당하면 되지만 망치 형은 현주까지 끌어들여 자신을 옥죄려고 한다. 현주 가족은 이미 망가졌고 가장의 부재로 인해 큰 어려움을 겪고 있는 상태에서 시간이 흐르면서 그 상처가 점차 아물어 가고 있지만 만약 망치 형이 그 일을 상기시켜 현주 가족의 상처를 키운다면 현주는 그것을 어떻게 감당할 것인가? 싸움에 있어서 불리하면 망치를 휘두르는 망치 형의 그 비열함은 누구도 상상할 수 없기에 만약 망치 형이 누구도 예상할 수 없는 방법으로 현주를 끌어들인 다면 그 결과는 예측할 수도 없고 상상하기도 싫다. 그렇다면 문제를 해결하기 위해서는 망치 형의 요구대로 준서가 장터에 복귀하던가 아니면 망치 형을 넘을 수밖에 없다. 도망가는 것은 방법이 되지 않는다. 준서가 도망가서 자취를 감춘다고 하면 준서의 문제는 해결될 지 모르지만 현주 가족에게 어떤 해코지를 할지도 모른다. 준서는 다시 산을 넘어야 한다. 망치 형이라는 큰 산을.

"오빠 뭐 하고 있어?"

"응. 공부하고 있잖아."

"아닌데. 뭔가 딴 생각을 하고 있는 것 같아. 오빠 왜 그래? 요즘 전혀 공부에 집중하고 있지 못하는 것 같아."

"가끔 집중을 못 하고 있기는 해. 그렇지만 너도 늘 집중해서 공부하는 것은 아닌 것 같은데?"

"맞아. 나도 가끔 집중을 못 하기는 해. 그렇지만 요 며칠 오빠는 공부에 전혀 집중을 하지 못하는 것 같아. 뭐 걱정할 일 있어?"

"그런 것은 없고. 현주야 나 내일부터 며칠 다녀올 데가 있어. 그러니 버스 같이 타지 못하더라도 그런 줄 알고 있어."

준서는 벚꽃할매에게 며칠 다녀올 곳이 있다고 말하고 집을 나섰다. 어떻게 망치 형과 맞설 것인가? 어떻게 하면 망치 형의 그늘에서 벗어날 수 있을까? 아무리 생각해도 방법은 단 하나, 망치 형을 제압하는 것 이외에는 방법이 없다. 출근 버스를 타고 읍내로 나온 준서는 공주행 버스를 탔다. 그리고 마지막으로 어머니를 보냈다는 공산성 뒤쪽 강가로 가서 혼잣말로 말했다. '어머니 꼭 여기에 다시 오겠습니다' 청양 장터로 가서 삼식이를 만났을 때는 이미 저녁때가 다 되어 가고 있었다.

"삼식아!"

"어. 준서 왔구나. 돌아온 거야?"

준서를 맞이하는 삼식이의 낯빛이 어둡다.

"아니 망치 형 만나러 왔어."

삼식이의 표정이 더 어두워졌다. 삼식이도 준서가 다시 장터생활로 돌아올 것이라고 예상하지는 않았을 것이다. 지난번 준서가 망치 형을 만났을 때 준서가 망치 형에게 그 어떤 대항도 하지 않고 그저 혹독한 매를 견딘 것을 생각하면 그것으로 장터생활을 청산하는 것으로 알고 있었다. 그런데 준서가 먼저 망치 형을 만나러 왔다는 것은 결국 준서가 이번에는 망치 형에게 맞기만 하고 있지 않겠다는 뜻일 것이다.

"준서야 너 어떻게 하려고 그래?"

"넌 그냥 망치 형에게 연락만 해. 그리고 빠져."

"준서야 다시 한번 생각해 봐. 그냥 도망가."

"내가 도망가서 해결될 일이 아니라는 것은 너도 잘 알잖아. 그리고 나 이제 도망가는 일은 없을 거야."

망치 형을 마주한 준서의 다리가 미세하게 떨렸다. 빵빵한 체구에 큰 머리 그리고 쫙 찢어진 두 눈. 망치 형은 그냥 보기에도 만만한 상대가 아니었다.

"돌아온 거냐?"

"아뇨."

"그럼 왜 왔어?"

"이젠 저를 완전히 잊어 달라고 말하러 왔습니다."

"이 새끼가!"

퍽!

망치는 욕과 함께 주먹을 날렸다. 예상치 못한 망치의 선빵에 턱을 맞은 준서는 뒤로 발랑 쓰러졌다. 그러나 이내 일어서 다시 망치를 마주했다. 분을 참지 못한 망치는 다시 준서에게 주먹을 날렸다. 그러나 이제 망치의 주먹을 쉽게 맞을 준서가 아니었다. 주먹은 비록 망치보다 못할지라도 날렵함은 준서도 그 누구에게 지지 않았다. 몇번의 주먹질이 빗나가자 망치는 이성을 잃고 마구 준서를 향해 발길질과 주먹을 날렸다. 준서는 망치의 빈틈을 노리며 뒷걸음질을 치다가 드디어 망치의 명치를 걷어찼다. 제대로 들어간 준서의 앞차기에 망치의 상반신이 '윽' 소리와 함께 앞으로 쏟아졌고 이를 놓치지 않고 준서는 망치의 왼쪽 관자놀이를 갈겼다. 망치는 쓰러져 숨을 헐떡댔고 준서는 그런 그를 더 이상 가격하지 않고 내버려 두었다. 이제 모든 것이 끝났다고 생각한 순간 망치가 간신히 몸을 일으켰다. 그리고는 그의 허리 뒤춤에서 망치를 꺼냈다. 준서는 두려워하지 않았다. 망치 형의 몸놀림은 이미 많이 느려졌으며 더욱이 망치를 사용하려면 동작이 클 수밖에 없는데 그것을 피하지 못할 준서가 아니기 때문이다. 망치가 망치를 휘두르려고 하고 준서가 그것을 피하려는 순간 망치는 망치를 휘두르지 않고 준서를 향해 던졌다. 망치는 그대로 준서의 머리에 꽂혔고 준서는 정신을 잃었다.

현주가 준서와 함께 첫차를 타지 않은 것이 벌써 나흘 째다. 현주는 궁금함과 걱정으로 하루해가 그리 길 수가 없었다. 얼마 전에도 준서는 며칠 집에 들어오지 않았고 그렇게 시간을 보내고 들어온 준서의 모습은 몸동작은 부자연스러웠고 말은 약간 어눌했으며 표정 또한 병든 사람처럼 보여 뭔가 좋지 않은 일이 발생한 것이 분명한데 준서가 먼저 말하지 않으니 물어볼 수도 없고 걱정만 했었다. 다행히 며칠이 지나자 준서는 과거의 준서로 돌아왔고 현주도 걱정을 떨칠 수 있었다. 하지만 지금은 상황이 그때와는 확연히 다르다. 집을 비우기 며칠 전부터 준서의 행동은 이전과는 많이 달랐다. 도서관에서 현주가 본 준서의 모습은 공부에 전혀 집중하지도 못했고 심각한 듯한 표정만으로 보면 큰일을 벌일 듯한 모습이었다. 현주는 도서관에서 준서와 같이 공부를 했지만 같이 공부를 했다기보다는 늘 현주가 준서의 공부에 도움을 주는 입장이었고 준서의 부재는 오히려 현주가 시간을 낭

비하지 않게 되어 현주에게는 나쁠 리가 없지만 준서가 없는 지금 현주도 공부에 전념하지 못하니 현주 스스로도 그 이유를 알지 못했다.

"현주야 너 요즘 무슨 일 있어?"

준서를 걱정하고 기다리는 현주의 달라진 모습을 수정이가 눈치챌 정도였나 보다. 수정이 역시 현주가 걱정되어 물었다.

"없어. 왜?"

"너 요즘 딴 사람 같아. 점심시간도 아깝다고 밥 먹은 후 쉬지도 않고 공부하던 네가 먼 산만 바라보고 있어?"

"아니 별일 없는데."

"그러지 말고 말해 봐. 혹시 내가 도움을 줄 수 있을지도 모르지 않아?"

"수업 끝나고 도서관 가서 얘기하자."

준서에 대한 걱정을 수정이에게 말해 보았자 수정이가 도움을 줄 수 있는 것이 전혀 없다는 것을 현주가 모를 리가 없지만 현주는 준서에 대한 것을 혼자만 알고 있는 것보다는 수정이에게만이라도 털어놓고 싶었다.

"너도 알듯이 준서 오빠가 며칠째 보이지 않아."

"말도 없이 사라졌어?"

"아니 며칠 다녀온다고 말하기는 했지."

"그렇게 말한 것이 언제야?"

"나흘 전이야."

"그럼 며칠 되지 않았는데 그냥 기다리면 되지 않아?"

당연히 수정이가 생각하는 준서와 현주가 생각하는 준서는 다를 것이다. 수정이가 생각하는 준서는 그저 친한 친구와 같이 공부하는 오빠일 뿐이고 의지할 사람이 엄마뿐인 현주로서는 비록 현주가 공부에 관해 도움을 주는 준서일지라도 어느새 서로 의지하는 사이가 된 것이다.

"네 말이 틀리지는 않아. 그렇지만 얼마 전 준서 오빠가 며칠 자리를 비우고 돌아왔을 때는 상태가 좀 심각했어."

"그런 일이 있었어?"

"응. 준서 오빠는 구체적으로 무슨 일이 있었다고 말은 하지 않았지만 무척 힘든 일이 있었던지 아니면 누구에게 흠씬 두들겨 맞은 것 같았어."

"그래서 네가 그렇게 걱정하는 구나."

"응."

준서에 대해 우려하는 마음을 수정이에게 털어놓았지만 현주의 준서에 대한 걱정은 전혀 해결되지 않고 오히려 그 걱정의 크기가 커져만 갔고 혹시 준서가 다시 돌아오지 않을지도 모른다는 쓸데없는 상상을 하기도 했다. 집안 살림에는 전혀 도움이 되지 않고 오히려 폐만 끼치는 아빠가 차라리 없었으면 하는 생각을 하기도 했던 현주지만 막상 아빠가 돌아가시자 그 큰 허망함과 아빠의 빈자리에 대한 슬픔을 감당하기가 너무 어려웠던 현주다. 이제 다시 자신도 모르게 의지했던 준서마저 이유도 모른 채 사라진다면 현주는 그 아픔을 어떻게 견딜까? 막차를 타고 집으로 향하는 현주는 늘 자신의 옆자리에 앉아 있던 준서의 빈자리를 쳐다보았다. 비포장 도로를 달리던 버스가 출렁거리며 현주의 몸이 준서가 앉았던 그쪽으로 쏠리게 될 때 준서는 그 자리에 없었고 현주는 중심을 잡기 위하여 어쩔 수 없이 손을 짚었다. '아! 이럴 때면 항상 내가 넘어지지 않도록 든든한 몸으로 지탱해 주던 오빠였는데' 현주의 두 눈에는 자신도 모르게 눈물이 고였다. 버스에서 내려 벚꽃할매 댁의 담장 너머로 준서가 기거하던 방을 쳐다보았으나 역시 불은 켜져 있지 않았다. 안마당에 서 있는 벚나무는 거의 다 꽃을 떨구었고 바닥에 떨어진 꽃잎은 눈처럼 깔려 있는데 가로등에 반사된 그 꽃잎들이 추운 겨울의 하얀 눈처럼 보여 현주는 쓸쓸한 마음을 어떻게 할 수가 없었다.

극심한 두통과 함께 준서가 간신히 의식을 회복했을 때는 위로부터 아래로 내리꽂는 밝은 불빛과 함께 하얀 가운을 입은 많은 이들이 자신을 내려다보고 있었다. 통증이 얼마나 심한지 준서는 입 밖으로 한 마디의 말조차 내지 못하고 그저 신음소리만 낼 뿐이었고 그를 둘러싼 이들은 자신의 머리에 무엇인가를 하고 있었으며 이곳이 어디인지 그리고 그들이 무슨 말을 하는지 인식할 수도 없었다. 정신을 차리려고 애를 썼으나 감당하기 어려운 통증 때문인지 아니면 다른 어떤 이유인지도 모르고 준서의 의식은 다시 희미해졌다. 의식이 희미한 가운데에도 준서가 환영처럼 보고 있는 것은 이제까지 본 적이 없는 자신 또래의 젊은 여자의 얼굴이었다. 왜 이 순간에 일면식도 없는 여자의 얼굴을 보았을까 그리고 그녀는 누구일까 하는 순간 준서는 다시 의식을 잃었다.

준서가 다시 의식을 회복해 보니 병원이었다. 몸을 일으키지는 못하고 고개를 돌려 보니 많은 침대가 있었고 침대 위에는 링거를 꽂은 환자가 가득한 방이었다.

"정신이 좀 드세요?"

눈을 뜨고 고개를 돌리는 준서를 본 간호사가 준서에게 다가와서 물었다.

"예."

"본인 이름 좀 말해 보세요."

"김준서입니다."

"여기가 어딘지 아시겠어요?"

"병원 아닌가요?"

"어쩌다 병원에 온지 아세요?"

준서는 망치 형에게 주먹을 날린 것까지 생각이 났다.

"다툼이 있었어요."

"다행입니다. 검사 좀 더 하고 특별한 것이 없으면 일반실로 옮기겠습니다."

강한 진통제를 맞았는지 아니면 마취가 아직 풀리지 않았는지는 몰라도 큰 통증은 없으나 머리가 너무 무겁고 꽉 죄며 욱신거리는 것 같아 준서는 몸을 일으키지는 못했다. 망치 형과의 싸움이 생각났다. 분명히 자신이 망치 형을 제압했다고 생각했는데 왜 병원에 누워 있는지 알 수가 없었다. 손을 들어 머리를 만져 보니 붕대가 칭칭 감겨져 있다. 분명한 것은 망치 형이 망치를 꺼내 든 것까지는 생각이 난다. 그러나 망치 형은 망치로 준서를 가격할 수 있는 그런 상태는 아니었는데 어쩌다 자신이 이렇게 되었는지 이해할 수가 없었다. 간호사가 주사기를 들고 다가왔다.

"한숨 더 자는 것이 좋을 겁니다."

간호사에게 주사를 한 대 맞은 준서는 다시 의식을 잃었다.

준서가 다시 눈을 떴을 때는 이미 일반실로 옮겨진 듯 작은 방에 몇 명의 환자만 있을 뿐이다.

"준서야!"

삼식이가 걱정스러운 눈빛으로 준서를 내려보고 있었다.

"괜찮아? 나 알아보겠어?"

"응. 삼식이 아냐?"

"다행이다."

"어떻게 된 거야? 내가 분명해 망치 형을 눕힌 것으로 알고 있는데."

"싸움에서 네가 이긴 것은 맞아. 그런데 마지막에 망치 형이 망치를 휘두른 것이 아니고 던져 버렸어. 너에게. 그것도 정통으로 네 머리로 날아갔어."

준서는 그제야 상황을 이해할 수 있었다. 준서가 망치 형을 제압했다고 생각한 순간 망치 형은 간신히 일어나 망치를 꺼냈다. 그때 준서는 망치 형의 망치가 전혀 두렵지 않았다. 이미 망치 형은 정상적인 몸놀림도 아니었으며 거기에다 망치를 휘두르면 동작이 더 커져 준서가 망치를 피하는 것은 전혀 문제가 되지 않는다고 생각했지만 준서의 예상과는 다르게 망치 형은 망치를 휘두른 것이 아니고 던져 버린 것이다.

'비겁한 놈'

이제 와서 망치 형의 비겁함을 비난한다고 해서 시간을 되돌릴 수는 없다. 하지만 준서는 더 이상 망치 형이 두렵지는 않다. 언제 어디서라도 다시 한번 망치 형과 붙을 경우는 확실하게 무릎을 꿇릴 자신이 생겼다. 아마 망치 형도 앞으로 준서에게 장터로 다시 돌아오라고 함부로 요구하지는 않을 것이다. 그러한 요구를 준서에게 다시 했을 때는 자신이 제압당할 수도 있기 때문이다. 그러니 다행스러운 것은 망치는 앞으로 현주에게 어떤 위협도 되지 않을 것이다.

"삼식아 너 치료비 좀 준비해 줘. 돌아가면 송금해 줄게."

"치료비는 걱정할 것 없어."

"왜?"

"큰형님께서 모든 치료비를 부담하라는 말씀이 있으셨어."

"큰형님께서……."

준서가 병원에 입원한 지 일주일 정도 지나자 두통도 거의 사라졌고 움직일 만하다. 꿰맨 이마의 실밥은 아직 풀지 못했고 멍 자국이 남아 있기는 하지만 언제까지 병원에 있을 수도 없어 퇴원을 했다. 병원비를 모두 큰형님께서 부담하셨다고 하는데 그 이유는 알 수가 없다. 어떻게 보면 준서는 망치 형의 똘마니라고 할 수는 없었다. 장터에서의 일도 주로 삼식이가 지시를 받고 준서는 그저 삼식이와 함께 움직였을 뿐이다. 하물며 큰형님의 존재를 알기는 하지만 만나서 인사를 하거나 대화를 해 본 적은 없다. 단지 그의 얼굴만 알 뿐이다. 어떻게 되었던 병원비를 모두 큰형님이 부담한 것은 이제 준서가 신경을 쓸 일이 아니다. 망치 형과 결별하기 위해서 한번은 저항도 없이 죽도록 맞았고 한번은 맞짱까지 붙었으니 이 정도 하면 완전한 결별을 했다고 생각했다. 아니 나중에 다시 한번 망치 형의 요구가 있으면 거절하면 되고 그 거절도 받아들여지지 않으면 다시 붙으면 된다.

"혼자 갈 수 있겠어?"

삼식이는 병원문을 나서는 준서를 보며 걱정스러운 표정으로 말했다.

"내가 환자로 보이냐?"

삼식이는 늘 그랬다. 크지 않은 체구와 약한 심성으로 인해 그는 늘 다른 사람으로부터 무시를 받았다. 그러니 그에게 걱정은 늘 일상이 되었고 그가 걱정하지 않고 산 기간은 오직 준서와 함께 있을 때이니 어쩌면 삼식이는 준서를 걱정하는 것이 아니고 준서가 떠난 후에 혼자 남을 자신을 걱정하고 있는지도 모른다.

"그런데 너 왜 큰형님이 병원비를 전부 부담했는지 알아?"

"글쎄, 나도 모르겠어. 너와의 싸움 이후에 망치 형이 큰형님에게 불려갔다는 소문만 들어 알고 있지 그 외에는 아무것도 몰라."

삼식이와 헤어진 후 준서는 시장에 들러 모자를 하나 샀다. 아직은 이마에 멍 자국이 남아 있었고 혹시 마을 사람들이 준서의 이마를 보기라도 하면 조그만 동네에 뭔 소문이 날지도 모르는 일이기 때문이다. 무엇보다도 현주가 놀랄 일이 걱정이다. 서로가 표현은 하고 있지 않지만 현주도 준서를 의지하고 있는데 준서의 흉한 모습을 보면 어떤 반응을 보일지 큰 걱정이다. 멍 자국을 현주에게 보이고 싶지는 않지만 언제까지 숨길 수도 없고 준서의 발걸음은 준서도 모르는 사이에 도서관으로 향하고 있었다.

"현주야!"

"어. 오빠 얼굴이 왜 그래?"

준서가 멍 자국을 가리기 위하여 모자를 썼지만 현주는 준서를 보자마자 깜짝 놀라며 물었다.

"나가서 얘기하자."

현주의 반응은 준서가 예상했던 것보다 훨씬 놀란 표정이다. 둘은 도서관을 나와 나무그늘 아래 벤치로 향했다.

"일이 좀 있었어."

"무슨 일이 있었어? 모자 좀 벗어 봐."

현주는 모자를 벗으라는 말과 함께 준서가 쓴 모자를 벗겼다.

"아니 이 멍 자국은 무엇이야? 꼐맸네. 싸웠어? 빨리 말 좀 해 봐."

현주는 준서가 대답할 틈도 없이 질문을 해 댔다.

"현주야. 내가 중학교를 졸업하고 고아원을 나온 것은 알지? 겨우 중학교를 졸업한 고아가 할 수 있는 일은 없었어. 그러니 살기 위해서는 자연스럽게 장터에서 껄렁대는 아이들과 어울릴 수밖에 없었고 밝은 쪽에서 살 수가 없었어. 승규 형을 만나고 그리고 너를 만나서 공부를 시작했지만 그쪽에서는 자꾸 다시 돌아오라고 하는 거야. 그 문제를 해결하려고 하니 이렇게 될 수밖에 없었어."

"그럼 다시 가지 않아도 돼?"

"최소한 나는 그렇게 생각해."

준서의 말을 듣는 현주의 눈이 촉촉해졌다.

공부를 마저 하고 막차를 타고 오라는 준서의 말을 듣지 않고 현주는 준서와 함께 저녁 버스에 올랐다. 날씨가 따뜻해서 그런지 현주와 함께해서 그런지 아니면 이제 다시는 장터에 볼일이 없다는 마음을 먹어서 그런지 집으로 향하는 준서의 마음은 더 이상 편안할 수가 없었다.

"아니 어디 나가기만 하면 망가져서 와."

"할머니 저 괜찮아요."

"모자 벗어 봐. 마빡 깨 먹었네. 어느 놈이 그랬어?"

"저 정말 괜찮아요."

"저녁 안 먹었지? 기다려."

벚꽃할매는 준서의 대답도 기다리지 않고 부엌으로 향했다.

'아! 이런 것이 가족이구나.'

준서는 뒷방으로 향했다. 사진 속 어머니의 모습이 떠올랐다. 눈물이 났다.

171점. 참담한 성적표다. 학원에서 실시한 대입 학력고사 모의고사에서 준서가 받은 점수는 320점 만점에 171점으로 겨우 반을 조금 넘긴 점수다. 일단 고졸 검정고시와는 그 난이도가 크게 달랐다. 체력장 점수를 20점 만점을 받는다고 해도 이백 점이 채 되지 않는 점수다. 이런 점수로는 저기 먼 곳에 있는, 사람들이 그 이름도 잘 알지도 못하는 대학을 간신히 갈 수 있을 뿐이다. 생부는 어머니를 만났을 당시 서울에 있는 S대학을 다녔다고 했다. 그런 생부를 찾기 위해서는 최소한 지방에 있는 국립대는 가고 학생회에 가입하여 S대학의 학생회를 접촉하면 혹시 생부의 행방을 찾을지도 모른다. 그렇지만 지금 이 점수로는 지방에 있는 국립대라 할지라도 입학은 불가능하다. 혹시 재수를 하면 가능할지는 모르겠지만 현재로는 불가능한 점수다. 쉽지 않을 것이라는 예상은 했지만 다시 준서 앞에는 큰 벽이 서 있었다.

"오빠 어떻게 되었어?"

현주는 도서관에 오자마자 준서의 모의고사 점수를 물었다.

"그게 참 171점 받았어."

너무 낮은 점수에 현주도 바로 말을 잇지 못했다. 한참을 고민하던 현주가 입을 열었다.

"오빠 공부 방법을 바꾸어 보는 것은 어떻게 생각해?"

"어떻게 바꾸어?"

"일단 공부하면 점수가 올라가는 암기과목 위주로 공부를 하는 거야."

"그럼 점수 비중이 높은 국영수는 어떻게 하라고?"

"국영수 중에 국어와 영어는 시간을 투자해도 점수가 잘 올라가지 않을 거야. 그러니 공부 시간을 대폭 줄여. 그리고 수학은 잘하니까 시간을 투자하면 좋은 점수를 받을 수는 있지만 그렇게 하면 암기과목을 공부할 시간이 부족해. 그러니 높은 난이도의 문제는 풀려고 시간을 쓰지 말고 그냥 패스해. 그리고 남은 시간은 모두 암기과목에 투자하는 거지."

"잘 될까?"

"그러니까 어려운 문제는 그냥 찍고 지금부터 공부하면 맞을 수 있는 문제 위주로 공부해 보라는 거지. 어차피 지금 아무리 열심히 해도 오빠가 S대학을 가는 것은 불가능하잖아."

다른 방도가 없었다. 준서는 현주의 조언대로 과목별 공부시간을 변경하여 공부하기로 했다. 그래도 곁에 늘 현주가 있는 것이 큰 다행이다. 승규 형을 만나지 않았다면 공부를 해 볼 생각도 하지 않았을 것이고 공부를 시작했다고 하더라도 늘 옆에서 도와주는 현주가 없었더라면 아마 중도에 포기했을 것이다. 현주가 공부에 대한 조언을 하는 것도 도움이 되지만 만약 준서가 도서관에서 혼자 공부했더라면 늘 저녁 늦게까지 공부하는 것은 아마 어려웠을 것이다.

"자 먹고 합시다."

최근 도서관에는 나오지 않았던 수정이가 도시락을 싸 가지고 왔다.

"어쩐 일이냐? 도서관을 오고."

"저도 이제 공부 좀 하려고 합니다."

"왜? 요리사 자격증 딴다며."

"요리사 자격증은 딸 거고 대학에는 요리사를 준비하는 과가 없어서 할 수 없이 식품영양학과를 가려고요."

현주에게 들어서 수정이네 집이 좀 복잡한 것을 알고 있지만 수정이는 힘든 내색을 전혀 하지 않는다. 천성이 밝은 것인지 아니면 그런 어려움을 극복할 수 있는 에너지가 어떻게 나오는지 알 수가 없다.

"수정아 그런데 이게 뭐냐?"

"샌드위치."

"이런 음식도 있어?"

"아이 촌사람들하고 얘기를 하려고 하니 대화가 잘 되지 않네."

"너는 촌 사람 아냐?"

"샌드위치는 카드게임을 즐기는 영국의 어떤 백작이 식사할 시간도 아깝다고 만들어 낸 것으로 중단하지 않고 카드게임을 즐기기 위하여 간단히 식사 대용으로 만들었다고 하네요."

"그런데 이렇게 먹고 배고파서 어떻게 공부를 해?"

"그럼 드시지 말든가?"

"아냐 먹어 볼게."

"오빠 군소리 없이 먹어. 그렇지 않으면 수정이에게 더 얻어먹을 수 있는 것도 못 먹어."

수정 아빠는 협의이혼 서류에 도장을 찍었다. 이제 남은 절차는 법원에 이혼 관련 서류를 접수시키고 양 당사자의 뜻을 직접 확인하기 위하여 판사 앞에서 직접 이혼에 동의한다는 뜻을 밝힌 후 법원의 확인서를 받아 군청에 접수시키기만 하면 이혼이 성립된다. 이십여 년의 혼인생활이 이렇게 단순히 서류 몇 장으로 정리된다는 것에 수정 아빠는 허망할 수 밖에 없었다. 그간 수정 엄마와의 많은 추억들은 그 추억이 좋은 것이든 아니면 나쁜 것이든 몇 가지 서류와 도장으로 완전히 과거의 영역으로 사라진다는 것을 어떻게 받아들여야 할까? 이제 앞으로 수정 엄마와의 불편한 관계는 영원히 끝이다. 다만, 수정이 동생이 예산에서 아빠와 함께 사는 것은 답답하다고 하여 엄마와 함께 대전에서 살게 되었고 가끔 수정이 동생을 만나려면 수정 엄마에게 연락할 일이 있을 것이다. 이런 경우만 빼고 이제 수정 엄마와는 모든 관계는 영원히 끝났다.

수정 아빠는 본래 아이들이 성인이 되기 전에는 이혼을 할 생각이 없었다. 아이들이 성인이 되면 부모의 이혼을 받아들이기가 조금은 쉽지 않을까 하는 생각이었다. 그렇지만 수정 엄마와의 불화는 커지기만 하고 모든 요구를 마냥 수용할 수도 없고 무엇보다도 수정 아빠의 불안정한 상태로 약국 일에 집중할 수도 없었으며 아이들에게도 짜증을 내기도 하니 이럴 바에야 차라리 이혼을 하는 것이 나을 것 같다는 생각에서 이혼을 결심한 것이다. 자신의 인생이 미래에 어떻게 될 것인가에 대한 구체적인 생각은 없지만 일단은 불안정한 상태에서 벗어나고 싶었고 그래야 아이들에게도 더 집중하여 도와줄 수 있을 것 같았다. 자신이 물려 받은 재산이 전혀 없어서 이혼을 해도 수정 엄마에게 돌아갈 몫이 전혀 없다면 과연 수정 엄마가 이혼을 요구했을 것인가에 대해서 생각해 보면 그렇지 않았을 것이리라. 아마 재산이 없었더라면 수정 엄마와 결혼도 하지 못했을 것이다. 그러니 이혼의 원인은 재산에 있었고 가진 재산이 오히려 자신을 불행하게 만들었으니 아이러니가 아닐 수 없었다.

"아빠 오늘 저녁 기대해."

"뭘 기대해?"

"떡갈비를 만들 거야. 처음 해 보는 거지만 맛있게 만들 자신 있어."

"중식 요리사가 아니고 한식 요리사가 될 거야?"

"아직은 잘 모르겠어. 중식을 할지 아니면 한식을 할지. 단, 칼을 많이 사용하는 일식 요리사는 별로 원하지 않아."

"그리고 아빠가 중고차를 하나 살 거야. 네가 경로당에 가서 음식을 할 때면 큰 프라이팬도 필요한데 음식 재료와 기구를 가져가는 것이 너무 힘이 들어서."

"땡큐! 아빠."

수정 아빠는 부모의 이혼에도 계속 밝음을 유지하고 있는 수정이를 보면 큰 다행이라는 생각을 했다.

저녁 시간이 되자 수정이가 도서관에 나타났다. 그런데 수정이의 손에 들린 것은 책가방이 아니고 보자기에 싼 무엇인가를 들고 있었다.

"현주야 오늘은 너네 집에 가자."

"우리 집은 왜?"

"오늘 내가 떡갈비를 만들었거든. 그거 너네 집에 가서 같이 먹자고."

"우리 집에 가면 돌아오기가 쉽지 않을 텐데. 너 어떻게 집에 가려고 지금 이 시간에 우리 집에 가자고 해."

"아빠에게 허락 받았어. 오늘 너네 집에 가서 자고 온다고. 그리고 오빠도 같이 가요."

"나는 왜?"

"우리가 교복 입고 술을 살 수가 없잖아요. 오빠는 술을 사 주기 위해서라도 같이 가야지."

"너는 고등학생이 어떻게 술을 마신다는 말을 그렇게 쉽게 하냐?"

"오빠 백일주 마셔야지. 우리 이제 시험이 백 일밖에 남지 않았어. 그러니 백일주 마시고 힘내야 할 것 아니야."

준서는 최근 수정이 부모님이 이혼을 했다는 것을 현주를 통해 들어 알고 있었다. 아마 수정이는 학력고사가 얼마 남지 않았다는 것을 핑계로 현주와 함께 술을 마실 모양이다. 남자 고등학생들이 술을 마시는 것은 종종 보아서 알고는 있지만 여고생들이 술을 마신다는 것은 거의 없는 일이다. 더욱이 집에 어떤 일이 있어도 항상 밝은 얼굴을 보였던 수정이이기에 준서는 놀랄 수밖에 없었다.

"무슨 술을 마시려고?"

"어떤 술이 좋아요? 마셔 본 적이 없어서 잘 모르는데 오빠는 어떤 술을 드세요?"

"나는 소주를 마시는데 소주는 독하니 네가 마시기에 쉽지 않을 것 같고 맥주가 좀 약한 술이니 맥주를 마시는 것이 어때?"

준서, 수정이 그리고 현주는 버스를 내려 마을로 향했다. 준서는 동석을 한다고 할지라도 수정이와 현주에게 어떤 조언을 할지도 모르겠고 술을 마시는 여고생 둘과 같이 있을 장소도 마땅치 않아 둘과 헤어져 벚꽃할매 댁으로 향했다. 준서나 현주 그리고 수정이 모두 상처받은 젊은 영혼들이다. 객관적인 상처의 크기야 부모가 전혀 없는 준서가 가장 크겠지만 준서는 어릴 적부터 고아로 자라 이미 그 상처에 익숙해져 있었고 현주와 수정이 모두 최근에 부모 중 한쪽을 잃었으니 그 아픔을 다른 이는 어떻게 상상이라도 할 수 있겠는가? 상처받은 영혼들! 그들은 각기 그들의 방식대로 아픔을 극복하고 있었다.

"군대 생활은 좀 어떠세요?"

"그렇지 뭐."

승규 형의 휴가. 지난번의 짧은 첫 휴가 후 첫 번째 정식 휴가를 받은 승규는 준서를 만나기 위해 도서관을 찾았다. 첫 휴가 때의 승규 형의 모습은 군인이라고 하기에는 어딘지 어설픈 그저 머리 짧은 젊은 이였지만 지금은 비록 군복을 입지 않고 사복을 입었지만 누가 봐도 군인임을 알 수 있었다. 준서는 승규 형을 보자마자 가방을 싸고 근처의 식당으로 옮겼다. 반가웠다. 승규 형과는 품을 팔기 위해 간 곳에서 몇 번을 만났고 단 둘이 만난 것도 고작해야 몇 번도 되지 않는데 그리고 준서가 승규 형을 도와줄 것은 아무것도 없는데 이렇게 잊지 않고 찾아 주니 너무 고맙고 반가울 수밖에 없었다.

"얼굴이 새까맣게 그을린 것을 보니 꽤나 고생한 것 같은데요."

"원래 훈련이 많은 부대야. 이번에도 하계종합훈련을 해서 거의 한 달 동안 야전에서 있었어."

"아니 부대 막사에서 생활하지 않고 밖에서 훈련을 한다고요?"

"응 하계나 동계에는 각각 한 달 정도 훈련지에서 텐트를 치고 생활하면서 훈련을 해. 그렇기 때문에 얼굴이 타지 않을 수가 없지."

"그럼 밥은 직접 해 먹어요?"

"취사병이 따로 있지. 우리는 그저 밥을 타 먹으면서 훈련만 하면 돼."

"그럼 씻는 거나 화장실은 어떻게 해요?"

"씻는 것은 계곡에 가서 하고 화장실은 주둔지 근처에 만들어서 써. 너 그런데 군대생활에 관심이 많구나."

"관심이 많은 것이 아니라 제 또래에 누가 군대를 간 경험이 없어서요."

준서가 궁금한 마음에 이것저것을 묻는 사이 안주로 시킨 두부 두루치기가 나왔다. 소주를 한잔 들이켜고 안주를 먹는 승규 형을 보고 준서도 얼른 소주를 마셨다.

"먹는 것은 어때요?"

"메뉴로 보면 그리 나쁘지는 않아. 그런데 너무 맛이 없어."

"왜요?"

"몰라. 고기도 나오고 생선도 나오고 하는데 그렇게 맛이 없을 수가 없어. 제일 맛있는 것은 일요일 아침에 나오는 라면이야. 너 아냐? 군대 라면은 끓여서 나오는 것이 아냐."

"아니 라면을 끓이지 않고 어떻게 먹어요?"

"라면을 끓이지 않고 쪄. 그 찐 라면에 따로 만든 라면 국물을 부어서 먹는데 사회에서 먹는 음식과 가장 비슷해. 그리고 라면을 한 번 먹으면 또 일주일이 지났구나 생각하니 그래서 더 맛있는지도 모르지."

한동안 군대생활에 대한 준서의 궁금증을 풀어 주던 승규 형이 물었다.

"너 근데 공부는 어떻게 되어 가냐?"

"검정고시는 합격했습니다. 그래서 지금 학력고사 준비를 하고 있는데 학력고사 난이도는 검정고시 난이도보다 한 단계 정도는 높은 것 같아요. 첫 번째 본 모의고사에서는 171점을 받았고 최근에 치른 두 번째 모의고사에서는 200점을 조금 넘겼습니다."

"너무 잘했다. 그런데 어떻게 그렇게 성적을 많이 올릴 수가 있었어?"

"국어나 영어는 공부를 해도 점수가 잘 오르지 않아 반은 포기 상태이고 수학은 어려운 문제는 그냥 찍고 풀 수 있는 문제만 연습하고 있습니다. 그리고 나머지 시간은 주로 암기과목에 투자해서 공부하고 있어요."

"국어나 영어도 완전히 포기하면 안 될 텐데."

"국어는 그냥 문제만 풀어 보고 영어는 버스에서 모르는 단어를 외우고 있어요. 그런데 지난번 형이 말해 준 학생회 활동은 어떻게 해야 되나요?"

"그건 대학을 간 이후의 문제인데 일단 생부가 당시에 봉사활동을 나왔으면 아마 학생회에서 조직적으로 움직였을 거야. 만약 네가 지금 이 상태에서 학생회에 문의를 하면 알려 주지 않을 것으로 생각돼. 그러니 대학을 진학한 후 학생회에 가입하면 생부가 당시에 다녔다는 대학과 교류가 있을 것이고 그때 자연스럽게 문의를 해 보면 생부의 행방을 찾을 수도 있다는 거지."

"그럼 제가 최대한 좋은 대학을 가는 것이 지금 할 수 있는 최선의 방법이 되겠네요?"

"그렇지."

준서와 승규는 시간 가는 줄도 모르고 대화했고 결국 막차를 놓치게 되었다. 준서는 걱정하고 있을 벚꽃할매에게 전화를 했다.

이혼을 했지만 마음은 오히려 홀가분하다. 수정이 동생을 만나기 위하여 주기적으로 대전을 방문할 때는 수정이 엄마를 만날 가능성도 있지만 만난다고 해도 서로 불쾌한 것을 말할 필요도 없고 그저 수정이 동생과의 관계에만 집중하면 되기 때문이다. 수정이는 늘 같이 살고 있고 워낙 밝은 아이이기 때문에 크게 걱정하지는 않는다. 단, 요리에 취미가 있고 경로당에 가서 중국음식을 만들기에는 재료도 재료지만 조리기구를 가지고 다니기가 매우 불편하기에 중고차를 하나 사기로 마음먹었다.

"수정아 이번 주말에 시간 있어?"

"왜? 시간은 많지."

"중고차 하나 사려고"

"정말, 그럼 중고차를 사면 조리도구도 더 살 수 있겠네?"

"그럼, 무엇을 사려고 하는데?

"일단 웍을 사야 돼."

"웍이 무엇이야?"

"왜 중국집에 가면 주방장이 프라이팬보다 더 크고 밑이 더 크게 파인 것으로 재료를 볶을 때 쓰는 거야. 그리고 가스통과 가스레인지도 사야 해."

"왜?"

"볶음 요리를 할 때면 화력이 중요한데 대부분의 경로당에 있는 가스레인지는 화력이 크지 않아서 볶음 요리를 하기가 어려워."

"이러다 우리 중국요리집 차리는 것 아니야?"

"내가 주방장 하고 아빠는 사장님 하면 될 것 같은데."

둘은 마주 보며 크게 웃었다. 이런 것이 행복인가? 수정 아빠의 이혼에 대한 두려움은 사라졌고 가슴속에는 어느새 따뜻한 무엇인가가 자리하고 있었다.

현주에게는 요즘 말을 붙이기도 좀 불편하다. 지난 모의고사에서 275점을 받은 현주는 체력장 점수 20점을 합해도 295점밖에 되지 않았기 때문이다. 이 점수면 서울의 명문대학을 갈 수는 있어도 거기는 사립대학이고 현주가 원하는 국립대학인 S대학 경영대는 갈 수 없는 점수다. 물론 모의고사는 실제 학력고사와 비교하여 조금은 어렵게 나오지만 실제 그렇게 될 것이라는 보장도 없기에 초조함을 느낀 모양이다. 중요한 것은 이번 모의고사 점수가 그전 모의고사 점수와 비교하여 향상된 것이 별로 없다는 것이다. 준서의 경우야 워낙 아는 것이 없는 상태에서 공부만 좀 하면 그대로 점수가 올라가지만 현주는 공부가 어느 정도 되어 있었기에 아무리 열심히 공부를 해도 점수가 많이 올라가지 않는 것은 당연한 것이리라. 현주가 받고 있을 스트레스를 생각하면 준서가 아무리 현주를 도와주려고 해도 도와줄 수 있는 것이 전혀 없기에 답답한 준서다.

"두 분 이번 주 토요일 시간 되시나요?"

언제나 밝은 수정이다. 준서는 현주 곁에 그런 수정이가 있어 크게 다행이라고 생각했다.

"왜?"

준서와 현주는 거의 동시에 수정이를 보며 물어보았다.

"아빠가 중고차를 샀거든."

"그래서 어디 놀러 가자고? 네가 운전면허가 있는 것도 아니고 네 아빠하고 같이 가면 꽤 불편한 텐데?"

"아 이 양반들이 어디 놀러 갈 생각만 해. 경로당에 가서 같이 음식 봉사하자고."

현주는 며칠 전 수정이가 만든 떡갈비와 함께 맥주를 마신 것이 생각났다. 현주야 아빠가 돌아가신 원인이 술이었기에 거의 마시는 흉내만 냈을 뿐 술은 수정이 혼자 마셨다. 그때 어느 정도 술을 마신 수정이는 그저 울었다. 아무 말도 하지 않고 그저 울기만 했다. 늘 밝은 수정이였기에 현주는 몹시 당황했지만 부모님의 이혼으로 받았을 충격이 그만큼 클 것이라고 생각했고 어떤 말로도 위로가 되지 않을 것이라고 생각하여 그저 안아 주었을 뿐이다.

"좋아."

이번에도 준서와 현주는 거의 동시에 대답했다. 현주는 겉으로는 내색하지 않는 수정이의 슬픔을 달래 줄 목적으로, 준서는 현주의 스트레스를 조금은 풀어 줄 수 있지 않을까 하는 생각에서.

놀라웠다. 일단 수정이의 음식 솜씨에 대해 놀랐다. 수정이가 한 음식은 양장피로 중국집에서 이 음식이 얼마에 팔리는지는 모르지만 이런 정도의 음식을 파는 중국음식점이 있다면 한번 돈을 주고 사 먹을 수도 있다고 생각했다. 또한 양장피를 다 먹은 후에 수정이는 짜장면을 만들었는데 이 역시 중국음식점에서 파는 것에 비교하여 전혀 못하지 않다. 오히려 중국음식점에서 파는 짜장면은 너무 기름진데 반하여 수정이가 만든 짜장면은 야채가 많이 들어가서 그런지 담백하고 감칠맛이 났다. 두 번째 놀란 것은 음식을 대접받는 할머니와 할아버지들이다. 그들은 공짜로 음식을 대접받아서 그런지는 몰라도 양장피와 짜장면을 먹는 모습이 너무 행복해 보였다. 평생에 행복이라는 것은 전혀 경험해 보지 못한 준서는 그 모습이 너무 인상적이어서 도대체 이런 작은 것 하나로도 사람이 행복해질 수 있다는 것에 놀랐다. 세 번째 놀라운 것은 수정이의 음식을 하는 태도다. 아직은 더위가 완전히 가시지 않은 초가을인데 화력이 센 가스레인지 앞에서 땀을 뻘뻘 흘리며 음식을 하려면 꽤 힘들 텐데 그런 내색은 전혀 없고 오히려 기쁜 표정으로 음식을 하고 있다. 준서는 그런 수정이를 이제 어느 정도 이해할 수 있을 것 같았다.

새로운 삶과 '비창' 이야기

 어찌 되든 끝났다. 학력고사 시험을 마치고 고사장을 나온 준서는 후련함과 아쉬운 감정이 교차했다. 시험 이 주 전까지의 시간은 너무나 빨리 지나갔다. 해야 할 공부가 많은 준서로서는 당연하게 느끼는 감정이었지만 이상하게도 그 이후의 시간은 너무 천천히 흘러갔다. 그러기에 그 지루한 시간을 생각하면 후련했지만 아쉬운 감정도 있었다. 하지만 시험은 끝났고 이제 점수를 기다릴 뿐이다. 지난 일 년을 돌이켜 보면 준서에게는 너무 많은 일이 있었다. 지나온 일 년 이전의 시간은 그저 아무 희망도 없이 하루하루를 보냈을 뿐이다. 매향리를 온 이후에도 젊은 사람이 그냥 놀 수가 없어 매향상회를 보든가 아니면 품을 팔며 시간을 보냈을 뿐이다. 그러나 승규 형을 만난 이후의 준서는 이전과는 완전히 다른 삶을 살았다. 아직은 구체적으로 어떻게 살겠다 또는 대학에 가서 어떤 전공을 하겠다는 생각은 없지만 과거 장터에서의 삶과는 완전히 단절된 삶을 살았다.
 "오빠 어땠어요?"
 "글쎄, 잘 모르겠어. 모의고사보다는 조금 잘 본 것도 같은데 점수가 어떻게 나올지는 모르겠어. 특히 암기과목은 어지간히 본 것 같은데 국어와 영어는 많이 어려웠던 것 같아. 너는 어땠어?"

"저는 점수는 별 관심 없어요."

"아니 왜?"

"저는 어차피 점수에 맞추어 식품영양학과를 지원할 거고 딱히 어느 대학을 가겠다는 생각은 없어요."

"그런데 현주는 뭐해?"

"지금 안에서 채점하고 있어요."

"채점을 하고 있다고? 어떻게 채점을 해?"

"수험표 뒤에 자신이 선택한 답을 모두 적어 온 모양이에요."

준서는 도서관 안에 들어가 보았으나 현주는 채점을 하느라고 준서가 곁에 온지도 모르고 채점만 하고 있었다. 표정이 그리 밝지 않아 준서는 말도 붙이지 못하고 다시 도서관을 나와 수정이가 앉아 있는 벤치로 갔다.

"수정아 너는 진짜 어느 대학을 갈지 전혀 관심이 없어?"

"네. 전 요리사가 될 건데 학벌이 얼마나 중요하겠어요?"

"그래도 좋은 대학을 나와서 요리사가 되면 남들에게 자랑할 수도 있잖아."

"전 남들이 저를 어떻게 생각하냐는 전혀 중요하지 않아요. 제가 좋으면 되지 남들이 무슨 상관이에요. 그런데 오빠는 어떤 전공을 공부할지 생각해 봤어요?"

"사실 나는 어떤 전공을 선택할지 아직 생각해 본 적이 없어."

준서는 부끄러웠다. 대학을 진학해서 어떤 전공을 선택한다는 것은 자기가 설계한 인생이 무엇이고 그 설계한 인생을 살기 위해서 필요한 것이 대학 전공인데 수정이는 자신의 인생설계가 확실히 되어 있고 그래서 어느 대학을 진학하는 것은 전혀 중요하지 않고 단지 식품영양학과에 가면 된다는 생각을 하고 있는 데 반하여 준서는 전공에 대해서 생각해 본 적이 없다. 가정에 어떤 일이 있어도 그저 밝은 수정이를 볼 때 아무 생각도 없이 인생을 사는 그저 어린아이로만 생각했는데 정작 그런 수정이는 확실한 인생의 목표가 있고 아직 준서는 어떻게 살 것인가에 대한 구체적인 인생의 목표가 없다.

"어떻게 되었어?"

"잘 모르겠어요."

"잘 모르다니. 채점하지 않았어?"

"대부분은 했는데 시간이 부족한 과목은 미처 답안을 써 놓지 못해서 정확한 점수는 알 수가 없어요."

"그래도 대략은 알지 않아?"

"체력장 점수 포함해서 300점이 넘을 수 있을지 확신이 없어요."

300점이 넘지 않는다면 현주는 자신이 원하는 대학을 갈 수가 없다. 이번 학력고사 난이도도 중요하겠지만 현주는 S대학 경영대를 원하고 있었고 그 대학을 가기 위해서는 최소 305점은 되어야 갈 수가 있다. 물론 300점에 조금 못 미치는 점수는 S대학을 제외하고 어느 대학 어느 과도 갈 수 있는 좋은 점수이기는 하지만 거기는 모두 사립대학이기에 현주네 가정 형편을 고려하면 학교를 다니기가 매우 부담스럽기 때문이다.

"잘 나오겠지. 이제 그만 밥 먹으러 가자."

"그래 현주야 나 배고파. 밥 먹으러 가자. 그리고 오빠 오늘 술 한잔 사 주실 거죠?"

"너는 무슨 술꾼이냐? 고등학생이 술 마신다는 말이 그렇게 쉽게 나오고."

"지난번처럼 오빠가 술 사 주시면 되잖아요."

"시끄러워. 고등학교 졸업하면 실컷 사 줄게."

수정이와 준서의 농담에도 현주의 굳은 표정은 쉽게 풀리지 않았다.

벚꽃할매 댁을 떠날 시간이 점점 다가오고 있다. 준서가 학원을 다닐 때도 전 과목을 수강하지 않고 국영수만 수강한 이유는 절대적으로 공부할 시간이 부족한 것이 주요 이유지만 가지고 있는 돈이 얼마 되지 않은 것도 그 이유가 되었다. 준서가 가지고 있는 돈이라 해야 작년에 품을 판 것과 이모가 주신 목돈밖에 없는데 이는 학원비와 용돈으로 거의 모두 사용했고 이제 남은 돈도 얼마 되지 않는다. 농번기면 매향리서 품을 팔아 돈을 모을 수는 있지만 겨울에는 농촌에서 할 일이 거의 없다. 기껏 하는 일이라 해야 고추 모종을 위해 비닐하우스를 세우는 일인데 그야말로 모종만을 위해 비닐하우스를 세우기 때문에 그 규모가 너무 작아 돈벌이가 되지 않는다. 대학에 진학하게 되면 방을 구하는 것도 금전적으로 큰 문제다. 어차피 월세로 살 수밖에 없지만 월세 보증금은 목돈을 지불해야 하니 당장 첫 번째 수업료와 월세

보증금을 마련해야 한다.

"할머니 며칠 대전에 다녀오겠습니다."

"왜? 무슨 일이 있어?"

"이제 대학을 가게 되면 학교 근처에 방도 구해야 하고 해서 좀 알아보려고요."

벚꽃할매는 이미 준서가 매향리를 떠날 것을 아는 듯 크게 서운한 눈치다. 왜 아니겠는가? 준서가 벚꽃할매 댁에 산 지 이 년이 다 되어가고 비록 임대인과 임차인의 관계로 시작했지만 그런 관계가 희미해진 것은 이미 오래전으로 지금은 거의 가족과 같은 관계가 되었는데 떠날 준서를 생각하면 아마 장성해서 하나 둘 도회지로 떠나보낸 아들들이 생각나지 않을 수 없기 때문이다. 준서 역시 마찬가지다. 천대받고 괄시받은 고아원에 대한 추억이 좋을 리가 없으며 하루하루를 살기에 급급했던 청양 장터의 생활에 대한 그리움이 있을 수 없지만 매향리에서 친할머니와 다름없는 벚꽃할매를 만났기에 매향리를 떠나는 그 서운함은 벚꽃할매 못지않을 것이다.

유성에서 버스를 내린 준서는 C대학으로 향했다. 마지막 모의고사 점수로 고려하면 비록 좋은 과를 지원할 수는 없겠지만 C대학은 갈 수 있지 않을까 하는 막연한 희망이 있었고 비록 점수가 좋지 않을 지라도 생부를 만나기 위해서는 아무리 좋지 않은 과라 할지라도 최소한 C대학은 진학해야 한다는 생각이 있었기 때문이다. 버스를 내려 정문 앞에 서니 정문 앞은 대학교 앞이라고 하기에는 너무 이상한 점이 많았다. 우선 학교 앞에 건물이 거의 없다. 보통의 큰 대학교 앞이라면 크고 작은 건물이 꽤 있을 텐데 단층 건물의 분식집만 몇 개만 있을 뿐이고 그 뒤는 주로 논이다. 준서가 교통비라도 절약을 하려면 학교 근처에 방을 잡아야 하지만 학생들이 거주할 만한 집이 전혀 없었다. 겨울방학이라 그런지 캠퍼스 안을 돌아다니는 학생도 거의 없었고 차량도 거의 없었다.

C대학 캠퍼스는 꽤 넓었다. 특히 농과대학은 고개 하나를 넘어야 있었고 아마 준서가 이제까지 접해 본 기관 중 가장 넓게 건물들이 분포하고 있었다. 건물 하나 하나를 모두 들어가 볼 수는 없었고 캠퍼스 중앙에 위치한 중앙도서관에 들어가 보았는데 준서가 다니던 예산의 도서관에 비교하여 크기는 훨씬 크지만 책을 빌려주는 도서대출실과 공부를 할 수 있는 열람실로 구성되어 있는 것은 다르지 않았다. 특이한 것은 박물관이 있다는 것인데 준서가 별로 관심을 가질 만한 것은 없었다. 또한 중앙도서관 뒤쪽에 기숙사가 소재하고 있었으나 건물의 크기로 볼 때 많은 학생을 수용할 수 있는 시설은 아닌 듯하여 실망이 컸다. 만약 준서가 이 학교에 입학하여 기숙사에 들어가지 못한다면 학교 외부에 방을 잡아야 할 것이고 그렇게 한다면 기숙사에 들어가는 것보다 더 많은 비용을 지불해야 하기 때문이다.

학교를 한번 둘러본 준서는 유성으로 나가는 버스를 탔다. 학교 앞에 바로 위치한 버스 승강장에서 겨우 두 번의 승강장을 지나친 뒤 도착한 유성은 온천 관광지로 유명한 탓인지 저녁이 되자 반짝이는 간판으로 그 밝기가 낮에 못지않은데 대부분 술집이었다. 유성이 온천으로 유명한 것인지 아니면 술집이 많기로 유명한 곳인지 모를 지경으로 추위를 녹이고자 작년 추석에 갔던 다방으로 들어갔다. 시골 다방 종업원과 도시 다방 종업원은 그 지식의 정도부터 크게 다르고 세상을 보는 눈이 준서보다 더 앞서 있다는 것을 깨닫게 한 그 다방이다.

"못 보던 분이시네. 혼자 오셨어요?"

"네. 커피 한 잔 주세요."

"그럼 나도 커피 한 잔 해도 될까요?"

준서는 다방 종업원에게 이것저것을 물어볼 요량으로 흔쾌히 응했다.

"저… C대학 정문 앞은 왜 아무것도 없고 그저 분식집만 몇 개 있어요?"

"호 아무것도 모르시는구나. 그 대학이 이곳 유성으로 이사 온 지 얼마 되지 않아서 그래요. 그리고 그곳은 정문이 아니고 서문인데요."

"어 내가 다 둘러보았는데 문은 그곳 하나밖에 없던데요."

"혹시 학교 중앙에 있는 큰길 알아요?"

"네 그곳은 길이 끊어져만 있지 울타리도 없고 문도 없던데요."

"그곳이 바로 정문 자리예요. 그 앞에 가 보지는 않았죠? 그 앞에 옛날 집들이 많이 있고 논밭도 있는데 거기가 나중에 정문으로 개발될 자리예요."

"그리고 여기 유성에 저 같은 사람이 일할 자리가 있을까요? 싸게 묵을 숙소도 있으면 좋을 것 같구요."

다방 종업원은 커피를 마시며 고개를 약간 기울이고 준서를 호기심 가득한 눈으로 쳐다보았다.

벚꽃할매 댁에서의 마지막 밤이다. 할머니는 준서가 떠나는 것에 대한 아쉬움이 컸는지 저녁식사는 할머니가 준비하겠다고 했다. 준서의 부탁으로 현주와 수정이도 같이 저녁식사를 하게 되었다.

"준서 총각 떠나게 되면 어디에서 머물 거야?"

"학교 앞에 방을 구했습니다."

"아니 아직 대학에 합격한 것도 아닌데 이렇게 미리 떠날 필요가 있어?"

"일자리도 구했습니다. 입학하기 전에 돈도 좀 벌어야 할 것 같아서요."

"무슨 일을 하는 거야?"

"대전에 아는 형님이 사업을 하시는데 그분이 좀 도와달라고 해서 입학 전까지 거기에서 일을 하려고 합니다."

벚꽃할매는 준서에게 소주를 한 잔 따라 주며 서운한 마음에 눈물을 훔쳤다.

"가끔 연락은 할 거지?"

벚꽃할매와 식사를 마친 후 준서는 현주 그리고 수정이와 함께 뒷방으로 자리를 옮겼다. 현주와 수정이도 당황스럽기는 마찬가지였다. 당연히 늘 같이 있으리라 예상했던 것은 아니지만 막상 갑자기 준서가 떠난다고 하니 그 서운함은 말로 표현할 수가 없었다. 그들은 자신들도 모르는 사이에 서로 위로하며 의지하는 사이가 된 것이다. 어색함을 풀려는 듯 수정이가 먼저 입을 열었다.

"오빠 술 한 잔 주세요."

"너는 아직 졸업도 안 했는데 그리 술을 마시려고 하냐?"

"할머니가 우리 마시라고 술도 준비해 주었는데 뭐가 문제예요?"

"언제 할머니가 너 마시라고 술을 준비하셨어? 나 마시라고 준비해 주신 것이지."

"아이고 눈치가 그렇게 없어 어떻게 세상을 살려고 하시나? 오빠는 소주만 마시는데 할머니는 맥주도 준비해 주셨으니 그것은 우리 마시라고 준비한 거지 그럼 뭐예요?"

수정이는 준서가 따라 준 맥주를 한 잔 마셨으나 현주는 잔을 입에 댔을 뿐이지 말도 하지 않고 그저 어두운 표정으로 앉아 있을 뿐이다. 현주 아빠가 돌아가신 원인이 술에 있었기에 준서도 권하지 않고 술을 마셨다. 준서와 헤어지는 서운함은 수정이와 현주가 크게 다를 것이다. 수정이는 늘 밝기도 했고 준서와 만난 기간도 일 년도 되지 않지만 무엇보다도 수정이가 준서에게 속내를 말한 적이 없다. 그러나 준서와 현주는 겉으로는 표시하지 않았지만 서로 의지하는 사이였고 비록 준서가 현주에게 공부에 있어서 도움을 받았어도 정신적으로는 현주도 준서에게 크게 의지하고 있었다. 그러니 갑자기 떠나겠다는 준서의 말에 충격을 받은 현주다.

"오빠 방은 어디에 구했어요?"

침울한 표정을 지은 채 좀처럼 입을 열지 않던 현주가 준서에게 물었다.

"학교 정문이 들어설 자리 바로 앞에 아직 개발이 되지 않은 마을이 있더라고. 언젠가는 개발이 되겠지만 지금은 그냥 농촌 마을로 방값이 무척 싸. 거기에 월세로 계약했어."

"도와주기로 한 형님은 잘 아는 분이세요? 구체적으로 어떤 일을 해요?"

"현주야 너는 잘 알겠지만 나 아는 형님 없어. 그렇게 말한 것은 사실대로 말하면 할머니가 너무 걱정하실 것 같아 거짓말을 한 거야."

"그럼 어떤 일을 할 거예요?"

"학교 둘러보고 다방에 갔는데 다방 아가씨가 소개해 주었어. 아는 이도 없고 배운 것도 없는 내가 무슨 일을 하겠어. 나이트클럽 웨이터나 룸살롱 삼촌을 해 보는 것이 어떻냐고 했지만 그것은 내가 원치 않았고 다행히 유성은 술집이 많아서 하루 종일 문을 여는 해장국집이 여럿 있었어. 해장국집의 서빙은 주로 아줌마들이 하는데 아줌마들이 오밤중에 일하는 것을 기피하고 또한 술 취한 손님이 주정이라도 하면 대응하기도 너무 어려워서 돈이 급한 아줌마들이 주로 일을 하는데 일할 사람을 구하는 것이 무척 어려운 모양이야. 그래서 거기에서 일하기로 했어."

현주는 긴 한숨과 함께 맥주 한 잔을 단숨에 마셨다. 공부 문제라면 어떤 것이든 준서를 도와줄 수 있지만 경제적인 것은 현주가 도와줄 방도가 전혀 없다. 어색한 분위기를 돌리려는 듯 수정이가 말했다.

"오빠 거기 가면 언제든지 술과 밥을 얻어먹을 수 있겠네요?"

"그렇지. 언제든지 와라. 단, 잠자리는 해결해 주지 못한다."

"오빠 방 구했다면서요?"

"야 인마. 단칸방이야."

"단칸방이면 어때서. 오빠가 날 어쩔 건데?"

"거기까지만 해."

"어 이 오빠 혹시 나 좋아하는 것 아냐?"

이별에 대한 아쉬움의 표현은 각자 다르다. 수정이는 도를 넘는 농담으로, 그리고 현주는 걱정과 말없음으로.

살다 보면 기대했던 이상으로 좋은 결과가 나오는 경우는 거의 없다. 아마 그것은 결과에 대한 객관적인 판단보다는 기대가 늘 크기 때문일 것이다. 현주 역시 마찬가지의 결과를 받았다. 297점. 시간이 부족하여 작성한 답안을 수험표에 다 옮겨 적지 못해 정확한 채점을 하지는 못했지만 근거가 없는 막연한 희망으로 300점을 넘을 수는 있지 않을까 생각해 보기도 했다. 하지만 막상 결과를 받아 보니 어떤 대학을 지원할지 고민이 많이 된다. 현주가 본래 희망하던 S대학 경영대는 최소 300점은 넘어야 지원해 볼 수 있고 합격 안정권은 310점은 되어야 할 것으로 예상되었다. 물론 현주가 받은 점수는 S대학 경영대와 법대를 제외하고는 S대학 어느 과나 합격할 수 있는 좋은 점수이며 S대학을 제외하면 어느 대학도 합격 안정권이다. 하지만 S대학을 제외한 다른 대학은 사립대학으로 수업료가 만만치 않고 서울에서 생활할 때 생활비까지 고려하면 현주 엄마가 부담하기에는 벅차다. 벅찬 정도가 아니고 아예 불가능하다. 조금만 더 열심히 할 것을 하고 후회를 해 봐도 시간을 되돌릴 수는 없다.

"현주야 너 몇 점 받았어?"

"응 297점."

"그 점수면 네가 원하는 대학을 갈 수 있어?"

"아 그게 좀 부족한 것 같아."

"그럼 어떻게 해? 재수할 거야? 아니면 다른 대학을 갈 거야?"

"재수는 일단 어려울 것 같아. 생각을 좀 해 봐야 할 것 같아. 너는 몇 점 받았어?"

"히히 200점 조금 넘어. 이 정도면 내가 열심히 하지 않은 것을 고려하면 잘 나온 점수지. 하지만 난 점수에 맞추어 대학을 갈 거니 걱정할 것이 전혀 없어. 나는 그렇고 준서 오빠는 어떻게 되었을까?"

"이따 저녁때 식당에 전화를 해 보면 알겠지."

현주는 엄마를 보자마자 눈물부터 나왔다.

"많이 잘못되었어?"

"297점 받았어요."

"그 점수면 잘 나온 거 아니야? 너네 학교서 너보다 점수가 잘 나온 학생은 없을 것 같은데?"

"그런데 엄마 이 점수로는 S대학 경영대를 갈 수가 없어요."

"그럼 그 다음 대학 경영대를 가면 되지 뭐가 걱정이야?"

"그 다음 대학은 사립대학이라 수업료도 비싸고 서울이라 생활비도 많이 들어요."

"현주야 걱정하지 말아라. 네 공부는 이 엄마가 어떻게라도 해서 시켜 줄 테니. 너도 알고 있잖아. 네 외할아버지가 엄마에게 남겨 주신 땅도 있고."

현주는 외할아버지께서 엄마에게 남겨 주신 땅에 대해 잘 알고 있었다. 아빠가 돌아가시기 전에 그 땅 때문에 얼마나 엄마를 괴롭혔는지. 그러나 그 땅은 엄마가 가진 재산의 전부다. 그나마 그 땅에서 나온 돈으로 엄마가 생활비를 조금은 만들 수 있고 현주 가족이 생활할 수가 있었다. 그런 땅을 판다는 것은 현주는 상상할 수가 없었다. 차라리 엄마가 땅은 팔 수가 없으니 형편에 맞추어 지방 국립대를 가라고 하면 떼를 써서라도 서울에 있는 대학을 보내 달라고 할 텐데 아무 스스럼없이 땅을 판다고 하니 오히려 가슴이 아팠다. 아빠가 원망스러웠다. 그저 아무 일 없이 은행을 다녔더라면 가정이 망가지지 않았고 그랬으면 지금 현주가 받은 점수에 맞추어 대학을 가도 누구라도 축하할 만한 결과가 있을 것인데 그런 선택을 할 수가 없는 현주다. 누구를 원망한다고 해도 아무 소용이 없었다. 그저 더 열심히 하지 않은 자신을 원망할 뿐이지.

현주는 저녁때가 지나서 준서가 일하는 식당으로 전화를 했다.

"사장님 거기서 일하는 김준서씨 좀 부탁합니다."

수화기 넘어 사장님의 고함소리가 들렸다.

"준서 총각 애인한테 전화 왔어."

"오빠 점수 잘 나왔어?"

"응 232점 받았어. 마지막 모의고사보다 조금 더 나왔어. 그건 그렇고 너는 어떻게 됐어?"

"297점 받았어."

"모의고사 점수보다 잘 나오지 않은 것 같은데. 좋은 점수이기는 하지만 그러면 네가 원하는 S대학 경영대는 조금 어려운 것 아니야?"

"그래서 고민이 많아."

"지금 바빠서 오래 통화하기는 어렵고 시간 될 때 한번 다녀가라. 그 때 얘기하자."

"네 오빠. 그런데 힘들지는 않아?"

"내가 이런 것 저런 것 따질 상황은 아니지. 매일 일을 할 수 있다는 것만으로도 감사히 생각해야지."

수정이의 성적표를 받아 본 수정 아빠는 그래도 대견하다는 생각을 했다. 수정이가 공부에는 거의 관심이 없고 요리를 배운답시고 공부는 등한시했기 때문에 아주 좋지 않은 성적을 받을 것이라는 예상과는 달리 그래도 대학은 갈 수 있는 점수를 받았기 때문이다.

"아빠 나 잘했지?"

"그래 잘했다. 나는 네 점수가 아예 시원치 않을 것으로 알고 있었는데 그래도 대학은 갈 수 있을 것 같은데."

"나 대전에 있는 대학을 가려고 하는데 아빠는 어떻게 생각해?"

"음. 생각을 좀 해 보자."

수정 아빠는 고민에 잠겼다. 만약 수정이가 대전에 있는 대학에 진학을 한다면 달리 연고가 없기 때문에 아마 엄마와 함께 사는 것을 택할 것이다. 그렇지 않아도 아들 얼굴을 보는 것도 고작 한 달에 한 번 정도인데 수정이 동생은 아직 철이 들지 않아서 그런지 공부에는 여전히 관심이 없으며 더욱 걱정할 만한 것은 부자간의 정이 점점 희미해져 간다는 것이다. 이런 상태에서 수정이까지 엄마와 함께 살고 그런 이유로 수정이도 자신과의 정이 점점 사라져 간다면 과연 자신은 그 외로움을 어떻게 견딘다는 말인가? 아무리 수정이가 엄마와 살더라도 지금까지 수정이가 자신에게 한 것을 보면 그렇게 되지는 않을 것이라고 생각하지만 사람의 일은 알 수가 없으니 수정이에게 자신 있게 대답을 할 수가 없었다. 그럴 바에야 차라리 수정이가 대전이 아닌 서울에 있는 아무 학교라도 가는 것이 좋지 않을까 하는 생각을 해 보기도 했지만 아직 어린 딸을 너무 멀리 보내는 것 같아 그것도 내키지 않았다.

"수정아 네 점수로 서울에 있는 대학은 못 가냐?"

"아이고 아저씨 정신 차리세요. 이 점수로 어떻게 서울에 있는 대학을 가요."

"아니 서울에는 대학이 많이 있으니 찾아 보면 있을 수도 있을 텐데."

"서울에 갈 수 있어도 안 갑니다."

"왜?"

"나 아빠하고 멀리 떨어져서는 절대 못 살아."

"그건 또 왜?"

"나 죽을 때까지 아빠하고 같이 살 거야. 단, 나 대전에 있는 대학을 가면 학교 근처에 자취를 할 거니까 방값은 좀 들겠지만 그것은 아빠가 양보를 해 줘."

수정 아빠는 엄마 집에서 학교를 다니지 않고 자취를 하겠다는 수정이의 말이 그리 반가울 수가 없었다.

현주는 아무리 고민을 해도 쉽게 결정을 할 수 없었다. 집안의 경제 상황을 고려하면 서울로 진학을 할 수가 없다. 만약 S대학을 간다면 그것은 상황이 다르다. S대학은 국립대학으로 수업료도 싸고 잘 하면 기숙사를 들어갈 수도 있기 때문에 큰 출혈을 하지 않아도 가능할 수가 있다. 그러나 사립대학을 가는 것은 도저히 엄마가 경제적으로 견딜 수가 없을 것이다. 자신 혼자 잘되자고 엄마에게 큰 고통을 강요할 수는 없다.

"엄마 저 대전에 있는 C대학 갈게요."

"아니 왜? 엄마가 충분히 감당할 수 있다니까. 땅 팔고 이제 엄마도 제법 농촌일에 익숙해져서 농번기에 품을 팔고 하면 너 하나 대학 공부시키는 것은 충분히 할 수 있다고."

"제가 아무리 생각해 봐도 무리예요. 그리고 엄마를 여기 두고 멀리 서울에 가서 살고 싶지도 않아요."

"현주야 다시 한번 잘 생각해 봐. 네 아빠가 그 땅을 팔아 돈을 만들어 달라고 그렇게 엄마를 힘들게 했는데도 엄마가 그렇게 하지 않은 이유는 단 하나야. 다 너 공부시키려고 그런 거야."

"엄마 공부는 꼭 서울에 가서 해야 잘 된다는 보장은 없어요. 대전에 있는 학교에 가서 해도 저 충분히 잘 할 수 있어요. 그러니 그렇게 알아요."

현주 엄마는 현주의 주장에 전혀 동의할 수가 없었다. 현주는 분명히 서울에 있는 대학에 진학하는 것을 원하고 있으나 가정형편 때문에 대전에 있는 대학을 가겠다는 것이다. 현주는 어려서부터 부모의 말을 한 번도 어겨 본 적이 없는 아이였다. 그러나 자신이 옳다고 한번 고집을 부리면 그 누구도 현주의 고집을 꺾을 수 없기에 그런 경우는 그냥 빨리 수긍하곤 했는데 이번에도 고집을 부린다.

"현주야 네 아빠 잘못되고 내가 지금까지 살아 있을 수 있는 가장 큰 희망은 너였다. 네가 없었다면 아마 엄마도 지금 없을 거야. 그러니 고집부리지 말고 서울에 있는 대학을 진학해라. 너 하나 정도는 엄마가 얼마든지 공부시킬 수 있어."

"엄마 제발 부탁인데 나 때문에 살지 말고 이제는 엄마 인생을 살아. 나는 나의 인생을 살 거야. 그리고 가능하면 재혼도 해. 그리고 이제는 나에 대한 관심을 좀 꺼."

그렇게까지 말하려고 했던 것은 아니었는데 현주의 입에서 나와서는 안 될 말이 나와 버렸다. 현주의 말에 현주 엄마는 얼어붙은 듯한 표정을 하며 현주를 바라보았다. 현주 역시 말을 뱉은 순간 하지 말아야 할 말을 했다는 것을 알았지만 이미 입을 통해 나온 말을 다시 주워 담을 수는 없었다. 현주는 조용히 자리를 떴다. 이럴 때 준서 오빠가 곁에 있었으면 얼마나 좋을까? 그저 바라만 봐도 의지가 되는 사람. 현주는 조용히 준서를 불렀다.

"준서 오빠!"

선화 이모와 저녁을 함께 하기로 한 준서는 평소 보다 조금 일찍 외출 준비를 했다. 외출 준비라 해야 별다르게 할 것도 없지만 준서도 출근 시간이 있고 다방에서 일하는 선화 이모도 시간을 여유 있게 낼 수 없기에 만나기로 예정된 시간보다 조금 일찍 도착하려고 서둘렀다. 선화 이모는 남들에게는 다방에서 일하는 젊지도 않은 하찮은 여자에 불과할지 모르지만 준서에게는 참 고마운 분이다. 고아로 자랐기에 그리고 유성에서 지내는 것은 처음이라 누구에게 일자리를 부탁할 수도 없고 구할 수도 없는 상태에서 해장국집에 일자리를 소개한 분이다. 저녁 8시부터 아침 8시까지 꼬박 밤을 새워야 하기에 쉽지 않은 일이지만 쉽지 않기에 보수도 좋았고 식당에서 일하는 관계로 식대가 전혀 나가지 않았다. 아침은 일이 끝나고 식당에서 먹었고 저녁은 일을 시작하기 전에 먹었다. 그리고 점심이라고 말할 수 있는지 모르지만 일하는 중간인 새벽 2시경에 먹으니 식대로 비용을 전혀 쓸 필요가 없어 준서는 식당에서 받는 돈을 온전히 모을 수 있었다. 단 한 가지 불편한 것이 있다면 늘 같은 식당에서 밥을 먹으니 시간이 지날수록 꽤 질리기는 했지만 그런 것을 불평할 처지의 준서는 아니었다.

"어 벌써 도착했네."

선화 이모가 다방 주인의 눈치를 보지 않고 식사를 할 수 있게 준서는 미리 약속한 식당에서 고기를 굽고 있었다.

"예 앉으세요. 얼추 고기가 다 익었으니 이제 드시면 돼요."

"아줌마 여기 소주 한 병 주세요."

"어 이모 술 드셔도 돼요?"

"한두 잔 먹는 것이 문제가 되겠어? 그런데 너 왜 나를 이모라고 부르냐?"

"그럼 누나라고 불러요? 그러기에는 나이가 꽤 차이가 나는 것 같은데."

"얘 봐라. 나 그렇게 나이 안 많아."

선화는 준서가 이모라고 부르는 것이 그리 싫지 않았다. 다방에 오는 손님들은 선화를 김양, 언니 등 다양하게 부르는데 존중의 의미는 전혀 없고 그저 반말로 야! 라고 부르지만 않으면 다행이었기 때문이다.

고기 몇 점에 소주를 한잔 마신 선화 이모가 물었다.

"거기 일하는 것은 힘들지 않아? 시간도 길고 밤새 일하는 것은 쉽지 않을 텐데?"

"아직 젊어서 그런지 할 만합니다. 밤새 일해서 그런지 보수도 좋고요."

"단시간에 돈을 벌려면 차라리 호스트바에서 일하는 것이 최고인데. 너는 젊고 얼굴도 곱상해서 호스트바에 가면 인기가 많을 거야."

"거기는 좀….'

"그게 아니면 술집에서 웨이터를 하는 것이 벌이가 훨씬 나을 거야. 내가 소개해 줄 수 있어. 물론 진상 손님을 만나면 힘들기는 하겠지만."

"저는 그냥 해장국집에서 일하는 것으로 만족합니다."

"너 어차피 돈 벌려고 일하는 거 아냐? 돈이 어디 나쁜 돈과 좋은 돈이 꼬리표가 붙어 있는 것도 아니고."

"그런 데 가서 일하다 돈맛을 알게 되면 빠져나올 수 없을 것 같아서 그래요."

돈이 정말 급한 준서다. 당장 입학금도 마련해야 하고 얼마간 버틸 생활비도 벌어야 한다. 만약 준서가 입학하게 되면 밤새 열두 시간을 일하고 정상적인 학교 생활을 할 수 없는 것은 뻔하기 때문이다. 물론 호스트바에 가서 인기만 있으면 짧은 시간에 꽤 많은 돈을 벌 수도 있고 술집에서 웨이터로 일하면 해장국집에서 버는 것보다는 더 벌 수 있을 것이다. 선화 이모의 말대로 돈에 좋은 돈과 나쁜 돈이라는 표시가 있는 것은 아니지만 그들의 삶이 싫었다. 오직 돈을 벌기 위해서 손님들의 추태를 받아 주어야 하고 싫어도 싫다는 말을 하는 것은커녕 그저 마음에 없는 소리로 손님의 비위를 맞추어 줘야 하니 준서는 그것이 싫은 것이다. 청양 장터에서 일을 할 때도 그랬다. 물론 대부분은 그저 일만 하면 되었지만 어쩔 수 없이 폭력을 행사하는 것이 가장 싫었다. 거기서 일을 하고 있을 때는 잘 몰랐다. 그러나 지금 청양 장터의 생활과 결별하고 매향리에서 일 년 넘게 생활한 준서는 과거의 준서와는 완전히 다른 사람이 되어 있었다.

"거기도 진상 손님 많지?"

"많지는 않고 가끔 있어요. 그런데 너무 술에 취해서 그렇지 대부분 술과 밥만 먹고 가요."

"그럴 때는 어떻게 해? 술주정하면?"

"그냥 손님이 해 달라고 하는 대로 해요. 그래도 손님이 계속 주정을 하면 사장님을 부를 수밖에 없죠. 다방에도 진상 손님 많아요?"

"술주정하는 것과 비교하면 진상이라고 할 수는 없지. 그저 반말을 예사로 하니 그게 문제지만 하도 익숙해져 있어서 그냥 그러려니 해."

"그렇군요."

"암튼 고맙다. 해장국집 소개해 준 것이 별것도 아닌데. 내 몸땡이 탐내지 않고 밥 사 준 이는 너밖에 없었던 것 같아."

"오빠 여기가 유성 맛집이에요?"

"음 나도 여러 곳을 다녀 보지 않아서 맛집인지는 잘 모르고 가격이 저렴한데다 늘 손님이 꽉 차 있어."

수정이와 현주는 방을 구하기 위해서 대전에 왔다. 현주는 유성에 있는 C대학에 당연히 합격했고 수정이도 자신의 점수에 맞추어 M대학에 합격했다. 둘 모두에게 대전은 객지이고 현주는 기숙사에 들어갈 수 있음에도 불구하고 수정이와 함께 자취를 하기로 했다. 수정이와 함께 자취를 하면 방값도 절약되고 객지에서의 외로움도 덜 수 있으며 무엇보다도 수정이가 강력하게 함께 자취하기를 원했다.

"그래 원하는 방은 구했어?"

"아직요. 현주나 나나 버스를 한번 타면 학교를 갈 수 있는 장소에 방을 구하려고 하니 쉽지가 않아요."

"현주야 어서 먹어 봐. 주물럭이라고 하는데 이 근처에서는 제법 유명한 집이야."

언제나 밝은 수정이와는 다르게 현주의 표정은 밝지 않다. 왜 아니겠는가? 자신이 받은 점수로는 S대학 경영대를 제외하고는 한국의 어떤 대학도 갈 수 있는데 지방의 국립대를 진학하기로 했으니 마음이 편할 리가 없을 것이다. 서울에 있는 대학을 진학하라는 엄마의 권유를 뿌리치고 스스로 돈이 적게 드는 지방대를 선택했으니 자신이 선택했다고는 하나 실질적으로는 선택한 것은 아니다. 수정이는 자신의 점수에 맞추어 대학을 선택했고 현주는 자신의 가정형편에 맞추어 대학을 선택했다.

"오빠는 농사에 관심이 많아요?"

수정이가 C대학 농대에 합격한 준서를 보며 말했다.

"사실 나는 대학에서 무엇을 공부하고 그리고 대학을 졸업한 후에는 대학에서 공부한 것이 어떻게 영향을 줄지 잘 몰라. 그래서 그냥 점수에 맞추어 갈 수 있는 과 중에 그래도 졸업하고 농사를 지으면 어떨까 하는 마음에 농대를 지원한 거야."

준서가 받은 점수로는 C대학 중에 갈 수 있는 과가 그리 많지 않았다. 체육과를 갈 생각도 했지만 체육과는 실기시험도 있고 실기시험을 준비할 시간도 없었지만 무엇보다도 체육과를 졸업한 후에 무엇을 할지 도무지 생각이 나지 않았기에 지원하지 않았다. 그 다음에는 이과대학의 합격 커트라인이 낮은 과에 지원할 생각도 해 보았으나 과 이름도 생소했고 그 역시 졸업을 한 후에는 무엇을 하는 것인지에 대하여 전혀 아는 바가 없어 지원을 포기했다. 준서가 겨우 생각할 수 있는 것은 어머니가 남겨 주신 땅도 있으니 농대를 졸업하고 농사를 짓는 것인데 요즘 젊은이들은 농사가 힘들다고 해서 모두 농촌을 떠나지만 준서는 생각이 달랐다. 비록 농사가 육체적으로 힘들기는 하지만 땀 흘린 만큼 주는 것이 농사라고 생각했고 무엇보다도 사람 간의 관계로 인한 힘든 것을 피할 수 있다고 생각하여 농대를 지원한 것이다.

"오빠 오늘 재워 줄 수 있죠?"

"나는 밤새 일하니 내 방을 쓰는 것은 문제가 없는데 둘이 쓰기에는 좀 불편할 텐데."

"방을 구하면 어차피 현주랑 방을 같이 써야 하는데 연습하는 셈 치고 같이 써 보죠."

"현주야 너 술 좀 천천히 마셔. 안주 좀 먹고. 술 급하게 마시면 빨리 취한다."

"그래 현주야. 너 술 잘 마시지 않잖아. 이제 그만 마셔."

현주는 안주도 먹지 않고 벌써 소주 몇 잔을 들이켠 것 같다. 술을 마시고도 오늘 집에 가지 않아도 된다는 생각을 했기 때문인지 아니면 술을 마시면 괴로움을 잊을 수 있다는 생각을 한 것인지 모르겠지만 벌써 혀가 좀 꼬이기 시작한다.

"오빠도 술 좀 마셔 봐."

"얘는. 난 가서 일 해야지."

"그래도 좀 마셔."

"너희들 이제 술 그만 마셔. 그리고 남은 고기에 밥 볶아 먹자. 술 마시고 밥이라도 먹으면 다음 날 훨씬 수월해."

준서는 현주가 술 마시는 것을 억지로라도 막았다. 원하는 대학을 가지 못한 것에 대한 한이 크리라 생각했다. 하지만 술로 해결되는 것은 아무것도 없었다.

억지로 밥 몇 숟가락을 먹게 한 후 준서는 수정이와 함께 현주를 부축하여 일어났다. 학교 앞에 있는 준서가 묵는 방에 데려다 준 후 해장국집에 온 준서는 현주의 술 취한 모습이 자꾸 떠올라 일하는 내내 마음이 편치 않았다.

"사장님 잠깐 시간 되세요?"

"왜? 무슨 일 있어?"

준서는 손님이 뜸한 틈을 타서 사장님을 불렀다.
"저 삼월이 되면 지금처럼 오래 일을 할 수가 없어서요."
"어디 다른 곳에 일을 잡았어?"
"제가 삼월이면 대학에 입학을 하게 되어서 지금처럼 밤에 오래 일을 할 수는 없을 것 같아서 그럽니다."

첫 등교. 모든 것이 완벽했다. 이보다 더 좋을 수는 없다. 이제 학생회에 가입하여 생부를 찾기만 하면 된다. 단 하나 마음에 걸리는 것이 있다면 며칠 전 준서가 일하는 식당에 망치 형과 삼식이가 방문한 것이다. 물론 준서도 망치 형과 삼식이가 유성에 있는 것을 알지 못했고 망치 형과 삼식이도 준서가 유성에 있는 해장국집에서 일한다는 것을 알지 못했다. 아마도 그들은 그들의 계획대로 유성에 진출한 모양이다. 늦은 시간 망치 형과 삼식이는 준서를 알아보기는 했지만 별 말도 없이 해장국만 먹고 식당을 나갔다. 망치 형은 식당을 나갈 때 '또 보자'라는 말을 남기고 떠났는데 그것이 준서의 마음에 걸렸다. 준서가 망치 형을 또 볼 일은 전혀 없다. 또 본다고 할지라도 준서는 더 이상 망치 형이 두렵지 않았다. 하지만 망치 형의 비열함을 알기에 그가 어떤 짓을 벌일지 몰라 그것이 마음에 걸린다.

준서는 수강신청 할 때 처음 알았다. 대학에 오게 되면 전공과목만 배우는 것으로 알고 있었는데 시간 수는 적지만 교양과목도 필수적으로 들어야 하고 더욱더 특이한 것은 농대 전공과목은 농과대학에서만 수업을 들을 수 있지만 교양과목은 어느 대학에 가서 수업을 들어도 문제가 없다는 것이다. 그래서 준서는 현주와 상의하여 경상대에서 강의하는 철학 수업을 같이 듣기로 했다. 준서는 농대에서 한 과목 수업을 듣고 경상대로 넘어왔다. 농대에서 참석한 수업은 첫 시간이어서 그런지 교수님과 인사하고 교재를 소개받고 앞으로 어떻게 수업을 진행할 것인가에 대한 설명만 듣고 바로 끝났다. 두 시간 분량의 수업이었지만 삼십 분도 되지 않아 수업은 끝났고 현주와 약속한 시간은 아직 되지 않아 학생회관에는 무엇이 있는지 알아보기 위하여 문과대학 쪽으로 발길을 돌렸다. 봄은 문과대학부터 오는 것 같았다. 농대에는 여학생이 별로 없었는데 상대를 거쳐 문과대 쪽으로 가니 여학생도 많았고 꽃도 많이 피어 있었다.

  학생회관이 문과대학 앞에 위치하고 있어서 그런지 남학생에 비교하여 여학생이 참 많았다. 준서가 처음 출석한 농대 수업시간에는 대략 오십 명 정도의 학생 중에 여학생은 손에 꼽을 정도로 적었는데 아마도 문과대학은 여학생이 압도적으로 많은 듯하다. 학생회관은 1층에 학생식당이 위치해 있었고 그 크기는 준서가 처음 볼 정도의 크기로 아주 컸으며 2층에는 서점이 있었다. 특이할 만한 것은 2층과 3층에는 무엇을 하는 곳인지 알 수 없는 방들이 연이어 있었다. 방마다 붙어 있는 이름을 보면 독서반, 탈춤반, 탁구반, 합창단 등 알 것도 같고 모를 것도 같은 이름들이 붙어 있었다. 학생회관을 나와 서문에서 학교 쪽으로 들어오는 큰 길로 가니 군데군데 여러 곳에서 책상을 놓고 그 주위에 학생들이 서 있으며 지나가는 학생들에게 말을 붙이고 있어 호기심에 준서는 그곳으로 갔다.

"신입생이세요?"

"네 그런데요."

준서가 다가가자 한 여학생이 준서의 소매를 잡고 이끌었다.

"우리는 합창단 동아리인데요. 합창에 관심이 있으면 우리 동아리에 가입하세요."

"아 저는 노래는 전혀 못해서요."

준서는 다른 곳으로 가니 어느 걸걸하게 생긴 여학생이 준서에게 말을 붙였다.

"딱 보니 신입생이네. 우리 탈춤반에 가입해요."

"탈춤반이 무엇 하는 곳인가요?"

"뭐 하기는. 그냥 탈 쓰고 노래하고 술 마시고 노는 거지."

"생각해 보겠습니다."

준서는 어떤 동아리에도 관심이 없었다. 생부를 찾기 위해서 오직 학생회에 가입할 생각뿐이다.

철학 수업 시간이 다가와서 준서는 경상대학 쪽으로 발길을 옮겼다. 경상대도 농대와 비슷한지 여학생보다는 남학생이 훨씬 많았다. 강의실 앞에서 준서는 현주를 만났다.

"오빠!"

"응 많이 기다렸어?"

"아냐 나도 금방 도착했어. 들어가자."

철학 수업은 경상대에서 수업을 진행해서 그런지 농대처럼 여학생이 많지 않았다. 이 수업 역시 첫 수업이라서 교재를 소개하고 바로 끝났다.

"오빠 오늘 시간 돼? 몇 시까지 식당에 가야 돼?"

"나 시간 많은데 왜?"

"응 오늘 오빠 시간 되면 수정이가 저녁 만들어 준다고 데리고 오래."

"현주야 나 오늘 시간 많아."

"식당 일은?"

"그렇지 않아도 개학을 하게 되면 식당에서 하는 일을 줄이려고 사장님께 말씀드렸거든. 그런데 사장님이 자기 애들 과외를 해 달래. 나는 절대로 안 된다고 했지. 그럴 실력이 되지 않는다고. 그랬더니 사장님 말씀이 자기가 24시간 해장국집을 하고 자기 부인도 가게에 많이 나와 있어서 애들이 집안에 부모가 없어서 그런지 공부를 전혀 하지 않는데. 하나는 중학교 일 학년 남자, 다른 하나는 초등학생 여자 아이인데 같이 놀아도 좋으니 월수금만 저녁시간에 과외를 해 달라고 부탁을 하셨어. 그래서 앞으로는 식당에서 일하지 않고 과외를 할 거야. 받는 총 금액은 식당보다는 못하지만 그래도 보수가 좋아서 일하는 시간으로 비교하면 식당보다 많이 받아."

망치가 유성에 진출하는 것은 이제 안착이 된 것으로 보인다. 망치는 당초에 유성 중심가에 가게를 내는 것을 주장했고 큰형님은 반대했다. 큰형님의 주장에 의하면 유성은 어떤 큰 계파나 세력이 있지는 않으나 본래 초등학교와 중학교가 하나밖에 없던 도시로 모두가 형님 아우 하는 사이고 어떤 일이 생기면 자기들끼리 똘똘 뭉쳐 대항하니 텃세가 매우 커 처음부터 중심가에 가게를 내는 것은 위험한 일이라는 것이다. 망치는 그런 큰형님의 주장을 인정하기 어려웠다. 큰형님의 나이 탓인지 아니면 결정적인 순간에는 조금 주춤하는 그의 성격 탓인지는 몰라도 망치 생각대로라면 어차피 부딪칠 거라면 단숨에 깨부술 수 있을 것 같은데 아직은 큰형님의 말을 따르지 않을 수 없기에 중심가에서 조금 벗어난 곳에 가게를 열었고 큰 저항에 부딪치지도 않았다. 하지만 망치가 걱정하는 것은 정작 다른 곳에 있었다.

유성에서 준서를 만나리라고는 생각도 하지 못했다. 망치의 기억 속에서 준서는 거의 잊혀 가고 있었고 잊히기를 원했다. 비록 마지막에 망치를 던져 준서를 눕히기는 했지만 그 모든 과정을 밑에 있는 애들이 다 지켜보았다. 누가 보아도 자신이 준서를 제압했다고 보기는 어렵고 오히려 자신이 던진 망치가 빗나갔다면 그날로 자신은 끝이었다. 더구나 그 소식은 큰형님의 귀에 들어가 큰 질책을 받았다. 큰형님은 알지도 못하는 조무래기를 직접 손을 봐 준 것이 문제가 된 것이다. 똘마니 하나 손봐 준 것이 문제가 되는 것은 아니지만 아마 다른 누가 제대로 제압하지 못했다고 고자질을 한 모양이다. 그것이 마음에 걸린다. 큰형님 밑에 자신 말고 별다른 놈이 없기에 큰형님은 자신을 의지하고 있었고 언젠가는 큰형님도 제칠 생각이었던 망치는 준서를 완전히 제압하지 못한 것을 이유로 자신도 다른 놈들에게 공격당할 기회를 준 것 같기 때문이다.

"삼식아!"

"예 형님."

"너 그 해장국집에 가서 준서가 왜 거기서 일하는지 요즘 무엇 하고 지내는지 좀 알아봐."

"예 형님."

"그리고 예산에 있던 그 계집애 알지?"

"형님 누구를 말씀하시는 거죠?"

"그 노름하다 망가진 은행원집 딸 말이야."

"아 예."

"그 애도 무엇 하는지 그리고 아직도 준서하고 잘 지내는지 알아봐."

"예 형님."

이제까지 자신에게 맞선 놈은 준서를 제외하고는 아무도 없었으나 앞으로도 그럴 것이라고 장담할 수 없었다. 그러니 자신에게 한 번 맞선 준서를 생각하면 확실히 준서를 꺾어서 밑에 놈들이 감히 자신에게 맞설 꿈도 꾸지 못하도록 해야 하겠지만 자신이 어떻게 하더라도 순순히 당할 준서가 아니었다. 준서를 그 계집애와 어떻게 엮을 방법은 없을까? 만약 지금도 준서가 그 계집애와 좋은 관계를 유지하고 있고 준서를 그 계집애와 엮는다면 준서의 성격상 자신에게 함부로 대항하지는 못할 것이라고 생각했다. 순간 망치의 머릿속을 스치고 지나가는 생각은 그 계집애의 아버지인 은행원이었다. 만약 당시에 은행원이 도박장에서 헤어나지 못하고 계속 도박자금을 요구할 때 작성한 차용증이 있다면 설령 빌려간 도박자금을 받았을지라도 차용증을 찢어 버리지 않았다면 준서와 그 계집애를 엮을 수도 있다고 생각했다.

망치는 예산 도박장으로 전화를 돌렸다.

"나 망친데 거기 책임자 좀 바꾸라."

"형님 저 그런데 아직 시간이 일러 아직 사무실에 나오지 않았습니다."

"지금 몇 시인데 아직 사무실에 없어. 느그들 나 없다고 똑바로 안 할래?"

"죄송합니다. 형님 그런데 어떤 일로 그러십니까?"

"한 삼 년 전에 도박장에서 망가진 그 은행원 알지?"

"예 형님."

"혹시 그 양반 차용증 없는 지 확인해 봐."

"그치는 이미 죽었다고 들었는데 그게 왜 필요하세요?"

"따질 것 없고 그냥 확인해 보고 전화나 해."

망치는 단순히 주먹만 쓸 줄 아는 그런 바보는 아니었다. 도박장 경력이 십 년 이상으로 별의별 사건을 겪으며 굳이 알지 않아도 되는 법률적 지식도 가지고 있었다. 도박에 빠진 사람들의 특성상 도박을 계속하려고 하며 자금이 부족할 때는 도박장에서 자금을 빌리기도 하는데 아주 가끔은 도박자금을 갚지 않고 극단적인 선택을 하는 경우가 있었다. 이 경우 도박자의 남은 재산을 회수하고 그러고도 빌려준 돈을 다 회수하지 못할 경우는 불법이지만 쉬운 방법인 가족을 겁박하여 받아 내기도 하고 합법적이지만 시골 사람들은 잘 모르는 법률을 이용하여 받아 내기도 했다. 물론 그 은행원은 담보 잡힌 집을 포기함으로써 빚은 모두 청산이 되었다. 그렇지만 그때 은행원이 빚을 모두 갚은 것을 이유로 차용증을 요구하여 회수할 정신은 없었을 것이다.

입학 후 몇 주가 지나 준서가 학과 사무실을 방문했으나 학생회에 가입할 방법은 없었다. 단과대학도 최소한 이 학년은 돼야 학생회에 가입할 수 있으니 현재 일 학년인 준서가 학생회에 가입할 방법은 이 학년이 되는 내년까지 기다릴 수밖에 없었고 또한 학생회 임원이 되어도 대학 간의 교류가 거의 없어 학생회 임원의 자격으로 S대학을 방문할 기회도 거의 없다는 것을 알게 되었다. 준서가 대학을 진학한 이유는 장터생활을 청산하고 떳떳하게 인생을 살기 위함도 있지만 다른 큰 목적은 생부를 찾기 위해 학생회에 가입하기 위함이었다. 하지만 학생회 임원이 되기 위해서는 일 년을 기다려야 하고 또한 학생회 임원이 되어도 S대학을 방문할 기회는 거의 없을 것 같아 답답한 마음뿐이다. 준서가 생부를 찾으려는 이유는 자식임을 인정받고 부모 없이 지낸 시간에 대한 보상을 요구하려는 것은 전혀 아니다. 그는 단지 생부가 왜 어머니를 버렸어야 했는지 그 이유를 따져 묻고 싶었다.

매주 화요일은 현주를 만나는 날이다. 둘이 약속한 것은 아니지만 화요일에는 과외가 없어 저녁에도 시간이 있고 둘이 같이 수강하고 있는 철학 수업이 끝나고 나면 저녁 시간이 되기 때문에 수업이 끝나면 준서와 현주는 자연스럽게 함께 저녁식사를 했다. 오늘은 지난번 수정이가 자취방에서 준서에게 식사를 대접했기에 셋이서 뭉치기로 했다.

"오빠 학생회에 가입하는 것은 어떻게 되었어?"

수업이 끝나고 수정이와 함께 만나기로 한 약속 시간에 여유가 있어 준서는 현주에 함께 약속 장소로 걸어가고 있었다.

"방법이 없어. 학생회 임원이 되려면 최소한 이 학년은 되어야 하고 학과 사무실에 문의해 보니 타 대학과의 교류도 거의 없다는 거야. 난감한 상황이지."

"내가 좀 더 열심히 공부해서 S대학을 진학했어야 했는데."

"그러게 말이다."

"참. 매향리에서 일했던 그 오빠에게 물어보면 안 될까?"

"승규 형. 그래 승규 형에게 편지라도 한번 해 봐야겠다. 그건 그렇고 너 대학생활은 어때?"

"음. 친구 사귀는 것은 나쁘지 않아. 단, 같은 고등학교 출신 학생이 거의 없어서 다른 학생들이 동문회를 간다고 할 때는 살짝 부러워."

"검정고시 출신인 나는 어떻게 하라고. 수업 듣는 것은 어때?"

"이렇게 말해도 되나?"

"왜?"

"교수님들이 수업에 성의가 전혀 없어. 수업 준비도 잘 하지 않는 것 같고. 수업시간에 늦게 오는 것은 흔히 있는 일이고 휴강도 심심치 않게 있어."

"많이 속상하겠구나."

삼사식당. 식당 이름 치고는 꽤 특이하다. 말만 식당이지 학생들이 주로 이용하는 술집이다. 가격도 저렴하고 가격에 비하여 음식의 질도 매우 좋아 이렇게 장사를 해서 이문을 남길 수 있는지 의문이다. 이런 정도면 학생이 아닌 동네 주민들도 이용할 만한데 학생이외의 손님은 거의 찾아볼 수가 없다. 설령 학생 이외의 손님이 방문을 해도 식당 안은 학생들로 가득 차 있기 때문에 학생이 아니면 이용을 꺼리는 식당이 되어 있었다.

"뭐야 두 사람. 왜 이렇게 늦게 왔어? 혹시 나 빼고 둘만 데이트하는 것 아냐?"

"약속 시간에 늦지 않은 것 같은데?"

"이 식당 일찍 안 오면 자리 없다는 거 몰라?"

"그런데 너 수업은 다 마치고 왔냐?"

"수업이 뭐가 중한데. 우리 셋이서 만나는 것이 훨씬 중요하지."

언제나 변함없는 수정이다. 부모님의 이혼으로 인한 상처가 작지 않아 힘든 시간을 보냈을 것이 뻔한데 상처를 완전히 극복한 것인지 아니면 외면하며 지내는 것인지 알 수는 없지만 수정이는 언제나 밝다.

"수정아 너 학교 생활은 어때?"

"뭐가 어때 그냥 다 좋지."

"뭐가 그렇게 좋아?"

"친구들 만나는 것도 좋고 교수님들에게 수업 듣는 것도 좋고 동아리 활동도 좋고 다 좋아."

"교수님들은 수업에 충실하셔?"

"충실하지 않으니 더 좋지. 두 시간 분량 수업 한 시간에 끝내니 좋고 휴강을 하니 더 좋고 이보다 더 좋을 수는 없지."

같은 상황을 대하는 수정이와 현주의 반응은 정반대다. 행복과 불행을 결정하는 기준은 무엇일까? 원하는 모든 것을 이루면 행복해질까?

분명히 행복은 여기와 저기 사이 그 중간 어디에 있을 텐데 그 기준은 사람마다 다른 모양이다.

다른 사람을 가르쳐 본 적이 없는 준서였다. 처음 몇 번은 도대체 준서 자신도 무슨 말을 했는지 기억도 잘 나지 않았으나 이제는 좀 익숙해졌다. 가르치는 학생이 중학교 일 학년이 아니었다면 아마 중도에 과외를 포기했을 수도 있다고 생각했다. 다행히 중학교 일 학년 수학은 진도에 맞추어 한번 풀어 보면 과외를 진행할 수가 있었고 문제는 영어였다. 영어는 준서도 제대로 공부를 해 본 적이 없기에 난감했으나 현주가 준서에게 말한 대로 단어부터 외우게 했고 참고서를 따로 공부를 해서 가르쳤으니 과외를 받는 학생이 공부를 하는 것인지 과외 선생님인 준서가 공부를 하는 것인지도 잘 구분이 되지 않았으나 몇 번 과외를 해 보니 요령이 생겼다. 그 요령 중에 하나는 숙제는 내는 것이고 매번 과외를 시작할 때 숙제를 낸 부분에 대해 간단한 시험을 보는 것이다. 시험을 결과를 보면 숙제를 제대로 했는지 하지 않았는지 알 수가 있으며 준서가 일방적으로 떠드는 것보다는 학생의 이해도에 맞추어 수업을 진행하니 나름 성과가 있었다.

"성배야 과외를 받아 보니 좀 어때?"

"힘들어요. 선생님."

"선생님이라고 하지 마. 그냥 형이라고 해."

"그래도 어떻게 선생님을 형이라고 해요?"

"너 나 선생님이라고 부르면 과외 안 한다. 그러니 앞으로는 그냥 형이라고 해."

"공부를 안 하다가 하려고 하니 힘들어요. 그래도 형이 도와주니 좀 할 만해요. 특히 학교에서는 선생님이 무슨 말씀을 하시는지 잘 알지도 못했고 창피해서 모르는 것을 물어볼 생각도 하지 못했는데 형은 제 실력을 뻔히 알기에 별로 창피하지 않은 것이 좋죠."

준서도 그랬다. 몇 년 동안 공부를 전혀 하지 않은 상태에서 검정고시 준비를 할 때에는 너무 막연했고 도대체 어떻게 해야 할지를 몰랐었다. 그러기에 현주가 늘 준서 곁에 있지 않았다면 아마 검정고시 공부를 포기했을 수도 있었다. 그렇게 포기할 마음을 먹었을 때마다 현주가 곁에서 준서를 무시하지 않고 늘 차분히 가르쳐 주었고 할 수 있다고 격려해 주었기에 오늘의 준서가 있는 것이다. 그러고 보면 사람의 인생은 늘 옆에 있는 사람이 중요한 것 같다. 청양 장터에 있을 때는 늘 곁에 삼식이가 있었기 때문에 공부할 생각 자체가 없었고 매향리에 와서 승규 형을 만나 공부할 생각을 하게 되었고 공부를 시작했을 때도 현주가 곁에 있지 않았다면 아마도 중도에 포기했을 것이다. 준서는 이제까지 살면서 다른 이에게 무엇인가 긍정적인 영향을 끼친 적이 있는 가에 대해서 생각해 보았다. 아무도 없었다. 준서는 이제까지 다른 사람에게 도움을 받았으면 받았지 준 적은 없었다. 비록 돈을 받고 하는 과외이기는 하지만 성배에게 조금의 도움이라도 되면 좋겠다는 생각을 했다.

"성배 오빠! 선생님 전화 받으라고 해."
"나?"

준서는 깜짝 놀랐다. 준서가 과외하고 있는 것을 아는 이는 현주와 수정이뿐이다. 그리고 현주와 수정이도 준서가 과외를 한 지 얼마 되지 않았기에 이 집의 전화번호도 모른다. 그런데 대체 누가 준서에게 전화를 했다는 말인가?

"누구세요?"

"준서야 나 삼식이."

"너 어떻게 이 전화번호를 알았어?"

"해장국집에 가서 너를 찾았더니 사장님이 전화번호를 알려 주셨어. 좀 만나자."

"무슨 일인데?"

"만나서 얘기하자."

삼식이를 만나는 것은 아무 문제가 되지 않는다. 삼식이는 준서에게 피해를 줄 친구도 아니었으며 그럴 능력도 되지 않는다. 그러나 문제는 삼식이가 망치 형 밑에서 일을 하고 있다는 것이다. 망치 형과의 일이라면 준서는 서로 주고받을 것도 없이 모든 계산이 끝났다고 생각했다. 설령 망치 형이 다시 힘으로 앞을 막는다면 지지 않을 자신도 있었다. 그러나 머릿속에 뭔가 개운치 않은 것이 남아 있는 것을 느끼는 것은 어쩔 수가 없었다. 준서는 과외를 마치고 선화 이모가 일하는 온천다방에서 삼식이를 만나기로 했다.

"어 준서 학생 이 시간에 여기 웬일로 왔어?"

"친구를 만나기로 했어요."

"어떤 친구인데 이 시간에 만나?"

"그럴 일이 있어요."

얼마 지나지 않아 삼식이가 도착했다.

"무슨 일이야?"

"망치 형이 무슨 일을 꾸미는 것 같아."

"아니. 너는 잘 알고 있지. 망치 형하고 나하고 계산할 것이 뭐가 남아 있기는 해?"

"그것은 네 생각이고 망치 형은 그렇게 생각하지 않는 것 같아. 지난번에 망치 형이 망치를 날려 너를 눕히기는 했지만 망치를 던지기 전에는 너를 당해 내지 못했으니 그게 분한 모양이야. 그것도 다른 애들이 보는 앞에서 그렇게 되었으니 많이 쪽팔렸겠지."

현주는 도저히 마음을 잡을 수가 없었다. 원하는 대학을 진학한 것은 아니지만 수업이 너무 헐렁하여 그저 아무것도 하지 않아도 수업을 따라가는 것이 전혀 지장이 없었다. 스스로를 긴장시키기 위하여 도서관에 가도 학생이 거의 없기에 혼자서 멀뚱히 공부하는 것은 이미 매우 지루한 일이 되어 있었다. 그렇다고 수업이 없는 시간에 그저 먼 산을 바라만 볼 수도 없는 일이라 수업이 없는 시간이면 도서관에서 소설책을 빌려서 읽었고 그것도 싫증이 나면 학생회관 2층에 있는 음악감상실에 가서 음악을 들었다. 음악감상실에서는 아무것도 하지 않아도 전혀 문제가 되지 않았다. 그저 푹신한 의자에 몸을 묻고 소설책을 읽거나 남들이 신청한 음악을 듣고 이것도 저것도 원치 않으면 눈을 감고 졸면 그만이었다. 문제가 있다면 음악감상실에서 틀어

주는 음악은 모두 클래식 음악이었고 대학 입시 시험에는 음악과목이 없어 모두 생소한 음악뿐이었다.

  클래식 음악은 들으면 들을 수록 묘한 매력이 있었다. 현주가 고등학교 시절에 즐겨 듣던 음악은 팝송이나 대중음악이었고 때로는 음악을 들으며 공부를 한 적도 있었다. 그러나 한 곡을 다 듣는데 드는 시간은 약 3분 정도밖에 되지 않았고 한 곡이 끝나고 다른 곡이 시작되면 분위기가 달라지고 분위기가 달라지면 느낌도 달라지기에 지속된 감정을 머릿속에 가지고 있기 어려웠다. 하지만 클래식 음악은 대부분 한 곡의 시간이 길기에 지속된 감정을 가슴속에 담아 두고 충분히 느낄 수가 있었다. 그러다 어떤 감정도 느끼지 못하면 등을 소파에 더 깊이 묻고 자면 그만이었다. 음악감상실의 파란색 소파는 어느새 현주에게 그 어느 곳에서도 제공하지 못하는 편안한 휴식처가 되었다. 그리고 현주는 그런 편안함을 준서와 함께하고 싶었다.

  '비창'이라는 간판의 다방에 들어선 준서는 먼저 와 있는 현주를 마주하고 앉아 물었다.

  "여기 뭐 하는 곳이야?"

  "커피 마시는 데죠."

  "그런데 조금 이상하네. 간판부터 무슨 다방이라고 되어 있지도 않고. '비창'이라고 되어 있는데 슬픈 창문이라는 뜻인가?"

  "그런 뜻은 아니고. 마음이 매우 상하고 슬프다는 뜻이에요."

  "아니 왜 다방 이름을 그렇게 지었지?"

  "다방 이름을 그렇게 지은 것은 아닌 것 같아. 여기는 주로 클래식 음악을 들어 주는 다방인데 베토벤이 작곡한 곡 중에 비창이라는 이름이 붙은 피아노 소나타가 있고 또 차이코프스키가 작곡한 교향곡 중에 비창이라는 곡이 있어요. 아마도 둘 중 하나의 곡 이름으로 가게 이름을 정한 것 같아."

준서가 커피를 주문한 후에 다방을 둘러보니 이제까지 준서가 접했던 다방과는 다른 점이 또 있었다. 그것은 커피를 주문받고 가져다주는 종업원이 모두 준서 또래의 젊은이들이라는 것이고 그중에는 남자도 있었다. 그리고 다방 한구석에는 유리창이 붙은 방이 하나 있었다.

"현주야 저기는 무엇을 하는 곳이야?"

"오빠 저 박스 안 선반에 가지런히 꽂혀 있는 것 보이시죠?"

"응 그런데 책은 아닌 것 같은데."

"책은 아니고 전부 레코드판이야. 우리가 곡을 고른 후에 신청하면 저기서 곡을 틀어 주는 거지."

"저기 아무도 없는데?"

"여기 일하는 사람 지나갈 때 신청하면 틀어 줘."

준서가 처음 온 다방에 대한 호기심을 해소하는 동안 주문한 커피가 나왔다.

"이거 왜 이리 검지?"

"그건 블랙커피고. 그냥 마셔도 되고 크림이나 설탕을 넣어 마셔도 돼."

준서는 일단 아무것도 넣지 않고 마셨으나 너무 써서 크림과 설탕을 적당히 넣어 다방커피와 비슷하게 만들어서 마셨다.

"그런데 현주야 이거 아무것도 넣지 않고 마시는 사람이 있기는 해?"

"그럼."

현주는 차이코프스키 교향곡 6번과 베토벤의 소나타 8번을 신청했다. 현주는 눈을 감고 조용히 음악을 감상했다. 가끔 눈을 뜨고 커피를 마시기도 했지만 그저 조용히 음악을 감상했다. 준서는 그저 기다릴 수밖에 없었다. 처음 듣는 클래식 음악은 준서에게 지루하기 짝이 없었다. 이십 분 그리고 삼십 분이 지나도 음악은 끝나지 않고 너무 지루한 나머지 준서는 카운터로 가서 커피를 가져다 준 종업원에게 말했다.

"저 궁금한 것이 있는데요. 여기 가게 이름이 왜 '비창'이죠?"

"그것은 저도 몰라요. 사장님께 물어보세요."

"사장님 계세요?"

"사장님은 가게에 잘 오시지 않아요. 가끔 오시기는 하지만 오시면 커피 한잔 하시고 디제이 박스에 들어가셔서 음악을 좀 감상하시고는 바로 가세요."

"오빠 나가자."

준서의 지루함을 눈치챈 현주가 카운터로 다가오며 말했다.

엄마 집으로 향하는 수정이의 마음은 편할 리가 없었다. 수정이는 학교를 다니기 위하여 대전에 온지 두 달이 지나도 엄마 집에는 들르지 않았을 뿐만 아니라 전화도 하지 않았다. 그럼에도 수정이가 엄마 집을 가는 이유는 수정이 동생이 잘 지내는지 들여다보라는 아빠의 당부가 있었기 때문이다. 수정이도 엄마에 대한 그리움이 전혀 없었던 것은 아니었다. 동생의 공부를 목적으로 예산을 떠날 때 공부를 너무 강요하는 엄마가 싫어서 그리고 혼자 남을 아빠의 외로움 때문에 떠나지 않았지 수정이도 엄마와 함께 대전으로 이사를 가고 싶었다. 하지만 엄마가 동생과 함께 대전으로 이사를 하고 난 후 엄마가 아빠나 수정이에게 보여 준 모습은 매우 실망스러운 것이었다. 처음 몇 달은 예산 집에 와서 빨래도 하고 밑반찬도 만들고 나름 엄마의 빈자리를 메꾸려는 노력을 했으나 시간이 지날수록 그런 노력은 사라지고 그저 생활비가 적다는 불평만 하고 이로 인해 아빠와의 계속된 다툼은 결국은 이혼까지 이르렀으니 그런 엄마에 대한 원망이 없을 리가 없었다.

"엄마 어디 가셨어?"

"몰라. 엄마가 나가실 때 어디를 가겠다고 나에게 말하고 나가지는 않아. 오늘은 일요일이니 혹시 교회에 가셨을 지도 모르겠네."

"엄마 교회 다니셔?"

"그것도 잘 몰라. 전에는 가끔 나갈 때 교회에 간다고 했는데 내가 같이 교회에 간 적이 없기에 교회를 다니는지 아닌지 잘 몰라."

"점심은? 일요일에도 너 혼자 점심 먹어?"

"엄마가 나가지 않으면 같이 먹고 나가서 혼자일 때는 나 혼자 먹지."

"야 그런 말이 어디 있어? 일요일 점심은 주로 어떻게 해결했냐는 말이지."

동생의 말을 들어 보니 생활의 일관성이 전혀 없다. 집안을 둘러보아도 방 구석구석에 살림의 정성이 들어간 흔적이 보이지 않고 냉장고를 열어 보아도 살림하는 집이라고는 보이지 않는다. 수정이가 동생의 점심을 챙기려 하나 어떻게 해 볼 수가 없는 상태다. 아침도 먹지 않았는지 수정이 동생이 말했다.

"누나 컵라면 먹자."

수정이 동생은 엄마가 없으면 늘 그랬는지 컵라면 타령을 했다.

"잠깐 기다려 봐 누나가 김치 볶음밥 해 줄게."

수정이는 서둘러 쌀을 씻었다.

"누나 그런데 나 누나하고 같이 살면 안돼?"

"왜?"

"엄마는 늘 나가 있어. 아침에 도시락 싸 주면 그것으로 끝이야. 주말에도 이렇게 혼자 있는 경우가 많고. 누나하고 같이 살면 밥이라도 해 줄 거 아냐?"

"아빠에게 얘기해 볼게."

점심때가 훌쩍 지났으나 엄마는 집에 돌아오지 않았다. 어디서 무엇을 하는지 전혀 알 수가 없다. 일요일 오전부터 집을 나갔으면 교회에 갔을 확률이 높기는 하지만 자기 자식 밥 챙겨 주는 것이 중요한가 아니면 교회에 있는 것이 더 중요한가? 설령 교회에 갔다고 하더라도 늘 같이 지내는 내 자식이 중요하지, 있는지 없는지도 모르는 하나님이 더 중요한가? 화가 치밀어 어쩌지도 못하고 있는 와중에 엄마가 들어왔다.

"어디 갔다 이제 들어오는 거야?"

수정이는 화가 나서 자신도 모르게 크게 소리를 질렀다.

"어……."

"나갔어도 동생 밥은 어떻게 해 주어야 할 거 아냐?"

예고 없이 나타난 수정이가 갑자기 소리를 지르자 수정 엄마는 당황했다.

"이러려고 대전으로 이사를 온 거야? 동생 방치하고 나가 놀려고?"

"수정아 나 교회 갔다 왔어."

"교회? 가족보다 교회가 더 중요해? 교회는 그렇게 정신 나간 사람들만 모이는 데야?"

"너 무슨 말을 그렇게 하냐? 교회가 무엇인지 알고나 하는 얘기야?"

수정 엄마도 이제는 지지 않으려는 듯 크게 소리를 질렀다.

"모르기는 뭘 몰라. 종교가 가족보다 우선이면 그게 사기지. 내 새끼 밥은 해 주지 않고 교회에 가서 기도하면 하나님 그분이 다 해결해 준대?"

"너 나가!"

수정 엄마는 크게 소리를 질렀다.

그렇지 않아도 현주와 비교하여 모든 것이 부족한 준서다. 현주야 다른 학생들과 마찬가지로 중단 없이 학교를 계속 다녔지만 준서는 중학교 졸업 이후 학교를 다니지 않았고 대학교도 거의 벼락치기 공부로 입학했기 때문에 일반 상식도 부족했고 고전 음악 같은 것은 접해 볼 기회도 없었을 뿐만 아니라 아예 들어 본 적도 없다. 준서는 현주에 대해 좋아하는 마음은 컸지만 겉으로는 드러내 본 적이 없다. 현주네 집이 아빠 문제로 인하여 가세가 몹시 기울었고 그리하여 현주가 준서와 같은 대학을 진학했지만 준서가 보기에 현주는 닿을 수 없는 곳에 있는 여자였다. 만약 준서가 손을 뻗어 간신히 닿을 수 있다 하더라도 현주를 위해서는 그런 행위도 하면 안 된다는 생각을 했던 준서다. 하지만 현주에게 아주 무식한 사람으로 인식되기는 싫었다. 물론 현주가 준서를 무시하기 위해서 비창을 데려간 것은 절대 아닐 것이다. 그럴지라도 준서는 현주에게 기본 상식도 없는 근본 없는 그런 사람으로 생각되는 것이 싫었다.

  음악감상실에 도착한 준서는 차이코프스키 비창과 베토벤의 비창을 신청하고 소파에 몸을 묻었다. 오늘의 목표는 졸지 않고 끝까지 두 곡을 들어 보는 것이다. 현주와 함께한 비창에서의 시간은 마음의 준비가 되어 있지 않아서 그런지 아니면 음악 한 곡이 그렇게 길 것이라는 예상을 하지 못해서 그런지 지루하기 짝이 없었다. 아니면 고전 음악에 전혀 관심이 없는 준서는 오직 현주를 바라보고 현주와 대화하기를 원했는데 그러지 못해서 더 지루함을 느낀 지도 모른다. 어찌 되었든 음악에 대한 감상은 뒤로하고 일단 졸지 않고 끝까지 음악을 들으려 했다. 하지만 쉽지 않았다. 차이코프스키 교향곡 비창은 모든 악기가 함께 큰 소리를 내는 부분도 있었고 한 악기가 작게 소리를 내는 부분도 있어 졸음을 참는 것이 비교적 용이했다. 그런데 베토벤 소나타 비창은 오직 피아노로만 연주를 하여 단조롭다고 느껴서 그런지 졸음을 참기가 어려웠지만 차이코프스키 비창에 비하여 짧은 것은 큰 다행이었다. 감상이라고 말할 것도 없었다. 준서가 대학입시를 준비할 때의 생물 참고서를 처음 읽었을 때의 딱 그 느낌이었다.

현주를 처음 본 것은 은행원 가족이 말썽을 부리지 않고 이사 가는지를 먼발치에서 지켜본 것이 처음이다. 그때는 그들이 왜 이사 가는지도 몰랐고 멀리서 쳐다보았기에 현주의 얼굴을 자세히 볼 수도 없었다. 준서가 알 수 있는 것은 그저 은행원의 부인이 울고 있기에 은행원이 뭔가 큰 잘못을 했을 것이라고 추측만 했지 큰 관심은 없었다. 그 다음 현주를 본 것은 매향상회다. 매향리는 준서가 삼청교육대에 끌려가는 것을 피하고자 할 때 어디 갈 곳이 전혀 없어 온 곳에 불과하다. 그러나 매향상회에 술과 담배를 사러 온 현주의 모습을 본 준서는 겉으로는 태연한 체했지만 속으로는 적지 않게 당황했다. 나중에 본 현주 어머니의 이목구비를 닮아 예쁜 얼굴이었지만 단순히 예뻐서 놀란 것이 아니라 그녀의 눈은 준서가 어떻게 말로 표현할 수 없는 그런 눈이었다. 수정이와 비교하면 수정이는 밝고 해맑은 눈인데 현주의 눈동자는 깊이가 있어 준서로서는 전혀 읽을 수 없는 그런 눈을 가지고 있어 준서가 감히 함부로 대할 수 없었다. 그리고 그 당당함. 교복을 입은 채로 술과 담배를 사려고 하는데도 전혀 주눅들지 않은 그 당당함은 도대체 어디에서 나온 것일까?

그런 현주를 준서가 검정고시 준비를 하기 위해서 도서관에서 만났을 때는 사실 처음에는 말도 붙이기 어려웠다. 그녀는 겨우 여고생에 불과했지만 장터에서 만난 그 어떤 어른들보다 무게감이 있었고 함부로 할 수 없는 자신만의 큰 세계를 가지고 있는 그런 사람으로 느껴져 가까이할 수가 없었다. 하지만 매일 같은 공간에서 공부를 했고 또한 매일 같은 버스를 타고 집으로 갔으니 척진 사이처럼 일부러 말을 붙이지 않을 수도 없었고 공부를 할 때 전혀 이해되지 않는 것이 있으면 현주에게 물어보지 않을 수 없으니 의도하지는 않았지만 둘 사이는 점점 가까워졌다. 준서가 처음에 공부에 대해 물어볼 때면 현주가 무시하지는 않았지만 학원 선생님보다 더 어려웠으나 제대로 학교를 다니지 않은 준서를 측은히 생각한 것인지 아니면 준서가 공부를 대하는 태도가 진심임을 느꼈던 것인지 현주의 눈동자는 그 속을 알 수 없는 깊은 눈에서 따뜻함을 느낄 수 있는 그런 눈으로 변했고 어느새 현주의 모든 것은 준서의 가슴속 깊이 들어와 있었다. 그러나 준서에게 분명한 것은 준서가 현주에게 이성의 대상이 되어서는 안 된다는 것이었다. 현주가 머리에 든 것도 없고 주머니에 가진 것도 없고 또한 가족도 없는 준서를 그저 친한 오빠 정도로 생각해야지 그 이상으로 생각하는 것은 결코 현주를 행복하게 할 수 없다는 생각 때문이다. 집에 오니 승규 형으로부터 편지가 와 있었다.

"학생 편지 왔어."

"저에게 편지를 쓸 사람이 없는데요."

"학생 이름이 김준서 아니야?"

준서는 편지를 보낸 이가 승규 형임을 바로 알았다. 현주나 수정이는 준서의 집이 어디에 있는지 알기에 급한 일이 있으면 집을 찾아왔지 편지를 보낼 리는 없을 것이다. 생부를 찾기 위해 승규 형에게 조언을 구하는 편지를 보냈고 그러기에 준서에게 편지를 보낼 사람은 승규 형밖에 없다. 승규 형은 친구들에게 부탁해서 S대학 학생회에 준서를 도와줄 만한 사람을 찾아 보겠다고 한다. 단, 승규 형이 다니던 대학 학생회에서는 학생운동을 계속하지 않고 중도에 군대에 입대한 승규 형을 이미 변절자로 낙인찍은 까닭에 도와줄 학생을 쉽게 찾지 못할 수도 있다는 것이다.

지난 일을 생각해 보면 준서의 가족을 찾는 일은 쉽지 않은 우연의 연속이었다. 삼청교육대를 피하기 위해 매향리로 오지 않았다면 승규 형을 만나지 못했을 것이고 승규 형을 만나지 못했다면 아마 공부를 할 생각은 하지도 못했을 것이다. 검정고시를 위해서는 주민등록증이 필요했고 주민번호를 알았다면 다시 고아원을 찾을 일은 없었을 것이다. 고아원을 찾았을 때 순이가 졸업을 하여 고아원을 나갔다면 가족을 찾을 단서가 되는 쪽지를 받지 못했을 것이고 거기서 순이를 만났다고 할지라도 과거 준서가 순이의 부당함에 대해 대항하지 않았다면 순이 또한 준서의 파일에 관심을 갖지 않아 쪽지를 발견하지 못했을 것이다. 그랬다면 준서가 지금처럼 이모를 찾고 또 생부를 찾으려는 일은 절대 일어나지 않았을 것이다. 어쩌면 준서가 현주를 만난 것과 생부를 찾는 것은 미리 정해진 준서의 운명이 아닐까?

현주에게 준서는 그저 바라보기만 해도 의지가 되는 아주 특별한 존재다. 수정이의 경우는 아주 오랜 친구이며 무엇이든 털어놓고 말할 수 있는 그런 사이다. 누구에게도 말하기 쉽지 않은 것을 털어놓는다는 것만으로도 큰 위안이 되지만 맘 놓고 기대어 쉴 수 있다는 생각은 들지 않는다. 하지만 준서 오빠는 다르다. 현주가 어떤 좋지 않은 일을 벌여도 또 어떤 말을 해도 그저 아무 말 없이 두 팔 벌려 그녀를 보듬어 안아 줄 것 같은 그런 오빠다. 하지만 지난 주 비창에 간 일은 좀 잘못되었다. 현주는 단지 새로 접한 음악에 대해서 더 알고 싶었고 그리고 준서에게도 그런 음악을 접하게 하고 싶었다. 그렇지만 대중음악과는 다르게 한 곡을 다 듣기에도 많은 시간이 필요하고 또한 가사도 없는 음악을 처음부터 감상하며 즐길 수 있는 사람은 별로 없을 것이다. 게다가 음악을 감상하려면 대화를 하기도 어려운데 일주일에 겨우 한 번 만나는 오빠를 비창으로 데려간 것은 현주의 실수였다.

철학 수업이 끝났다. 철학 수업이 있는 화요일은 준서가 과외가 없는 날이고 또한 수업이 끝나면 저녁 시간이 가까워 오기에 둘은 의례적으로 시간을 함께했다.

"오빠 오늘은 어디를 갈까? 오빠가 가끔 간다는 그 온천다방을 가는 것은 어때?"

"거기. 거기는 아저씨들만 가는 다방이야."

"아저씨들만 가면 어때. 나 혼자서는 갈 수 없으니 나도 오빠 덕에 그런 다방 한번 가 보고 싶어."

"아서라. 그러지 말고 지난 주에 갔던 비창 가자."

"거기는 커피값도 비싸고 너무 지루할 것 같아. 다들 음악을 듣고 있으니 말도 크게 할 수도 없고."

"너만 조용히 있으면 돼. 그리고 나 하나도 지루하지 않아."

비창은 늘 그랬다. 주로 학생들로 보이는 젊은 사람들만 있었고 누구 하나 크게 떠드는 사람도 없었다. 간혹 혼자 와서 커피를 마시며 음악만을 듣고 있는 사람도 있었다. 둘은 커피를 시키고 지난번에 들었던 차이코프스키 교향곡 6번 비창과 베토벤의 피아노 소나타 8번 비창을 신청했다.

"오빠 솔직히 말해 봐. 지겹지?"

"너 그러고 보니까 나를 아주 무시하는 것 같아. 너 말해 봐. 베토벤의 3대 피아노 소나타가 무엇인지."

"네?"

"베토벤이 작곡한 피아노 소나타 32곡 중에 제일 유명한 3개의 피아노 소나타가 무엇인지 말해 보라고."

"그런 것이 있어?"

"너 고전음악에 대해 잘 모르는 구나. 베토벤은 32개의 피아노 소나타를 작곡했고 그중 제일 유명한 3개의 소나타는 월광, 열정 그리고 지금 우리가 신청한 비창이야."

현주는 속으로 깜짝 놀랐다. 물론 도서관에 가서 책을 찾아보면 알 수 있는 내용이다. 그렇지만 지난 주에 비창에 와서 음악을 신청할 때는 분명히 오빠는 그런 것에 대해서 전혀 모르는 것 같았다. 그러기에 누가 보기에도 너무 지루하여 어쩔 줄 몰랐던 준서 오빠가 오늘은 자신도 모르는 내용도 말을 하고 있다. 더욱 놀랄만한 것은 차이코프스키 비창이 나오는 중에 그 리듬을 입으로 흥얼거린다는 것이다. 그렇다면 이 음악을 조금은 머릿속에 외우고 있다는 것이고 그렇게 할 수 있다는 것은 최소한 몇 번은 반복하여 음악을 들었다는 것인데 어떻게 그럴 수 있는지 의문이다. 현주의 준서에 대한 마음은 커져만 가고 있는데 준서는 자신에게 마음을 잘 표시하지 않는다. 혹시 현주만 준서를 그리워하고 있는가 생각도 했지만 오늘같이 자신이 관심있는 것에 대해 공부하고 대화하려는 것을 보면 절대 그렇지는 않다.

현주가 음악은 듣지 않고 그렇게 딴 생각을 하고 있는 중에 준서가 불쑥 말했다.

"현주야 여기 사장님은 가게 이름을 지을 때 과연 누구의 곡을 생각하고 비창이라고 지었을까?"

"응? 그게 무슨 말이야?"

"아니 다방 이름이 비창이면 흔히 사용되는 말도 아니고 아마도 차이코프스키 비창이나 베토벤 비창을 생각하고 지었을 텐데 과연 누구의 비창을 생각하고 지었는지 궁금하다는 거지."

"그거는……."

"사장님께 한번 물어보자."

준서는 조금 전에 비창에 들어온 중년의 남자를 눈짓으로 가리키며 말했다. 그 중년의 남자는 가게로 들어오자마자 카운터로 향했고 일하는 사람들과 대화하는 모양으로 볼 때 사장임이 분명했다. 준서는 현주의 대답을 채 듣지도 않고 카운터로 향했다.

"사장님 저 음… 가게 이름을 비창으로 지은 이유가 궁금해서 그러는데요. 차이코프스키 비창을 염두에 두고 지으신 것인지 아니면 베토벤 비창을 생각하고 지으신 것인지 알고 싶습니다."

준서의 질문은 받은 사장은 말없이 준서를 빤히 쳐다보았다. 그는 얼굴이 벌게지며 간신히 입을 열었다.

"질문해 줘서 정말 고마워요. 여기서 일하는 애들도 나에게 그런 질문은 하지 않았는데. 두 작곡가 중 한 사람의 비창을 생각하며 가게 이름을 지은 것은 맞아요. 둘 중 누구의 곡을 선택하여 지은 것인지 생각해 보고 나중에 가게에 오면 말해 줄래요?"

그의 표정이 너무 진지하고 비장하여 준서는 더 이상 말을 붙이기 어려웠다.

준서와 현주는 비창을 서둘러 나와 삼사식당으로 향했다. 삼사식당은 워낙 인기가 있어 늦게 가면 자리를 찾기 어려운 이유도 있지만 준서의 물음에 대한 비창 사장님의 대답도 이해하기 어려웠고 더욱더 이해할 수 없는 것은 그의 태도였다. 준서의 질문이 그리 심각하거나 어려운 질문이 아니었음에도 불구하고 그의 태도는 충격을 받은 것처럼 매우 당황스러워하는 것처럼 보이기도 했고 어떻게 보면 기뻐하는 것 같기도 해 도저히 준서가 해석할 수가 없어 비창에 계속 있기 불편함을 느꼈기 때문이다.

"오빠! 사장님이 뭐라고 하셔?"
"글쎄, 잘 이해가 되지 않아."
"뭐라고 하셨는데?"
"일단 식당에 가자."

준서는 비창에서 사장님과 대화했던 것을 곰곰이 생각해 보았다. 일단 준서가 사장에게 물어본 것은 가게 이름을 차이코프스키의 비창을 생각하며 지었는지 아니면 베토벤의 비창을 생각하며 지었는지에 대한 질문이었다. 그 이상 어떤 질문도 하지 않았다. 그런데 그는 그 질문에 바로 답하지 않았다. 전혀 어려운 질문도 아니었는데 그가 바로 대답하지 않은 이유는 무엇일까? 단순히 대답을 늦게 한 것도 아니고 질문을 들은 그의 얼굴이 벌게졌다. 그렇다면 그가 어떤 작곡가의 비창을 생각하고 지었는지는 몰라도 사연이 있을 것이다. 그리고 그의 대답 중에는 질문을 해서 고맙다는 표현도 있었다. 그런 것을 질문해 주는 것이 고맙다고 할 만한 일인가? 전혀 고마운 일은 아니다. 또한 어떤 작곡가의 비창을 생각하고 가게 이름을 지었는지 대답하면 될 일을 손님에게 생각해 보라고 하다니 그것이 경우에 맞는 말인가?

"오빠 혼자 생각만 하지 말고 좀 말해 봐."

"어 그래."

"어떤 작곡가의 비창을 생각하고 이름을 지었대?"

"그게 말이야, 두 작곡가의 비창 중 하나를 생각하고 비창이라고 이름 지은 것은 맞대."

"그런데?"

"한번 생각해 보고 다음에 가게에 올 때 말해 달라고 하네."

"뭘 생각해 보래?"

"그러니까. 내가 생각할 것이 뭐가 있어. 내가 그분 속마음을 어떻게 아냐고? 그러니까 내가 이해가 안 되지."

"오빠 그분에게 불손하게 물어보았어?"

"전혀 아니야. 내가 그랬나? 그건 그렇고. 수정이는 잘 지내냐?"

그렇지 않아도 현주는 수정이가 걱정이다. 동생을 만나고 온 수정이는 걱정이 가득한 표정으로 집에 들어왔다. 그러더니 뜬금없이 현주에게 동생과 같이 살아도 되냐고 물어보았다. 현주의 입장에서는 수정이 동생과 같이 사는 것은 전혀 문제가 아니었다. 수정이를 아주 오래전부터 알아 온 것처럼 수정이 동생도 어려서부터 알고 지냈고 성격이 특별하게 이상한 아이는 아니었다. 문제가 있다면 지금 살고 있는 집은 방이 하나이기 때문에 아무리 동생이라도 남자이기 때문에 같은 방에서 지내는 것은 매우 불편할 것이다. 왜 동생과 함께 사는 것을 생각하냐고 물어보았지만 수정이는 대답하지 않았다.

"응 별일 없어. 그런데 동생과 같이 사는 것을 어떻게 생각하는지 물어보디라고."

"너네 집 방 하나밖에 없지 않아?"

"맞아."

"그러면 아무리 동생이라 할지라도 남자인데 불편해서 안 되지."

"나도 그렇게 생각해. 그런데 이유를 물어보아도 대답을 하지 않아."

주문한 안주가 나왔을 때는 이미 식당이 거의 차 있었다. 이름만 식당이었지 젊은이들이 주로 술집으로 이용하고 있지만 안주만 시켜도 거의 한 끼 식사를 해결할 수 있고 거기에다 가격까지 저렴하니 장사가 안될 이유가 없었으나 이러다 혹시 이문을 남기지 못해 문을 닫을지도 모른다는 걱정까지 할 정도의 식당이다.

"오빠 그리고 오빠 아버지 찾는 일은 어떻게 되었어?"

"아버지라고 하지 마. 그냥 생물학적인 아버지에 불과할 뿐이니까.

그냥 생부라고 해."

"그래 알았어. 생부 찾는 일은 어떻게 되었어?"

"유일한 희망은 S대학 학생회에 알아보는 것인데 내가 그냥 간다고 걔들이 순순히 알려 주겠어. 그래서 나도 학생회에 가입하여 혹시 대학 간의 교류가 있을 때 자연스럽게 알아보려고 했는데 학생회 가입은 일 학년은 할 수 없다는 거야. 그래서 승규 형에게 편지를 썼어. 혹시 도와줄 수 있냐고."

"에고 내가 S대학을 진학했어야 했는데."

동생도 걱정이지만 아빠도 걱정이다. 학력고사가 끝난 이후로 수정이는 예산을 떠날 것을 예정했기에 나름 자기가 알고 있는 모든 요리를 만들어서 아빠에게 드시게 했다. 그러나 가끔 집에 가 보면 무엇인가 음식을 제대로 해 먹은 것이 없어 보인다. 그런 이유로 수정이는 예산 집을 갈 때면 으레 시장에 가서 장을 봐 온다. 그럴 때마다 청소도 해 놓고 밑반찬도 만들어 놓지만 수정이가 만들어 놓은 밑반찬이 다음에 집을 갔을 때도 그대로 있는 것을 보면 아빠도 집에서 주로 식사를 하시지 않은 것 같다. 애초에 가족이 헤어져서 산 것이 문제다. 엄마는 동생의 공부를 핑계로 대전에 살고 있지만 실상은 본인이 주장했던 것과는 완전히 반대다. 동생이 공부에 관심이 없어 그것을 완전히 뒷전에 두고 있는 것은 어쩔 수 없다고 하더라도 같이 살면 밥이라도 제대로 해 주어야 하건만 그것도 전혀 관심이 없는 듯하다. 세상 모든 일이 먹고 살려고 하는 것 아닌가?

청소를 마치고 음식을 준비했다. 요리를 할 시간이 충분치 않았지만 아빠가 제일 좋아하는 된장찌개에 제육볶음을 준비했다.

"야 제육볶음도 있네?"

"아빠 소주 한 병 사 올까?"

"그건 집 뒷마당에 가면 있을 거야."

"아빠 이제 아주 술도 사다 놓고 마셔? 그리고 왜 뒷마당에 놓아?"

"날이 더워져 그런지 그늘에 놓지 않으면 맛이 없어."

"그럼 냉장고에 넣어 놓으면 되잖아."

"응 그러면 전기요금이 많이 나오지."

소주를 가지러 가는 수정이의 눈에서 눈물이 찔끔 나온다. 술을 시원하게 먹기 위하여 냉장고에 넣어 놓는 것조차 전기요금이 많이 나온다고 하는 아빠다. 할아버지가 악착같이 돈을 아끼는 모습을 보고 배운 것이 몸에 뱄나 보다. 아빠는 늘 그랬다. 자신이 필요한 것에 대해서는 돈을 전혀 쓰지 않았다. 대신 가족을 위해 돈을 쓰는 것에는 어떤 반대도 하지 않으셨다. 아빠가 반대한 유일한 것은 엄마가 차를 사자고 한 것과 여행을 가자고 한 것뿐이다. 수정이도 차가 필요하다고 생각하거나 여행이 가고 싶었던 것은 아니나 아빠가 엄마의 의견에 반대하여 차를 사지 않고 여행도 가지 않은 것에 대하여 원망한 적이 있다. 엄마의 요구를 아빠가 받아들였다면 이혼은 하지 않았을 것이라는 생각 때문이다. 하지만 지금은 생각이 다르다. 당시에 아빠가 엄마의 요구를 받아들였다고 할지라도 엄마는 아빠에게 다른 요구를 또 했을 것이다. 어쩌면 엄마는 충족된 욕망은 기본으로 하고 다시 다른 욕망이 생기는 그런 여자일지도 모른다.

"야 된장찌개 되게 맛있다."

"나 학교 다니지 말고 집에 와서 아빠 밥이나 해 줄까?"

"어이구 그러다가 나중에 너에게 무슨 원망을 들으려고."

"진짜야. 나 원하는 것 별로 없어."

"그러면 요리사는 어떻게 하려고 그래."

"요리하면 요리사지 대학이 무슨 필요가 있다고 그래. 대학은 그냥 남들 가니까 창피해서 가는 것이고 아빠가 원하면 당장 때려치우고 집으로 올게."

수정이는 그랬다. 크게 이루고 싶은 것도 없었고 좋은 학교를 가야 한다는 생각도 없었다. 수정이가 요리를 하는 단 하나의 이유는 자신이 만든 음식을 맛있게 먹는 모습이 좋았기 때문이다. 그러기에 처음에는 아빠를 위해 요리를 했고 다음에는 경로당을 찾아다니며 요리를 했으며 앞으로는 식당을 열어 식당을 찾아오는 모든 이들이 수정이가 만든 음식을 먹고 행복해하는 그런 모습을 보고 싶어 했다.

"그건 안 될 말이고, 동생은 잘 있어?"

"그래서 말인데 아빠, 내가 동생 데리고 있으면 안돼?"

"왜?"

잠시 주저하던 수정이가 입을 열었다.

"동생은 그냥 방치되어 있어."

"그게 무슨 말이야?"

"내가 일요일 오전에 엄마 집을 방문했는데 엄마는 없고 동생만 있었어. 점심때가 되었는데도 엄마가 집에 들어오지 않았어. 나중에 들어와서 교회에 갔다 왔다고 하는데 진짜 교회를 다니는지도 모르겠고 때가 되면 밥이라도 잘 챙겨 주어야 할 것 아니야? 물론 걔는 아직도 공부에는 관심이 없는 것 같고."

수정이가 해 준 밥이 맛있다고 행복해하던 수정 아빠의 얼굴은 순간 어둡게 변했다. 잠시 고민하던 수정 아빠가 입을 떼었다.

"그렇게 되면 지금 살고 있는 집에서는 같이 살 수 없을 텐데."

"아빠가 좀 도와줘. 현주에게도 말했는데 현주도 문제없다고 해. 그러니까 아빠가 방 두 개짜리 집을 구해 주면 동생과 함께 살 수 있을 것 같아."

"혹시 엄마가 반대하지 않을까?"

"지금 밥도 제대로 해 주지 않고 있는데 설마 반대하겠어?"

S대학 학생회의 김명순과 연락된 것은 오전 열 시가 지나서였다. 준서는 급히 유성 터미널로 향했다. 어제 저녁 집에서 받은 승규 형의 편지에는 도와줄 사람을 찾았는데 후배의 친구로 S대학 학생회의 일원이라는 것이다. 다만, 준서가 생부를 찾는 것을 이유로 접근하면 민감한 문제이기 때문에 협조를 해 주지 않을 가능성이 높아 당시 공주에 봉사활동을 온 학생을 고맙게 여긴 동네사람이 찾는 형식을 취하는 것이 좋을 것이라는 조언도 있었다. 승규 형의 편지를 받고 준서는 생부를 만나면 생부는 과연 준서를 쉽게 아들로 인정할 것인가에 대해서 생각해 보았다. 또한 생부가 준서를 아들로 인정하면 그가 준서에

게 어떻게 대할 것인 가에 대해서도 생각해 보았다. 이런 상황 저런 상황을 가정하느라 준서는 거의 잠을 이룰 수가 없었다. 다음날 아침이 되자마자 준서는 S대학 학생회에 전화를 했으나 학생회의 일원이 되어도 회사 출근하듯 아침 일찍 출근하지 않는 관계로 통화를 하지 못했다. 그렇게 몇 차례 시도를 하고 통화를 한 것이 열 시가 넘어서였고 급히 터미널로 와서 서울 가는 버스표를 끊었다.

유성 터미널에서 서울 가는 버스는 배차 간격이 짧지 않아 꽤 많은 시간을 기다려야 했다. 서 있는다고 해서 시간이 빨리 가는 것은 아니지만 준서는 앉아서 버스를 기다릴 수가 없었다. 터미널 안을 서성이고 있는데 현주가 생각났다. 화요일. 화요일은 암묵적으로 현주를 만나는 날이다. 만약 준서가 철학 수업시간에 결석을 하면 걱정할 것이 뻔하나 연락할 방법이 없었다. 만약 준서가 철학 수업시간에 결석을 하면 현주는 비창으로 갈 것이며 거기에 가면 전화가 있으니 연락할 수가 있다. 준서는 공중전화 부스로 가서 비창의 전화번호를 찾았다. 서울 가는 버스는 이동시간이 꽤 길기 때문에 대부분의 승객은 눈을 감고 잠을 청했으나 준서는 어젯밤을 거의 뜬눈으로 보냈음에도 잠을 청할 수가 없었다. 창 밖을 쳐다보다 눈을 감았다가 호주머니를 뒤지다 이렇게 해찰하고 있는 사이 주머니 속에 있는 비창의 전화번호를 적은 쪽지가 손에 잡혔다.

전화번호 뒷자리가 공육삼사로 뭔가 익숙하다. 숫자야 매일 대하고 살기 때문에 특별한 무슨 의미가 있는 것은 아니나 공육삼사는 무슨 이유인지 모르게 익숙하다. 순간 아! 비창. 차이코프스키 교향곡 6번도 비창이란 제목이 붙어 있으며 베토벤 소나타 8번도 비창이란 제목이 붙어 있다. 그렇다면 비창 사장이 어떤 작곡가를 생각하며 가게 이름을 비창이라고 지었는지 말해 달라고 한 것에 대한 대답을 찾은 것은 아닐까? 왜 차이코프스키의 비창을 가게 이름으로 지었는지는 몰라도 그런 이유로 교향곡 6번을 따라 전화번호를 공육번으로 신청하지 않았을까? 만약 그렇다면 공육 뒤의 삼사번은 무슨 뜻을 가지고 있을까? 만약 학생들에게 인기가 매우 많은 삼사식당의 주인이 비창의 사장과 같다면 육삼사라는 것은 무슨 이유인지는 몰라도 비창 사장에게는 굉장히 중요한 의미를 가지고 있을 것이다. 만약 삼사식당의 주인이 비창의 사장과 동일인이라면.

강남 터미널에서 S대학까지는 지하철로 몇 정거장 되지 않았다.

"김명순씨 되세요?"

"예. 김준서씨죠? 누구에 대해서 알고 싶은가요?"

"네 지금부터 22년 전, 그러니까 1961년에 이 대학에서 충남 공주로 봉사활동을 간 김병준씨에 대해서 알고 싶어서 왔습니다."

"그분이 전공이 무엇이었고 학생회에 소속되었던 것은 맞나요?"

"그분이 전공은 무엇을 했는지 모르고 학생회에 소속되어 있었는지는 확실하지 않습니다."

"아 그러면 찾기가 매우 어려울 것 같습니다. 어떤 전공을 했는지 알면 해당 대학에 문의해 보면 되는데 어떤 전공을 했는지도 모르고 만약 학생회 소속 임원이 아니었다면 그분을 찾는 것은 거의 불가능하다고 생각하시면 됩니다. 여하튼 제가 최대한 찾아 볼 것이나 기대는 너무 하지 마세요. 그리고 그분은 왜 찾으려고 하세요?"

"아 제가 당시 그분이 봉사하러 온 마을에 살고 있는데요. 제가 대학을 진학하니 그때 일이 너무 고맙다고 동네분이 찾으셔서 혹시나 하는 마음에 찾게 되었습니다."

강남 버스터미널에 와서 시간을 보니 현주가 아직은 비창에 도착할 시간은 되지 않았고 만약 아무 연락도 없이 버스를 타고 내려가면 저녁시간이 지나 현주가 그냥 가 버릴 시간이어서 비창에 전화를 해 놓았다. 만약 생부의 전공을 알았다면 조금은 쉽게 생부를 찾을 수 있을 터인데 너무 아쉬웠다.

"오빠 어디 갔었어? 수업에 들어오지도 않고. 걱정했잖아."

"어. 생부 찾으려고 S대학에 다녀왔어. 어제 저녁에 승규 형에게 편지를 받아 너에게 연락할 시간이 없었어. 미안해."

"간 일은 잘 되었어?"

"일단 생부의 전공만 알면 찾기가 좀 쉬울 것 같은데 무엇을 전공했는지 모르고 당시 학생회 임원이었다면 찾을 가능성이 없지는 않지만 너무 오래된 일이라서 기록이 온전히 남아 있을지 모르겠어."

"아 제발 잘 되었으면 좋겠다."

"그건 그렇고 너 여기에 왔을 때 사장님 계셨어?"

"아니, 원래 그분은 거의 계시지 않잖아?"

"그럼 한번 직원들에게 물어보자. 여기 사장님이 삼사식당의 주인인지."

"왜?"

"여기 전화번호 뒷자리가 공육삼사야."
"그게 무슨 의미가 있어?"

준서와 현주는 삼사식당에 갔으나 좀 늦어서 역시 자리가 없었다. 하는 수 없이 둘은 구석에 있는 대기용 의자에 앉았다.
"이제 설명 좀 해 봐."
"지난번 비창에 와서 사장님께 가게 이름을 비창이라고 지은 이유가 차이코프스키의 교향곡 6번 비창을 생각해서 비창이라고 가게 이름을 지은 것인지 아니면 베토벤 피아노 소나타 8번 비창을 생각하면서 가게 이름을 비창이라고 지었는지 물어본 적이 있었지. 그때 사장님 말씀이 두 곡 중 한 곡의 이름을 따서 비창이라고 가게 이름을 지은 것이 맞다고 대답하셨어. 그런 다음 되레 나에게 물어보셨지. 두 곡 중 어떤 곡의 이름을 따서 지은 것인지 생각해 보고 대답해 달라고."
"그랬지. 그것하고 전화번호 뒷자리하고 어떤 관계가 있어?"
"내가 오늘 서울로 가기 전에 철학 수업에는 참석하기 어려울 것 같고 만약 그렇게 결석하면 네가 비창으로 올 것 같더라고. 우리가 최근 철학 수업이 끝나면 늘 비창으로 갔으니. 그래서 유성 터미널 공중전화 부스에서 비창의 전화번호를 찾아보았는데 뒷자리가 공육삼사야. 그때만 해도 사실 난 아무 생각이 없었어. 그저 어떻게 하면 생부를 찾을 수 있을까 그 생각뿐이었지. 그런데 문득 비창의 전화번호가 생각이 나는 것이 아니겠어. 뒷자리 네 자리 중 앞의 두 자리가 공육으로 그것은 혹시 차이코프스키 교향곡 6번을 의미하는 것은 아닐까? 혹시 그렇다면 전화번호 중 뒤 두 자리 삼사도 무슨 의미가 있어야 할 터인데 삼사식당이 생각나는 거야. 그러니 만약 삼사식당의 주인이 비창의 사장님과 동일인이라면 공육삼사 즉 634는 우리는 그 의미를 전혀 모르지만 사장님께서는 아주 중요한 의미를 지니고 있다는 것을 의미하지."

둘이 말하는 중에 자리가 났다. 빈자리로 옮긴 둘은 두부 두루치기에 소주를 시켰다. 그리고 일하는 직원이 음식을 내오자 물어보았다.

"혹시 비창 사장님이 여기 주인인가요?"

"그것은 잘 모르고 비창 직원들은 여기에서 점심과 저녁을 먹고 돈은 내지 않고 그냥 이름만 적어 놓고 갑니다."

"지금 사장님 계세요?"

"사장님은 안 계시고요. 여기 잘 오시지도 않아요."

"그럼 여기서 오래 근무하신 분에게 한번 물어봐 주시겠어요? 비창 사장님과 여기 주인이 같은 분인지요?"

"오빠 그런데 오늘 서울에 가서 만난 분이 오빠 생부를 잘 찾아 줄 것 같아?"

"모르지. 한 해 입학생만 오천 명이나 되는데 이름 석 자로 찾기는 정말 어려울 거야."

"같은 이름이 그렇게 많을까?"

"그렇지 않아도 오전에 공중전화 부스에서 비창 전화번호를 찾아본 적이 있잖아. 그런데 거기 보니 동명이인이 너무 많더라고."

"만약 생부를 찾는다면 어떤 마음이 들 것 같아? 아니면 어떤 요구를 할 거야?"

"사실 나도 잘 모르겠어. 닥쳐 봐야 그 기분을 알 것 같아. 하지만 분명한 것은 어머니를 왜 버렸는지 그 이유가 무엇인지 그것은 꼭 물어볼 거야."

소주 한 병을 다 마시고 다시 한 병을 시키자 종업원이 소주 한 병을 들고 다가왔다.

"아까 사장님에 대해서 물어보셨죠?

"예 그렇습니다."

"여기 사장님하고 비창 사장님하고 같은 분입니다."

준서의 추리가 맞았다. 하지만 634란 숫자의 의미는 전혀 알 수가 없었다.

"그런데 여기 식당 이름을 삼사식당으로 지은 이유는 무엇인가요?"

"전 모릅니다. 나중에 사장님 뵈면 한번 물어보세요."

이것으로 끝이었다. 준서와 현주가 비창과 삼사식당의 이름을 왜 그렇게 지었는지는 더 이상 알 수는 없었다.

"현주야 이제 학교생활은 좀 어때?"

"재미도 없고 긴장감도 없어. 뭔가 돌파구가 필요할 것 같아."

"그런 것이 뭐가 있어?"

"공인회계사 시험을 준비해 보려고."

"그게 무슨 시험인데. 많이 어려워?"

"일단 일년에 이백 명 정도 뽑기 때문에 S대학 경영대를 다닌다 해도 당연히 합격할 수 있는 시험은 아니고 우리 대학은 일년에 한 명 합격하기도 하고 아니면 합격자를 한 명도 배출하지 못하기도 하기 때문에 꽤 어려운 시험이라고 생각하면 돼."

수정이는 아빠가 동생을 데리고 있는 것에 동의도 하였고 집도 방이 두 칸이 있는 집으로 다시 구해 주신다고 하여 동생을 데리고 올 결심을 하였다. 하지만 실제 동생을 데리고 온다고 할 때 현주가 동의할지는 아직 모른다.

"현주야 너 진짜 내가 동생 데리고 있어도 돼?"

"그럼. 아무 문제 없어. 단, 아무리 동생이라도 남자인데 방이 하나 더 필요하지 않을까?"

"그건 걱정하지 마. 이미 아빠에게 말씀드렸고 아빠가 도와 주신다고 했어."

"난 사실 네 동생이 있는 것이 더 좋아. 그래도 집안에 남자 한 명이 있으면 좀 든든하다고 느낄 것 같아. 그런데 네 엄마는 동의하는 것이야?"

"당연히 동의하겠지. 때가 되어도 밥도 제대로 해 주지 않고 오히려 동생을 데려간다고 하면 더 좋아할 것 같은데. 당장 엄마 집에 가서 동생 데리고 간다고 말 하려고."

수정이는 수정이가 동생을 데려가는 것에 대하여 엄마는 당연히 동의할 것이라고 생각했다. 돌이켜 보면 엄마가 동생의 공부를 위하여 대전으로 간다고 했을 때 그것은 엄마의 진심이라고 생각했다. 비록 동생이 공부에 큰 관심이 없기는 하지만 예산에서는 제대로 된 학원도 없고 또한 과외 선생을 구하기도 어려웠다. 그랬기에 엄마의 동생에 대한 마음을 진심이라고 생각했지만 지금은 다르다. 엄마가 원하는 것은 자식들의 인생이 아니라 자신만의 인생을 원하고 있으며 그러기에 이혼 전에 아빠에게 원했던 것은 오직 돈뿐이었다. 지금은 이혼도 했고 자신이 원하는 만큼의 재산도 받았으니 이제는 동생을 오히려 걸림돌로 생각할 것이다. 그렇지 않다면 아무리 공부에 관심이 없을지라도 때가 되면 밥이라도 제때 챙겨 주어야 할 것을 그렇지 않은 것을 보면 수정이가 동생을 데려 간다고 하면 얼싸 좋다 동의할 것이다.

일요일 오전에 수정이는 엄마 집에 도착했다. 예상한 대로 엄마는 집에 있지 않았고 동생은 자기 방에서 아직 일어나지도 않았다.

"누나 또 왔어?"

"응. 내가 너 데리고 가려고 하는데 같이 갈 거지?"

"나야 물론 같이 가지. 그런데 엄마에게 말했어?"

"그거 말하려고 오늘 온 거야. 오늘 당장 갈 수는 없고 방 구하면 바로 데리러 올게. 아침도 아직 먹지 않았지?"

"나 아침 잘 안 먹어. 그리고 아침이 아니고 벌써 점심때야."

"잠시만 기다려. 누나가 밥 해 줄게."

수정이가 밥을 해서 동생에게 점심을 주고 난 후에도 엄마는 집에 들어오지 않았다. 동생까지 데리고 나가면 이제는 완전히 엄마와 이별이구나 생각하니 원인 모를 서글픔이 밀려왔다. 지난번 엄마 집에 와서 동생을 보기 전에는 그래도 엄마에 대한 정이 조금은 남아 있었다. 사실 수정이는 대전으로 진학했을 때 엄마 집에서 동생과 함께 학교 다니기를 원했지만 엄마가 수정이에게 적극적으로 집에 와서 학교를 다니라는 말도 없었고 또 엄마 집에서 학교를 다니게 되면 아빠에게 너무 미안한 마음이 들 것 같아 이것도 저것도 아닌 현주와 함께 지내는 것을 선택했다. 현주와 함께 지낼 때도 혹시 엄마가 언제 부르려나 하는 생각도 있었다. 그러나 그런 수정이의 기대는 시간이 지나도 오지 않았고 동생이 제때 밥도 먹지 못하는 것을 보고 엄마의 마음을 확인한 이상 주저할 필요가 없었다. 공부는 못해도 내 동생 밥은 제때 먹이고 싶었다.

점심 때가 훌쩍 지나서 엄마가 들어왔다. 수정이는 엄마의 얼굴을 쳐다보지도 않고 말했다.

"동생 데리고 나갈게."

"동생을 데리고 나간다고? 어디를?"

"내가 사는 곳으로 데리고 나갈게. 거기서 내가 돌보고 학교 보낼게."

"대체 무슨 얘기를 하는 거야. 네가 동생을 데리고 있는다고? 말이 되는 소리를 해."

"뭐가 말이 안 돼. 여기서 제때 밥도 먹지 못하는 것보다 낫잖아."

수정이는 엄마가 동생을 데리고 가는 것을 당연히 동의할 것이라고 생각했다. 당황스러웠다. 엄마가 동의하지 않는 이유를 알 수 없었다.

"절대 안 돼. 너 여기 다시는 오지 마."

수정 엄마는 화가 치밀었다. 수정이의 행동은 전혀 예상치 못한 행동이었다. 자신이 수정이 동생에게 소홀했다는 것은 분명하지만 수정이가 동생을 데려갈 것이라고 생각지 못하고 있었다. 수정 엄마가 처음부터 수정이 동생에게 소홀한 것은 아니었다. 나름 공부를 시켜 보려고 과외 선생도 붙이고 나라에서 과외를 금지하자 위험을 감수하고 보수도 훨씬 많이 주며 수정이 동생을 공부시키려 했고 밥도 당연히 제때 챙겨 주었다. 그러나 머리가 따라 주지 않았는지 아니면 공부에 전혀 관심이 없어서 그런지 수정이 동생의 성적은 나날이 떨어졌고 그에 따라 수정 엄마의 수정이 동생에 대한 관심도 떨어졌다. 그리고 이혼을 한 후에는 수정이 동생을 핑계로 수정 아빠에게 생활비를 올려 받을 수도 없었고 이혼할 때 분할받은 재산으로 살고 있는데 시골 건물에서 나오는 월세로는 자신의 욕망을 채우기는 부족했고 부족한 욕망을 채우기 위하여 사회에 나가 일하기는 싫으니 재산이 계속 줄 수밖에 없었다. 이 상태에서 수정이 동생마저 수정이에게 빼앗긴다면 수정 아빠에게 대항할 어떤 건덕지도 없으니 수정이에게 수정이 동생을 빼앗길 수는 없었다.

기말고사가 끝났다. 준서는 기말고사가 그리 중요한 시험도 아니라고 생각했건만 정작 끝나고 나니 홀가분한 마음은 준서만 느끼는 감정은 아닐 것이라고 생각했다. 마침 현주도 오늘 시험이 끝난다고 해서 고개를 넘어 경상대로 향했다. 생부를 찾는 작업은 그리 쉽지 않아 보인다. 서울을 다녀온 이후 전화를 몇 번 했으나 아주 오래된 자료라서 찾을 수가 없고 혹시 생부가 다녔을 당시의 선배들을 수배해서 찾으려 하니 조금만 더 기다려 달라고 한다. 그렇게 해도 찾을 수가 없다면 생부를 찾는 일은 포기해야 할지도 모르겠다. 생부를 찾는 일보다 더 급한 일은 여름방학 기간 동안의 일자리를 알아보는 것인데 다행히 해장국집 사장님께서 과외를 하는 시간을 제외하고 일을 해 달라고 한다. 직원을 구하기 어려워서 그런지 아니면 조금이나마 성적이 오르는 자기 자식을 과외를 하는 선생님에 대한 배려인지도 모르겠다.

시험이 먼저 끝났는지 현주는 경상대 건물 앞에서 준서를 기다리고 있었다.

"오빠 시험 잘 봤어?"

"잘 볼 게 뭐가 있어, 그냥 썼지. 아마 F를 받는 과목은 없을 거야. 너는 잘 봤어?"

"응. 회계사 공부를 시작해서 그런지 난이도가 많이 다르네. 별 어려움은 없었어. 그리고 오빠 오늘은 오빠가 전에 다녔다는 다방에 한번 가 보자."

"거긴 왜? 그리고 다녔던 것도 아니고 그저 몇 번 가 본 정도야."

"그래도 나 한번 가 보고 싶어."

현주는 자신만의 생각과 주장으로 비창을 다녔다는 미안함과 준서가 다녔다는 다방은 어떤 곳인지 궁금하여 다방을 가 보고 싶었다.

한낮의 온천다방은 더위를 피하기 위해 온 손님만 일부 있을 뿐 한산했다.

"준서 학생 오랜만에 오네. 발길을 딱 끊은 줄 알았는데. 같이 온 여학생은 누구냐? 애인인가?"

"이모는 참. 그냥 같이 살던 동네 동생이에요."

"본래 시작은 그렇게 하는 거야. 오빠 오빠 하다가 자기야라고 하는 거지."

주문받은 커피를 준비하러 간 사이 현주가 흘겨보며 말했다.

"오빠! 오빠에게는 내가 그냥 동생이야?"

"그럼 동생이지 뭐야."

준서에게도 현주는 그냥 동생이 아니었다. 처음 보았을 때는 미안했고 그다음에는 안타까웠으며 그리고 준서의 공부를 도와준 너무도 고마운 동생이었고 어느새 준서의 마음을 가득 채운 그런 동생이었다. 만약 준서가 고아가 아니었다면 다른 학생들처럼 부모도 있고 또 부모에게 큰 도움을 받지는 못하더라도 정상적인 생활을 할 수 있는 그런 학생이었다면 벌써 현주의 마음을 받아들였을 것이다. 하지만 준서는 현주의 짝이 될 자격도 없다고 생각했고 만약 현주의 짝이 된다면 현주의 또 다른 불행이 시작될 것 같아 스스로 조심하고 있었다.

"오빠 계속 그러면 나 다른 사람에게 마음 준다."

"제발 그래라. 제발 그래서 나 말고 다른 남자 좀 만나라."

커피를 가져온 선화 이모는 준서와 현주를 오래 알아 온 것처럼 아예 테이블에 같이 앉았다. 준서는 말머리를 돌리기 위하여 선화 이모를 쳐다보며 말했다.

"별일 없으셨죠?"

"큰일 나는 줄 알았어."

"왜요?"

"글쎄 청양인가 예산인가에서 온 애들이 여기다 룸살롱을 내려고 했어. 준서 학생은 잘 모르겠지만 여기 유성은 텃세가 굉장해. 그래서 큰 싸움이 있을 뻔했는데 걔들이 번화가에 가게를 내지 않고 좀 외곽에 가게를 내나 봐. 그래서 간신히 큰 싸움은 면했지."

"이모는 그런 것을 어떻게 아세요?"

"유성에서 일어나는 일을 내가 모르는 것이 있겠어? 다들 여기 와서 수근거리니 내가 모를 수가 없지."

'드디어 망치 형이 유성에 입성했구나' 준서는 선화 이모의 말을 듣고 움찔 놀랐다. 망치 형이 유성에서 술집을 하든 아니면 서울에서 술집을 하든 준서와는 아무런 관계가 없다. 그러나 선화 이모의 말을 듣는 순간 삼식이가 한 말이 떠올랐다. 삼식이는 준서에게 왜 조심하라고 말했을까? 도대체 망치 형은 무슨 일을 꾸미고 있는 것일까?

"오빠 무슨 생각을 그렇게 해?"

"아무것도 아냐. 커피 다 마셨어? 다 마셨으면 나가자."

"왜? 벌써 가게?"

준서는 선화 이모의 말을 뒤로하고 서둘러 온천다방을 나왔다. 그러나 삼식이가 준서에게 조심하라고 한 말이 준서를 뒤에서 잡고 있는 듯한 찜찜한 느낌을 떨쳐 버릴 수는 없었다.

"배 많이 고파?"

"아니. 오빠 왜?"

"비창 사장님에게 634라는 것이 어떤 의미가 있는지 궁금하지 않아?"

"맞아. 오빠가 추측한 것이 맞다고 가정하면 634라는 숫자는 아마 비창 사장님에게는 아주 큰 의미가 있을 거야."

"비창에 먼저 가 보자. 사장님이 매일 나오시는 것도 아니기 때문에 자주 들러 봐야 만날 수 있을 거야."

준서와 현주가 비창에 들어선 순간 둘은 비창 사장님이 카운터에 있는 직원들과 대화하는 모습을 볼 수 있었다. 다행이었다. 사장님이 계시다고 다짜고짜 먼저 다가가 물어볼 수는 없는 노릇이라 하는 수 없이 테이블에 앉았다. 비창 사장님은 둘을 보지 못한 듯 디제이 박스 안으로 들어갔다.

"어떻게 해야 하지?"

"그렇다고 오빠가 먼저 가서 물어보는 것은 좀 예의가 아닌 것 같은데?"

"아, 신청할 곡을 차이코프스키 교향곡 6번으로 하는 것은 어떨까?"

둘은 서빙하는 직원에게 커피를 주문하고 신청할 곡을 적은 쪽지를 건넸다.

비창의 디제이 박스에는 늘 직원이 있는 것도 아니었고 신청한 곡도 모두 틀어 주는 것도 아니었다. 커피는 커피 가루에 뜨거운 물을 부어 만드는 그런 다방커피와는 다르게 커피 가루에 물을 부어 내리는 커피로 커피값이 다방 커피의 두 배도 넘었지만 값이 비싸서 그런지 손님은 많지 않았고 그래서 그런지 디제이 박스에 상주하는 직원도 없었다. 그러니 손님이 곡을 신청하면 직원 맘대로 틀어 주기도 하고 틀어 주지 않기도 했으니 때로는 신청한 곡이 담긴 레코드 판이 어디 있는지를 몰라 틀어 주지 못하는 경우도 있었다. 클래식 곡은 짧아도 십 분 길면 한 시간 가까이 연주되기에 준서가 신청한 곡을 틀어 줄지는 몰라도 상당한 시간을 기다려야 했다.

"현주야 너 지금 나오는 곡이 무슨 곡인지 알아?"

"몰라. 왜?"

"너 나하고 수준이 비슷하구나."

"그래도 내가 오빠보다는 좀 나을 걸."

스피커를 통해 흘러나오던 곡이 끝나고 잠시 후에 차이코프스키 교향곡 6번이 시작되었다. 클래식 음악에 대해 문외한이었던 준서가 학교 음악감상실에서 여러 차례 들어 이제는 익숙한 멜로디가 되었지만 그래도 준서가 클래식 음악에 대해 충분히 느낄 정도의 수준은 아니었다. 그러나 준서는 왜 이 곡의 이름이 비창으로 지어졌는가에 대해서는 동의하기가 어려웠다. 비창이라는 뜻은 인간의 슬픔을 의미하는데 물론 비창을 들으면 슬픔을 느끼기도 하지만 준서는 오히려 감동적이고 비장하며 큰 열정을 느꼈기 때문이다. 비창이 시작된 지 얼마 되지 않아 사장님은 디제이 박스에서 나와 홀을 둘러보았다. 준서는 마치 사장님께 할 말이 있는 듯 눈을 맞추었고 사장님은 준서가 있는 테이블로 다가왔다.

"지난번에 왔던 학생이군요."

"네 사장님."

"그래, 내가 생각해 보라고 했던 것은 생각해 보았나요?"

"저는 사장님이 베토벤의 비창이 아닌 차이코프스키의 비창을 염두에 두고 가게 이름을 지었다고 생각합니다."

"왜 그렇게 생각했어요?"

"생각해서 그렇게 답한 것은 아니고요. 우연히 가게 전화번호를 알게 되었는데 뒷자리 번호가 공육삼사였습니다. 베토벤 피아노 소나타 비창은 8번이고 차이코프스키 교향곡 비창은 6번이기에 사장님께서 가게 이름을 비창이라고 지은 이유는 전화번호 뒷자리 중 앞의 두 자리가 공육이므로 차이코프스키 교향곡 6번 비창을 의미한다고 생각했습니다."

"허허. 맞아요. 내가 가게 이름을 비창이라고 지은 것은 차이코프스키 비창에서 따온 겁니다."

"그리고 사장님 다른 질문이 또 있습니다."

"뭐가 또 궁금해요?"

"전화번호 뒷자리가 공육삼사인데 앞의 두 자리 공육을 의미를 가지고 전화번호를 신청하셨다면 뒤 두 자리 삼사도 어떤 의미가 있는 것은 아닐까 하고 생각해 보았습니다."

준서가 여기까지 말을 하자 갑자기 비창 사장님의 얼굴이 흑색으로 변했다. 당황한 준서는 계속 말을 잇지 못하고 사장님의 눈치를 살폈다. 몇 차례 숨을 크게 들이마시고 내쉬던 사장님은 간신히 입을 떼고 말했다.

"계속해 보아요."

"저희들이 여기 오면 으레 삼사식당을 갑니다. 가깝기도 하고 가까운 것보다는 가격에 비해 나오는 음식이 너무 좋아서 다른 학생들에게도 인기가 많은 식당인데 거기에 가서 물어보니 거기 식당도 사장님이 운영하고 계시다고 하더라고요. 그래서 궁금한 것은 삼사도 사장님에게는 의미 있는 숫자일 것이고 앞자리 두 숫자와 뒷자리 두 숫자를 합친 634는 사장님에게 어떤 의미가 있는지 해서요."

비창 사장님은 한동안 말씀을 하지 못하셨다. 마치 들키면 안 될 어떤 비밀을 들킨 것처럼 얼굴도 벌게졌고 굉장히 당황스러워하는 기색을 감추지도 못했다. 준서 역시 더 이상 어떤 말도 하지 못했고 자신이 사장님의 아픈 기억을 찌른 것 같은 미안함에 그저 눈으로만 현주를 쳐다보며 조용히 앉아 있을 뿐이었다. 그렇게 얼마간의 시간이 지나고 사장님은 준서와 현주를 번갈아 보며 말했다.

"학생들 오늘 바쁘지 않아요?"

"예, 저희들 오늘 기말고사가 끝나서 바쁜 일은 없습니다."

"그럼 삼사식당으로 같이 갈까요? 오늘 저녁은 내가 살게요."

준서와 현주는 말없이 사장님을 따라나섰다. 사장님이 앞에 서시고 뒤쳐져 걷던 준서와 현주는 서로 눈으로만 대화를 할 뿐이었다. 준서는 자신이 그리 큰 잘못을 했다는 생각은 들지 않았고 현주 역시 조금은 안도하는 눈치였다. 만약, 준서가 사장님께 큰 잘못을 했다면 저녁을 사겠다는 말은 하지 않았을 것이기 때문이다. 삼사식당에 들어서자 종업원이 먼저 다가와 안쪽의 비교적 조용한 테이블로 안내했다. 삼사식당은 하나의 큰 홀이지 방이 따로 있는 것은 아니기에 조용한 자리가 따로 있지는 않았지만 그래도 안쪽에 자리한 테이블은 지나다니는 사람도 적으며 다른 테이블에 비하여 비교적 아늑했다. 음식과 술을 시킨 사장님은 맥주잔에 소주를 한가득 따랐다. 그리고 잔을 꺾지도 않고 한숨에 잔을 비우셨다.

"내가 고등학교 2학년 말에 학원을 다녔어요. 집안 형편이 좋지 않기에 아버님께 조르고 졸라 다닌 학원이지. 당시 난 공부는 꽤 했지만 목표한 대학을 진학하기에는 조금 부족했어요. 그래서 다닌 학원의 강의실 번호가 634호 강의실 이었어요. 수업에 참석한 첫날 눈에 확 띄는 여학생이 있어 그녀에게 데이트 신청을 했고 그녀도 내가 싫지 않았는지 강의가 있는 날에는 그녀를 만났고 또한 강의가 없는 주말에는 634호 강의실이 학생들의 공부방으로 제공되었기에 거기서 그녀를 만났지. 당시 고등학생이 이성을 사귀면 성적이 떨어진다고 해서 부모들이 말렸지만 나는 달랐어요. 그녀는 나에게 빛 그 자체였어요. 그녀가 내 온 몸과 마음을 지배했지만 난 공부할 때는 달랐어요. 그래야만 그녀를 계속 만날 수 있었기에. 우리는 같이 공부하고 쉴 때면 학원 앞에 있는 다방을 갔는데 주로 팝송을 틀어 주는 다방이었지만 클래식 레코드도 있었고 그중 우리가 즐겨 들었던 곡이 차이코프스키 비창이었어요. 그때가 내 인생에 있어서는 가장 행복한 때였지. 하지만 우리의 관계는 그것이 마지막이었어요. 고3이 되자 서로 좋은 대학에 가서 만나자는 약속만 하고 헤어졌지. 난 그녀를 만나지 못하자 빛을 잃었는지 대학입시 결과도 좋지 않아 여기 C대학을 입학했고 입학하기 전 용기를 내어 그녀에게 전화를 했지만 그녀는 나 때문에 결과가 좋지 않았는지 전화를 끊으라는 일방적인 말을 하고 전화를 끊었지. 난 긴 방황을 군대 제대를 끝으로 마치고 오직 돈을 벌기 위해 노력했어요. 성공하는 것만이 그녀를 만날 수 있는 유일한 자격이라고 생각했지. 하지만 돈을 벌고 난 후는 이미 시간이 많이 흘러 그녀가 결혼했을 것이라는 생각에 연락을 하지 못했지. 내가 비창과 삼사식당을 하는 이유가 바로 그것 때문이에요. 난 다른 사업을 하고 있기에 여기는 손해만 나지 않으면 다행이고 혹시 만에 하나 그녀가 비창을 들른다면 그리고 비창 가까이에 있는 이 삼사식당을 들른다면 혹시 634란 숫자로 인해서 과거의 나를 생각하지 않을까 하는 마음이 있는 거죠."

거의 숨도 쉬지 않고 말한 듯 비창 사장님은 여기까지 말하고 크게 숨을 들이마시고 내쉬었다. 그리고 남은 소주 반 병을 다시 맥주잔에 따라 역시 단숨에 마셨다.

"두 학생이 서로 사랑하고 있다면 그리고 서로에게 빛이 되는 존재라면 절대 나중을 약속하고 헤어지지 말아요. 내가 비창에 말해 놓을 테니 언제든 비창에 오면 디제이 박스에서 듣고 싶은 음악을 들어요. 그리고 선반 맨 아래 오른쪽에는 몇 개의 팝송 레코드도 있는데 그 중에 데비분의 'You light up my life'를 들어 보아요. 그러면 서로가 서로에게 빛이 되는 존재인지 알 수 있을 겁니다."

그 말을 마지막으로 비창 사장님은 자리를 떴다.

비창 사장이 자리를 뜨고도 한참 동안 준서와 현주는 대화를 하지 못했다. 둘 다 비창 사장이 한 말을 다시 새겨 보는 시간이었으리라.

"오빠 비창 사장님 말씀 어떻게 생각해?"

"글쎄 나도 생각 중이야."

"그런 것이 사랑인가?"

"일단 공육삼사가 그런 것을 의미한다는 것에 놀랐어. 그 의미에서 놀라기도 했지만 그런 생각을 수십 년이 지난 지금까지 간직하고 있다는 것에 더 놀랐어."

"그러게. 어떻게 그런 생각을 수십 년이 지난 지금까지 간직하고 있을까? 정말 대단해."

준서와 현주는 삼사식당을 나와 현주네 집으로 향하는 버스를 탔다. 여름방학이 시작되어 준서가 해장국집에서 일을 시작하면 현주를 집에까지 바래다줄 수는 없기도 하고 아직까지 비창 사장님의 말씀이 머릿속에 맴돌았기 때문이다. 버스에서 내려 현주의 자취방으로 나란히 걷던 두 사람의 어깨가 몇 차례 스치며 현주의 손이 살짝 준서의 손을 찾았다. 준서는 전과는 다르게 피하지 않고 현주의 손을 꽉 잡았다. 현주도 준서의 손을 꽉 잡았다. '현주의 상대로 너무나 부족하지만 이제 이 손을 절대로 놓지 않으리라'

희망과 고통의 이중주

준서 인생에 더 이상 행복한 날들은 없었다. 지난 겨울에는 해장국집에서 밤을 꼬박 새우며 일을 했고 그렇게 마련한 돈으로 수업료를 내고 생활비를 충당했다. 물론 국립대를 다니다 보니 수업료는 비싸지 않았지만 생활비는 먹지 않고는 살 수가 없어 몇 달간 번 돈으로 사용했다. 그러나 그렇게 번 돈은 당연히 충분하지 않았고 부족한 돈은 다행히 해장국집 사장님 아이를 과외해서 번 돈으로 메꿨다. 나라에서 법으로 과외를 금지하여 준서가 하는 과외는 불법이지만 시장바닥에서 가끔은 무력을 행사하는 것보다는 누구에게 피해를 미치는 것도 아니기 때문에 양심의 가책은 크게 느끼지 않았다. 더욱이 여름방학에는 해장국집에서 일도 하고 과외도 하니 지난 겨울 밤을 새워 가며 일을 할 때보다 육체적으로는 덜 힘드나 보수는 더 좋으니 이렇게 무난하게 여름방학을 보내면 2학기 생활비는 조금 부족할 것이나 학기 중에도 과외는 계속할 것이기 때문에 큰 걱정은 없었다.

그러나 준서가 느끼는 행복감은 단순히 학비와 생활비를 크게 걱정하지 않아도 되는 그런 상황이기 때문만은 아니다. 준서도 갈 길을 정했다. 농대에 입학할 때는 성적에 맞추어 지원한 이유도 있지만 달리 어떤 전공을 선택하여 무엇을 목표하여 공부할지도 몰랐고 단지 그가 매향리에서 농사에 대한 경험이 조금은 있기 때문에 선택했다. 그리고 농대에 입학해서도 농대를 졸업하면 농사와 관련된 일만 하는 것으로 알고 있었다. 그러나 선배들에게 조언을 구한 결과 쉽지는 않지만 농협에 입사할 수도 있다는 것이다. 농협에 입사하게 되면 은행과 동일한 일을 할 수 있고 준서가 청양과 예산에서 지낼 때 경험한 농협 직원은 양복도 입고 은행원과 다를 바가 없기 때문이다. 시골에서 양복을 입고 근무하는 자들은 별로 없으니 당시에 준서가 느끼는 농협 직원은 저 멀리 다른 세계에 사는 특별한 사람들로 생각되었으나 이제 그 특별한 세계는 그리 멀지 않은 곳에 있다고 느꼈다. 무엇보다도 공부를 시작하고 좋은 것은 늘 현주와 함께한다는 것이다.

 준서가 해장국집에서 늦게 일하거나 과외를 마치고 귀가하고 아침이 되면 늘 도서관에 갔다. 준서가 도서관에 가면 언제나 현주가 자기 옆자리를 맡아 놓았고 저녁이 되어 해장국집에 일하러 갈 때까지 또는 과외를 하러 갈 때까지는 항상 함께했다. 점심도 늘 함께 했다. 준서는 물론 현주도 용돈이 넉넉지 않은 상황이기에 둘은 항상 교내에 있는 학생식당에서 점심식사를 했다. 식사의 질이 좀 떨어지기는 하지만 교내 식당이 학교의 보조를 받는지 가격은 학교 외의 식대와 비교하여 반값밖에 되지 않았다. 저녁식사도 늘 함께 했다. 저녁이 되면 현주와 함께 준서가 일하는 해장국집에서 무료로 했다. 물론 준서가 먹는 식사는 식당 주인의 배려로 무료였고 현주가 먹는 식대는 내야 했으나 나중에 준서가 받을 보수에서 차감하는 것으로 했다. 그러나 현주에게는 무료라고 거짓말을 하여 늘 저녁식사도 함께 했다. 서로의 마음을 확인한 후 늘 현주와 함께하는 것은 준서에게는 그 무엇보다도 행복했으니 준서에게는 현주가 그야말로 빛 그 자체였다.

"현주야 나 이제 영어 공부를 체계적으로 해야 할 것 같아. 어떻게 하면 좋을까?"

"응, 어떤 목적으로 공부를 하는지 알려 줘야 추천해 줄 수 있을 것 같은데."

"농협 입사시험에 도전해 보려고 해. 다른 것은 누구나 처음 시작해야 하는 공부이기 때문에 별 문제가 없어. 그런데 영어 시험은 이제까지 내가 체계적으로 공부한 적도 없고 또한 시험 난이도도 꽤 있는 모양이야."

"응 그럼 먼저 성문종합영어를 공부하면 될 것 같은데."

"그거 네가 고등학교 때 공부하던 책 아니야? 그렇게 어려운 것을 내가 어떻게 공부하라고?"

"오빠, 오빠도 입시 공부를 해 보았지만 수학은 기초가 없으면 즉 이전 단계의 공부가 되어 있지 않으면 절대로 다음 단계는 공부할 수가 없어. 그런데 영어는 달라. 좀 어려운 단계라고 할지라도 그 이전 단계의 기초는 알면 좋지만 몰라도 큰 지장은 없어."

"그것은 왜 그래?"

"남의 나라 언어다 보니 이해하기보다는 외워야 할 부분이 훨씬 많기 때문에 그래. 특히 아는 단어가 많지 않으니 더 어렵겠지만 내가 그때 알려 준 방법 있잖아. 공부를 할 때마다 모르는 단어가 나오면 단어장에 적어 외우는 거야. 그렇게 공부를 오래 하다 보면 처음에는 매우 어렵지만 점점 모르는 단어는 적어지고 책이 점점 쉽게 느껴져."

모든 것이 완벽했다. 원하지 않는 대학에 입학한 현주는 입학 초기에 방향성을 잃고 꽤 방황했었다. 성의 없이 강의하는 교수들에 대한 실망과 전혀 긴장감 없이 공부해도 성적이 잘 나와 오히려 속상해했으나 이제는 자기 갈 길을 잡았고 준서 역시 학비와 생활비에 대한 걱정이 크게 없고 공부할 때 어려운 것이 있으면 도와줄 사랑하는 현주도 늘 옆에 있으니 더 이상 바랄 것이 전혀 없다. 하지만 인생이 어디 그렇게 평탄할 수만 있을 수 있을까? 그렇다면 이 세상 사람 누구도 행복하게 살지 못하는 사람은 없을 것이다. 준서가 해장국집에서 일할 시간이 되어 함께 자리를 떴다. 준서는 해장국집에 도착하기 전에 공중전화 부스에서 서울로 전화를 했다. 벌써 몇 차례 전화를 했지만 생부의 행방을 알 수가 없어 이삼일마다 한 번씩 서울로 전화하는 것은 준서의 일과가 되었다. 수화기를 잡고 있는 시간이 길어지며 준서의 얼굴이 상기되었.

"오빠 찾았어?"

"어 찾았어."

"뭐 하서? 어디에 살고 있어?"

"어디에 살고 있는 것은 모르고 판사가 되었다고 하네."

"정말? 확실해? 어떻게 찾았다고 해?"

"기록은 찾지 못했고 그 나이대의 아는 선배가 있어 물어보았더니 분명히 기억하고 있다고 하네. 당시 사법고시를 합격했고 연수원을 거쳐 판사에 임용되었다고 해. 그런데 지금도 판사를 하고 있는지는 모르고 판사로 일을 하고 있다고 해도 어디에서 근무를 하고 있는지는 모른다고 해."

생부가 판사를 하고 있을지 아니면 판사를 그만두고 변호사를 하고 있을지는 모르지만 준서는 생부를 찾을 방법도 모르고 누구에게 조언을 받을지도 모르겠다. 승규 형이라도 있으면 상의를 해 볼 수 있을 것이나 군대에 있어 그럴 수도 없고 주위에 터놓고 물어볼 수 있는 사람은 오직 현주와 수정이뿐이니 준서보다 특별히 더 아는 것도 없을 것이다. 준서는 하는 수 없이 손님이 뜸한 틈을 타서 해장국집 사장님께 물어보았다.
"사장님 혹시 아는 변호사 있으세요?"
"변호사는 왜? 뭐 사고 친 것 있어?"
"그럴 리가요. 사람을 찾으려고 하는데요. 혹시 변호사에게 물어보면 알 수 있지 않을까 해서요."
"사람을 찾는데 왜 변호사를 찾아가? 홍신소를 가야지. 근데 그거 불법일 거야."
"그냥 사람을 찾는 것은 아니고요. 과거에는 판사를 했다고 하는데 지금까지 계속 판사를 하고 있는지 아니면 그만두고 변호사를 하는지 몰라서 그럽니다. 혹시 변호사를 찾아가면 알지도 모른다는 생각에."
"어 그거. 내가 아는 변호사도 없지만 변호사를 찾아갈 필요는 없을 것 같은데. 법무사만 찾아가도 알 수 있을 거야. 내가 아는 법무사가 있으니 내일 찾아가 봐. 근데 찾는 사람이 누구야? 준서 학생하고 어떻게 돼?"

"예. 제가 전에 살던 시골 동네에 살던 분입니다. 동네분들이 궁금하다고 해서요."

다음날 현주와 점심을 마친 준서는 어제 해장국집 사장님이 소개해 주신 법무사를 만나기 위해서 학교를 나섰다.

"현주야 오늘은 조금 일찍 나와서 비창에 가 있어. 내가 시간이 얼마나 걸릴지 모르니 끝나면 나도 바로 비창으로 갈게."

현주와 헤어진 준서는 법원 앞에 있는 법무사 사무실로 향했다. 생부를 찾기 위한 발걸음이지만 그리 가볍지만은 않았다. 이모를 만나기 위해 이모 집을 방문할 때는 가족을 만난다는 설레는 마음도 있었다. 하지만 생부는 어머니를 버린 자이기에 아버지란 표현도 적절치 않아 보이며 만약 대면을 한다고 할지라도 반가워해야 할지 아니면 미워해야 할지 감정의 정리도 할 수 없었다.

"법무사님 계세요?"

"아 김준서 학생인가요? 이리 앉아요."

법무사는 해장국집 사장님이 미리 전화를 해 놓은 탓인지 친절하게 준서를 맞았다.

"그래, 어떤 사람을 찾고 있나요?"

"이름은 김병준이라고 합니다. 나이는 약 사십 대 중반 정도입니다."

"나이가 중요한 것이 아니고 언제쯤 사법시험을 합격했는지가 더 중요합니다."

"죄송합니다. 그것도 잘 모릅니다."

법무사는 책자를 하나 가지고 와서 탁자 위에 올려놓고 찾기 시작했다. 삼사십 분 정도의 시간이 지났다.

"이분 같은데요. 서울중앙지방법원 김병준 부장판사. 서울중앙지방법원에 근무하는 것을 보면 꽤 능력이 있는 양반이네요."

법무사는 서울중앙지방법원 김병준이라 적고 전화번호도 적어 주었다.

법무사 사무실을 나온 준서는 비창으로 갔다. 점심을 먹고 현주와 헤어진 시간이 얼마 되지 않아 아직 현주가 비창에는 도착하지 않았을 것이라고 예상했건만 현주도 혼자 있는 것이 심란했던지 벌써 비창에 도착하여 디제이 박스에서 헤드폰을 끼고 음악을 듣고 있었다.

"오빠 어떻게 됐어?"

"찾았어. 서울중앙지방법원에 근무하고 있는 것이 확인되었어."

"아직 판사인 모양이네?"

"그렇지."

"그럼 앞으로 어떻게 하지?"

"글쎄, 나도 잘 모르겠어. 어떻게 하면 만날 수 있는지. 그리고 만나면 무슨 이야기를 해야 하지? 현주야 너도 한번 생각해 봐. 나 오늘 과외 좀 일찍 가서 일찍 끝내고 올 테니 여기서 좀 기다려."

비창을 나선 준서는 과외를 가며 생각에 잠겼다. 생부를 찾았으니 기뻐해야 하나? 만나면 무슨 말을 해야 할까? 아버지라고 불러야 하나 아니면 김병준씨라고 해야 하나? 왜 엄마를 버렸는지 따져 물어야 하나? 이제까지 자신에게 전혀 해 준 것이 없기 때문에 지금이라도 내 인생을 책임지라고 해야 하나? 자신을 자식이라고 인정은 할까? 준서의 머릿속은 엉망진창 뒤죽박죽이 되었다. 그러나 분명한 하나는 생부를 꼭 만나야 한다는 것이다.

서울을 가는 버스에 몸을 실은 준서는 의자를 조금 뒤로 젖히고 온몸을 뒤로 쑤셔 박았다. 해장국집 사장님께는 저녁때까지 오지 못할 수 있다고 미리 말씀을 드려 놓았다. 현주에게는 일찍 만나면 비창으로 올 것이고 그렇지 못할 상황이라면 비창에 메모를 남겨 놓을 것이라고 일러 두었다. 현주의 의견으로는 미리 전화를 하는 것이 좋은 방법이 아니냐고 말했지만 만약 전화를 했을 때 만나자고 하면 당장 만날 수가 없기에 법원 앞에서 전화를 하는 것이 좋을 것 같았다. 하지만 아직도 생부에게 할 말을 정하지 못했다. 그만큼 준서의 머릿속은 복잡했다. 괜스레 생부를 찾은 것은 아닐까 하는 생각도 했다. 태어날 때부터 없는 아버지였고 아버지가 살아 있을 수 있다는 생각은 단 한 번도 해 보지 않았다. 겪을 고생도 다 겪었고 지금은 그 어느 때보다 행복한 시간을 보내고 있다. 이 상태에서 이미 어머니를 버린 생부를 찾아야 무슨 의미가 있다는 말인가? 그렇지만 왜 어머니를 버렸는지는 분명히 물어보아야겠다는 생각을 했다.

서울중앙지방법원 앞에 있는 공중전화 부스에 들어선 준서는 떨리는 마음으로 수화기를 들었다.

"김병준 판사님 좀 부탁합니다."

"어디시라고 전할까요?"

"강은희씨 아들이라고 하면 아실 겁니다."

잠시 시간이 지나고 교환원인 듯한 여자분이 말했다.

"지금 재판 중입니다."

"그럼 언제 전화하면 통화할 수 있을까요?"

"그건 저희도 잘 모릅니다."

아침도 거르고 상경한 준서는 시장기를 느꼈다. 오전에 재판 중이라면 언제 끝날지도 모르고 다시 전화를 한다고 하여 통화하기는 어려울 것 같았다. 일단 오후에 다시 전화를 하기로 한 준서는 법원 앞 식당 쪽으로 발길을 돌렸다. 유리창 너머로 본 법원 근처의 식당은 서울이라서 그런지 밥값이 꽤 비싸 좀 걸어 밥값이 싼 식당을 들어갔다. 아직도 처음 공중전화 부스에서 수화기를 들었을 때처럼 가슴이 두근거린다. 오후가 되어 준서는 다시 법원 앞 공중전화 부스에서 전화를 걸었다.

"김병준 판사님 좀 부탁합니다."

"판사님 지금 재판 중입니다."

교환원은 그렇게 말하고 재빨리 전화를 끊었다. 준서는 이상한 생각이 들었다. 일단 전화를 한 자가 누구냐고 물어보지도 않았고 시간을 두지 않고 바로 답변을 했다. 즉, 오전에 준서가 전화를 했을 때에는 판사에게 전화를 해 확인을 하고 준서에게 대답을 한 것으로 보이는데 지금은 그러지 않았다. 혹시 판사에게 꾸지람을 듣고 재판을 하지 않음에도 재판을 핑계로 바로 끊은 것은 아닐까?

한참을 망설이던 준서는 법원 건물 안으로 들어갔다. 통화가 되지 않으니 직접 들어가서 부딪쳐 볼 수밖에 없었다. 그러나 김병준 판사의 방이 몇 호실인지 알 수가 없어 엘리베이터 옆에 있는 경비원처럼 보이는 직원에게 다가가 물었다.

"김병준 판사님 방이 몇 호실인가요?"

"무슨 일로 오셨나요?"

잠시 주저하던 준서가 말했다.

"같은 고향에 살았던 강은희씨 아들인데요. 개인적인 일로 만나러 왔습니다."

"약속은 하고 오셨나요?"

"약속은 하지 않았습니다."

준서를 잠시 쳐다보던 직원은 테이블 위에 놓인 명단을 확인하고 김병준이란 이름 뒤에 적혀진 네 자리 숫자로 전화를 걸었다.

"판사님 지금 퇴근하셨습니다."

퇴근이라니. 교환원은 재판 중이라고 하고 엘리베이터 옆에 있는 직원은 퇴근했다고 한다. 확실하다. 생부는 지금 준서를 피하고 있는 것이다. 그렇다고 엘리베이터 앞을 계속 지키고 서 있을 수는 없다. 생부의 얼굴도 모르기 때문이다.

일단 법원을 나온 준서는 법원 앞에 있는 다방으로 향했다. 팔과 다리가 부들부들 떨려 걷는 것도, 그리고 숨을 쉬는 것도 쉽지 않았다. 준서는 어머니를 버린 생부를 미워하기도 했지만 혹시나 생부가 존재조차 몰랐던 아들을 찾았다는 기쁨에 눈물을 흘리는 상상을 하기도 했었다. 그러나 그는 지금 준서를 피하고 있는 것이 분명하다. 준서는 다방에 설치된 공중전화로 비창에 전화를 했다.
"혹시 손님 중에 안현주씨 있나요?"
"잠시 기다리세요."
"여보세요."
"현주야, 오빠야."
"만났어?"
"못 만났어. 자세한 것은 만나서 얘기하자."
어느새 준서는 눈물을 흘리고 있었다. 차라리 생부가 존재하고 있다는 것을 몰랐으면 좋았을 것을. 준서의 어머니에 이어 준서도 생부에 의하여 다시 버려진 것이다.

준서는 유성에 오자마자 비창으로 달려갔다. 해장국집 사장님께는 결근하겠다고 미리 전화를 넣었다. 호흡도 억지로 해야 가능한 그런 상태에서 일을 할 수는 없었다. 일부로 숨을 쉬지 않으면 숨도 멎을 것 같은 그런 상태로 비창에 들어선 준서는 현주를 만났고 일단 울지 않으려고 노력했다. 현주도 준서에게 말을 하도록 채근하지도 않았다. 대신 디제이 박스 안으로 들어가 차이코프스키의 비창을 틀었다. 디제이 박스가 보이는 자리에 앉은 준서는 맞은편 자리로 이동하여 등이 디제이 박스를 향하도록 앉았다. 그의 어깨가 들썩이는 것을 디제이 박스 창으로 본 현주의 눈에도 눈물이 고였다. 자신의 모든 것을 내어 주더라도 가늠할 수 없는 준서의 슬픔을 달래 주고 싶었다. 그러나 그녀가 할 수 있는 유일한 것은 옆자리에 앉아 흐느끼는 준서의 어깨에 손을 얹어 주는 것밖에는 없었다.

"법원에 도착했을 때는 오전이었고 교환원이 재판 중이라고 했어. 점심을 먹고 전화했을 때에는 확인도 하지 않고 재판 중이라고 했고. 전화로는 되지 않을 것 같아 법원 건물 안으로 들어가서 엘리베이터 옆에 있는 경비에게 김병준 판사의 방을 알려 달라고 했으나 그는 전화를 하고 난 후 퇴근했다고 말을 하더라고."

"아니, 재판이 끝나고 바로 퇴근했나?"

"그럴 수가 없지."

"왜 그렇게 생각해?"

"내가 오후에 전화를 한 시간은 점심시간이 지나고 약 한 시 반경에 했고 재판 중이라고 하는데 느낌이 좋지 않았어. 오전에 전화를 했을 때에는 뭔가 확인하는 듯한 시간이 지나고 나서 재판 중이라고 대답했는데 오후에 전화를 했을 때에는 어떤 확인하는 시간도 없이 바로 재판 중이라고 하고 전화를 끊는 거야. 그래서 이상하다 생각되어 바로 법원으로 갔지. 전화를 한 곳은 법원 앞의 공중전화였기에 법원 건물에 들어가서 경비에게 방의 위치를 요청한 것은 십 분 정도밖에 걸리지 않았어."

"정말?"

"나를 피한 거지."

준서의 말에 현주는 어떤 위로의 말도 하지 못했다. 준서 오빠가 거짓말을 할 리도 없고 그렇다면 오빠 말을 그대로 해석하면 오빠는 생부의 외면을 받은 것이다. 한동안 말이 없던 둘은 삼사식당으로 자리를 옮겼다.

준서는 자기가 앞으로 어떻게 행동해야 할지를 몰랐다. 여기까지 와서 생부를 만나지 않을 수는 없었다.

"현주야 나 좀 도와줘."

"어떻게 도와주면 되겠어?"

"내일 나와 함께 서울 가자. 내가 오늘 법원에 들어가서 엘리베이터 옆에 있는 경비에게 김병준 판사를 만나기 위해 왔다고 하니 방의 위치를 알려 주거나 엘리베이터를 타도록 하지는 않고 먼저 판사실로 전화를 해서 확인 먼저 하더라고. 그때 경비가 모든 판사의 전화번호를 알고 있는 것은 아니니 테이블 위에 있는 판사의 이름과 전화번호가 적혀 있는 종이를 확인해서 전화를 하는데 그 네 자리 전화번호가 내선 전화인 것 같아. 그 번호만 알면 판사실로 직접 전화를 할 수 있을 것 같아. 나는 오늘 가서 경비가 내 얼굴을 알 테니 네가 가서 그 전화번호를 알아봐 줘."

그렇게까지 말하고 준서는 술을 들이붓기 시작했다. 준서가 주로 말하고 현주는 그냥 듣기만 했다. 현주가 어떤 말을 한다고 해도 준서에게 위로가 될 수는 없었을 것이다.

다음날 준서와 현주는 서둘러 서울로 가는 버스를 탔다. 준서는 아직 술도 깨지 않은 상태다. 버스가 서울로 가는 내내 준서는 잠을 자는지 무슨 생각을 하는지 술이 깨지 않아서 그런지 눈을 감은 채 아무 말도 없었다. 버스가 서울에 도착할 시간이 가까워질수록 현주의 긴장감도 커지고 심장박동수도 빨라지는 것 같다. 그렇지만 준서 오빠를 위해서라면 그 어떤 일도 할 수 있었다. 법원 건물을 들어서며 현주는 엘리베이터 옆에 서 있는 경비에게 다가갔고 준서는 경비의 시야 밖에서 현주를 지켜보고 있었다. 혹시라도 경비가 현주에게 엘리베이터를 타게 해 주면 얼른 같이 탈 생각이다.

"김병준 판사님을 뵈러 왔습니다."

"약속은 하고 왔나요?"

"약속은 하지 않았습니다."

"누구라고 하면 될까요?"

"전에 공주에 같이 살던 강은희씨의 딸입니다."

경비가 판사실의 전화번호를 확인하는 사이 현주도 고개를 빼서 판사실의 전화번호를 확인하는 경비의 손가락 끝을 바라보았다. 그리고 그가 수화기를 들고 누르는 전화번호가 자신이 보았던 전화번호와 다르지 않음을 확인했다.

"재판 중입니다."

현주가 몸을 돌려 출입구 쪽을 향하자 준서도 서둘러 법원 건물을 나왔다.

"오빠 알아냈어."

강은희. 김병준 판사의 머릿속에 이미 오래 전에 잊었던 이름이다. 어제 교환원이 한 전화는 김병준 판사를 매우 당황스럽게 했다. 강은희의 아들이라니. 강은희는 이십여 년도 더 전 여름방학에 공주에 봉사활동을 갔을 때 만났던 여자다. 학생회 차원에서 다른 학생들을 포함해 십여 명이 봉사활동을 갔었고 그때 처음 만났다. 그곳은 다른 농촌과 마찬가지로 젊은 사람들은 대부분 도회지로 나갔고 주로 나이가 드신 노인들만 있는 마을에서 젊은이들도 있었지만 그들은 대부분 대학에 진학하는 것을 포기한 자들이었다. 농사를 짓는 것도 그저 마지못해 했던 그들과는 다르게 강은희는 유일한 대학생이었고 얼굴도 고왔음은 물론 행동도 적극적이었기에 자연스럽게 친하게 지냈다. 봉사활동을 동행한 다른 학생들은 모두 대도시에만 살았고 농사에는 경험이 없어 동네 주민들의 도움이 있어야 봉사활동을 할 수 있었는데 봉사활동을 하러 간 학생들과 마을 주민들과의 의사소통은 자연스럽게 강은희가 맡게 되었고 그렇기에 자주 만날 수밖에 없었다.

  강은희의 역할은 단지 봉사활동을 도와주는 것에 제한되지 않았다. 봉사활동을 하러 간 것이기 때문에 마을 주민들의 신세를 지지 않기 위해서는 여름방학 동안 빈 교실에서 잠을 잤고 삼시 세끼도 자체적으로 해결해야 했지만 학생들이 가져간 부식이라고 해야 쌀과 몇 가지 밑반찬 정도이니 그 밑반찬도 여름의 높은 기온으로 인해 이삼일이 지나자 상해서 먹을 수가 없었다. 그러니 부족한 부식을 조달하기 위해서는 강은희의 도움을 받지 않을 수가 없었고 봉사활동을 간 학생들과 더욱 친해지지 않을 수가 없었을 뿐만 아니라 봉사활동에 리더격으로 참석한 김병준과는 거의 매일 같이 붙어 지낼 수밖에 없었다. 그러는 사이 둘 간의 관계는 더욱 긴밀해지고 때문지 않고 얼굴도 곱고 마음 씀씀이도 부드러운 강은희에게 김병준이 느끼는 감정은 남달랐다.

문제가 된 것은 학생들이 봉사활동을 마치고 서울로 떠나기 전날 밤이었다. 봉사활동도 순조롭게 마무리가 되었고 학생들은 그간의 고생을 씻기 위하여 그리고 성공적인 봉사활동을 자축하기 위하여 금강변에서 삼겹살을 포함한 저녁식사를 하게 되었는데 그 자리에 자신들을 크게 도와준 강은희를 초대한 것은 어떻게 보면 당연한 일이었다. 봉사활동이 서울 학생들에게는 꽤 힘들었는지 저녁식사와 같이 한 술로 인해 대부분의 학생들은 취해 가고 있었다. 다른 학생들과 같은 그런 취기 때문인지 아니면 마침 강변에 뜬 달 때문인지 그것도 아니면 강은희에 대한 사랑의 감정이 싹텄기 때문인지 김병준은 강은희를 다른 장소로 이끌었고 강은희도 어떤 저항도 없이 따라나선 그날 밤 둘은 아무도 모르는 둘만의 비밀을 만들었다.

김병준이 자신의 현실세계로 돌아온 탓인지 아니면 강은희의 전화를 몇 차례 받는 부모님의 반대 때문인지 둘의 관계는 점차 소원해졌고 그렇게 시간이 좀 지난 어느 날 김병준은 강은희로부터 임신을 했다는 연락을 받았다. 김병준은 성인이긴 했지만 어린 학생에 불과했고 어떻게 일을 처리할지를 몰라 결국 부모님에게 강은희가 아기를 가졌다는 사실을 털어놓았다. 김병준은 부모님에게 앞으로 학생회 활동을 하지 않겠다는 약속과 강은희와의 접촉은 일체 하지 않겠다는 다짐을 하고 난 후에 공부에만 전념했다. 시간이 약이라는 옛사람들의 말이 틀리지 않음은 김병준에게도 적용되어 처음에는 자신의 무책

임한 행동에 대한 죄책감에 시달렸고 그녀에 대한 감정 정리도 어려웠지만 시간은 흐르고 흘러 어느덧 강은희에 대한 김병준의 생각은 머릿속에서 완전히 지워졌으니 일 년도 더 전에 예산경찰서에서 온 전화는 김병준을 깜짝 놀라게 하기에 충분했다.

김병준이 부장판사로 승진한지 얼마 안 되는 그때 예산경찰서에서 전화가 왔다. 혹시 강은희라는 사람에 대해 알고 있느냐고. 김병준은 그때 그녀에 대한 생각은 머릿속에서 완전히 지워져 있는 상태라서 혹시 자기가 담당한 재판의 원고인가 아니면 피고인가 생각해 보았다. 혹시 그들 중에 하나라면 자신이 내린 판결에 불만을 품고 어떤 일을 벌였을지도 모른다고 생각했다. 그러나 그의 머릿속에는 그런 기억이 없었다. 김병준이 모르는 사람이라고 대답하자 예산경찰서의 그 경찰은 강은희라는 여성은 사망했고 그의 아들이라고 주장하는 김준서가 생부를 찾고 있다는 것이다. 그 말은 들은 순간 김병준은 망치로 얻어맞은 것 같은 충격을 느꼈다. 강은희. 이십여 년도 더 지난 그때의 강은희가 생각난 것이다. 김병준은 일단 부인할 수밖에 없었다. 강은희와의 관계를 끊고 공부에 전념하던 때는 사법시험에 합격하면 군사정권에 대항하는 인권변호사가 되리라고 마음먹었었다. 그렇게 생각하는 것이 강은희에 대한 죄책감을 씻을 수 있을 것이라고 생각했다. 그러나 시간은 흐르고 사람이 변해서 이제 법조인 집안인 처가의 바람대로 판사로서는 진짜 승진이라고 할 수 있는 고법 부장판사를 꿈꾸고 있으니 사생활의 문제가 되는 혼외자가 있다는 것을 인정할 수는 없었다.

당시 부모님이 나서서 모든 일을 처리했기에 강은희가 출산을 했을 가능성은 전혀 없다고 생각했다. 그리고 만약 출산을 했다고 하더라도 결혼전의 일로 혼외자가 있다는 것은 불법행위가 아니라고 생각했다. 그렇게 자위하고 경찰에게는 윽박지르듯이 혼외자가 있을 행위도 하지 않았고 그러기에 혼외자가 있을 수도 없다고 말했다. 그러나 일개 시골 경찰이 김준서가 당신의 혼외자라는 것을 어떻게 판사에게 따져 물을 수가 있단 말인가? 괜스레 판사에게 잘못 보여 자신에게 불이익이 있을 줄도 모르는 일이었기에 그리고 설령 김준서가 김병준의 혼외자라 할지라도 불법행위는 아니기 때문에 더 이상 추궁할 수는 없었다. 그렇게 일은 끝났다. 그러나 김병준은 오랜 법관생활로 인해 잊고 있었다. 법은 최소한의 규칙이라는 것을.

　김병준은 어젯밤 잠을 이루지 못한 시간을 후회했다. 이제는 명백해졌다. 어제는 강은희의 아들이라는 사람에게 전화가 왔고 오늘은 강은희의 딸이라고 주장하는 사람에게 전화가 왔다. 분명한 사기다. 어떻게 자기에게 혼외자가 둘이나 있을 수 있다는 말인가? 있을 수가 없는 일이다. 이건 분명히 아주 과거의 일을 가지고 자신에게 해코지를 하려는 것이 분명하다. 도대체 누가 감히 판사인 자신에게 해코지를 하려는 것일까? 혹시 사생활을 문제 삼아 자신이 고법 부장판사로 승진하려는 것을 방해하려고 하는 것은 아닐까? 그러나 아주 오래된 일을, 다른 사람은 알 수가 없는 그런 일을 누가 알고 그러려는 것일까? 만약 다시 전화가 온다면 만나서 어떤 이유로 자신이 자식이라고 주장하는지 확실히 문제를 해결할 것이다.

전화번호를 알아냈으니 이제는 직접 통화가 가능하다. 존재하는지도 몰랐던 준서가 아들이라고 주장하고 나섰으니 생부가 당황하는 것은 당연한 일일 것이다. 하지만 준서가 이제까지 느끼는 감정은 생부는 준서의 존재를 부인하려고 한다는 것이다. 그 존재를 알지도 못했고 당연히 같이 살지도 않았기에 준서가 생부에게 느끼는 특별한 감정은 없다. 단지 준서 역시 준서의 어머니처럼 버려진다는 것에 대한 불쾌한 감정만 있을 뿐이다. 그러나 생부에게 버려졌을 때 어머니의 감정은 어땠을까? 어머니가 생부를 얼마나 사랑했는지에 대해서는 준서가 아는 바가 전혀 없다. 사랑하지는 않았지만 어느 정도 호감은 있는 상태에서 실수로 준서를 가졌을 수도 있는 일이다. 하지만 어머니의 의견은 무시하고 부모님들 간의 약속에 의해 어머니의 낙태를 결정했겠지만 낙태하라는 말을 들은 어머니는 과연 얼마나 큰 고통을 감수했을지 준서는 상상할 수도 없었다.

잠시 아주 잠시 준서는 생부와의 아름다운 만남을 상상해 본 적도 있다. 서로 부둥켜안고 눈물을 흘리며 잊지 못한 옛사랑의 결과물인 준서를 토닥거리는 그런 아름다운 만남을. 그러나 그것은 아주 근거 없는 준서만의 일시적인 상상일 뿐이고 지금 준서 앞에 놓인 것은 생부가 준서의 존재를 부인하는 이 역겨운 상황을 어떤 식으로든 정리하는 절차만 남았다. 준서가 애초에 생부를 찾으려고 한 것은 어렵게 살아온 그 시간에 대한 보상을 요구하려고 시작한 것은 아니다. 그냥 아버지가 존재하기에 찾으려 한 것뿐이다. 그러나 준서가 앞으로 겪을 일은 어차피 불쾌할 일만 남았기에 지금까지의 일을 없던 것으로 하고 그냥 덮고도 싶었다. 하지만 김준서였지만 강준서로 주민등록을 하고 생부를 찾아 주려는 간절한 마음에 다시 김준서로 고아원에 알려 준 어머니는 어떻게 하란 말인가? 그 어머니의 한을 조금이라도 풀어 주려면 비록 준서가 어떤 어려움과 불쾌함을 겪을지라도 김병준 판사를 만나야 했다.

"오빠 어떻게 할 거야?"

현주는 조심스럽게 입을 열었다. 준서가 생부를 찾기는 했지만 상대방이 준서를 아들로 받아들이는 것을 원치 않는 것을 알기에 조심스러울 수밖에 없었다.

"일단 만나야 하겠지?"

"그다음에는 어떻게 할 거야? 그 분은 판사이기에 힘도 있을 것이고 끝까지 부인하면 오빠가 아들이라는 것을 증명하는 것은 쉽지 않을 것 같은데."

"난 상대방이 누구이든 상관하지 않아. 상대방이 아무리 힘이 있는 자라 할지라도 일단 내가 잘못한 것은 없고 그리고 아들로 인정받지 못해도 상관없어. 어차피 내가 아들로 인정받아 무엇을 요구하려고 했던 것은 아니기 때문이야."

"그럼 무엇 때문에 어려운 길을 가려고 해?"

"어머니 때문이야."

"어머니?"

"어머니는 생부에게 버림받았을지라도 나에게 생부를 찾아 주려 노력했어. 난 그런 어머니의 한을 풀어 주고 싶은 거야."

준서와 현주는 한적한 곳에 있는 공중전화 부스를 찾아 수화기를 들었다. 준서는 현주가 확인한 번호로 전화를 걸었다. 신호음이 울렸다. 신호음 소리를 들으며 준서는 그 신호음이 영원히 계속되기를 바랐다. 그것은 마치 예산에서 현주와 같이 공부하고 막차를 타고 귀가할 적에 버스가 목적지에 도착하지 않고 영원히 달리는 것을 원했던 것처럼. 그때는 현주와 함께 있는 시간이 영원히 계속되는 것을 바라는 데 이유가 있었지만 지금은 신호음이 영원히 계속되어 생부와 영영 만날 수 없는 상황이 계속되기를 바랐다.

"김병준 판삽니다."

신호음이 영원히 계속되기를 바라는 준서의 마음과는 다르게 깊고 낮으며 위엄에 가득 찬 상대방의 목소리가 들렸다.

"통화는 하지 못했지만 어제 전화드렸던 강은희씨 아들 김준서입니다."

약간의 시간이 흐르고 상대방의 거친 목소리가 준서에게 전달되었다.

"당신 대체 누구야?"

"공주에서 살았던 강은희씨를 모르시나요? 전 그 아들 김준서입니다."

다시 한번 상대방은 거친 목소리로 말했다.

"난 강은희라는 여자 알지도 못해. 그리고 설령 내가 안다고 할 지라도 그게 나와 무슨 상관이야? 그 여자에게 아들이 있는지 아니면 딸이 있는지 나하고 무슨 관계가 있다고 그래. 당신 누구 말을 듣고 나에게 사기를 치려는 거야?"

"그럼 제 어머니에게 땅을 증여한 김만석씨도 모르는 분인가요?"

준서는 어머니에게 땅을 증여한 사람의 이름을 댔다. 순간 상대방은 말이 없었고 보이지는 않으나 상대방이 당황하는 것을 충분히 상상할 수 있었다.

"제 어머니의 주민번호, 어머니가 등록한 그리고 지금은 실종처리된 어머니의 아들 강준서의 주민번호, 그리고 고아원에서 강준서를 김준서로 등록한 제 주민번호를 알려 드립니다. 확인하시고 마음의 준비가 되시면 대전 유성에 소재한 비창이라는 다방으로 메시지를 남겨 주세요."

"어떻게 엄마라는 사람이 자기 자식 밥도 해 주지 않을 수가 있어?"
"늘 그러셔?"
"같이 살고 있지 않으니 늘 그런지는 알 수가 없지. 하지만 하나를 보면 열을 알 수 있는 것 아니야?"

수정이는 준서가 일하는 해장국집에 와서 현주와 함께 식사를 하며 엄마에 대한 불평을 늘어놓았다. 현주와 단 둘이 문제를 해결하기보다는 준서의 도움이나 응원이 필요하나 준서를 저녁 시간에 만나는 것은 어렵기 때문에 준서가 일하는 가게로 온 것이다. 준서도 손님을 응대하며 시간이 날 때마다 잠깐씩 수정이의 말을 들어 보았으나 준서 역시 뾰족한 방법이 없다. 수정이는 아마 어떤 해결책이 필요한 것이 아니라 자기의 답답함을 들어 줄 사람이 필요했는지도 모른다.

"동생을 그냥 데리고 나오면 안 돼?"
"글쎄, 그러니까 엄마와 아빠가 이혼할 때 동생에 대한 양육권은 엄마가 가지기로 했던 모양이야. 동생도 그때는 엄마와 함께 살기를 원했고. 그러니까 어쩔 수 없다는 거지."

"소송을 하면 안 될까?"

"소송을 하면 가능하긴 하지만 시간도 오래 걸리고 또 동생에게 상처를 줄 수 있으니 함부로 소송을 할 수가 없는 거야."

"그럼 그냥 동생이 성인이 될 때까지 기다릴 수밖에 없는 거네."

"그렇지. 그러니까 내가 답답한 거야. 준서 오빠 자꾸 왔다 갔다 하지 말고 여기 앉아 얘기 좀 해 봐."

수정이는 이미 좀 취했다. 왜 아니겠는가? 수정이 동생을 수정이와 함께 살게 하기 위하여 수정 아빠는 진즉 수정 엄마를 만났으나 둘 다 자기의 주장만 하고 크게 다투었을 뿐 어떤 해결방안도 만들지 못했다. 수정 아빠가 수정이에게 한 얘기를 종합해 보면 수정 엄마는 절대로 수정이 동생을 수정 아빠에게 빼앗길 생각이 없다는 것이다. 문제가 되는 것은 그 이유가 수정 엄마가 수정이 동생을 너무 사랑하기 때문이 아니라 결국 돈 문제라는 것이다. 수정 엄마가 수정이 동생을 데리고 있으면 이혼할 때 받기로 한 양육비뿐만 아니라 수정이 동생을 핑계로 수시로 수정 아빠에게 금전을 요구할 수 있으니 아마 그 이유로 수정이 동생을 수정이가 돌보는 것을 반대한다는 것이다. 그러니 이미 수정 엄마에게 한 가족이라는 것을 이유로 대화나 양보는 가능하지 않으니 수정이는 답답하지 않을 수가 없었다.

"현주야 엄마 없을 때 우리 둘이 가서 동생을 빼내 오는 것은 어떨까? 어차피 엄마는 우리 둘이 사는 곳은 모르잖아."

"수정아 너 이미 취했어. 우리 둘이 가서 동생을 데리고 나오는 것은 어렵지 않으나 학교는 어떻게 할 거야? 동생을 학교에 보내지 않는 이상 네 엄마가 동생을 찾는 것은 어렵지 않지."

"그렇구나."

"그러지 말고 네가 틈 나는 대로 엄마 집에 가서 동생에게 잘해 줘. 그럴 수밖에 없는 것 같은데."

"그렇네. 준서 오빠 좋은 생각 없어?"

"수정아, 준서 오빠도 머릿속에 짐이 한가득이야. 내버려 둬."

"왜? 오빠도 무슨 일이 있어? 지금 나만 모르는 거야? 너무한 것 아니야? 나만 빼놓고 둘만 속닥거리고 말이야."

멀쩡히 있는 부모지만 돈만을 문제 삼아 자녀를 수단화하는 수정 엄마가 더 나쁜 부모일까? 아니면 자기 자식이 분명하지만 자식으로 인정하고 싶지 않은 준서의 생부가 더 나쁜 부모일까? 생부가 준서의 존재를 인정하지 않기에 준서 역시 생부의 존재를 인정하지 않고 잊어버리면 그만이다. 그러기에 준서는 차라리 생부에게 연락이 오지 않았으면 하는 생각을 하기도 했다. 하지만 어머니는 어찌하란 말인가? 사랑하는 사람에게 버림받고 자식도 온전히 지키지 못한 어머니는 오직 준서를 지키기 위하여 죽음을 눈앞에 두고도 생부를 찾아 주려고 했는데 만약 준서가 여기에서 멈춘다면 어머니의 뜻을 무시하는 것이며 자신이 할 도리라고 생각하지도 않았다. 그렇다. 준서는 돌아가신 어머니의 명예를 조금이라도 생각한다면 여기서 끝낼 수는 없다고 생각했다.

"아 참 현주야 너 집에 가 본 지 꽤 되었지?"

공부가 바쁘다는 것을 핑계로 그리고 집에 가면 현주가 부닥칠 엄마의 어려운 현실을 마주하지 않기 위해서 현주는 되도록 집에 가지 않았다.

"왜, 우리 집에 무슨 일이라도 있어?"

"잘 모르겠어. 지난주 아빠를 만나러 갔는데 네 엄마가 아빠에게 연락을 주었다고 하네. 너 시간 있으면 집에 한번 들르라고."

"아무 말씀도 없이 그냥 집에 들르라고 했대?"

"응 그러니까 별 말씀은 없으셨는데 좀 걱정하는 말투였다고 하더라고."

무슨 일일까? 본래 현주 엄마는 혹시 현주가 잘못된 결정을 할 것 같아 어지간한 일이라면 현주에게 말하지 않았다. 현주 역시 금전적인 문제라면 자신이 해결할 수가 없기에 굳이 알려고 하지 않았다. 그런 현주 엄마가 현주와 상의할 문제가 발생했다면 그것은 작은 문제는 아닐 것이다.

김병준 판사는 자신 부친의 이름을 알고 있는 준서의 말에 매우 당황했다. 낯모르는 청년이 어떻게 오래전에 돌아가신 부친의 이름을 알고 있다는 말인가? 자신을 찾아낸 것도 당황스러운데 부친의 이름을 도대체 어떻게 알았을까? 만약 공무원이라면 비록 불법이지만 자신의 호적이나 주민등록을 조회하면 알 수 있을 것이다. 자신에게 전화했던 예산경찰서에 근무했던 그자가 알려 준 것인가? 하지만 지금은 김준서라는 자가 어떻게 알았는지가 중요하지 않다. 김병준은 서둘러 준서가 말해 준 것을 바탕으로 사실을 확인해야 했다. 부친은 부농의 아들이었고 이재에 밝아 물려받은 땅을 더욱더 늘렸고 특히 농사가 아닌 부동산 투자로 재산을 크게 일구었다. 김병준 자신도 부친이 돌아가신 후에야 부친 명의의 땅이 그렇게 많은 것에 놀랐다. 김병준이 비록 사법시험에 합격해 판사가 되었지만 법조 가문의 딸인 지금의 처와 결혼한 데는 부친이 형성한 큰 재산이 한몫했다.

김병준은 우선 부친이 강은희에게 증여한 땅을 찾아야 했다. 당시에는 강은희의 임신이 너무 당황스러웠고 어떻게 처리해야 할지를 모르는 어린애에 불과했다. 그리하여 부친에게 알릴 수밖에 없었고 크게 화를 내는 부친에게 대항할 수도 없었으며 그저 따를 수밖에 없었다. 부친의 입장에서 보면 최고 대학의 법학과에 다니는 자신의 아들이 그저 시골 처녀와 결혼하는 것을 찬성할 리가 없었겠지만 설령 찬성한다고 할지라도 막상 김병준 자신은 자기 아이를 가졌다는 이유로 선뜻 강은희와 결혼한다는 결정을 하지는 못했을 것이다. 그렇기에 그는 부친의 뜻을 따르며 그냥 가만히 있었다. 오히려 부친이 크게 화를 내며 길길이 날뛰는 것을 바랐는지도 모른다. 그렇게 자신은 가만히 있기만 하면 자신은 결혼을 원했으나 어쩔 수 없이 부친의 뜻을 따라 결혼하지 못했다는 것으로 생각하여 스스로는 책임지지 않는 행동을 했다는 죄책감에서 벗어날 수 있었기 때문이다.

모든 자료를 조회한 결과 부친은 부친 소유의 땅을 강은희에게 증여하고 낙태를 합의한 것으로 보인다. 그러나 그 땅은 강은희가 낳은 아기가 실종처리되어 강은희 사후에 그녀의 아버지에게 상속이 되었고 그녀의 아버지 사후에는 오직 하나 남은 자식인 강은희의 언니 강금희에게 상속되었다가 최근에 김준서에게 증여되었다. 땅을 증여받은 강은희는 부모들 간의 합의를 이행하지 않고 강준서라는 아기를 낳았으며 어떤 이유인지는 모르지만 강준서라는 아기는 실종처리되었고 대신 김준서라는 아기가 자라 지금 자신의 친자라고 주장하고 있다. 김준서가 자신의 친자라고 주장하고 있는 지금의 상황은 꽤 설득력이 있다고 생각했다. 김병준은 자신의 아버지가 강은희에게 합의의 대가로 땅을 증여한 것에 대해 매우 못마땅하게 생각했다. 만약 당시에 땅을 증여하지 않고 현금을 주고 합의를 했다면 일이 이렇게까지 되지는 않았을 것이다.

만약 김준서가 자신의 친자라서 혼외자가 있다는 구설이 있다면 고법 부장판사로 승진하는 데는 분명히 걸림돌이 될 것이다. 승진 이전에 지금의 처와 아이들이 자신에게 혼외자가 있다는 사실을 알게 된다면 도대체 어떻게 반응할지 상상도 할 수 없었다. 부인이 자신의 혼외자를 순순히 남편의 자식으로 받아들이고 책임을 다하여 그동안 받지 못한 부모의 사랑을 다하라고 말하지 않을 것은 분명하며 자식들도 내심 아빠의 직업을 자랑스러워하며 존경했던 그 눈초리가 싸늘하게 변할 것 또한 분명했다. 김병준은 지금이라도 김준서를 자식으로 인정하고 마음부터 따뜻하게 대해 주리라 마음먹는 대신에 어떻게 하더라도 자신이 가진 모든 것을 동원해서라도 준서가 친자임을 부인하는 쪽으로 가는 길을 선택했다. 문제는 합의서다. 부친은 돌아가시기 전에 자신에게 땅을 대가로 낙태를 하겠다는 합의서나 각서를 남겨 주지 않았다. 만약 준서가 그런 합의서나 각서를 가지고 있다면 친자로 인정해 달라는 소송에서 매우 불리하게 작용할 것이다. 꽤 오랜 판사생활 때문인지 이미 김병준에게는 인간의 기본 도리와 상식은 저 먼 곳에 있었으며 오직 그의 머릿속에는 법만이 있었다.

드디어 생부를 만난다는 생각에 비창을 들어서는 준서의 가슴은 심하게 두근거리고 있었다. 전화 통화만으로 접촉했던 생부는 준서를 자식으로 인정하지 않으려고 한다는 강한 인상을 받았다. 그래서 어머니도 버림받고 그 자식인 자신도 버림받았다는 생각에 쉽지 않은 시간을 보내고 있었다. 그러나 그의 예상과는 달리 비창에 메시지를 남긴 것은 준시기 통화를 한 후 며칠이 지나지 않았고 그 내용은 만나자는 것이었다. 그러기에 혹시 생부가 자신을 친자로 인정하려는 것은 아닐까 하는 생각도 했고 과연 아버지는 어떤 분일까 궁금하기도 했다. 준서는 생부로 생각되는 말끔한 양복을 입은 남자에게 다가가서 말했다.

"제가 김준서입니다."

준서를 흘깃 올려다본 그 남자는 일어서지도 않고 비교적 담담한 표정으로 말했다.

"앉으시죠. 저는 김병준 판사 대리인입니다."

"대리인이라고요?"

"네. 전 변호사입니다."

그 남자는 자신의 명함을 준서에게 내밀었다.

"그분이 직접 나오신 것이 아니고요?"

"아직은 김준서씨가 친자인지 확인도 되지 않았고 그러기에 제가 대신 나왔습니다. 일단 자신이 김병준씨의 친자라는 것을 입증할 서류가 있습니까? 혹시 어머니가 김병준씨 부친으로부터 땅을 증여받을 당시에 쓴 합의서나 각서 같은 것이 있습니까?"

"그런 것은 없습니다."

준서의 대답을 들은 변호사는 순간 얼굴이 싸늘하게 바뀌었다.

"도대체 원하는 것이 무엇입니까? 돈입니까?"

준서가 어머니에 이어 자신도 생부에게 버림받았다는 것을 확실하게 느끼는 순간이었다.

더러운 기분을 떨쳐 내지 못한 며칠이 계속되었다. 생부는 만나지도 못했고 대신 나온 변호사를 통해 전달받은 얘기를 해석해 보면 생부는 준서를 친자로 인정할 마음이 전혀 없다는 것과 돈 몇 푼을 쥐여 주고 일을 마무리할 모양이다. 생부의 사랑을 전혀 경험도 하지 못한 준서가 느끼는 감정도 이렇게 더러운데 사랑하는 사람에게 버림받은 어머니의 아픈 마음과 고통은 상상하기도 어려웠다. 이모의 말에 의하면 어머니는 구체적인 큰 병을 앓았던 것도 아니라고 했다. 그렇다면 어머니는 이별과 배신에 대한 고통을 이기지 못해 돌아가셨을 수도 있다는 생각을 했다. 화가 났던 준서는 변호사에게 크게 말했었다. 돈은 필요 없다고 그리고 말을 그대로 전하라고 했다.

'개똥보다 못한 인성으로 판사질 하지 말고 먼저 인간이나 되라고 하세요. 그리고 죽고 나면 저세상에서 강은희씨가 기다리고 있을 겁니다. 그때 할 말이나 생각하며 살라 하세요.'

악담과 저주를 퍼부었지만 분한 마음에 잠도 제대로 이루지 못한 날의 계속이었다.

여름방학이 끝나고 여름방학 기간 동안에 해장국집에서 하던 아르바이트도 끝났다. 생부에 대한 분한 마음은 가시지 않았지만 시간이 흐르면 잊힐 것이라고 스스로를 위로했다. 2학기 시작과 함께 준서는 다시 현주와 의미 있고 행복한 시간을 보낼 것이나 현주 어머니가 현주에게 집에 다녀가라 했다는 수정이의 말이 마음에 걸린다. 마침 개학 전에 수정이와 현주 그리고 준서까지 셋이서 삼사식당에서 뭉치기로 했다. 2학기를 지내기에 부족한 돈이지만 여름방학 내내 해장국집에서 아르바이트를 했기에 주머니도 제법 두둑하여 이미 준서가 사기로 약속한 날이다. 큰 더위는 지났지만 아직은 더운 늦여름 삼사식당을 들어서는 준서는 현주를 만난다는 반가움에 생부에 대한 생각을 잠시나마 잊을 수 있었다.

현주와 수정이는 나란히 앉아 무엇인가를 소곤거리고 있었다.
"나 왔다."
다가오는 준서를 쳐다보는 둘의 시선이 매우 불안정해 보였다.
"오빠, 현주네 집 큰일 났어."
"무슨 일인데 그래?"
"현주 아빠가 돌아가시기 전에 돈을 빌리고 갚지 않았나 봐. 그 돈을 갚으라고 집으로 우편물이 왔고 그것 때문에 현주 엄마가 현주에게 집에 들르라고 한 것이었어."

"현주 아빠가 빌린 돈은 현주 아빠가 갚아야지 그것을 왜 현주 엄마와 현주가 갚아. 그리고 현주 아빠는 빚 때문에 집을 넘기는 것으로 다 갚은 것 아냐?"

"현주야 너 아빠가 돈 빌릴 때 혹시 엄마와 함께 보증 섰어?"

"그런 적 없어."

"그런데 왜 너와 네 엄마가 아빠 대신 빚을 갚아야 하지?"

"그건 나도 모르겠어."

"내가 한번 알아볼게. 아는 변호사는 없어도 법무사가 있으니 그분들도 법에 대해 어느 정도는 아는 것 같아. 그런데 빚이 대체 얼마야?"

"원금이 이천만 원이고 이자가 연 30프로야. 돈을 빌린 지 이미 3년 정도 되어서 이자만 해도 벌써 원금과 비슷해."

"그렇게 큰돈을 빌렸다고?"

준서는 놀라지 않을 수가 없었다. 준서가 두 달이 넘는 여름방학 기간에 월수금은 과외를 하고 나머지 요일은 해장국집에서 일을 하여 번 돈이 백만 원도 되지 않는다. 그런데 한 달 이자만 해도 오십만 원이나 되는데 현주네 가정형편을 잘 알고 있는 준서는 현주 엄마가 도저히 갚을 수 없는 돈이라고 생각되었기 때문이다.

셋은 그저 술만 마셨다. 평소에는 술을 잘 마시지 않는 현주도 마셨다. 수정이는 엄마에게 외면당하고 준서는 생부에게 버림받고 현주는 아빠의 죽음으로도 끝내지 못한 고통을 물려받았다. 역설적으로 셋 중 가족이 없는 준서가 제일 편하다. 어차피 고아로 자랐고 잠깐 기대에 찬 시간을 보냈지만 생부는 없는 것으로 치면 견딜 만하다. 그렇게 치면 수정이도 크게 상처받을 것이 없다. 엄마를 없는 사람 치면 된다. 하지만 현주는 빚을 갚아야 한다. 현주 엄마와 현주가 아무리 노력해도 갚을 수 있는 정도의 돈이 아니다. 현주 엄마가 물려받은 땅이 있다고는 하나 시골 땅이 얼마나 하겠는가?

"오빠! 아버지 일은 어떻게 되었어? 만났어?"

현주가 힘들어 하는 와중에도 준서에게 생부에 대한 일을 물어보았다.

"만나지는 못했고 대리인으로 변호사가 왔었어."

"뭐라고 그래?"

"돈이 필요하면 말하라고 하더라고."

"뭐?"

"나 역시 버려진 거지. 어차피 없던 아버지였어."

준서는 현주가 겪고 있는 고통을 어떻게라도 줄여 주고 싶었다. 일단 현주 아버지가 진 빚을 현주 엄마와 현주가 갚아야 한다는 것이 수긍이 되지 않았다. 현주 아버지가 진 빚은 현주 아버지가 사망하는 것으로 당연히 끝났을 것으로 생각했다. 죽은 자가 어떻게 빚을 갚을 수 있다는 말인가? 이것은 아마 현주 엄마나 현주가 법률적 조언을 받지 않았기 때문에 그렇지 법무사를 만나 법률적 조언을 받으면 말끔하게 해결될 것으로 보인다. 다행히 생부를 찾기 위해서 안면을 튼 법무사가 있고 준서는 현주와 함께 법무사를 찾아 상담을 받아 보면 당연히 해결될 것이다. 마음의 상심이 큰 현주에게 술을 마시는 중에도 준서는 너무 걱정하지 말라고 얘기했고 현주 역시 준서의 말이 큰 위안이 된 듯했다. 현주에게는 늘 도움만 받았는데 이번에는 준서가 현주에게 도움을 주는 것 같아 내심 뿌듯했다.

"오빠, 상담하는 데 비용은 얼마나 들까?"

"글쎄, 그런 쪽은 잘 모르지만 일단 박카스라도 한 박스 사 가지고 갈까? 그리고 너무 걱정하지 마. 그분은 해장국집 사장님이 소개하여 만난 적이 있기 때문에 돈을 요구해도 크게는 달라고 하지 않을 거야."

준서는 현주를 도와줄 수 있다는 마음으로, 그리고 현주는 엄마의 큰 걱정을 해결할 수 있다는 기대를 가지고 법무사사무실을 들어갔다.

"아빠께서 돌아가시기 전에 진 빚이 있는데요. 이제 와서 돈을 빌려준 사람이 엄마와 저에게 아빠가 진 빚을 갚으라고 하는데 맞나요?"

"아빠가 돌아가신 시점이 언제인가요?"

"그러니까 약 이 년 정도 전에 돌아가셨어요."

"아빠가 돌아가시고 난 후에 상속포기는 하셨나요?"

"상속포기요? 그게 무엇이죠? 아빠가 돌아가실 때 아빠의 재산이 전혀 없어 상속의 절차는 일체 없었는데요?"

"그게 아니고 상속이 개시되면, 즉 누군가 돌아가시면 그의 적법한 상속인은 돌아가신 분의 모든 재산은 물론 빚도 상속받게 됩니다."

"재산이 없어서 전혀 상속받은 것이 없었는데요."

"그러니까 고인이 돌아가시고 아무 행동도 없이 가만히 있으면 그분의 재산은 물론 빚도 상속됩니다. 즉 재산이 없으면 빚만 상속이 되는 거죠. 그런 경우 법원에 상속포기를 신고하면 재산은 물론 빚도 상속을 받지 않는데 그냥 가만히 있었으니 빚만 상속이 된 거죠."

"그럼 지금이라도 상속을 포기하면 되나요?"

"기한이 지나서 할 수 없습니다. 상속포기는 상속의 개시가 있는 날부터, 즉 돌아가신 날부터 3개월 이내에 신고하여야 적법한 신고가 됩니다."

"그럼 꼼짝없이 제가 빚을 갚아야 하나요?"

"예. 미안하지만 그럴 수밖에 없습니다. 단 그 빚이 적법하게 형성된 것인지는 한번 따져 볼 필요가 있습니다. 이 경우 채권자는 아마 상속포기 기한이 지난 후 바로 빚을 갚으라고 요구를 해야 정상인데 그때는 가만히 있다가 이 년이 되어서야 빚을 독촉한 것은 잘 이해되지 않습니다."

법무사사무실을 나선 둘은 어떤 말도 할 수가 없었다. 전문가의 법률적 조언을 받으면 해결될 줄 알았다. 더욱 안타까운 사실은 현주 아빠가 돌아가신 후 3개월 이내에 상속포기만 했으면 아무 문제가 되지 않았을 것을 그렇게 하지 못한 것이 큰 화근이 되었다. 무슨 법이 이렇단 말인가? 법을 아는 자들은 피해 보지 않고 법을 모르는 자들만 피해를 볼 수밖에 없으니 누가 사망하면 국가라도 나서서 알려 줘야 하는 것 아닌가? 하긴 법에 대해 누구보다도 잘 알고 있는 판사도 자기의 행동에 대한 결과는 사과할 생각은 전혀 없이 그저 돈으로만 해결하려 하니 법은 과연 누구를 위하여 존재하는 것인가? 알면 피해 가고 모르면 당하는 것이 법인가? 또한 현주 아버지가 원망스럽다. 은행원이었다면 그 정도의 법률적 지식은 알고 있었을 것 같은데 왜 현주에게 이런 큰 고통을 남겨 놓았단 말인가?

"현주야 너무 걱정하지 마. 무슨 방도가 있겠지?"

너무 절망스러운지 현주는 준서의 말에 대꾸가 없었다.

"현주야 어머니가 빚을 독촉한 사람을 만나 보았대?"

"응 만나 보았는데 아빠가 직접 작성한 차용증을 가지고 있었대. 거기에 아빠의 손도장도 찍혀 있었고."

"그거 혹시 지금 가지고 있어? 그 차용증?"

"혹시 도움이 될지 몰라서 한 부 복사해 왔어."

"줘 봐."

차용증을 받은 준서는 깜짝 놀랐다. 그 차용증을 확인해 보니 돈을 빌려준 자는 삼식이였다. 삼식이가 그런 큰돈을 가지고 있을 리가 없었다. 그렇다면 이 차용증은 가짜로 작성되었을 수도 있는 일이었다. 이 차용증이 가짜로 작성되었다는 것만 입증하면 지금 현주 엄마와 현주가 겪고 있는 문제는 아주 쉽게 해결될 것이다.

삼식이를 만난 것은 지난 겨울 준서가 해장국집에서 일할 때였다. 그때 삼식이는 망치 형과 함께 해장국집에 식사를 하기 위해 우연히 들렀고 망치 형은 그때 이미 유성에 술집을 냈는지 아니면 술집을 내기 위하여 준비를 하고 있었을 것이다. 뭐 유성은 그리 크지 않은 도시이다 보니 딱히 우연이라고 할 수도 없었다. 오랜만에 만난 삼식이야 반갑지 않을 리 없지만 망치 형을 만난 것은 달갑지 않았다. 망치 형은 유성에 진출하기 위하여 준서의 주먹을 원했지만 준서는 이에 응하지 않았고 피해 갈 길이 없는 준서는 망치 형에게 맞섰지만 망치 형이 날린 망치에 맞아 큰 봉변을 당했다. 준서는 그것으로 망치 형과의 인연은 모두 정리됐다고 생각했다. 그러나 준서가 해장국집 사장님 댁에서 과외를 할 때 온 앞으로 조심하라는 삼식이의 전화는 한동안 준서의 머릿속을 떠나지 않았으나 그 후 몇 달 동안 아무 일이 없어 잊은 지 오래된 일이 되었다.

준서는 일단 유성에 진출한 망치 형의 술집을 알아내기 위하여 온천다방으로 향했다. 현주가 원해서 준서가 다녔던 온천다방을 방문했던 날 이후로 처음의 방문이었다.

"아이고 준서 학생 오랜만이네."

"네 이모. 오늘은 물어볼 말이 있어 왔습니다."

"무엇을 물어보려고 그래. 그리고 왜 여자친구는 같이 안 왔어?"

"여자친구는 아니고요. 이모가 지난번에 말했던 청양인가 아니면 예산인가에서 온 패거리들이 유성에 낸 술집이 어디 있나 해서요."

"아 거기. 여기서 나가 오른쪽으로 간 후 다시 첫 번째 골목에서 오른쪽으로 가면 룸살롱이 연이어 있잖아. 그 골목 말고 오른쪽으로 나간 후 세 번째 골목으로 들어가면 식당들이 쭉 있고 거기에 룸살롱이 하나 있어. 바로 거기야."

"거기는 지금 어때요? 장사는 잘 되나요?"

"글쎄, 아주 번화가에 있는 것이 아니니 그리 잘 되지는 않겠지. 그런데 그것은 왜 물어?"

"거기 일하는 친구에게 볼일이 좀 있어서 그럽니다."

"아니 준서 학생이 그런 곳에서 일하는 사람을 친구로 두기도 해?"

아직은 술집이 문을 열기에는 좀 이른 시간이다. 준서는 선화 이모와 저녁을 함께 하기 위하여 다방을 나왔다.

"빨리 먹고 들어가야 해. 늦으면 사장님에게 한방 먹지."

"가까운 데로 가시죠."

식당을 들어서기 전 선화 이모는 다시 한번 룸살롱의 위치에 대해 말했다.

"저기 보이지? 저기로 쭉 가서 세 번째 골목에서 우회전한 후 조금만 가면 그 술집이야."

"그런데 이모, 저기서 일하는 애들 다방에 오지 않아요?"

"글쎄, 유성 토박이들과 부딪치지 않으려고 그러는지 내가 일하는 다방에는 잘 오지 않아."

"싸움은 없었어요?"

"그쪽이 장사가 잘 되지 않아서 그런지 싸웠다는 얘기는 못 들었어."

저녁식사를 마친 준서는 선화 이모가 알려 준 술집으로 향했다. 아직 이른 시간이어서 그런지 식당에는 손님이 좀 있지만 룸살롱 앞은 간판에 불만 들어왔을 뿐 손님을 끌려는 삐끼도 없었다. 준서는 룸살롱에 들어서며 만난 종업원인 듯한 남자 직원에게 말했다.

"여기 혹시 삼식이 일하고 있나요? 있으면 좀 불러 주세요."

잠시 후 삼식이가 나왔다.

"준서야 너 어떻게 여길 왔어?"

"물어볼 말이 좀 있어서."

"네가 내게 물어볼 것이 뭐가 있어?"

"너 예산에서 도박하다 망가진 은행원 생각나지?"

"물론 생각나지. 너도 은행원이 이사간 곳에서 좀 살았잖아."

"응. 그 은행원에게 네가 도박장에서 돈 꾸어 준 적 있어? 그것도 이천만 원이나. 너 그렇게 큰돈을 가지고 있을 리가 없잖아."

"내가 그런 큰돈이 어디 있어. 내가 돈을 꾸어 준 적은 없지만 당시 도박장에서 손님들에게 돈을 꾸어 줄 때 내 이름을 많이 썼어. 세무조사 때문에 그런다고도 했고 혹시 문제가 생기면 내가 잘못한 것으로 꼬리를 자르려고 그런 거지."

"네 이름이 들어간 차용증을 줄 테니 좀 알아봐. 그리고 나 과외할 때 네가 전화해서 조심하라고 했지. 그것은 왜 그런 거야?"

"망치 형이 벼르더라고. 그래서 전화를 한 거지."

삼식이가 이천만 원이나 되는 큰돈을 가지고 있을 리가 없을 것이라는 준서의 예상은 맞았다. 그리고 삼식이가 현주 아빠에게 돈을 꾸어 준 사실이 없다는 것을 입증만 한다면 현주 엄마와 현주가 지금 겪고 있는 고통은 단숨에 끝낼 수 있을 것이라는 생각도 했었다. 그렇지만 그것은 순진한 준서의 생각에 불과했다. 돈을 꾸어 줄 때 삼식이는 단지 이름만 빌려주었다는 말에는 설득력이 있어 보인다. 상대방이 빚을 갚지 못했을 때는 삼십 프로나 되는 큰 이자를 지불해야 했는데 이럴 경우 번 이자에 대해 세금을 신고하지 않을 것은 뻔한 일이고 만약 그 사실이 밝혀지면 국가에 내야 할 세금을 떼어먹기 위해서 세금을 납부할 능력이 없는 삼식이를 채권자로 한 것이다. 결국 삼식이는 이용만 당하는 것이었다.

현주 가족이 현주 아빠의 노름으로 인해서 집을 날린 것은 그럼 어떤 빚을 갚지 못해 날린 것인가? 혹시 삼식이가 채권자로 되어 있는 이천만 원을 갚지 못해 집을 포기한 것이라면 이미 갚은 빚에 대한 차용증을 가지고 다시 빚을 갚으라는 독촉을 하는 것은 아닐까? 속 내용을 알지 못하는 준서는 답답한 마음을 어찌할 수가 없었다. 현주 엄마도 이에 대한 내용을 잘 알지 못하기에 그저 걱정만 하고 빚의 크기가 자신이 도저히 감당할 수 없기에 현주에게 말했을 것이다. 내용을 잘 아는 현주 아빠는 이미 생을 마감해서 물어볼 수도 없고 기대할 것은 삼식이뿐이다. 하지만 이천만 원에 대한 변제로 현주 가족이 살고 있던 집을 넘긴 것이 사실이라 할지라도 과연 삼식이가 그렇게 주장할 수 있을까? 삼식이는 머리도 아되고 안력도 없어 그저 잔심부름이나 하는 똘마니일 뿐이다.

낙담한 준서가 터덜터덜 집 앞에 이르니 누군가 집 앞에서 기다리고 있었다. 승규 형이었다.

"승규 형!"

"왜 이렇게 늦게 와?"

"형 아직 저녁 전이지요?"

"너 기다리느라고 저녁은 아직 먹지 않았지."

준서가 기댈 수 있는 유일한 사람이 승규 형이다. 준서는 승규 형을 이끌어 삼사식당으로 향했다. 혹시 손님이 꽉 차서 자리가 없을 수 있다는 걱정도 있었지만 개학 직전이라서 그런지 빈자리가 좀 있었다.

"형 이제 좀 고참 티가 나요. 이제 제대가 얼마 남지 않았지요?"

"아직 많이 남았어. 중고참이 되어서 그런지 시간이 잘 가지 않네."

"제대하면 뭐 하실 거예요? 형이 입대 전에 했던 학생운동 계속하실 거예요?"

"그건 좀 어렵지. 이미 나는 변절자로 낙인이 찍혀서 받아 주지 않을 거야. 그런데 넌 군대는 안 가냐?"

"저는 고아이기 때문에 군대는 안 가죠. 고아로 자란 혜택이라면 혜택이죠."

승규 형을 오랜만에 만난 준서는 번갈아 잔을 비워 내며 그동안 밀린 얘기를 하고 있었다. 승규 형은 조심스럽게 입을 열었다.

"그건 그렇고 생부를 찾는 일은 어떻게 되었어?"

"그게요. 음…. 잘 안 되었어요."

"찾기는 했어? 너에게 소개해 준 학생을 내가 직접 알지도 못하고 해서 물어보지 못했어."

"찾았지만 저를 친자로 인정하지는 않는 것 같아요."

"왜? 지금 뭐 하고 계신데?"

"서울중앙지방법원에서 부장판사로 근무 중이에요. 처음에는 통화도 하지 못했습니다. 법원에 근무하는 판사하고 직접 통화하는 것부터 쉽지 않았어요."

"그랬겠지. 변호사라면 몰라도 일반인은 아마 판사하고 쉽게 통화를 하지 못할 거야."

"처음에는 저도 그렇게 통화가 어려운 것으로만 생각했는데 결국에 생부는 저를 피하고 있었어요. 어렵게 통화를 하고 저와 저의 어머니에 대한 인적사항을 말해 주고 만나기를 기대했죠. 그런데 정작 약속 시간에 나온 사람은 변호사만 나왔더라고요."

"뭐라고 하든?"

"제가 친자라는 확신이 없어 대신 나왔다고 하더니 어머니가 땅을 증여받을 때 낙태를 하겠다는 확인서나 각서를 가지고 있냐고 물어봐서 없다고 했더니 대뜸 태도가 변하면서 원하는 것이 무엇이냐고 물어보더라고요. 그것이 돈이냐고. 아마 제가 친자임을 인정해 달라는 소송에 대비해서 자료가 있는지 확인해 보는 것 같았어요."

"생부도 너를 아들로 인정하는 것은 쉽지 않겠지. 네 어머니가 너를 지웠을 것으로 알고 있었을 터이고. 또 지금은 결혼해서 부인과 자식도 있을 테니. 그래서 넌 어쩔 셈이야?"

"저도 어떻게 할지 잘 모르겠습니다. 어차피 없던 아버지이니 그냥 잊어버릴지 아니면 어머니를 버린 것에 대한 복수를 위해서라도 소송이라도 걸어야 할지."

"미안하다. 더 이상 보탬이 되지 못해서."

그렇게 둘은 늦도록 술만 마셨다.

다음날 준서는 평소대로 도서관에 갔다.

"오빠 왜 이렇게 늦게 왔어?"

"어제 승규 형이 휴가를 받아 집에 왔었어. 늦게까지 술을 마시는 바람에."

"차용증에 대해서는 좀 알아보았어?"

"차용증에 적혀 있는 돈을 꾸어 준 사람은 그만한 돈도 없고 꾸어 준 적도 없다고 해. 그런데 노름판에서 돈을 꾸어 줄 때는 문제가 생길 때를 대비하여 종종 자기 이름을 사용했다고 해. 좀 알아보라고 하기는 했지만 네 아빠가 돈을 꾼 것은 사실 같아. 문제는 너의 집을 넘길 때 꾼 돈을 변제하는 것으로 했을 것 같은데 뭐 아는 것 없어?"

"그때 아빠는 이미 제정신이 아니었고 엄마나 나나 아빠가 얼마의 돈을 꾸었는지 다 갚았는지 따질 상황이 아니었어."

"혹시 엄마가 외할아버지에게 물려받았다는 땅을 팔면 돈을 좀 마련할 수 있을까?"

"그렇지 않아도 엄마도 알아본 모양이야. 시골 땅이라서 그런지 천만 원도 되지 않는다고 해서."

준서도 벌써 이모에게 전화를 해 보았다. 어머니가 낙태를 대가로 받은 지금은 준서 명의의 땅을 팔면 얼마나 받을 수 있는지. 이모 말씀이 팔려고 내놓은 적이 없어 잘 모르지만 오백만 원은 충분히 받을 수 있을 것이라고 했다. 오백만 원이면 준서의 사 년 치 학비보다 더 큰 금액이나 현주의 빚을 갚기에는 턱없이 부족한 금액이다. 하긴 준서 명의의 땅도 일 년 임대료라 해야 몇 푼 되지 않아 한 학기 수업료의 반도 충당하지 못한다. 그러니 시골 땅은 농부가 자기 땀을 흘려 농사를 지을 때만 수익이 조금 나니 결국은 농작물을 팔아서 버는 돈은 농부의 인건비에 불과한 것이다. 준서 명의의 땅을 팔고 현주 엄마의 땅을 팔아도 빚의 반도 값지 못할 것이다. 그렇게 해서 빚의 일부를 갚을 지라도 이자가 문제다. 해장국집에서 일을 할 때 주방 찬모는 좀 더 받지만 홀에서 서빙하는 아줌마들은 하루에 열두 시간을 일해도 오십만 원도 받지 못한다. 그러니 현주 엄마가 식당에서 일을 한다고 해도 일 년 이자도 벌지 못하니 땅을 팔아 빚의 일부를 갚더라도 나머지 빚을 정상적인 방법으로 갚을 수는 없었다.

"오빠 나 학교 그만둘까 봐. 엄마 혼자 벌어서는 도저히 빚을 갚을 수가 없어."

"공부는 어떻게 하려고?"

"공부는 그냥 혼자 하면 되지. 다행히 회계사 시험은 특별한 학력이 필요가 없다고 해. 그러니까 고등학교만 졸업을 해도 시험을 볼 수 있는 거지."

"혼자 공부하는 것이 그렇게 쉬운가? 회계사 시험은 무척 어렵다면서."

"오빠도 혼자 공부해서 대학에 들어왔는데 나라고 못할 것은 없지."

"현주야 오빠는 혼자 공부한 것이 아니야. 내 옆에 항상 네가 있어서 가능 했던 것이지."

준서는 생부에게 돈을 요구해 볼까 하는 생각도 해 보았다. 그러나 생부 대신 나온 변호사가 준서에게 확인서나 각서가 없다는 것을 알았을 때 돌변했던 태도를 잊을 수가 없었다. 그들은 아마 준서가 친자 확인을 소송으로 할 때를 대비하는 것 같았다. 그러니 그들은 만약 준서가 돈을 요구해서 관철되면 돈을 받은 것을 이유로 준서가 다시 친자확인 소송을 하면 불리할 것이라고 생각하여 오히려 일체의 돈을 주지 않을 수도 있다. 무엇보다도 준서가 생부에게 돈을 요구할 수 없는 것은 어머니 때문이다. 준서가 생부로부터 직접 듣고 싶은 말은 어머니를 버린 것에 대한 사과를 받는 것이다. 그것이 하늘에 계신 어머니가 비록 들을 수는 없어도 살아 계셨다면 듣기를 원하는 것이라고 생각했기 때문에 돈을 요구할 수는 없었다. 현주 옆에서 책상에 앉아 책을 보기는 하지만 머릿속에 전혀 들어오지 않는다. 현주 역시 그런 것 같다. 왜 아니겠는가? 당장 학교를 그만두어도 이상하지 않은 상황에 놓여 있으니.

평소처럼 저녁때가 되어 해장국집으로 갔다. 저녁식사를 마친 후 현주를 버스 승강장까지 바래다주고 과외를 하러 사장님 댁으로 향했다. 밥도 제대로 먹지 못하고 코가 석 자나 빠진 얼굴과 축 처진 현주의 등을 쳐다보는 준서의 가슴이 따끔거렸다. 현주가 겪는 고통을 해결할 수만 있다면 어떤 일이라도 할 수 있다고 준서는 생각했다. 하지만 준서가 할 수 있는 일이라고는 고작 위로하는 것뿐이었다. 성배에게 수학을 가르치고 있는데 준서에게 전화가 왔다.

"준서야 나 삼식이."

"어떻게 되었어? 알아보라고 한 것은?"

"도박장에 물어보니 꾸어 준 것이 맞다고 해."

"그럼 은행원이 집을 포기할 때 그 돈을 갚은 것이 아니야?"

"그것은 나도 잘 모르겠어. 누구도 시원하게 말을 해 주지 않아. 준서야 그런데 나 망치 형에게 한방 깨졌어."

"네가 왜?"

"내가 뭐라고 그런 것을 확인하러 다니냐고. 그런데 망치 형이 너 좀 보자고 하네."

"그 인간이 나에게 무슨 볼일이 있다고 그래?"

"내일 시간 될 때 만나자. 만나면 자세히 얘기해 줄게."

망치 형이 나에게 무슨 볼일이 있을까? 혹시 현주와 무슨 관련이 있는 것은 아닐까?

"내일 말고 오늘 만나자. 나 과외 끝나고 네가 일하는 술집으로 갈게."

준서는 급한 마음에 서둘러 과외를 끝냈다. 과외를 하는 사장님 댁과 삼식이가 일하는 룸살롱과는 멀지 않은 거리였다. 거의 뛰다시피 룸살롱 근처에 도착한 준서는 술집 문 앞에서 삐끼를 하고 있는 삼식이를 발견했다. 주위를 살핀 후 삼식이를 불렀다.

"뒤로 돌아가서 얘기하자."

"왜? 안에 망치 형 있어?"

"오늘은 없어. 그런데 혹시 누가 볼까 봐 그래."

"빨리 얘기 좀 해 봐."

"네 말 듣고 내가 도박장에 전화를 했거든. 차용증에 적혀 있는 날에 그 은행원에게 돈을 꾸어 준 것이 맞냐고."

"그러니까 뭐라고 해?"

"먼저 짜증부터 내더라고. 내가 전화하기 몇 달 전에 망치 형에게 전화가 왔는데 그 차용증을 찾아내라고 했었대."

"그런데 왜 짜증을 내?"

"그게 약 삼 년 전의 일이라서 차용증을 찾는 데 꽤 시간이 걸렸나 봐. 그래서 망치 형에게 깨진 거지. 그러니까 비록 내 명의이긴 하지만 은행원에게 돈을 빌려 준 것은 사실 같아."

"그리고 그 은행원은 돈을 갚았어? 안 갚았어?"

"내 전화를 받은 애는 그 내용까지는 잘 모르더라고. 그래서 도박장을 책임지고 있는 사람에게 전화를 했지."

"그랬더니?"

"더럽게 지랄을 하더라고. 그것은 내가 알 필요가 없다는 거야. 그러니 더 이상 통화할 수가 없었지."

"그러니까 은행원이 돈을 갚았는지 아니면 갚지 않았는지는 모르는 거네?"

"그렇지. 그렇지만 망치 형은 알겠지. 돈을 빌려주고 안 받을 인간이 아니지."

"그럼 그 은행원이 집을 빼앗기면서 그 빚을 갚았을 수도 있었을 텐데 왜 차용증을 돌려받지 않았을까?"

"너도 생각해봐. 집을 빼앗겨 이사를 가는데 그 양반 술에 취해 제정신도 아니고 차용증을 가져오라는 생각도 하지 못했을 거야."

"그런데 망치 형은 왜 나를 보자고 해?"

"그것은 나도 몰라. 도박장에 전화를 한 후 얼마 되지 않아 거기서 나에게 전화가 왔어. 망치 형이 너를 보자고 한다고."

"너 뭐 집히는 것 없어? 그 인간이 왜 나를 보자고 하는지?"

"그게 그러니까 네가 일하는 해장국집에 나와 망치 형이 갔다가 너를 우연히 만났잖아. 그날 망치 형을 보니 혼자 구시렁거리고 욕을 하는 거야. 순간 너를 벼르고 있다고 생각했지."

"나를 벼를 이유가 없잖아."

"모르는 소리 하지 마. 너 지난번에 망치 형에 맞섰지. 그때 마지막에 망치 형이 망치를 날리지 않았으면 결국 똘마니에게 두들겨 맞아 뻗은 것이 되니 그랬으면 망치 형 아마 조직에서 살아남지 못했을 걸. 그걸 다른 애들이 다 보았으니 더욱더 그렇지. 오죽하면 다른 애들이 망치 형을 견제하려고 고자질해서 깨졌잖아 큰형님에게."

준서는 까맣게 잊고 있었다. 벌써 한참 전의 일이다. 망치 형이 유성에 진출하려고 하는데 준서의 주먹이 필요하다고 해서 망치 형에 맞섰다. 더 이상 장터에서의 생활을 원하지 않았기에. 그런데 그것이 현주와 어떤 관계가 있는 일일까?

"삼식아. 망치 형이 나와 은행원 딸과의 관계를 알아?"

"대략 알아. 너 예산 도서관에서 그 은행원 딸과 같이 공부했던 것도 알고 있지."

"망치 형 만나려면 어떻게 해야 돼?"

"나에게 연락해."

모를 일이다. 왜 망치 형이 자신을 보자고 했는지. 지난번 망치 형에 맞섰던 것에 대하여 망치 형이 자신에게 앙심을 품고 있는 것은 이해할 만하다. 비록 준서의 병원행으로 결론이 났지만 마지막에 망치 형이 망치를 던지지 않았다면 그는 그 바닥에서 계속 있을 수는 없었을 것이다. 다른 애들이 보고 있는 앞에서 저 밑에 있는 똘마니에게 두들겨 맞았으니 밑에 애들에게 체면이 서지 않음은 물론 큰형님도 망치 형을 그냥 두지는 않았을 것이다. 돌아서 가는 삼식이를 보고 준서가 물었다.

"삼식아 혹시 망치 형이 큰형님을 제치려 하나?"

"조용히 해. 남들이 들으면 큰일 나."

떠나야만 하는 자

현주는 시들시들 말라 가고 있었다. 그저 눈만 뜨고 있어도 반짝반짝 빛이 날 나이였지만 짊어지고 있는 삶의 무게로 인하여, 그리고 어떻게 해도 벗어날 수 없다는 생각으로 인해서 그녀는 점점 빛을 잃고 이제는 검은 기운만이 온통 그녀를 감싸고 있었다. 도서관에 나와서 앉아 있는 모습도 현재 그녀가 맞이하고 있는 상황을 극복하기 위해서가 아닌 그저 갈 곳도 없고 해야 할 어떤 일에 대한 실마리를 찾아 해결하기 위한 그런 모습도 아니다. 그녀는 그저 그렇게 도서관에 앉아 있을 수밖에 없었고 그냥 시들어 가고 있었다. 부실한 학교 구내식당의 밥은 절반도 먹지 못하고 숟가락을 놓고 그저 창밖을 멍하니 쳐다볼 뿐이다. 준서의 희망이었던 그녀가 사랑하는 그녀가 밝은 빛이었던 그녀가 그렇게 말라 죽어 가고 있었다.

"현주야 밥 좀 더 먹지."

현주는 대답 대신 긴 한숨을 내쉬었다.

"현주야!"

준서가 재차 현주를 부르자 그제서야 준서를 바라본다.

"너무 낙심하지 마. 단순히 이름을 빌려준 자가 아닌 실제 너의 아빠에게 돈을 빌려준 사람을 만나 볼 거야."

"그러면 뭐가 달라질까?"

"네 아빠에게 돈을 받지 않았는지 물어봐야지. 문제는 그 사람이 받지 않았다고 하면 입증할 방법이 없어서 문제야. 너나 네 어머니가 아빠의 빚을 갚았다는 어떤 서류가 없어서."

"우리가 살던 집을 포기했을 때 아빠의 빚을 다 갚은 것은 아닐까?"

"그것도 명확하지 않아. 좌우간 좀 기다려 봐. 오빠가 확인해 볼게. 그러니 밥 좀 더 먹어."

이제 망치 형을 만나는 것은 피할 수 없는 일이 되었다. 다른 일이 없다면 망치 형을 전혀 만날 일이 없다. 그러나 이제는 현주가 관련되었다. 예산 도박장의 일은 준서는 전혀 관여하지 않았지만 들리는 말로는 실질적으로는 큰형님 것이고 모든 책임은 망치 형이 지고 있다는 것이다. 그러니 돈을 빌려준 자는 비록 삼식이로 되어 있지만 빌려준 돈을 다 받았는지 아니면 받지 않은 돈이 있는지 망치 형은 명확히 알고 있을 것이다. 그러나 돈을 다 받았다고 하더라도 망치 형이 순순히 돈을 다 받았다고 인정할 리는 없을 것이다. 그것이 문제다. 현주 아빠가 빌린 돈을 다 갚았다 할지라도 그것을 입증할 방법이 없다. 그 인간과 도대체 무슨 악연이 있길래 이렇게 번번이 준서의 앞길을 막는다는 말인가?

"삼식아 망치 형에게 연락 좀 넣어 줘."

"만나게?"

"만날 수밖에 없잖아. 다른 방법 있어?"

"네 일이 아니니까 그렇지. 너와 그 은행원 집하고 무슨 관련이 있다고 네가 나서냐고?"

"야 인마. 노름으로 집안도 다 말아먹고 사람 하나 죽었으면 충분하지 왜 남은 가족까지 말려 죽이려고 해. 그게 사람이 할 노릇이냐?"

"준서야 너와 나는 많이 다른 것 같다. 같은 고아로 자라서 서로 의지하고 지내다가 난 고작 삐끼에 불과하고 넌 대학까지 갔으니 다를 수밖에 없겠지. 하지만 망치 형 호락호락 보면 크게 다친다."

부딪칠 수밖에 없다. 준서 앞에는 다시 넘어야 할 큰 산이 버티고 있다. 돌아갈 방법도 없다. 결국엔 넘지 못할지라도 최소한 시도는 해봐야 한다. 주민등록증을 신청할 때도 그랬다. 주민번호를 알기 위해서는 만나기가 죽기보다도 싫은 고아원 원장을 만나야 했다. 그러나 일은 생각보다 쉽게 해결되었다. 이미 어린애가 아닌 건장해진 준서의 신체를 본 이유인지 아니면 다른 이유가 있는지는 몰라도 고아원을 떠날 때 부원장의 옷을 찢어 버린 것에 대한 추궁도 전혀 없이 쉽게 해결되었다. 순이가 준 쪽지로 가족을 찾을 때도 마찬가지였다. 가족을 찾기 위해서는 경찰서를 필연적으로 방문해야 했고 준서는 삼청교육대에 끌려가지 않기 위하여 피신한 상태에서 경찰서를 찾는 것은 매우 위험한 일이기에 많이 망설였다. 그러나 준서의 능력으로는 경찰서를 방문하는 것 이외에 가족을 찾을 방법이 달리 없어 부딪칠 수밖에 없었다. 삼청교육대에 끌고 갈 배당받은 인원을 다 채운지는 몰라도 그때도 준서는 아무 일 없이 남은 가족을 찾을 수 있었다. 결국 부딪칠 수밖에 없다. 망치 형이라는 산을 넘을 수 있을지 없을지 그리고 그 산이 얼마나 큰지는 부딪쳐 봐야 알 것이다.

이튿날 해장국집 사장님 댁에서 과외를 하고 있는데 삼식이로부터 전화가 왔다.

"준서야 나야."

"어떻게 되었어?"

"망치 형이 내일 오후에 유성에 있는 룸살롱으로 오라고 하네."

"알았다."

"그런데 내가 망치 형에게 말했더니 망치 형은 마치 네가 망치 형을 만나러 당연히 올 것처럼 얘기하더라. 혹시 망치 형에게 미리 연락한 적 있어?"

"그런 적 없어. 내가 그 인간에게 연락할 일이 뭐가 있겠어."

여름방학 기간에 했던 것처럼 준서와 현주는 도서관에 자리를 잡고 각자의 수업시간이 되면 다녀와서 같이 공부를 했지만 사실은 둘 다 전혀 공부에 전념하지 못했다. 준서가 보기에 현주는 당장 쓰러져도 이상할 것이 없는 것처럼 말라 갔기에 준서도 더 이상 망치 형 만나기를 미룰 수는 없었다.

"밥 좀 많이 먹지 그래."

"오빠, 입맛이 전혀 없어. 아무리 먹으려 해도 목을 넘길 수가 없어."

"기다려 봐. 오늘 네 아빠에게 돈을 꾸어 주었다는 사람을 만날 거야. 정 안 되면 원금은 갚을 테니 이자만이라도 면제해 달라고 부탁해 보려고."

"그게 가능할까?"

"부탁해 봐야지. 그렇게 해 준다면 어떻게 해서라도 돈을 마련해서 살 길을 찾아 봐야지."

준서는 망치 형이 이자라도 면제해 준다면 현주 엄마 땅과 자신의 땅도 팔고 부족한 돈은 낮은 이자로 빌려서 버텨 볼 생각이었다.

식당과 술집이 연이어 있는 골목은 저녁때가 되지 않은 관계로 한산했다. 망치 형이 운영하는 룸살롱은 전혀 문을 열 시간이 아님에도 불구하고 닫혀 있지 않았다. 좁은 통로를 따라 내려가자 삼식이가 기다리고 있었다.

"이쪽으로 따라와. 망치 형 지금 기다리고 있어."

삼식이를 따라간 방은 사무실이 아니고 손님을 받는 방으로 흐릿한 조명 아래 가장 안쪽에 망치 형이 앉아 있었다.

"왔냐!"

못 본 사이에 망치 형은 체중도 늘어 보였고 무엇보다도 세력이 더 커진 탓인지 얼굴에는 여유가 가득했다. 여유 가득한 얼굴과 함께 준서를 얕잡아 보는 조롱하는 듯한 모습은 아마 준서가 처한 상황 때문에 그렇게 생각했는지도 모른다.

"뭘 좀 물어보려고 왔습니다. 형님."

"그래 자존심 센 네가 나를 찾아온 것을 보면 뭔가 크게 아쉬운 것이 있는 모양이구나."

"약 3년 전에 도박에 빠진 은행원에게 돈을 빌려주신 적이 있나 해서 물어보려고 왔습니다."

"있었지. 그런데 그걸 네가 왜 묻고 있냐?"

"그 은행원 가족과 좀 알고 지내는 사이입니다. 어떻게 되었는지 좀 알아보려고요."

"당연히 꿔 준 사실이 있고 아직도 빚을 갚지 않아 독촉 중이다."

"그러면 혹시 은행원 가족이 살던 집을 포기할 때 그것으로 빚을 다 갚은 것이 아닌가요?"

망치는 얼굴에 교활한 웃음을 띠우며 말했다.

"글쎄, 나는 그런 것까지는 잘 모르겠고 지금 내가 차용증을 가지고 있는데. 어떡하냐?"

망치가 한 말을 해석해 보면 현주 가족이 집을 포기하는 것으로 모든 빚을 청산했을 수도 있다. 설령 그럴지라도 망치는 차용증 원본을 가지고 있기에 전혀 봐줄 뜻이 없어 보인다.

"형님 그러면 원금은 갚을 테니 이자는 좀 면제해 주면 어떨는지요?"

준서는 최대한 자신을 낮추어 말했다. 이를 기다렸다는 듯이 망치가 말했다.

"네가 어떻게 하는가에 따라 이자는 물론 원금까지 갚은 것으로 해줄 수 있지."

"네?"

"내 밑에서 5년간 일하든가 아니면 그때처럼 나랑 한번 붙어 보든가."

준서는 이제서야 망치 형이 현주 가족의 빚을 문제 삼은 이유를 알 것 같았다. 빚은 아마 현주 가족이 살던 집을 포기하는 것으로 모두 해결된 것으로 보인다. 그럼에도 불구하고 차용중을 들고 빚을 독촉하는 이유는 준서를 완전히 제압하지 못한 것에 대한 앙심을 품고 일을 벌인 것이다. 그렇다면 현주 가족은 결국 준서 때문에 큰 고통을 겪고 있는 것이다. 그는 언젠가는 큰형님도 제거할 것이고 마지막엔 그만의 왕국을 건설하려 하는 것이다. 그러나 그의 왕국을 건설하는 데 있어 걸림돌이 있다면 과거 저 밑에 있던 똘마니인 준서에게 당했던 것을 다른 부하들이 알고 있다는 것이다. 결국 현주 가족의 빚 문제로 준서를 끌어들여 완전히 제압해 본보기를 보이려는 것이다. 아찔하다.

"한번 생각해 보겠습니다. 형님."

"시간 많이 없다. 이자는 오늘도 붙고 있으니."

룸살롱을 나서는 준서를 삼식이가 따라나섰다.

"어떻게 할 거야?"

"생각해 봐야 하겠지."

"너 이번에도 맞서면 뼈도 추리기 어려울 걸."

"알고 있어."

준서는 피할 방법도 없고 피할 수도 없었다. 최근의 현주 가족의 고통은 현주 가족이 당할 것이 아니었다. 망치 형이 명시적으로 말하지는 않았지만 현주 아빠의 빚은 현주 가족이 살던 집을 포기하는 것으로 정리된 듯하다. 만약 법무사의 말대로 상속포기를 하지 않아 현주 엄마와 현주가 빚만 상속받는 것은 현주 아빠가 사망한 지 3개월이 된 시점인 작년 여름 전에 이루어졌을 것이고 그러면 그때 빚 독촉을 했어야 했다. 그러나 망치는 그때는 그냥 가만히 있었다. 빌려준 돈을 받지 못하고 가만히 있을 망치가 절대 아니다. 결국 망치는 이미 갚은 현주 아빠의 빚에 대한 차용증으로 준서를 제압하려는 것이다. 망치는 준서가 어떤 선택을 해도 좋을 것이다. 5년을 제 밑에서 일하는 것도 좋고 한판 붙어도 좋을 것이다.

준서는 망치 형이 제시한 두 가지 중 무조건 하나를 선택해야 한다. 일단 5년을 망치 형 밑에서 일하는 것을 생각해 보았으나 상상조차 할 수가 없었다. 청양 장터에서 별일 없이 계속 일을 했다면 준서는 지금 예산 도박장에서 일을 하거나 유성 술집에서 일을 하고 있을 것이다. 삼식이처럼 삐끼나 룸살롱에서 웨이터를 하고 있을 수도 있다. 하지만 그 모든 일이 떳떳한 일도 아니고 준서 주먹에 피를 묻힐 수도 있다. 그러면 도대체 현주의 얼굴을 어떻게 본다는 말인가? 또한 말이 5년이지 그렇게 한 번 발을 담그고 나면 뺄 수 있을지도 의문이다. 그렇다면 준서가 선택할 수 있는 길은 오직 하나 다시 한번 망치 형과 붙는 수밖에 없다. 지난번엔 망치 형도 준서를 쉽게 생각하여 방심했을 것이다. 과연 망치 형을 넘을 수가 있을까? 망치를 휘두르는 것만 해도 괜찮다. 그렇게만 해 준다면 승산이 있을 수도 있다. 하지만 망치 형은 자신을 굴복시키기 위해서는 그 어떤 비열한 방법도 가리지 않을 것이다. 그리고 이번에는 삼식이 말대로 아예 뼈를 추리기도 어려울 것이다.

과외를 하러 갔지만 도저히 가르칠 수가 없었다. 가르치는 것이 아니라 이제 작별의 인사말을 해야 할 것 같다.

"성배야 형하고 같이 공부해 보니 어때? 성적은 많이 오르지 않았지만 이렇게 계속 꾸준히 하다 보면 나중에는 꽤 잘 할 것 같은데."

"형은 다그치지 않는 것이 좋아요. 그리고 계속 기다려 주니까 어려운 것은 몰라도 쉬운 것은 차분히 생각해 보면 풀 수 있고 무엇보다 제가 성적이 조금 오른 것이 너무 신기해요."

"그러니까 형 말이 바로 그거야. 형이 없더라도 이렇게 계속 꾸준히 하다 보면 자기도 모르는 사이에 실력이 쌓이는 거지."

"근데 형 어디 가요?"

"왜?"

"어째 형 말하는 것이 어디 떠나는 사람 같이 말을 해요."

과외를 하고 있는 중에 현주로부터 전화가 왔다. 왜 궁금하지 않았겠는가? 삼사식당에서 만나기로 하고 과외를 끝냈다. 준서는 삼사식당으로 가기 전 해장국집으로 먼저 갔다. 준서에게 일자리도 주고 아이들에게 과외를 할 기회를 주신 사장님께 아무 말 없이 그만둘 수는 없었다. 망치 형에게 맞서고 나면 삼식이 말처럼 뼈도 추리기 어려운 상태가 될 것이 뻔하기 때문이다. 그나마 살아서라도 돌아올 수만 있다면 다행일 것이다.

"사장님 죄송하지만 여기서 일하는 것과 과외를 하는 것은 내일부터 어려울 것 같습니다."

사장님은 깜짝 놀라 물었다. 가게서 일하는 사람은 다시 구하면 그만이지만 아이들이 준서를 따르고 있고 또한 큰놈의 성적도 조금씩 오르고 있어 내심 크게 기대를 하고 있었기 때문이다.

"왜? 무슨 일 있어?"

"갑자기 집안일이 생겨서 그렇습니다. 죄송합니다. 너무 갑자기 그만두게 되어서. 그동안 감사했습니다."

"말해봐. 무슨 일이 있는지. 내가 도와줄 수 있을지도 모르잖아."

"아닙니다. 저만 해결할 수 있는 일입니다."

사장님의 놀란 얼굴과 아쉬운 표정을 뒤로하고 준서는 삼사식당으로 향했다. 준서가 식당에 들어가자 얼굴에 걱정이 가득한 현주가 뛰어나와 맞이해 주었다.

"오빠 어떻게 되었어?"

"일단 뭐 좀 시키고 얘기하자."

둘은 음식을 주문하고 먼저 나온 소주를 비창 사장님처럼 맥주컵에 한 잔 가득 따라 마신 준서가 말했다.

"일단 아빠에게 돈을 꾸어 주었다는 채권자를 만났어. 그런데 빌려준 돈을 받았는지 아니면 받지 못했는지 명시적으로 말을 하지 않아. 그런데 내 생각으로는 이미 돈을 빌려준 때부터 3년 정도 지나는 동안 독촉을 하지 않았고 진실로 받을 돈이 있다면 돈을 빌려간 사람이 사망했다는 것을 이제서야 안다는 것이 말이 될까? 내 생각으로는 네가 살던 집을 포기했을 때 그것으로 빌린 돈을 갚은 것으로 했을 거야. 그때 네 아빠나 엄마가 경황이 없어 차용증 원본도 돌려받지 않고 빚을 갚았다는 확인서도 받지 않은 것으로 보여.

"그럼 어떻게 하면 돼?"

"며칠 후에 그 채권자와 다시 만나 담판을 지을 거야. 아마 잘 될 거야. 그리고 이번 주 일요일에 수정이도 함께 저녁식사나 하자."

다시는 못 볼 수도 있는 수정이에게도 마지막 인사는 해야 할 것 같았다. 음식이 나오기 전 마신 성급한 소주 때문인지 준서는 취했다.

매향리에 가서 벚꽃할매 댁을 방문했다. 소고기도 두어 근 사고 막걸리도 샀다. 연로하신 탓인지 준서가 매향리를 떠난 이후 할머니는 매향상회를 더 이상 열지 않았다.
"뭘 이렇게 사 왔어. 빈손으로 그냥 와도 되는데."
"너무 오랜만에 뵙게 돼서 죄송합니다."
"나야 그냥 할망구인데. 때때로 찾아올 필요는 없잖아. 어때? 잘 지냈어? 학교 생활은 재밌어?"
벚꽃할매는 한동안 만나지 못했던 자식을 대하듯, 그리고 몸이 성하지 않은 곳은 없는지 확인하듯 팔도 만져 보시고 등도 쓰다듬어 주신다. 참 고마운 할머니다. 장성한 자식을 모두 도회지로 떠나보낸 외로움 때문인지 준서에게는 한 가족처럼 대해 주신 분이며 준서 역시 처음으로 혈육의 정이 무엇인지 어슴푸레 알게 해 주신 분이다.
공주에 가서 이모를 만났다. 연락도 없이 한 방문이어서 그런지 이모는 깜짝 놀랐다. 큰절을 올리자 더욱 놀랐다.
"아니 절은 무슨. 어쩐 일이야. 연락도 없이. 잘 지냈어?"
"갑자기 어머니가 보고 싶어서 왔습니다."
"그래. 나도 네 엄마는 다 잊고 살았는데 이제는 너만 보면 네 어미가 생각나 눈물이 난다."
"이모부도 잘 계시고 누나들도 잘 있죠?"

"그럼 다 잘 있어. 우리야 그냥 네 누나들 혼기 놓치지 않고 결혼하면 그 이상으로 바랄 것은 없지."

"그런데 이모, 어머니는 제 생부를 많이 사랑하셨나요?"

어머니 얘기가 나오자 이모는 눈물을 흘리시며 말했다.

"말하면 뭐 해. 동네 또래 총각들이 그렇게 달라붙어도 눈길 한 번 주지 않았어. 대학에 가지 말라는 네 외할아버지 말씀도 듣지 않고 독하게 공부만 하던 애였지. 하지만 네 아버지를 만나고는 얼굴부터 변했는데 나는 개가 그 전에는 그렇게 예쁜 줄도 몰랐어. 아주 푹 빠졌지. 그러니까 너를 지우라고 그렇게 다그쳤어도 도망가서 혼자서 너를 낳았지. 독한 것."

"생부도 어머니를 사랑하셨나요?"

"잘은 모르지만 그 총각도 네 어미에게는 남달리 대했어. 무슨 일만 있으면 다른 사람들 말은 듣지 않고 네 어미를 찾았으니까."

이모가 차려 주신 이른 저녁을 먹고 준서는 공산성으로 향했다.

해가 막 서산을 넘어갔으나 아직은 어두워지지 않았다. 준서는 포와 술을 한 병 샀다. 도로와 인접해 있는 공산성에 오르는 것은 십 분도 걸리지 않았다. 성문을 지나 바로 왼쪽으로 방향을 튼 후 성벽 위를 걸어 올라가니 왼쪽으로 넓은 금강이 보였고 그 너머로 작은 마을을 볼 수 있었다. 그리고 강을 왼쪽으로 끼고 계속 올라가고 좀 내려가니 드디어 저 밑 오른쪽에 절이라고 하기엔 작고 암자라고 하기엔 좀 큰 건물이 보였다. 어머니도 여기에 와 보셨을까? 소풍 삼아 와 보셨을 수도 있겠다는 생각을 했다. 이모는 왜 이곳에 어머니를 모셨을까? 근처에 절이 있기에 넋이라도 기리기 위해서 이곳에 모셨을까? 이런저런 생각을 해 보았지만 아마도 다른 쪽은 가팔라 강에 접근하기 어려웠고 오직 이곳만이 강에 접근하기 쉬워 이곳을 선택했을 것이라는 생각을 했다.

준서는 강가로 가서 적당한 곳에 준비한 포를 놓고 술을 한 잔 따라 드렸다. 산성에 오를 때는 해가 떨어지기는 했어도 어둡지 않았으나 강가에 도착했을 때는 주위가 어둑어둑해져 다른 사람의 발길도 없었고 신경을 쓸 어떤 것도 없었다. 돌이켜 보면 지난 2년은 준서의 인생에 있어서 참 행복한 시간이었다. 고아로 자랐지만 중간에 부모님이 돌아가셔서 고아가 된 것도 아니고 처음부터 고아였다. 부모가 있는 다른 애들과 비교하여 부러웠던 순간은 초등학교 입학식 때를 빼고는 단 한 번도 없었다. 부모가 처음부터 없었기에 기대하는 것도 없었고 그러기에 부러워할 것도 없었다. 단지 딱 한 번 초등학교 입학식에 다른 아이들은 어머니의 손을 잡고 학교에 왔고 아이들의 손을 잡은 엄마들의 사랑스런 눈초리와 그런 엄마를 바라보며 엄마 엄마 하며 함께 걸어오는 모습을 본 준서는 그 아이들이 그렇게 부러웠으며 자신도 엄마라는 말을 한번 해 보고 싶었다.

'어머니! 자신의 사랑을 지키기 위해 그 어떤 수모와 역경을 견뎌 내신 어머니.

그리고 사랑하는 저를 지켜 내기 위하여 모진 세상에 자신을 내던져 버린 어머니.

죄송하지만 저도 이제 어머니를 따라갑니다.

저도 어머니처럼 저의 사랑을 지키기 위하여 어머니를 따라갑니다. 그리고 인간답게 사는 것을 포기하지 않기 위하여 어머니를 따라갑니다.'

준서는 큰 소리로 어머니를 외쳤다.

"엄마!"

넓은 강가에서의 외침이어서 그런지 준서의 소리는 메아리가 되어 돌아오지도 못하고 검은 어둠 속으로 사라졌다.

셋은 비창에서 만났다. 준서가 망치를 만나기 전에 꼭 한 번은 들러야 할 곳으로 생각되었기 때문이다. 비창에 들어서니 현주와 수정이는 먼저 와 있었고 현주가 미리 와서 틀어 놓은 듯 차이코프스키 교향곡 6번 비창이 울리고 있었다. 준서가 앉자마자 수정이 먼저 말했다.

"뭐야? 여기는? 나 빼놓고 둘이서 여기서 맨날 꽁냥꽁냥 하고 있었던 거야?"

"수정아 맨날 아니야. 그저 가끔 와서 음악을 들었던 곳이야."

"어 그러니까 맨날 오지는 않았어도 꽁냥꽁냥 한 것은 부인을 하지 않네."

준서는 그렇게 언제나 밝은 수정이가 부러웠다. 나이 차이는 두 살밖에 나지 않지만 험한 경험을 많이 한 준서가 생각하는 수정이는 그저 어린애로만 생각했는데 그리고 부모의 이혼이라는 큰 상처가 아직 다 치유되지 않았을 텐데 그런 아픔을 벌써 이겨 냈는지 아니면 철저히 감추고 있는지 밖으로는 전혀 티를 내지 않는다.

"오빠 그런데 이 곡 제목이 좀 이상하지 않아요? 제목이 비창이라면 매우 슬픈 곡이어야 하는데 물론 슬픔도 있지만 어떤 열정 또는 비장함 그런 것이 더 강하게 느껴지지 않아요?"

"그래. 네 말을 듣고 보니 나도 좀 그렇게 느껴지는 것 같은데. 그렇게 슬프지만은 않아."

준서의 표정이 밝지 못해서 그런지 현주는 억지로라도 웃으며 준서의 마음을 위로해 주고 있었다. 자신이 감당하기도 힘든 큰 빚을 준서가 담판을 짓겠다고 하는데 당연히 쉬울 리도 없어 준서가 어떻게 처리할지를 물어보지도 못한다. 비창이 끝나가자 준서는 현주에게 말했다.

"현주야 여기 사장님이 말씀해 주신 'you light up my life' 좀 틀어 줄래?"

준서는 차마 말로는 못 해도 마지막으로 자신의 심정을 노래로라도 표현하고 싶었다. 그랬다. 준서에게 현주는 준서를 이끌어 주는 빛이었다. 현주 없이는 여기까지 올 수 없었고 여기까지 이끌어 준 빛을 꺼지게 할 수는 없었다. 노래가 다 끝나자 수정이가 냉큼 말했다.

"아 이 양반들 왜 이렇게 칙칙해. 나가서 술이나 마시지."

삼사식당도 준서가 마지막으로 꼭 방문하고 싶었던 곳이라 셋은 서둘러 삼사식당으로 향했다. 현주와의 추억이 있는 곳 그 모든 곳을 들러 보고 싶었다.

"여기요!"

"오빠 오늘은 오빠가 낼 거지? 나 먹고 싶은 것 다 먹어도 되지?"

"수정아 오빠 너무 부담 주지 마. 내가 낼게."

"아니야 현주야 그러지 마. 오늘은 내가 낼게. 수정아 오늘 너 먹고 싶은 것 다 먹어."

수정이는 셋이 먹기에 벅찬 양의 음식을 주문했다. 하지만 어떠랴? 오늘이 지나면 준서는 아예 돈이 필요 없을 수도 있다. 수정이는 요리에 관심이 많아서 그런지 주문한 음식이 나올 때마다 맛을 보고 평도 하고 부산했다.

"오빠 내일 어떻게 해결할 거야?"

"넌 크게 걱정할 것 없어. 혹시 며칠이 걸릴지도 모르니 아마 내일은 연락을 하지 못할 거야."

현주는 어떻게 해결할 것인지 준서가 시원하게 대답하지 않자 답답한 마음을 추스르려는 듯 화장실을 갔다. 준서는 이때를 놓치지 않고 봉투 하나를 수정이 앞에 내어놓았다.

"현주 오기 전에 빨리 넣어 둬."

"왜 그래 오빠."

"빨리. 그리고 내가 일주일 정도 연락이 되지 않으면 그 봉투를 현주에게 전달해 줘."

"무슨 일이야 오빠. 나 좀 무서워지려 하는데."

"부탁이다. 제발 그리고 아무 일도 없다는 표정으로 있어 줘."

화장실에 갔던 현주가 돌아오고 수정이와 준서는 아무 일도 없었다는 듯 태연하게 대화하고 있었다. 현주도 심란한 마음을 정리했는지 아니면 준서에게 불안한 마음을 들키지 않으려고 그러는지 다시 밝은 표정이 되어 있었다. 수정이가 침울한 분위기를 띄우려는 듯 말했다.

"아니 이 양반들 안주가 이렇게 좋은데 왜 술을 마시지 않는 거야?"
"그래 마시자."

준서는 잔을 들었지만 술잔을 입에 갖다 대기만 했다. 내일 어떤 일이 있을 줄 모르는 상태에서 술을 마실 수는 없었다. 꽤 많은 시간이 흘렀으나 준서와 현주는 말이 거의 없었고 모든 시간을 수정이의 수다로 채우고 있었다. 나쁘지 않았다. 수정이가 자리하지 않았다면 준서와 현주 사이의 공간과 시간을 무엇으로 채운다는 말인가? 준서와 현주 사이에는 늘 그 누구도 간섭하지도 못하고 알지도 못하는 둘만의 비밀 공간이 있었는데 오늘을 마지막으로 그 공간은 깨어질 것이다. 준서는 현주를 바래다주지 않았다. 바래다주고 입맞춤이라도 하고 싶었다. 하지만 그것이 나중에 그녀를 더 아프게 할 것이 분명하기에 그럴 수가 없었다.

준서는 정리한 자신의 방을 뒤로하고 유성 터미널로 향했다. 망치 형과 만나기로 약속한 시간보다 훨씬 이른 시간이지만 예산에 있을 때에 자신이 공부했던 도서관도 마지막으로 한 번 들러 볼 예정이었다. 예산으로 향하는 버스에 탔지만 준서의 모든 감각기관은 제 할 일을 모두 망각한 듯 아무것도 보이지 않았고 아무것도 들리지 않았고 아무것도 느낄 수 없었다. 준서의 머릿속에 있는 것은 오직 지난 3년간의 기억뿐이다. 우연한 기회에 매향리에 가서 벚꽃할매를 만나 가족의 정을 느꼈고 승규 형을 만나 공부를 시작했으며 현주를 만나 사랑을 하게 되었다. 더 이상 행복할 수가 없는 순간들이었다. 이제 모든 것이 끝이다. 아마 자신의 운명은 이렇게 끝날 운명이었던 모양이다. 현주를 두고 도망갈 수도 없으며 준서가 택할 수 있는 유일한 길은 그녀를 위해 자신의 모든 것을 던질 그런 운명이었던 모양이다. 자신의 운명이 그렇다면 받아들일 수밖에 없다. 그래도 어머니보다는 행복한 시간을 더 많이 가졌으며 부귀영화를 다 가진 자신의 생부보다 더 인간다운 삶을 살다가 간다.

도서관에 갔다. 예전과 비교하여 변한 것은 하나도 없었다. 이전과 다른 오직 하나는 지금 여기에는 반짝반짝 빛나는 현주가 없다는 것이다. 현주와 자주 갔던 분식집도 갔다. 전에 현주와 같이 갔을 때는 2인분을 시켰으나 오늘은 1인분만 시켜 이른 저녁 삼아 요기를 했다. 분식집을 나와 망치 형에게 전화를 했다.

"망치 형 접니다. 준서."

"그래 이 새끼 난 네가 도망갈 줄 알았는데 약속을 지키네. 오늘 무슨 날인 줄 알고는 왔지?"

"형님도 약속 꼭 지키세요. 어디로 가면 될까요?"

망치 형은 예산에 와서 전화할 시간만 약속을 했지 장소는 알려 주지 않았다. 모를 일이다.

"예산 버스터미널에서 예당저수지를 가는 버스를 타고 이십 분쯤 가면 오른쪽에 사과 잼을 만들던 공장이 있을 거야. 그리로 와라."

준서는 깊은 한숨과 함께 수화기를 내렸다. 수화기를 내리고 공중전화 부스를 나오려고 하는데 공장 작업복 유니폼을 입은 젊은 남녀가 지나갔다. 뭔가 익숙한 광경이다. 그래 맞다 순이. 순이가 입었던 유니폼과 비슷한 공장 작업복이다. 가족을 찾게 해 준 쪽지를 준 순이. 준서는 순이에게도 마지막 인사는 해야 할 것 같아 순이에게 전화를 걸었다.

"순이야 잘 있었어?"

"오빠 지금 어디야? 어디로 가?"

수화기 너머 막 숨이 넘어갈 것 같은 순이의 목소리가 들렸다.

"어… 여기 예산 터미널. 그런데 너 왜 그래?"

"그런 것은 알 필요 없고 빨리 어디 가는지만 말해. 빨리. 어디로 가?"

그렇지 않아도 만날 장소를 처음부터 알려 주지 않은 망치 형을 이상하게 생각했다. 오히려 자신을 본보기 삼아 다시는 밑에 것들이 자신에게 맞서지 않게 하려면 여러 명이 모인 자리에서 자신을 밟아 버릴 것으로 알았는데 만날 장소를 알려 주지 않았다. 이제야 알 것 같다. 아무도 모르는 곳에서 은밀하게 자신을 매장시키려는 것이다. 순이에게 자신의 못 볼 꼴을 보여 줄 필요가 없을 것 같다는 생각도 했지만 어차피 현주가 알지는 못할 것이며 순이가 시체나마 거두어 주면 나쁘지 않을 것 같아 망치 형과의 약속 장소를 말해 주었다. 그래 이제 완벽하다. 망치 형을 만나 약속받은 채권포기각서를 받고 이 세상에서 사라지면 그것으로 끝이다. 제사를 지내 줄 사람은 없지만 그래도 순이가 양지바른 곳에 묻어 줄지도 모른다. 그렇게 생각하며 버스를 탔다.

순이는 남편에게 서둘러 전화를 했다. 얼마나 서둘렀는지 전화번호를 두 번이나 잘못 눌렀다.

"오빠. 예당저수지 가는 길에 있는 사과 잼 만드는 공장이야. 빨리 가."

순이의 남편은 순이와 준서가 있었던 고아원에서 같이 컸던 정수였다. 덩치도 크고 말은 없었던 정수는 농업고등학교를 졸업하자마자 고아원을 나와서 남의 집에서 처음에는 머슴처럼 일했다. 그 역시 고아였기에 누구의 도움도 받을 수 없었으나 성실함만은 남달라 조금씩 돈을 모았고 순이도 나이가 차 고아원을 나온 후 얼마 되지 않아 이른 결혼을 하였다. 덩치는 크고 말수는 적었기에 곰처럼 일을 하여 고아원 원장은 은근슬쩍 그에게 계속 고아원에 있는 것을 권했지만 말이 적다고 바보는 아니었다. 그런 그가 여름내 고추농사를 짓고 그냥 생 고추로 판매하기보다는 말려서 팔자는 순이의 억척스러움에 못 이겨 어제 장에서 아주 좋은 가격으로 팔았다. 적지 않은 돈을 쥐었기에 막걸리 한잔 하고 들어가도 순이에게 혼이 나지는 않겠지 하는 생각에 들어간 장터 선술집에서 건달들이 하는 얘기를 우연히 들었다. 큰 싸움이 있을 것이라는 얘기를, 그리고 장소는 모르나 그 상대가 한때 망치에게 반기를 들었던 준서라는 얘기를. 정수는 잊지 않고 있었다. 고아원에 있을 때 아무에게도 말하지도 않고 마음속에만 간직하고 있었던 순이에 대한 호감을. 그리고 순이가 부원장에게 모진 고초를 겪고 있을 때 막아 내지 못한 자신의 무능을. 그리고 오직 준서만이 순이를 보호하려고 했다는 사실을.

사과 잼을 만드는 공장은 어렵지 않게 찾을 수 있었다. 준서는 버스에서 내려 공장 쪽으로 걸어갔다. 사업이 잘 되지 않았는지 공장이 문을 닫은 지 꽤 시간이 되어 보였다. 저녁 해는 아직 지지 않았지만 건물이 해를 등지고 있어서 약간은 어두웠다. 준서는 약간 열린 공장으로 들어가는 입구인 듯한 곳으로 들어갔다. 밝은 곳에서 등도 켜지지 않는 어두운 곳으로 들어와서 그런지 일시적으로 시야에는 아무것도 보이지 않았다.

"혼자 왔냐? 역시 배짱 좋은데."

좀 떨어진 곳에서 망치 형의 목소리가 들렸다. 돌아보니 망치 형과 낯모르는 세 사내가 있었고 그 옆에 삼식이가 서 있었다.

"형님 일단 약속한 대로 차용증 원본과 채권포기각서 좀 보여 주시죠."

"삼식아!"

삼식이는 망치 형의 말과 함께 준서에게 다가와 서류를 보여 주었다. 준서가 혼자 와서 망치 형과 맞서기로 한 대가로 망치 형이 약속한 서류가 맞다. 준서는 삼식이에게 말했다.

"삼식아 이 서류 터미널 옆에 있는 약국에 전달해 줘. 그냥 주기만 하면 알 거야."

준서가 말한 터미널 옆에 있는 약국은 바로 수정이 아빠가 운영하는 약국으로, 그 서류를 보기만 하면 수정이 아빠는 무슨 서류인지 바로 알 수 있을 것이다. 그러나 삼식이는 준서의 말을 들었음에도 불구하고 움직이지 않았다.

"삼식아 거기 갖다주라니까."

준서가 다시 말했음에도 삼식이는 움직이지 않았다. 우물쭈물하던 삼식이가 말했다.

"준서야 나는 망치 형 허락이 없으면 갈 수가 없어."

그렇게 말하고 삼식이는 망치 형을 쳐다보았으나 망치 형은 아무 말이 없었다.

"형님 약속 지키시죠."

"이 새끼 예전부터 참 순진한 구석이 있더니 아직도 그렇구나. 마지막 기회다. 내 밑에서 5년만 일해라."

"그럴 뜻 전혀 없습니다."

"그럼 할 수 없지. 야들아 시작해라."

망치 형의 말을 시작으로 한 사내가 준서 앞으로 다가왔다. 준서는 알고 있었다. 망치 형은 오늘 있었던 일은 다른 누구에게도 알게 하지 않으려 했다는 것을. 그러기에 많은 애들이 오는 것도 원치 않았고 은밀하게 그리고 아주 가혹하게 일을 처리하여 어떤 일이 발생되어도 아무도 모르도록. 하지만 준서는 오히려 좋았다. 여기서 어떤 일이 벌어져도 현주는 절대 알지 못할 것이며 더구나 망치 형 외에는 세 명밖에 없다. 승산이 없다고 할 수 없다. 준서 앞에 선 사내는 힘깨나 쓰는 모습이었다. 그러나 힘은 조금 부족할지라도 빠르기로 따지면 준서는 자신이 있다. 준서는 앞에 선 사내의 몇 차례 주먹질과 발길질을 어렵지 않게 피했으며 준서는 그저 피하기만 했지 주먹을 내지 않았다. 네 놈을 모두 상대하려면 체력을 아껴야 했다. 상대는 몇 차례 헛손질과 헛발질에 당황하는 것 같았다. 당연히 그럴 것이다. 망치 형 앞에서 실력을 보여 줘야 하는데 그렇지 못하면 자신의 앞길이 훤히 보이기 때문이다. 준서는 상대의 서두름을, 그리고 당황함을 노렸다. 그리고 거칠게 다가오는 그 사내의 낭심을 힘껏 걷어찼다. 그는 악 소리를 내며 푹 쓰러졌다. 그것을 본 망치 형이 다시 말했다.

"준서야 아직 늦지 않았다. 그냥 내 밑에서 5년만 있어."
"그럴 것이면 여기에 오지도 않았을 겁니다."
"그래? 끝을 보자는 거지."

망치 형의 말과 함께 이번에는 두 사내가 한꺼번에 다가왔다. 상황이 만만치 않았음을 알았던지 이번에는 두 사내 모두 각목을 들고 있었다. 쉽지 않았다. 몇 차례 피하기는 했으나 언제까지 피할 수만은 없었다. 준서는 비교적 약해 보이는 사내를 향해 달려들었고 그의 복부를 향해 발을 날렸다. 준서에게 복부를 가격당한 사내는 배를 움켜쥐며 몇 발자국 뒤로 물러났다. 그러나 그 순간 다른 사내가 휘두른 각목에 어깨를 맞고 말았다. 준서의 숨소리가 거칠어졌다. 준서는 각목을 휘두른 사내를 향해 달려들었으나 이번엔 그 사내가 뒷걸음으로 피했다. 그리고 복부를 가격당한 사내가 조심스럽게 준서를 향해 다가왔다. 준서는 그 사내를 향해 다시 달려들었으나 그 사내 역시 뒤로 물러났다. 그 순간 준서는 뒤에서 휘두른 각목에 머리를 맞았다. 준서의 발길질에 낭심을 맞고 쓰러진 처음의 사내가 다시 일어나서 뒤에서 각목을 휘두른 것이었다. 준서가 중심을 잠시 잃은 사이 앞에 서 있는 두 사내가 준서에게 달려들어 각목을 휘둘렀다. 그리고 이어진 세 사내의 뭇매. 그것으로 싸움은 사실상 끝이었다. 준서가 일어나려 애썼지만 이미 퉁퉁 부은 눈과 흘러내린 피로 인하여 앞도 잘 보이지 않았고 애써 일어나서 주먹을 날렸지만 그건 그저 허공을 가를 뿐이었다. 다시 한번 시작된 세 사내의 뭇매에 준서는 그대로 쓰러졌다.

"준서야 이제 그만 끝내고 내 밑으로 그냥 들어와."

이제 망치 형의 말도 잘 들리지 않았다. 준서는 간신히 말했다.

"너 내가 꼭 죽일 거야."

"야들아 안 되겠다. 이제 그만 마무리하자."

망치의 말을 마지막으로 세 사내가 각목을 들고 준서에게 천천히 다가왔다. 그들은 서두르지도 않았다. 준서는 이제 이것이 마지막이구나 생각했고 간신히 고개를 들어 삼식이를 쳐다보았다. 삼식이는 준서의 얼굴을 제대로 쳐다보지 못하고 그저 떨고 있었다. 갑자기 준서 앞에 밝은 빛이 나타났다. 그 밝은 빛 한가운데 현주가 밝게 웃고 있었다. 그 순간 우당탕탕 하는 소리와 함께 여러 사내가 공장 문을 열고 들어왔다. 정수가 순이의 연락을 받고 여러 후배들을 데리고 들이닥친 것이다.

"니들 뭐 하는 놈들이야?"

망치의 고함소리에 그들은 순간 움찔했지만 얼마 되지 않은 숫자에 자신감을 가진 탓인지 그들도 당당히 맞섰다. 그들 손에는 지게 작대기며 몽둥이 같은 무엇인가를 들고 있었고 심지어는 낫을 들고 있는 자도 있었다. 그들 모두 준서와 한 고아원에서 자란 이들로, 순이가 부원장에게 심한 일을 당할 때 원장 부부의 위세에 눌려 말 한마디 대항도 하지 못했지만 오직 준서만이 순이가 겪을 고초를 대신 겪었다는 것을 잊지 않고 있었다. 비록 준서가 부원장의 옷을 찢고 도망간 것은 정당하지 못한 행동이었지만 그 뜻은 그들 모두 동의하는 바였다.

"너무하는 것 아니야. 한 명을 두고 여러 명이서. 준서야 형이다. 정수형."

준서는 처음에는 누구인지 알아보지 못했다. 그러나 순이가 결혼하겠다는 그 정수형이 머릿속에 떠올랐다. 말없이 덩치만 컸던 그 정수형.

"형. 먼저 저 서류 좀 빼앗아. 그리고 터미널 옆에 있는 약국에 전해줘."

그렇게까지 말하고 준서는 정신을 잃었다.

원래 싸움에는 자신이 없는 삼식이였던지 아니면 삼식이도 내심 서류를 전달하지 못한 것이 안타까웠던지 순순히 서류를 내어주었다. 망치는 아차 싶었다. 준서를 죽음으로까지 내몰 상황이 될 수도 있다는 생각에 은밀하게 처리하려고 장소도 미리 공개하지 않았고 그 사실을 아는 이들을 최소한으로 하기 위하여 적은 인원으로 왔다. 그러나 상대는 수적으로도 많았고 심지어는 낫까지 든 놈도 있다. 까짓 시골 촌놈들 여럿 상대하는 것은 그리 어렵지 않으나 무릇 싸움의 기본은 깡다구라는 것을 잘 알고 있는 망치는 그들이 준서와 어떤 관계에 있는지는 몰라도 순순히 물러나지는 않을 것 같았다.

"네놈들 내가 누구인 줄 알고 덤비는 거냐?"

망치는 한껏 위세를 부리며 말했으나 정수는 주눅들지 않고 말했다.

"당신이 누구인지는 전혀 관심이 없고 원한다면 한번 붙어 봅시다."

망치가 그렇게 싸움을 주저하고 있는 사이 사이렌 소리와 함께 경찰들이 들이닥쳤다. 정수가 급하게 동생들을 모아 출발할 때 경찰에 신고한 것이다. 그렇게 오래전 순이가 당한 부당함에 맞선 준서의 의로운 행동이 준서를 살린 것이다.

급한 대로 정수는 정신을 잃는 준서를 경찰차에 먼저 태우고 병원으로 향했다. 망치 일당은 각자 알아서 도망을 갔지만 그들이 잡히는 것은 시간문제다. 예산 바닥에서 그들의 얼굴을 모르는 경찰은 없었기에 한동안 숨어 있기는 하겠지만 그들의 위 대가리를 조지면 알아서 경찰서로 기어 들어올 것이다. 정수 일행은 모두 병원으로 갔다. 혹시 망치 일당이 다시 올 수도 있었고 무엇보다도 준서가 깨어날지에 대한 걱정이 크기 때문이었다. 응급실에 도착해서도 정수를 제외한 다른 사내들은 응급실 안으로 들어가지도 못했다. 누가 가해자인지 피해자인지도 모르는 상황에서 병원이 출입을 허가하지 않았기 때문이다.

"야 너 조폭이야? 빨리 던져 버려."

정수 일행 중 하나가 낫을 들고 있는 사내에게 말했다. 그 사내는 낫을 들고 있는 자기 손을 바라보며 마치 큰 잘못을 감추려는 듯 얼른 낫을 보이지 않는 곳에 던져 버렸다. 사실 그들 모두 힘없는 고아들에 불과할 뿐이었다.

다음날이 되어서도 준서는 의식을 찾지 못했다. 급한 마음에 정수는 의사에게 다가가서 말했다.

"선생님 언제까지 이러고 있어야 하나요?"

"피도 많이 흘렸고 온몸에 골절상을 입었으나 위험한 순간은 넘긴 듯합니다."

"그런데 왜 깨어나지 않는 거죠?"

"저희가 지금 할 수 있는 것은 다했습니다. 지금으로선 기다릴 수밖에 없습니다."

정수는 준서가 언제 깨어날지 몰라 침대 옆에서 그냥 기다릴 수밖에 없었다. 그렇게 정수는 준서가 깨어날 시간만 기다리고 있는데 예산 경찰서에서 경찰 두 명이 왔다.

"조사 좀 하려고 왔습니다. 보호자 되시나요?"

"보호자는 아니고 한 고아원에서 자란 형입니다."

"어떤 일이 있어서 싸움이 일어난 거죠?"

"그것은 저도 아는 바가 하나도 없습니다. 그냥 우연히 준서가 건달들에게 죽도록 맞을지도 모르는 상황에 처해 있었다는 것만 알아요."

"피해자가 준서. 그러니까 김준서입니까."

"예 김준서입니다."

피해자는 의식도 없고 보호자 격인 자도 아는 것이 없으니 경찰은 그냥 돌아갔다. 다만 그 두 명의 경찰 중 한 명은 돌아가면서 연신 고개를 갸웃거렸다. 정수가 잠시 응급실 밖으로 나오자 동생들은 아직도 집에 가지 않고 기다렸다.

"그 서류 어디 있냐? 준서가 빼앗으라는 서류. 약국에 전달했냐?"

"제가 가지고 있는데 준서 깨어나면 확인해 보고 전달하려고 합니다."

"그래 알았다. 너만 빼고 나머지는 이제 집에 가. 준서 깨어나면 내가 연락해 줄게."

준서는 응급실로 온 다음날 밤에 깨어났다. 준서가 깨어난 것을 보고 정수가 급히 간호사를 부르고 간호사는 의사를 불렀다. 의사는 준서에게 다가와 말했다.

"환자분 여기 어딘지 아시겠어요?"

"여기가 어딘가요?"

"병원입니다. 병원. 환자분 이름 좀 말해 보세요."

"저 김준서입니다."

"눈 좀 크게 떠 보세요."

의사는 그렇게 말하며 조그만 손전등을 켜고 준서의 눈 위에서 좌우로 흔들었다.

"손가락 움직여 보세요. 발가락도 좀 움직여 보세요."

움직임은 작았으나 준서는 손가락과 발가락을 조금씩 움직였다.

"위험한 고비는 넘긴 것 같고 이제 치료만 잘 받으시면 됩니다."

치료만 잘 받으면 된다는 의사의 말에 정수는 안도의 한숨을 크게 쉬었다.

"준서야 들리지. 나 정수형이야."

"아 형 어떻게 왔어?"

"어떻게 왔기는. 순이가 말해 줘서 왔지."

"아 순이. 내가 전화했지."

"그리고 너 막 순이라고 하면 안 돼. 이젠 네 형수야."

"그리고 형 그 서류 전달해 줬어?"

"아직. 너 깨어나면 확인하고 전달하려고."

"지금 바로 전달해 줘."

"준서야 지금 밤이야. 어차피 내일 아침에 전달해야 돼."

준서는 거기까지 말하고 다시 눈을 감았다.

피해자의 조사조차 하지 못하고 경찰서로 돌아온 경찰은 다른 경찰에게 말했다.

"피해자 김준서 말이야. 작년에 우리 서로 와서 부모님을 찾아 달라던 그 청년 아니야?"

"누구 말하는 거야."

"내가 한 번 말한 적 있었지? 다 조회해 보니까 어머니는 돌아가시고 이모만 남은 그 청년."

"아 그 청년. 그런데 왜?"

"그때 어머님이 낙태를 조건으로 증여받았다는 그 땅 말이야. 증여자는 돌아가셨고 아들이 하나 있었는데 판사가 되었어."

"그런데 자기 자식이라고 인정을 했어?"

"인정을 하기는. 자기는 혼외자식을 둘 일을 한 적이 없다고 굉장히 고압적으로 말하더라고. 내가 볼 때는 정황상 그 판사 아들이 분명한 것 같은데 말이야. 우리 같은 시골 경찰이 판사에게 따지지도 못하고 전화를 끊었지. 자기 자식이 아니라면 그 아버지가 괜스레 시골 처자에게 땅을 주었겠어?"

"그럼 우리 지금 어떻게 해야 돼?"

"지금이라도 전화해 주어야 하는 것 아니야?"

"그래. 자기 자식이 아니라면 몰라도 나중에 자기 자식이라는 것을 알고 죽도록 맞았다는 것을 알면 사건처리 잘못했다고 우리 서 굉장히 곤란해질걸."

"좀 더 생각해 보고 결정하자. 잘못하면 또 깨져."

"그리고 현장에 있던 놈 망치지?"

"한눈에 딱 봐도 그 새끼야. 아 그 새끼 한동안 잠잠하더니 왜 또 사고를 치고 그래."

"잠잠할 수밖에 없었지. 그 놈 유성에 술집을 냈다고 하더라고."

"그럼 유성에서 싸우지 왜 여기서 사고 치는 거야."

"평생에 도움이 안 되는 인간이야."

현주와 수정이는 준서를 보낸 지 이틀이 지났음에도 준서에게서 연락이 없어 매우 불안한 하루를 보내고 있었다. 준서가 연락할 곳이라고는 비창밖에 없다. 비창에 전화를 했지만 준서가 남긴 메모도 없었고 혹시 거기서 일하는 직원이 실수로 메모를 전달하지 않았을지도 모르는지라 직접 방문을 하여 확인을 했으나 준서가 남긴 메모는 없었다. 둘은 불안한 마음에 삼사식당으로 갔다. 혹시 준서가 거기로 올지도 모르기 때문이다. 현주도 준서에 대한 걱정이 많았지만 수정이는 현주보다 걱정이 더 많았다. 준서가 현주 모르게 봉투를 수정이에게 주었을 때 준서는 분명히 일주일이 지나도 연락이 되지 않으면 봉투를 현주에게 전해 주라고 했다. 준서 오빠가 그렇게 말한 이유는 분명히 준서 오빠에게 곧 위험한 일이 발생할 것을 의미하는 것이다. 그럼에도 불구하고 현주에게 말하지 않은 이유는 현주가 크게 걱정할 것이 뻔하기 때문이다. 수정이는 준서 오빠에 대한 걱정을 혼자 감당할 수가 없었다.

"현주야 나 너에게 할 이야기가 있는데."

준서에 대한 걱정으로 머릿속이 복잡한 현주가 심드렁하게 대답했다.

"무슨 일이야?"

"며칠 전 여기서 셋이서 만났잖아. 네가 화장실 간 사이에 준서 오빠가 나에게 편지봉투 하나를 주고 일주일 동안 연락이 되지 않으면 너에게 전달하라고 그랬어."

"그걸 왜 나에게 말하지 않았어? 빨리 줘 봐."

봉투 속에는 짧은 편지 한 장과 준서 소유의 공주 땅에 대한 확인서, 그리고 준서가 지난 여름 내내 번 현금이 들어 있었다.

'사랑하는 현주야 넌 나의 빛이었다

네가 비추는 빛으로 인해 여기까지 올 수 있었고

네가 비추는 빛 때문에 나는 행복했다

너의 그 빛을 잃지 않게 하기 위하여 나는 떠난다

네 가족의 빚은 그들이 나를 엮기 위해서 만든 것이니 죄책감 갖지 말아라

부디 행복해라'

준서의 짧은 편지를 읽은 현주는 오열했다. 수정이도 준서의 편지를 읽고 현주와 함께 울었다. 준서 오빠가 어디서 무엇을 하는지 모르지만 매우 위험한 일을 벌이고 있다는 것만은 분명했다. 다른 용지에 적힌 내용을 읽어 본 현주는 더욱더 큰 슬픔에 빠져 버렸다. 그 내용은 만약 준서가 사망하면 준서 소유의 공주 땅에 대한 소유권을 현주에게 넘긴다는 것이었다. 그렇다면 준서 오빠는 지금 죽음을 각오하고 무슨 일을 벌이고 있다는 뜻이다.

"현주야 그래도 희망이 전혀 없는 것은 아니야."

눈물과 콧물로 범벅이 된 얼굴을 한 수정이가 말했지만 현주는 대꾸도 없이 그냥 울기만 했다.

"오빠가 그때 일주일 동안 연락이 되지 않으면 너에게 전해 주라 했으니 아직은 시간이 좀 있어. 그러니 며칠만 기다려 보자."

현주는 아무 말 없이 수정이를 안고 울기만 했다.

피해자가 의식이 없어 조사를 하지 못하고 온 경찰은 김병준 판사에게 전화를 하기로 결심을 했다. 혹시 나중에 일처리를 잘못했다고 책임추궁을 당하는 것도 싫었지만 자신이 조사한 자료와 정황으로 판단해 보면 김준서는 분명히 김병준 판사의 아들이다. 부모가 돼서 자식을 부인하고 어려움을 외면하는 것은 사람이라고 할 수는 없는 것이다. 그리고 어차피 다시 한번 깨져 봐야 자신의 승진을 결정하는 사람은 아니라는 생각을 했다.

"김병준 판사입니다."

"판사님 저 일 년 전에 김준서씨 문제로 전화드렸던 예산경찰서 경찰입니다."

김병준 판사는 깜짝 놀랐다. 아니 왜 또 지금 이 시점에 예산경찰서 경찰 입에서 김준서 얘기가 나오는가? 김병준은 김준서가 자기 친자라는 생각은 했지만 어떻게 하면 그 관계를 부인할지 고민하고 있었다. 변호사를 통해 들은 바로는 김준서는 어떤 확인서도 가지고 있지 않기에 만약 소송이 들어와도 패소할 것 같지는 않았다. 그러기에 돈으로 적당히 해결하려 했으나 김준서가 거부하여 내심 마음이 불편한 상태다.

"아니, 아니라면 아닌 줄 알지 왜 또 전화했습니까?"

김병준 판사는 역정을 냈다.

"그래도 꼭 알고 계셔야 할 것 같아서 전화드렸습니다."

"무슨 일인데 그럽니까?"

"어제 예산에서 싸움이 있었습니다. 싸움이라고 할 것 같지도 않지만 쉽게 말씀드리면 예산 건달들이 일방적으로 한 사람을 팼습니다. 피해자가 바로 김준서씨입니다. 피해자는 지금 병원에 입원 중인데 저희들이 낮에 조사차 방문했을 당시에도 의식이 없었습니다."

"아니 무슨 일이 있었던 겁니까? 얼마나 다쳤기에 의식이 없습니까?"

"가해자는 도망갔고 피해자는 의식이 없어 무슨 일이 있었는지는 저희도 모릅니다. 다친 정도는 피도 많이 흘린 것 같고 뼈란 뼈는 거의 다 부러진 것 같습니다."

김병준 판사의 말투가 갑자기 사정조로 바뀌었다. 그에게도 일말의 양심은 있었나 보다.

"피해자 김준서씨 최대한 보호해 주시고 변동사항 생기면 전화 부탁드립니다."

다음날이 되자 준서는 눈을 뜨고 있는 시간이 조금 더 많아졌다.

"형 그 서류는 잘 전달했어요?"

"응 잘 전달했지. 그런데 누가 전하는 거냐고 물어보더래. 그래서 김준서씨 부탁이라고 했더니 네가 누구냐, 그리고 어디 있냐고 또 물어보더래. 그래서 여기 입원해 있다고 말해 주었대."

"그런데 너 왜 싸운 거냐? 싸운 것도 아닌 것 같던데. 그냥 일방적으로 맞은 거지."

"말하면 길어요."

준서는 온몸의 통증으로 인해 진통제와 수면제를 요구하고 다시 눈을 감았다. 눈을 뜨고 있는 것도 힘이 들고 숨을 쉬는 것도 힘이 들었다.

점심이 지나자 어제 방문했던 경찰이 다시 왔다.

"김준서씨 진술 가능하세요?"

"저 며칠 후에 하면 안 될까요? 제가 지금 말하기도 좀 쉽지 않아서."

"그럼 몇 가지 대답만 해 보세요. 가해자들이 망치 일당 맞죠?"

"네."

"김준서씨가 뭐 잘못한 것 있으세요?"

"없습니다."

"그럼 쉬시고 치료에만 전념하세요. 그리고 앞으로는 망치 패거리가 힘들게 하는 일은 일체 없을 겁니다."

준서는 눈을 다시 감았다.

수정 아빠는 서류를 받아 확인해 보았다. 차용증은 현주 아빠가 돈을 빌린 것에 대한 차용증이고 다른 한 서류는 차용증에 돈을 빌려준 것으로 되어 있는 자가 빌려준 돈에 대한 권리를 모두 포기한다고 되어 있다. 그렇다면 이 서류를 전달하라고 한 사람은 현주와 수정이의 관계를 알고 이 서류가 현주에게 전달될 수 있도록 자신에게 전달한 것이다. 그럼 김준서라는 사람은 이 서류와 어떤 관계가 있는 사람일까 하는 생각을 해 보았지만 자신이 알고 있는 사람 중에는 김준서라는 사람이 없다. 서류야 나중에 현주나 현주 엄마에게 전달하면 되겠지만 당장은 약국을 비우고 갈 수도 없고 시간이 되면 전달하리라 생각하고 있는 중에 수정이에게서 전화가 왔다.

"아빠 별일 없지?"

"그래 나야 늘 그렇듯 별일이 없지. 너는 잘 지내고 있어?"

"응. 그리고 나 아빠에게 부탁할 일이 있는데 혹시 아는 경찰 있어?"

"직접 아는 경찰은 없지만 여기저기 알아보면 물어볼 사람은 있을 거야. 그런데 왜?"

"사람을 하나 찾으려고. 혹시 경찰에 접수된 사고나 그런 것을 알아보려고 해."

"그게 누군데?"

"김준서라고 왜 내가 도서관에 가서 공부할 때 현주하고 같이 공부했던 오빠야."

"김준서? 김준서라면 오늘 내게 서류를 가져다 주라고 한 사람 이름이 김준서인데."

"뭐라고? 그 오빠 지금 어디 있대? 살아는 있어?"

"병원에 있어. 많이 다쳐서 그런지 사람을 시켜 내게 현주네 집과 관련된 서류를 가져다 주었어."

"그래? 그 병원이 어디야?"

준서를 보낸 지 삼 일이 지나자 수정이와 현주는 도저히 그냥 앉아서 기다릴 수만은 없었다. 전날 읽은 준서가 남긴 편지는 마치 세상을 떠나는 이가 쓴 유서와 같았기 때문이다. 그래서 수정이는 혹시 준서 오빠와 관련되어 사고 접수된 건이 없는지 알아보려고 아빠에게 전화를 한 것이다.

저녁이 되자 현주와 수정이가 준서가 입원해 있는 병원에 도착했다. 오는 중에 버스 안에서 얼마나 울었는지 이미 눈은 퉁퉁 부어 있었다.

"오빠!"

현주는 준서를 보자마자 그대로 그 자리에 털썩 주저앉아 울고 만 있었다. 한눈에 보기에도 준서가 정상적인 사람의 꼴을 하고 있지 않았다. 수정이는 그런 현주를 이끌어 준서에게 데리고 갔다. 준서도 현주를 보자 움직이기도 어려운 상태에서 가슴만 쿨렁거리며 울기만 했다. 무슨 일인지 모르는 정수는 두어 걸음 뒤에 물러나 서 있었다. 어떤 사연인지는 모르지만 정수의 눈가도 촉촉해졌다.

"오빠. 말을 했어야지. 그렇게 떠나지는 말았어야지. 나는 어떻게 살라고."

고개를 돌리기도 힘들어하는 준서가 울면서 말했다.

"현주야! 이제 다 끝났다. 나 이제 너에게 말없이 어디도 안 가."

정수와 수정이는 내일 아침에 다시 와 보기로 하고 돌아갔고 병실에는 준서와 현주만 남았다. 약 기운 때문인지 힘들어하다 잠이 든 준서의 손을 잡은 현주가 준서에게 나지막이 말했다.

"오빠! 오빠가 나의 빛이었어. 만약 오빠가 나에게서 빛을 보았다면 그것은 오빠의 빛이 나를 비추었기 때문일 거야."

ⓒ 이어리, 2025

초판 1쇄 발행 2025년 5월 21일

지은이   이어리
펴낸이   이기봉
편집   좋은땅 편집팀
펴낸곳   도서출판 좋은땅
주소   서울특별시 마포구 양화로12길 26 지월드빌딩 (서교동 395-7)
전화   02)374-8616~7
팩스   02)374-8614
이메일   gworldbook@naver.com
홈페이지 www.g-world.co.kr

ISBN   979-11-388-4284-6 (03810)

- 가격은 뒤표지에 있습니다.
- 이 책은 저작권법에 의하여 보호를 받는 저작물이므로 무단 전재와 복제를 금합니다.
- 파본은 구입하신 서점에서 교환해 드립니다.